比较文学与世界文学 研究丛书

主编 曹顺庆

初编 第**7**册

比较文学跨学科研究：理论与实践

何云波 著

花木兰文化事业有限公司

国家图书馆出版品预行编目资料

比较文学跨学科研究：理论与实践／何云波 著 —— 初版 —— 新
北市：花木兰文化事业有限公司，2022〔民111〕
目 2+266 面；19×26 公分
（比较文学与世界文学研究丛书 初编 第 7 册）
ISBN 978-986-518-713-2（精装）
1.CST：比较文学 2.CST：文集
810.8   110022061

ISBN-978-986-518-713-2

比较文学与世界文学研究丛书
初编 第七册   ISBN：978-986-518-713-2

比较文学跨学科研究：理论与实践

作　　者 何云波
主　　编 曹顺庆
企　　划 四川大学双一流学科暨比较文学研究基地
总 编 辑 杜洁祥
副总编辑 杨嘉乐
编辑主任 许郁翎
编　　辑 张雅淋、潘玟静、刘子瑄　美术编辑 陈逸婷
出　　版 花木兰文化事业有限公司
发 行 人 高小娟
联络地址 台湾 235 新北市中和区中安街七二号十三楼
　　　　 电话：02-2923-1455 ／传真：02-2923-1452
网　　址 http://www.huamulan.tw 信箱 service@huamulans.com
印　　刷 普罗文化出版广告事业
初　　版 2022 年 3 月
定　　价 初编 28 册（精装）台币 76,000 元

比较文学跨学科研究：理论与实践

何云波 著

作者简介

何云波，男，生于 1963 年。1983 年毕业于湘潭大学中文系，获学士学位；1988 年毕业于湘潭大学中文系世界文学专业，获硕士学位；2003 年毕业于四川大学，获比较文学与世界文学专业博士学位。曾任教于中南大学，现任湘潭大学文学与新闻学院二级教授、博士生导师。湖南省首届优秀青年社会科学专家、湖南省比较文学与世界文学学会副会长。主持国家社科基金项目 4 项，国家出版基金项目 1 项。主要从事俄罗斯文学、比较文学、围棋文化教学与研究。文学著述有《陀思妥耶夫斯基与俄罗斯文化精神》《对话：文化视野中的文学》《跨越文化之墙：当代世界文化与比较文学》《比较文学：跨文化的文学想象》《越界与融通：跨文化视野中的文学跨学科研究》等；围棋文化著述有：《围棋与中国文化》《弈境——围棋与中国文艺精神》（博士论文）《围棋文化演讲录》《图说中国围棋史》《中国围棋思想史》《何云波围棋文集》（四卷）等。主编《世界围棋通史》（三卷）《围棋文化教程》等。

提　要

此"文"非彼"文"，此"艺"非彼"艺"，做跨学科研究，首先需要追问：这是谁的"文学"？谁的"艺术"？需要把不同学科放到东西方各自的知识传统中去考察。本书致力于将跨文化视野融入到跨学科研究中，以建构比较文学跨学科研究的一个新的理论体系。如果说，文学与艺术、哲学等，在东西方不同的知识体系中有着各自的内涵。而在同一知识系统中，不同的学科，共用一套话语，言说不同的对象，其概念范畴也就既有相通性，又有了差异。而不同的学科，其出发点、价值立场有时也是不一样的。正像文学中美好的爱情未必都符合现实的伦常规范，而文学视野中的"法律"也有着自己的视角和独特的内涵，这就带来一个"话语的通约性"的问题。在差异中寻求对话的"平台"，成了比较文学跨学科研究需要解决的问题。本书在具体的实证研究中，在对文学与其他学科同与异的辨析中，致力于不同学科的相互阐发，力求从各个学科各自的话语体系出发，寻求各学科之间对话的途径与话语的通约性。

本书各节曾作为单篇论文发表于《中国比较文学》《外国文学评论》《外国文学研究》《中外文化与文论》《俄罗斯文艺》等刊。现重新编排，以成体系。

比较文学的中国路径

曹顺庆

自德国作家歌德提出"世界文学"观念以来，比较文学已经走过近二百年。比较文学研究也历经欧洲阶段、美洲阶段而至亚洲阶段，并在每一阶段都形成了独具特色学科理论体系、研究方法、研究范围及研究对象。中国比较文学研究面对东西文明之间不断加深的交流和碰撞现况，立足中国之本，辩证吸纳四方之学，而有了如今欣欣向荣之景象，这套丛书可以说是应运而生。本丛书尝试以开放性、包容性分批出版中国比较文学学者研究成果，以观中国比较文学学术脉络、学术理念、学术话语、学术目标之概貌。

一、百年比较文学争讼之端——比较文学的定义

什么是比较文学？常识告诉我们：比较文学就是文学比较。然而当今中国比较文学教学实际情况却并非完全如此。长期以来，中国学术界对"什么是比较文学？"却一直说不清，道不明。这一最基本的问题，几乎成为学术界纠缠不清、莫衷一是的陷阱，存在着各种不同的看法。其中一些看法严重误导了广大学生！如果不辨析这些严重误导了广大学生的观点，是不负责、问心有愧的。恰如《文心雕龙·序志》说"岂好辩哉，不得已也"，因此我不得不辩。

其中一个极为容易误导学生的说法，就是"比较文学不是文学比较"。目前，一些教科书郑重其事地指出：比较文学不是文学比较。认为把"比较"与"文学"联系在一起，很容易被人们理解为用比较的方法进行文学研究的意思。并进一步强调，比较文学并不等于文学比较，并非任何运用比较方法来进行的比较研究都是比较文学。这种误导学生的说法几乎成为一个定论，

一个基本常识，其实，这个看法是不完全准确的。

让我们来看看一些具体例证，请注意，我列举的例证，对事不对人，因而不提及具体的人名与书名，请大家理解。在 Y 教授主编的教材中，专门设有一节以"比较文学不是文学比较"为题的内容，其中指出"比较文学界面临的最大的困惑就是把'比较文学'误读为'文学比较'"，在高等院校进行比较文学课程教学时需要重点强调"比较文学不是文学比较"。W 教授主编的教材也称"比较文学不是文学的比较"，因为"不是所有用比较的方法来研究文学现象的都是比较文学"。L 教授在其所著教材专门谈到"比较文学不等于文学比较"，因为，"比较"已经远远超出了一般方法论的意义，而具有了跨国家与民族、跨学科的学科性质，认为将比较文学等同于文学比较是以偏概全的。"J 教授在其主编的教材中指出，"比较文学并不等于文学比较"，并以美国学派雷马克的比较文学定义为根据，论证比较文学的"比较"是有前提的，只有在地域观念上跨越打通国家的界限，在学科领域上跨越打通文学与其他学科的界限，进行的比较研究才是比较文学。在 W 教授主编的教材中，作者认为，"若把比较文学精神看作比较精神的话，就是犯了望文生义的错误，一百余年来，比较文学这个名称是名不副实的。"

从列举的以上教材我们可以看出，首先，它们在当下都仍然坚持"比较文学不是文学比较"这一并不完全符合整个比较文学学科发展事实的观点。如果认为一百余年来，比较文学这个名称是名不副实的，所有的比较文学都不是文学比较，那是大错特错！其次，值得注意的是，这些教材在相关叙述中各自的侧重点还并不相同，存在着不同程度、不同方面的分歧。这样一来，错误的观点下多样的谬误解释，加剧了学习者对比较文学学科性质的错误把握，使得学习者对比较文学的理解愈发困惑，十分不利于比较文学方法论的学习、也不利于比较文学学科的传承和发展。当今中国比较文学教材之所以普遍出现以上强作解释，不完全准确的教科书观点，根本原因还是没有仔细研究比较文学学科不同阶段之史实，甚至是根本不清楚比较文学不同阶段的学科史实的体现。

实际上，早期的比较文学"名"与"实"的确不相符合，这主要是指法国学派的学科理论，但是并不包括以后的美国学派及中国学派的学科理论，如果把所有阶段的学科理论一锅煮，是不妥当的。下面，我们就从比较文学学科发展的史实来论证这个问题。"比较文学不是文学比较""comparative literature is not literary comparison"，只是法国学派提出的比较文学口号，只是法国学派一派的主张，而不是整个比较文学学科的基本特征。我们不能够把这个阶段性的比较文学口号扩大化，甚至让其突破时空，用于描述比较文学所有的阶段和学派，更不能够使其"放之四海而皆准"。

法国学派提出"比较文学不是文学比较"，这个"比较"（comparison）是他们坚决反对的！为什么呢，因为他们要的不是文学"比较"（literary comparison），而是文学"关系"（literary relationship），具体而言，他们主张比较文学是实证的国际文学关系，是不同国家文学的影响关系，influences of different literatures，而不是文学比较。

法国学派为什么要反对"比较"（comparison），这与比较文学第一次危机密切相关。比较文学刚刚在欧洲兴起时，难免泥沙俱下，乱比的情形不断出现，暴露了多种隐患和弊端，于是，其合法性遭到了学者们的质疑：究竟比较文学的科学性何在？意大利著名美学大师克罗齐认为，"比较"（comparison）是各个学科都可以应用的方法，所以，"比较"不能成为独立学科的基石。学术界对于比较文学公然的质疑与挑战，引起了欧洲比较文学学者的震撼，到底比较文学如何"比较"才能够避免"乱比"？如何才是科学的比较？

难能可贵的是，法国学者对于比较文学学科的科学性进行了深刻的的反思和探索，并提出了具体的应对的方法：法国学派采取壮士断臂的方式，砍掉"比较"（comparison），提出比较文学不是文学比较（comparative literature is not literary comparison），或者说砍掉了没有影响关系的平行比较，总结出了只注重文学关系（literary relationship）的影响（influences）研究方法论。法国学派的创建者之一基亚指出，比较文学并不是比较。比较不过是一门名字没取好的学科所运用的一种方法……企图对它的性质下一个严格的定义可能是徒劳的。基亚认为：比较文学不是平行比较，而仅仅是文学关系史。以"文学关系"为比较文学研究的正宗。为什么法国学派要反对比较？或者说为什么法国学派要提出"比较文学不是文学比较"，因为法国学派认为"比较"（comparison）实际上是乱比的根源，或者说"比较"是没有可比性的。正如巴登斯佩哲指出："仅仅对两个不同的对象同时看上一眼就作比较，仅仅靠记忆和印象的拼凑，靠一些主观臆想把可能游移不定的东西扯在一起来找点类似点，这样的比较决不可能产生论证的明晰性"。所以必须抛弃"比较"。只承认基于科学的历史实证主义之上的文学影响关系研究（based on scientificity and positivism and literary influences.）。法国学派的代表学者卡雷指出：比较文学是实证性的关系研究："比较文学是文学史的一个分支：它研究拜伦与普希金、歌德与卡莱尔、瓦尔特·司各特与维尼之间，在属于一种以上文学背景的不同作品、不同构思以及不同作家的生平之间所曾存在过的跨国度的精神交往与实际联系。"正因为法国学者善于独辟蹊径，敢于提出"比较文学不是文学比较"，甚至完全抛弃比较（comparison），以防止"乱比"，才形成了一套建立在"科学"实证性为基础的、以影响关系为特征的"不比较"的比较文学学科理论体系，这终于挡住了克罗齐等人对比较文学"乱比"的批判，形成了以"科学"实证为特征的文学影响关系研究，确立了法国学派的学科理论和一整套方法论体系。当然，法国学派悍然砍掉比较研究，又不放弃"比较文学"这个名称，于是不可避免地出现了比较文学名不副实的尴尬现象，出现了打着比较文学名号，而又不比较的法国学派学科理论，这才是问题的关键。

当然，法国学派提出"比较文学不是文学比较"，只注重实证关系而不注重文学比较和文学审美，必然会引起比较文学的危机。这一危机终于由美国著名比较文学家韦勒克（René Wellek）在 1958 年国际比较文学协会第二次大会上明确揭示出来了。在这届年会上，韦勒克作了题为《比较文学的危机》的挑战性发言，对"不比较"的法国学派进行了猛烈批判，宣告了倡导平行比较和注重文学审美的比较文学美国学派的诞生。韦勒克作了题为《比较文学的危机》的挑战性发言，对当时一统天下的法国学派进行了猛烈批判，宣告了比较文学美国学派的诞生。韦勒克说："我认为，内容和方法之间的人为界线，渊源和影响的机械主义概念，以及尽管是十分慷慨的但仍属文化民族主义的动机，是比较文学研究中持久危机的症状。"韦勒克指出："比较也不能仅仅局限在历史上的事实联系中，正如最近语言学家的经验向文学研究者表明的那样，比较的价值既存在于事实联系的影响研究中，也存在于毫无历史关系的语言现象或类型的平等对比中。"很明显，韦勒克提出了比较文学就是要比较（comparison），就是要恢复巴登斯佩哲所讽刺和抛弃的"找点类似点"的平行比较研究。美国著名比较文学家雷马克（Henry Remak）在他的著名论文《比较文学的定义与功用》中深刻地分析了法国学派为什么放弃"比较"（comparison）的原因和本质。他分析说："法国比较文学否定'纯粹'的比较（comparison），它忠实于十九世纪实证主义学术研究的传统，即实证主义所坚持并热切期望的文学研究的'科学性'。按照这种观点，纯粹的类比不会得出任何结论，尤其是不能得出有更大意义的、系统的、概括性的结论。……既然值得尊重的科学必须致力于因果关系的探索，而比较文学必须具有科学性，因此，比较文学应该研究因果关系，即影响、交流、变更等。"雷马克进一步尖锐地指出，"比较文学"不是"影响文学"。只讲影响不要比较的"比较文学"，当然是名不副实的。显然，法国学派抛弃了"比较"（comparison），但是仍然带着一顶"比较文学"的帽子，才造成了比较文学"名"与"实"不相符合，造成比较文学不比较的尴尬，这才是问题的关键。

　　美国学派最大的贡献，是恢复了被法国学派所抛弃的比较文学应有的本义——"比较"（The American school went back to the original sense of comparative literature ——"comparison"），美国学派提出了标志其学派学科理论体系的平行比较和跨学科比较："比较文学是一国文学与另一国或多国文学的比较，是文学与人类其他表现领域的比较。"显然，自从美国学派倡导比较文学应当比较（comparison）以后，比较文学就不再有名与实不相符合的问题了，我们就不应当再继续笼统地说"比较文学不是文学比较"了，不应当再以"比较文学不是文学比较"来误导学生！更不可以说"一百余年来，比较文学这个名称是名不副实的。"不能够将雷马克的观点也强行解释为"比较文学不是比较"。因为在美国学派看来，比较文学就是要比较（comparison）。比较文学就是要恢复被巴登斯佩哲所讽刺和抛弃的"找点类似点"的平行比较研究。因为平行研究的可比性，正是类同性。正如韦勒克所说，"比较的价值既存在于事实联系的影响研究中，也存在于毫无历史关系的语言现象或类型的平等对比中。"恢复平行比较研究、跨学科研究，形成了以"找点类似点"的平行研究和跨学科研究为特征的比较文学美国学派学科理论和方法论体系。美国学派的学科理论以"类型学"、"比较诗学"、"跨学科比较"为主，并拓展原属于影响研究的"主题学"、"文类学"等领域，大大扩展比较文学研究领域。

二、比较文学的三个阶段

　　下面，我们从比较文学的三个学科理论阶段，进一步剖析比较文学不同阶段的学科理论特征。现代意义上的比较文学学科发展以"跨越"与"沟通"为目标，形成了类似"层叠"式、"涟漪"式的发展模式，经历了三个重要的学科理论阶段，即：

一、欧洲阶段，比较文学的成形期；二、美洲阶段，比较文学的转型期；三、亚洲阶段，比较文学的拓展期。我们将比较文学三个阶段的发展称之为"涟漪式"结构，实际上是揭示了比较文学学科理论的继承与创新的辩证关系：比较文学学科理论的发展，不是以新的理论否定和取代先前的理论，而是层叠式、累进式地形成"涟漪"式的包容性发展模式，逐步积累推进。比较文学学科理论发展呈现为层叠式、"涟漪"式、包容式的发展模式。我们把这个模式描绘如下：

法国学派主张比较文学是国际文学关系，是不同国家文学的影响关系。形成学科理论第一圈层：比较文学——影响研究；美国学派主张恢复平行比较，形成学科理论第二圈层：比较文学——影响研究＋平行研究＋跨学科研究；中国学派提出跨文明研究和变异研究，形成学科理论第三圈层：比较文学——影响研究＋平行研究＋跨学科研究＋跨文明研究＋变异研究。这三个圈层并不互相排斥和否定，而是继承和包容。我们将比较文学三个阶段的发展称之为层叠式、"涟漪"式、包容式结构，实际上是揭示了比较文学学科理论的继承与创新的辩证关系。

法国学派提出，可比性的第一个立足点是同源性，由关系构成的同源性。同源性主要是针对影响关系研究而言的。法国学派将同源性视作可比性的核心，认为影响研究的可比性是同源性。所谓同源性，指的是通过对不同国家、不同民族和不同语言的文学的文学关系研究，寻求一种有事实联系的同源关系，这种影响的同源关系可以通过直接、具体的材料得以证实。同源性往往建立在一条可追溯关系的三点一线的"影响路线"之上，这条路线由发送者、接受者和传递者三部分构成。如果没有相同的源流，也就不可能有影响关系，也就谈不上可比性，这就是"同源性"。以渊源学、流传学和媒介学作为研究的中心，依靠具体的事实材料在国别文学之间寻求主题、题材、文体、原型、思想渊源等方面的同源影响关系。注重事实性的关联和渊源性的影响，并采用严谨的实证方法，重视对史料的搜集和求证，具有重要的学术价值与学术意义，仍然具有广阔的研究前景。渊源学的例子：杨宪益，《西方十四行诗的渊源》。

比较文学学科理论的第二阶段在美洲，第二阶段是比较文学学科理论的转型期。从 20 世纪 60 年代以来，比较文学研究的主要阵地逐渐从法国转向美国，平行研究的可比性是什么？是类同性。类同性是指是没有文学影响关系的不同国家文学所表现出的相似和契合之处。以类同性为基本立足点的平行研究与影响研究一样都是超出国界的文学研究，但它不涉及影响关系研究的放送、流传、媒介等问题。平行研究强调不同国家的作家、作品、文学现象的类同比较，比较结果是总结出于文学作品的美学价值及文学发展具有规律性的东西。其比较必须具有可比性，这个可比性就是类同性。研究文学中类同的：风格、结构、内容、形式、流派、情节、技巧、手法、情调、形象、主题、文类、文学思潮、文学理论、文学规律。例如钱钟书《通感》认为，中国诗文有一种描写手法，古代批评家和修辞学家似乎都没有拈出。宋祁《玉楼春》词有句名句："红杏枝头春意闹。"这与西方的通感描写手法可以比较。

比较文学的又一次危机：比较文学的死亡

九十年代，欧美学者提出，比较文学作为一门学科已经死亡！最早是英国学者苏珊·巴斯奈特1993年她在《比较文学》一书中提出了比较文学的死亡论，认为比较文学作为一门学科，在某种意义上已经死亡。尔后，美国学者斯皮瓦克写了一部比较文学专著，书名就叫《一个学科的死亡》。为什么比较文学会死亡，斯皮瓦克的书中并没有明确回答！为什么西方学者会提出比较文学死亡论？全世界比较文学界都十分困惑。我们认为，20世纪90年代以来，欧美比较文学继"理论热"之后，又出现了大规模的"文化转向"。脱离了比较文学的基本立场。首先是不比较，即不讲比较文学的可比性问题。西方比较文学研究充斥大量的 Culture Studies（文化研究），已经不考虑比较的合理性，不考虑比较文学的可比性问题。第二是不文学，即不关心文学问题。西方学者热衷于文化研究，关注的已经不是文学性，而是精神分析、政治、性别、阶级、结构等等。最根本的原因，是比较文学学科长期囿于西方中心论，有意无意地回避东西方不同文明文学的比较问题，基本上忽略了学科理论的新生长点，比较文学学科理论缺乏创新，严重忽略了比较文学的差异性和变异性。

要克服比较文学的又一次危机，就必须打破西方中心论，克服比较文学学科理论一味求同的比较文学学科理论模式，提出适应当今全球化比较文学研究的新话语。中国学派，正是在此次危机中，提出了比较文学变异学研究，总结出了新的学科理论话语和一套新的方法论。

中国大陆第一部比较文学概论性著作是卢康华、孙景尧所著《比较文学导论》，该书指出："什么是比较文学？现在我们可以借用我国学者季羡林先生的解释来回答了：'顾名思义，比较文学就是把不同国家的文学拿出来比较，这可以说是狭义的比较文学。广义的比较文学是把文学同其他学科来比较，包括人文科学和社会科学'。"[1]这个定义可以说是美国雷马克定义的翻版。不过，该书又接着指出："我们认为最精炼易记的还是我国学者钱钟书先生的说法：'比较文学作为一门专门学科，则专指跨越国界和语言界限的文学比较'。更具体地说，就是把不同国家不同语言的文学现象放在一起进行比较，研究他们在文艺理论、文学思潮，具体作家、作品之间的互相影响。"[2]这个定义似乎更接近法国学派的定义，没有强调平行比较与跨学科比较。紧接该书之后的教材是陈挺的《比较文学简编》，该书仍旧以"广义"与"狭义"来解释比较文学的定义，指出："我们认为，通常说的比较文学是狭义的，即指超越国家、民族和语言界限的文学研究……广义的比较文学还可以包括文学与其他艺术（音乐、绘画等）与其他意识形态（历史、哲学、政治、宗教等）之间的相互关系的研究。"[3]中国比较文学早期对于比较文学的定义中凸显了很强的不确定性。

由乐黛云主编，高等教育出版社 1988 年的《中西比较文学教程》，则对比较文学定义有了较为深入的认识，该书在详细考查了中外不同的定义之后，该书指出："比较文学不应受到语言、民族、国家、学科等限制，而要走向一种开放性，力图寻求世界文学发展的共同规律。"[4]"世界文学"概念的纳入极大拓宽了比较文学的内涵，为"跨文化"定义特征的提出做好了铺垫。

随着时间的推移，学界的认识逐步深化。1997 年，陈惇、孙景尧、谢天振主编的《比较文学》提出了自己的定义："把比较文学看作跨民族、跨语言、跨文化、跨学科的文学研究，更符合比较文学的实质，更能反映现阶段人们对于比较文学的认识。"[5]2000 年北京师范大学出版社出版了《比较文学概论》修订本，提出："什么是比较文学呢？比较文学是一种开放式的文学研究，它具有宏观的视野和国际的角度，以跨民族、跨语言、跨文化、跨学科界限的各种文学关系为研究对象，在理论和方法上，具有比较的自觉意识和兼容并包的特色。"[6]这是我们目前所看到的国内较有特色的一个定义。

1 卢康华、孙景尧著《比较文学导论》，黑龙江人民出版社 1984，第 15 页。

2 卢康华、孙景尧著《比较文学导论》，黑龙江人民出版社 1984 年版。

3 陈挺《比较文学简编》，华东师范大学出版社 1986 年版。

4 乐黛云主编《中西比较文学教程》，高等教育出版社 1988 年版。

5 陈惇、孙景尧、谢天振主编《比较文学》，高等教育出版社 1997 年版。

6 陈惇、刘象愚《比较文学概论》，北京师范大学出版社 2000 年版。

　　具有代表性的比较文学定义是 2002 年出版的杨乃乔主编的《比较文学概论》一书，该书的定义如下："比较文学是以跨民族、跨语言、跨文化与跨学科为比较视域而展开的研究，在学科的成立上以研究主体的比较视域为安身立命的本体，因此强调研究主体的定位，同时比较文学把学科的研究客体定位于民族文学之间与文学及其他学科之间的三种关系：材料事实关系、美学价值关系与学科交叉关系，并在开放与多元的文学研究中追寻体系化的汇通。"[7]方汉文则认为："比较文学作为文学研究的一个分支学科，它以理解不同文化体系和不同学科间的同一性和差异性的辩证思维为主导，对那些跨越了民族、语言、文化体系和学科界限的文学现象进行比较研究，以寻求人类文学发生和发展的相似性和规律性。"[8]由此而引申出的"跨文化"成为中国比较文学学者对于比较文学定义所做出的历史性贡献。

　　我在《比较文学教程》中对比较文学定义表述如下："比较文学是以世界性眼光和胸怀来从事不同国家、不同文明和不同学科之间的跨越式文学比较研究。它主要研究各种跨越中文学的同源性、变异性、类同性、异质性和互补性，以影响研究、变异研究、平行研究、跨学科研究、总体文学研究为基本方法论，其目的在于以世界性眼光来总结文学规律和文学特性，加强世界文学的相互了解与整合，推动世界文学的发展。"[9]在这一定义中，我再次重申"跨国""跨学科""跨文明"三大特征，以"变异性""异质性"突破东西文明之间的"第三堵墙"。

　　"首在审己，亦必知人"。中国比较文学学者在前人定义的不断论争中反观自身，立足中国经验、学术传统，以中国学者之言为比较文学的危机处境贡献学科转机之道。

三、两岸共建比较文学话语——比较文学中国学派

　　中国学者对于比较文学定义的不断明确也促成了"比较文学中国学派"的生发。得益于两岸几代学者的垦拓耕耘，这一议题成为近五十年来中国比较文学发展中竖起的最鲜明、最具争议性的一杆大旗，同时也是中国比较文学学科理论研究最有创新性，最亮丽的一道风景线。

7　杨乃乔主编《比较文学概论》，北京大学出版社 2002 年版。
8　方汉文《比较文学基本原理》，苏州大学出版社 2002 年版。
9　曹顺庆《比较文学教程》，高等教育出版社 2006 年版。

比较文学"中国学派"这一概念所蕴含的理论的自觉意识最早出现的时间大约是 20 世纪 70 年代。当时的台湾由于派出学生留洋学习，接触到大量的比较文学学术动态，率先掀起了中外文学比较的热潮。1971 年 7 月在台湾淡江大学召开的第一届"国际比较文学会议"上，朱立元、颜元叔、叶维廉、胡辉恒等学者在会议期间提出了比较文学的"中国学派"这一学术构想。同时，李达三、陈鹏翔（陈慧桦）、古添洪等致力于比较文学中国学派早期的理论催生。如 1976 年，古添洪、陈慧桦出版了台湾比较文学论文集《比较文学的垦拓在台湾》。编者在该书的序言中明确提出："我们不妨大胆宣言说，这援用西方文学理论与方法并加以考验、调整以用之于中国文学的研究，是比较文学中的中国派"[10]。这是关于比较文学中国学派较早的说明性文字，尽管其中提到的研究方法过于强调西方理论的普世性，而遭到美国和中国大陆比较文学学者的批评和否定；但这毕竟是第一次从定义和研究方法上对中国学派的本质进行了系统论述，具有开拓和启明的作用。后来，陈鹏翔又在台湾《中外文学》杂志上连续发表相关文章，对自己提出的观点作了进一步的阐释和补充。

在"中国学派"刚刚起步之际，美国学者李达三起到了启蒙、催生的作用。李达三于 60 年代来华在台湾任教，为中国比较文学培养了一批朝气蓬勃的生力军。1977 年 10 月，李达三在《中外文学》6 卷 5 期上发表了一篇宣言式的文章《比较文学中国学派》，宣告了比较文学的中国学派的建立，并认为比较文学中国学派旨在"与比较文学中早已定于一尊的西方思想模式分庭抗礼。由于这些观念是源自对中国文学及比较文学有兴趣的学者，我们就将含有这些观念的学者统称为比较文学的'中国'学派。"并指出中国学派的三个目标：1、在自己本国的文学中，无论是理论方面或实践方面，找出特具"民族性"的东西，加以发扬光大，以充实世界文学；2、推展非西方国家"地区性"的文学运动，同时认为西方文学仅是众多文学表达方式之一而已；3、做一个非西方国家的发言人，同时并不自诩能代表所有其他非西方的国家。李达三后来又撰文对比较文学研究状况进行了分析研究，积极推动中国学派的理论建设。[11]

继中国台湾学者垦拓之功，在 20 世纪 70 年代末复苏的大陆比较文学研

---

10 古添洪、陈慧桦《比较文学的垦拓在台湾》，台湾东大图书公司 1976 年版。
11 李达三《比较文学研究之新方向》，台湾联经事业出版公司 1978 年版。

究亦积极参与了"比较文学中国学派"的理论建设和学科建设。

季羡林先生1982年在《比较文学译文集》的序言中指出:"以我们东方文学基础之雄厚,历史之悠久,我们中国文学在其中更占有独特的地位,只要我们肯努力学习,认真钻研,比较文学中国学派必然能建立起来,而且日益发扬光大"[12]。1983年6月,在天津召开的新中国第一次比较文学学术会议上,朱维之先生作了题为《比较文学中国学派的回顾与展望》的报告,在报告中他旗帜鲜明地说:"比较文学中国学派的形成(不是建立)已经有了长远的源流,前人已经做出了很多成绩,颇具特色,而且兼有法、美、苏学派的特点。因此,中国学派绝不是欧美学派的尾巴或补充"[13]。1984年,卢康华、孙景尧在《比较文学导论》中对如何建立比较文学中国学派提出了自己的看法,认为应当以马克思主义作为自己的理论基础,以我国的优秀传统与民族特色为立足点与出发点,汲取古今中外一切有用的营养,去努力发展中国的比较文学研究。同年在《中国比较文学》创刊号上,朱维之、方重、唐弢、杨周翰等人认为中国的比较文学研究应该保持不同于西方的民族特点和独立风貌。1985年,黄宝生发表《建立比较文学的中国学派:读〈中国比较文学〉创刊号》,认为《中国比较文学》创刊号上多篇讨论比较文学中国学派的论文标志着大陆对比较文学中国学派的探讨进入了实际操作阶段。[14]1988年,远浩一提出"比较文学是跨文化的文学研究"(载《中国比较文学》1988年第3期)。这是对比较文学中国学派在理论特征和方法论体系上的一次前瞻。同年,杨周翰先生发表题为"比较文学:界定'中国学派',危机与前提"(载《中国比较文学通讯》1988年第2期),认为东方文学之间的比较研究应当成为"中国学派"的特色。这不仅打破比较文学中的欧洲中心论,而且也是东方比较学者责无旁贷的任务。此外,国内少数民族文学的比较研究,也应该成为"中国学派"的一个组成部分。所以,杨先生认为比较文学中的大量问题和学派问题并不矛盾,相反有助于理论的讨论。1990年,远浩一发表"关于'中国学派'"(载《中国比较文学》1990年第1期),进一步推进了"中国学派"的研究。此后直到20世纪90年代末,中国学者就比较文学中国学派的建立、理论与方法以及相应的学科理论等诸多问题进行了积极而富有成效的探讨。

12 张隆溪《比较文学译文集》,北京大学出版社1984年版。
13 朱维之《比较文学论文集》,南开大学出版社1984年版。
14 参见《世界文学》1985年第5期。

刘介民、远浩一、孙景尧、谢天振、陈淳、刘象愚、杜卫等人都对这些问题付出过不少努力。《暨南学报》1991 年第 3 期发表了一组笔谈，大家就这个问题提出了意见，认为必须打破比较文学研究中长期存在的法美研究模式，建立比较文学中国学派的任务已经迫在眉睫。王富仁在《学术月刊》1991 年第4 期上发表"论比较文学的中国学派问题"，论述中国学派兴起的必然性。而后，以谢天振等学者为代表的比较文学研究界展开了对"X+Y"模式的批判。比较文学在大陆复兴之后，一些研究者采取了"X+Y"式的比附研究的模式，在发现了"惊人的相似"之后便万事大吉，而不注意中西巨大的文化差异性，成为了浅度的比附性研究。这种情况的出现，不仅是中国学者对比较文学的理解上出了问题，也是由于法美学派研究理论中长期存在的研究模式的影响，一些学者并没有深思中国与西方文学背后巨大的文明差异性，因而形成"X+Y"的研究模式，这更促使一些学者思考比较文学中国学派的问题。

经过学者们的共同努力，比较文学中国学派一些初步的特征和方法论体系逐渐凸显出来。1995 年，我在《中国比较文学》第 1 期上发表《比较文学中国学派基本理论特征及其方法论体系初探》一文，对比较文学在中国复兴十余年来的发展成果作了总结，并在此基础上总结出中国学派的理论特征和方法论体系，对比较文学中国学派作了全方位的阐述。继该文之后，我又发表了《跨越第三堵'墙'创建比较文学中国学派理论体系》等系列论文，论述了以跨文化研究为核心的"中国学派"的基本理论特征及其方法论体系。这些学术论文发表之后在国内外比较文学界引起了较大的反响。台湾著名比较文学学者古添洪认为该文"体大思精，可谓已综合了台湾与大陆两地比较文学中国学派的策略与指归，实可作为'中国学派'在大陆再出发与实践的蓝图"[15]。

在我撰文提出比较文学中国学派的基本特征及方法论体系之后，关于中国学派的论争热潮日益高涨。反对者如前国际比较文学学会会长佛克马（Douwe Fokkema）1987 年在中国比较文学学会第二届学术讨论会上就从所谓的国际观点出发对比较文学中国学派的合法性提出了质疑，并坚定地反对建立比较文学中国学派。来自国际的观点并没有让中国学者失去建立比较文学中国学派的热忱。很快中国学者智量先生就在《文艺理论研究》1988 年第

---

15 古添洪《中国学派与台湾比较文学界的当前走向》，参见黄维梁编《中国比较文学理论的垦拓》167 页，北京大学出版社 1998 年版。

1 期上发表题为《比较文学在中国》一文，文中援引中国比较文学研究取得的成就，为中国学派辩护，认为中国比较文学研究成绩和特色显著，尤其在研究方法上足以与比较文学研究历史上的其他学派相提并论，建立中国学派只会是一个有益的举动。1991 年，孙景尧先生在《文学评论》第 2 期上发表《为"中国学派"一辩》，孙先生认为佛克马所谓的国际主义观点实质上是"欧洲中心主义"的观点，而"中国学派"的提出，正是为了清除东西方文学与比较文学学科史中形成的"欧洲中心主义"。在 1993 年美国印第安纳大学举行的全美比较文学会议上，李达三仍然坚定地认为建立中国学派是有益的。二十年之后，佛克马教授修正了自己的看法，在 2007 年 4 月的"跨文明对话——国际学术研讨会（成都）"上，佛克马教授公开表示欣赏建立比较文学中国学派的想法[16]。即使学派争议一派繁荣景象，但最终仍旧需要落点于学术创见与成果之上。

比较文学变异学便是中国学派的一个重要理论创获。2005 年，我正式在《比较文学学》[17]中提出比较文学变异学，提出比较文学研究应该从"求同"思维中走出来，从"变异"的角度出发，拓宽比较文学的研究。通过前述的法、美学派学科理论的梳理，我们也可以发现前期比较文学学科是缺乏"变异性"研究的。我便从建构中国比较文学学科理论话语体系入手，立足《周易》的"变异"思想，建构起"比较文学变异学"新话语，力图以中国学者的视角为全世界比较文学学科理论提供一个新视角、新方法和新理论。

比较文学变异学的提出根植于中国哲学的深层内涵，如《周易》之"易之三名"所构建的"变易、简易、不易"三位一体的思辨意蕴与意义生成系统。具体而言，"变易"乃四时更替、五行运转、气象畅通、生生不息；"不易"乃天上地下、君南臣北、纲举目张、尊卑有位；"简易"则是乾以易知、坤以简能、易则易知、简则易从。显然，在这个意义结构系统中，变易强调"变"，不易强调"不变"，简易强调变与不变之间的基本关联。万物有所变，有所不变，且变与不变之间存在简单易从之规律，这是一种思辨式的变异模式，这种变异思维的理论特征就是：天人合一、物我不分、对立转化、整体关联。这是中国古代哲学最重要的认识论，也是与西方哲学所不同的"变异"思想。

---

16 见《比较文学报》2007 年 5 月 30 日，总第 43 期。
17 曹顺庆《比较文学学》，四川大学出版社 2005 年版。

由哲学思想衍生于学科理论，比较文学变异学是"指对不同国家、不同文明的文学现象在影响交流中呈现出的变异状态的研究，以及对不同国家、不同文明的文学相互阐发中出现的变异状态的研究。通过研究文学现象在影响交流以及相互阐发中呈现的变异，探究比较文学变异的规律。"[18] 变异学理论的重点在求"异"的可比性，研究范围包含跨国变异研究、跨语际变异研究、跨文化变异研究、跨文明变异研究、文学的他国化研究等方面。比较文学变异学所发现的文化创新规律、文学创新路径是基于中国所特有的术语、概念和言说体系之上探索出的"中国话语"，作为比较文学第三阶段中国学派的代表性理论已经受到了国际学界的广泛关注与高度评价，中国学术话语产生了世界性影响。

四、国际视野中的中国比较文学

文明之墙让中国比较文学学者所提出的标识性概念获得国际视野的接纳、理解、认同以及运用，经历了跨语言、跨文化、跨文明的多重关卡，国际视野下的中国比较文学书写亦经历了一个从"遍寻无迹""只言片语"而"专篇专论"，从最初的"话语乌托邦"至"阶段性贡献"的过程。

二十世纪六十年代以来港台学者致力于从课程教学、学术平台、人才培养，国内外学术合作等方面巩固比较文学这一新兴学科的建立基石，如淡江文理学院英文系开设的"比较文学"（1966），香港大学开设的"中西文学关系"（1966）等课程；台湾大学外文系主编出版之《中外文学》月刊、淡江大学出版之《淡江评论》季刊等比较文学研究专刊；后又有台湾比较文学学会（1973 年）、香港比较文学学会（1978）的成立。在这一系列的学术环境构建下，学者前贤以"中国学派"为中国比较文学话语核心在国际比较文学学科理论、方法论中持续探讨，率先启声。例如李达三在 1980 年香港举办的东西方比较文学学术研讨会成果中选取了七篇代表性文章，以 *Chinese-Western Comparative Literature: Theory and Strategy* 为题集结出版，[19] 并在其结语中附上那篇"中国学派"宣言文章以申明中国比较文学建立之必要。

学科开山之际，艰难险阻之巨难以想象，但从国际学者相关言论中可见西方对于中国比较文学学科的发展抱有的希望渺小。厄尔·迈纳（Earl Miner）

---

18 曹顺庆主编《比较文学概论》，高等教育出版社 2015 年版。

19 *Chinese-Western Comparative Literature：Theory & Strategy*，Chinese Univ Pr.1980-
6

在 1987 年发表的 *Some Theoretical and Methodological Topics for Comparative Literature* 一文中谈到当时西方的比较文学鲜有学者试图将非西方材料纳入西方的比较文学研究中。(until recently there has been little effort to incorporate non-Western evidence into Western com- parative study.) 1992 年，斯坦福大学教授 David Palumbo-Liu 直接以《话语的乌托邦：论中国比较文学的不可能性》为题（*The Utopias of Discourse: On the Impossibility of Chinese Comparative Literature*）直言中国比较文学本质上是一项"乌托邦"工程。(My main goal will be to show how and why the task of Chinese comparative literature, particularly of pre-modern literature, is essentially a *utopian* project.) 这些对于中国比较文学的诘难与质疑，今美国加州大学圣地亚哥分校文学系主任张英进教授在其 1998 编著的 *China in a polycentric world: essays in Chinese comparative literature* 前言中也不得不承认中国比较文学研究在国际学术界中仍然处于边缘地位（The fact is, however, that Chinese comparative literature remained marginal in academia, even though it has developed closely with the rest of literary studies in the United Stated and even though China has gained increasing importance in the geopolitical world order over the past decades.）。[20]但张英进教授也展望了下一个千年中国比较文学研究的蓝景。

新的千年新的气象，"世界文学""全球化"等概念的冲击下，让西方学者开始注意到东方，注意到中国。如普渡大学教授斯蒂文·托托西（Tötösy de Zepetnek, Steven）1999 年发长文 *From Comparative Literature Today Toward Comparative Cultural Studies* 阐明比较文学研究更应该注重文化的全球性、多元性、平等性而杜绝等级划分的参与。托托西教授注意到了在法德美所谓传统的比较文学研究重镇之外，例如中国、日本、巴西、阿根廷、墨西哥、西班牙、葡萄牙、意大利、希腊等地区，比较文学学科得到了出乎意料的发展（emerging and developing strongly）。在这篇文章中，托托西教授列举了世界各地比较文学研究成果的著作，其中中国地区便是北京大学乐黛云先生出版的代表作品。托托西教授精通多国语言，研究视野也常具跨越性，新世纪以来也致力于以跨越性的视野关注世界各地比较文学研究的动向。[21]

---

20 Moran T . Yingjin Zhang, Ed. China in a Polycentric World: Essays in Chinese Comparative Literature[J].现代中文文学学报,2000,4(1):161-165.

21 Tötösy de Zepetnek, Steven. "From Comparative Literature Today Toward Comparative Cultural Studies." CLCWeb: Comparative Literature and Culture 1.3 (1999):

以上这些国际上不同学者的声音一则质疑中国比较文学建设的可能性，一则观望着这一学科在非西方国家的复兴样态。争议的声音不仅在国际学界，国内学界对于这一新兴学科的全局框架中涉及的理论、方法以及学科本身的立足点，例如前文所说的比较文学的定义，中国学派等等都处于持久论辩的漩涡。我们也通晓如果一直处于争议的漩涡中，便会被漩涡所吞噬，只有将论辩化为成果，才能转漩涡为涟漪，一圈一圈向外辐射，国际学人也在等待中国学者自己的声音。

上海交通大学王宁教授作为中国比较文学学者的国际发声者自 20 世纪末至今已撰文百余篇，他直言，全球化给西方学者带来了学科死亡论，但是中国比较文学必将在这全球化语境中更为兴盛，中国的比较文学学者一定会对国际文学研究做出更大的贡献。新世纪以来中国学者也不断地将自身的学科思考成果呈现在世界之前。2000 年，北京大学周小仪教授发文（*Comparative Literature in China*）[22]率先从学科史角度构建了中国比较文学在两个时期（20 世纪 20 年代至 50 年代，70 年代至 90 年代）的发展概貌，此文关于中国比较文学的复兴崛起是源自中国文学现代性的产生这一观点对美国芝加哥大学教授苏源熙（Haun Saussy）影响较深。苏源熙在 2006 年的专著 *Comparative Literature in an Age of Globalization* 中对于中国比较文学的讨论篇幅极少，其中心便是重申比较文学与中国文学现代性的联系。这篇文章也被哈佛大学教授大卫·达姆罗什（David Damrosch）收录于《普林斯顿比较文学资料手册》（*The Princeton Sourcebook in Comparative Literature*，2009[23]）。类似的学科史介绍在英语世界与法语世界都接续出现，以上大致反映了中国学者对于中国比较文学研究的大概描述在西学界的接受情况。学科史的构架对于国际学术对中国比较文学发展脉络的把握很有必要，但是在此基础上的学科理论实践才是关系于中国比较文学学科国际性发展的根本方向。

我在 20 世纪 80 年代以来 40 余年间便一直思考比较文学研究的理论构建问题，从以西方理论阐释中国文学而造成的中国文艺理论"失语症"思考

---

22 Zhou, Xiaoyi and Q.S. Tong, "Comparative Literature in China", Comparative Literature and Comparative Cultural Studies, ed., Totosy de Zepetnek, West Lafayette, Indiana: Purdue University Press, 2003, 268-283.

23 Damrosch, David (EDT)*The Princeton Sourcebook in Comparative Literature*: Princeton University Press

属于中国比较文学自身的学科方法论,从跨异质文化中产生的"文学误读""文化过滤""文学他国化"提出"比较文学变异学"理论。历经 10 年的不断思考,2013 年,我的英文著作: *The Variation Theory of Comparative Literature*(《比较文学变异学》),由全球著名的出版社之一斯普林格(Springer)出版社出版,并在美国纽约、英国伦敦、德国海德堡出版同时发行。*The Variation Theory of Comparative Literature*(《比较文学变异学》)系统地梳理了比较文学法国学派与美国学派研究范式的特点及局限,首次以全球通用的英语语言提出了中国比较文学学科理论新话语:"比较文学变异学"。这一新概念、新范畴和新表述,引导国际学术界展开了对变异学的专刊研究(如普渡大学创办刊物《比较文学与文化》2017 年 19 期)和讨论。

欧洲科学院院士、西班牙圣地亚哥联合大学让·莫内讲席教授、比较文学系教授塞萨尔·多明戈斯教授(Cesar Dominguez),及美国科学院院士、芝加哥大学比较文学教授苏源熙(Haun Saussy)等学者合著的比较文学专著(Introducing Comparative literature: New Trends and Applications[24])高度评价了比较文学变异学。苏源熙引用了《比较文学变异学》(英文版)中的部分内容,阐明比较文学变异学是十分重要的成果。与比较文学法国学派和美国学派形成对比,曹顺庆教授倡导第三阶段理论,即,新奇的、科学的中国学派的模式,以及具有中国学派本身的研究方法的理论创新与中国学派"(《比较文学变异学》(英文版)第 43 页)。通过对"中西文化异质性的"跨文明研究",曹顺庆教授的看法会更进一步的发展与进步(《比较文学变异学》(英文版)第 43 页),这对于中国文学理论的转化和西方文学理论的意义具有十分重要的价值。("Another important contribution in the direction of an imparative comparative literature-at least as procedure-is Cao Shunqing's 2013 *The Variation Theory of Comparative Literature*. In contrast to the "French School"and"American School"of comparative Literature, Cao advocates a "third-phrase theory", namely, "a novel and scientific mode of the Chinese school," a "theoretical innovation and systematization of the Chinese school by relying on our *own* methods" (*Variation Theory* 43; emphasis added). From this etic beginning, his proposal moves forward emically by developing a "cross-civilizaional study on the heterogeneity between

---

24 Cesar Dominguez,Haun Saussy,Dario Villanueva Introducing Comparative literature: New Trends and Applications,Routledge,2015

Chinese and Western culture" (43), which results in both the foreignization of Chinese literary theories and the Signification of Western literary theories.）

　　法国索邦大学（Sorbonne University）比较文学系主任伯纳德·弗朗科（Bernard Franco）教授在他出版的专著（《比较文学：历史、范畴与方法》）*La littératurecomparée: Histoire, domaines, méthodes* 中以专节引述变异学理论，他认为曹顺庆教授提出了区别于影响研究与平行研究的"第三条路"，即"变异理论"，这对应于观点的转变，从"跨文化研究"到"跨文明研究"。变异理论基于不同文明的文学体系相互碰撞为形式的交流过程中以产生新的文学元素，曹顺庆将其定义为"研究不同国家的文学现象所经历的变化"。因此曹顺庆教授提出的变异学理论概述了一个新的方向，并展示了比较文学在不同语言和文化领域之间建立多种可能的桥梁。（Il évoque l'hypothèse d'une troisième voie, la « théorie de la variation », qui correspond à un déplacement du point de vue, de celui des « études interculturelles » vers celui des « études transcivilisationnelles . » Cao Shunqing la définit comme « l'étude des variations subies par des phénomènes littéraires issus de différents pays, avec ou sans contact factuel, en même temps que l'étude comparative de l'hétérogénéité et de la variabilité de différentes expressions littéraires dans le même domaine ».Cette hypothèse esquisse une nouvelle orientation et montre la multiplicité des passerelles possibles que la littérature comparée établit entre domaines linguistiques et culturels différents.）[25]。

　　美国哈佛大学（Harvard University）厄内斯特·伯恩鲍姆讲席教授、比较文学教授大卫·达姆罗什（David Damrosch）对该专著尤为关注。他认为《比较文学变异学》（英文版）以中国视角呈现了比较文学学科话语的全球传播的有益尝试。曹顺庆教授对变异的关注提供了较为适用的视角，一方面超越了亨廷顿式简单的文化冲突模式，另一方面也跨越了同质性的普遍化。[26]国际学界对于变异学理论的关注已经逐渐从其创新性价值探讨延伸至文学研究，例如斯蒂文·托托西近日在 *Cultura* 发表的（Peripheralities: "Minor" Literatures, Women's Literature, and Adrienne Orosz de Csicser's Novels）一文中便成功地将变异学理论运用于阿德里安·奥罗兹的小说研究中。

25　Bernard Franco La littératurecomparée: Histoire, domaines, méthodes，Armand Colin 2016.

26　David Damrosch Comparing the Literatures,Literary Studies in a Global Age,Princeton University Press,2020.

　　国际学界对于比较文学变异学的认可也证实了变异学作为一种普遍性理论提出的初衷，其合法性与适用性将在不同文化的学者实践中巩固、拓展与深化。它不仅仅是跨文明研究的方法，而是一种具有超越影响研究和平行研究，超越西方视角或东方视角的宏大视野、一种建立在文化异质性和变异性基础之上的融汇创生、一种追求世界文学和总体问题最终理想的哲学关怀。

　　以如此篇幅展现中国比较文学之况，是因为中国比较文学研究本就是在各种危机论、唱衰论的压力下，各种质疑论、概念论中艰难前行，不探源溯流难以体察今日中国比较文学研究成果之不易。文明的多样性发展离不开文明之间的交流互鉴。最具"跨文明"特征的比较文学学科更需要文明之间成果的共享、共识、共析与共赏，这是我们致力于比较文学研究领域的学术理想。

　　千里之行，不积跬步无以至，江海之阔，不积细流无以成！如此宏大的一套比较文学研究丛书得承花木兰总编辑杜洁祥先生之宏志，以及该公司同仁之辛劳，中国比较文学学者之鼎力相助，才可顺利集结出版，在此我要衷心向诸君表达感谢！中国比较文学研究仍有一条长远之途需跋涉，期以系列丛书一展全貌，愿读者诸君敬赐高见！

曹顺庆

二零二一年十月二十三日于成都锦丽园

目

次

第一辑　跨学科研究的理论建构

跨文化视野中的跨学科对话

一

比较文学作为一种跨国、跨学科的文学研究，面临着两重对话：跨文化对话和跨学科对话。跨文化对话是探讨在各种文化之间如何实现理解与沟通，跨学科研究则是以文学为一端，在各种不同艺术门类、学科之间，清理其各自的知识、话语谱系，在此基础上，一方面揭示在人类文化体系中不同知识形态的同质与异质；另一方面彰显文学之为文学的独特性，把握文学的内在规律，从而真正实现不同学科间的对话。

"跨越性"，构成了比较文学的根本属性。跨文化与跨学科，便形成了"跨越"的两大方面。但这两种跨越的侧重点是有差异的。正像中国文学与英国文学的比较研究，落脚点是各自民族文学的特点、精神内含。而跨学科研究，多是同一民族范围内的不同艺术门类、学科的比较，如中国诗与中国画。当"诗"与"画"被冠以"中国"的字样，这"诗"与"画"也就带有了民族性。而事实上，跨学科研究本来应该更侧重于普通意义上的"诗"与"画"之比较。但是，从民族特色各异的"诗"与"画"中抽象出一般意义上的"诗"与"画"是否可能，又成为一个问题。

与此相关的问题是，跨学科研究可以跨文化吗？原则上两者应该并不矛盾，如中国诗与西洋画，基督教与中国文学。但也有学者对此持怀疑态度。在如何跨越的问题上，美国学派的学者间就有不同看法。威斯坦因在《比较文学与文学理论》一书中，一方面支持"各种艺术相互阐发"的"比较艺术"

方法，另一方面又主张这样的研究应"不超越国家的界限"。[1]也许，威斯坦因忧虑的是，中国诗与西洋画，两者属于两个无法通约的知识系统，比较出来的也许具有跨文化研究的意义，但与真正意义上的跨学科研究并不相干，就像基督教与中国文学，很容易做成异域文化对中国文学的影响的论文，但并无跨学科研究的意义。

如果说，美国学派首先将跨学科研究引入到比较文学中，他们将比较文学定位于既要研究"超越一国范围的文学"，也要研究"文学跟其他知识和信仰领域，诸如艺术（绘画、雕塑、建筑、音乐）、哲学、历史、社会科学（如政治学、经济学、社会学）、其他科学、宗教之间的关系。"[2]但美国学派对文学、文学性、艺术、学科等的定位，基本上完全依据的是西方知识体系。正如有学者指出的："美国学派的'平行研究'显然不具有'对话'的视野，它所确认的学科目标（'世界文学'）依据西学传统对'文学'、'文学性'、'诗性'的领会和规定。对美国学派而言，'比较'并不是一场文化间的对话，而是以西方'诗学'的眼光对各种文学经验及其理论表述的发掘。……它所确认的'综合'、'类比'、'跨学科'等研究方法在同一文化圈的比较研究中有极大的用武之地，然而在跨文化研究中，由于相异文化中的文体分类、学科分类极不相同，乃至文学现象呈现出全然不同的边界归属，这些研究方法已很难成为比较文学研究的核心方法。相反，对不同文化中文学经验和文论思想的异质性的考察将成为跨文化比较文学研究的重心。"[3]

当美国学派完全承续欧洲文化传统的话语，用模仿、表现、典型、现实主义、浪漫主义、象征主义等来探讨文学，规定文学的特性，而像中国、印度等具有悠久历史文化传统的一些基本的文论概念，比如气、韵、味、境界，都被排除在其视野之外，那么，作为跨学科研究之出发点的"文学"，就只能完全是西方意义上的。而跨学科研究的"学科"分类，也是源于西方知识谱系。在这个前提下的跨学科研究，也就常常是单向的，不具有对话的意义。正像中国的诗、词、歌、赋、戏曲、话本小说，由于与西方文学在精神特征上相距甚远，也许，在西方人看来，它不过是用于了解东方神秘文化的标本，而并

---

1 威斯坦因：《比较文学与文学理论》，刘象愚译，辽宁人民出版社，1987年，第150页。

2 雷马克：《比较文学的定义和功能》，见：干永昌等编《比较文学研究译文集》，上海译文出版社，1985年。

3 曹顺庆等：《比较文学学科理论研究》，巴蜀书社，2001年，第301页。

不具备跨学科研究中的"文学"的意义。

由此，比较文学的跨学科研究，倒不是一定要拿中国诗与西方画，中国文学与西方哲学等来进行比较研究，而是在进行跨学科研究时，引入跨文化的视野。不同学科，在人类文化的知识架构中拥有各自的领域，有着自己的一套概念范畴、话语规则，但同时相互间又有相通之处，如何在对各自"话语"的清理中，实现跨文化、跨学科的对话，便成为我们深化比较文学跨学科研究的重要步骤。

二

跨学科对话的实现，首先需要在跨文化的背景上，弄清文学及其它学科在人类文化知识架构中的位置及其演变。

人类各种艺术、各学科之间，曾经具有一种同源共生的关系，而在人类知识进化的过程中，它们逐渐拥有了自己独立的领域，相互间具有了异质性，但仍然保持着千丝万缕的联系，它们相互影响、促进。

人之初，当人类逐渐走出纯粹的动物世界，但并未摆脱蒙昧，物我不分，人神合一，对象、观念、主体三维混合，这种原始思维的最初的产物便是神话与宗教。神话与宗教既是原始人的艺术，也是原始人的"科学"，它代表了原始人对世界与人自身的认识。面对神秘的自然，他们充满了敬畏与好奇，他们借助想象与幻想，把大自然拟人化，看作"有心情的东西"。同时，他们通过"梦"感到，人的身体之外还有一个被称作"灵魂"的东西，"灵魂"是不死的，它成了连结过去、未来，实现人神对话的中介，而在人神交融的灵魂的舞蹈中，人类也就有了最初的艺术。

人类的精神进化的过程，就是宗教、语言、艺术、思想、道德等萌生、发展并逐渐获得明确的自我定位的过程。人类科学的各个学科，大都对应于人的一种精神现象，反映着人的一种精神需要：审美的、情感的、思想的、伦理的、认识的、交际的。神话、宗教反映着人类心灵的混沌期——原始思维。而语言产生，这是人类出于交流的需要。但当原始人以符号为万物命名，这也就意味着人类摆脱物我不分，人神不分状态的开始，人类拥有了语言，也就拥有了可靠的身份和标志，拥有了通过语言、思维通达广阔的世界的可能，在语言成为人存在的家园的同时，人类也就开始有了科学。人类科学的发展，大致循着理性与感性两个方面发展。语言的发展是人类理性思维的直接表现。哲学则是原始思维的觉醒或反思，哲学对自然的探索，便逐渐有了自然科学，对人的生存的追问，便有了现代意义上的人本哲学。道德现象意味着人类的注意力逐渐从与自然的紧张关系转移到同类之间的关系，这是"实践理性"的觉醒。而艺术则可看作是原始思维在感性领域中的隐秘的延伸。[4]

正是在这一系列的分化过程中，每一学科拥有了自己的边界与规定性，但理性世界与感性世界又总是相互依赖、相互渗透和促进的。思想需要感性生命冲动为动力，而情感也因为思想变得更高级更高尚。各种艺术、各门学科往往是相通的，区别只在于把握对象的方式、媒介、侧重点的不同，这便构成了跨学科研究的学理依据。

我们又可以把人类知识的各个学科看作一个大家族，既同源又异质，各自有自己的领地，但又有重合之处，相互间只有一些模糊的边界，游弋于这些模糊的边界中，追溯各自的渊源与流变，比较其异同，揭示它们之间的相互联系、影响，跨学科研究便有了用武之地。

前面我们从人类文化的起源的角度探讨了其同源共生性，而要使跨学科研究真正具有坚实的基础，还需要进一步清理它们在人类知识体系中的位置，它们的独特领域及其相互间可能的交叉与重合，它们在不同时代的演变情况。以与文学关系最为密切的"艺"为例。"艺"在中国与西方都有一个发展演变的过程。在古希腊，"艺"主要是指一种生产性的制作活动，尤指技艺。盖伦把艺术分为"平民艺术"和"自由艺术"，平民艺术需要体力劳动，是"手艺的"（handicrafts），自由艺术则是"智力的"（intellectual）。自由艺术演变成后来的自由七艺：语法、修辞、逻辑、算术、几何、天文、音乐。文艺复兴时代，人们才渐渐把"艺"与"美"联系起来。1690年，法兰西学士院的夏尔·佩罗在《美术陈列室》前言中，列举了八种"美的艺术"：雄辩术、光学、诗歌、音乐、建筑、绘画、雕塑、机械学。1747年，法国的夏尔·巴托在1747年出版的《简化成一个单一原则的美的艺术》中，使"美的艺术"完全摆脱技艺与科学，构建了一个由音乐、诗歌、绘画、雕塑和舞蹈组成的完整的艺术体系，标志了现代艺术体系的诞生。20世纪，关于艺术体系有多种划分，大致包括绘画，雕塑、建筑、音乐、诗歌、戏剧、小说、舞蹈、电影等，这种"艺术"的演变过程又是跟文学紧密相关的。

---

4 参见徐炼、张桂喜等编著：《人文科学导论》，中南工业大学出版社，1998年。

在古代中国，"艺"也有自己特殊的内涵。它有技艺与道艺之分。《说文解字》把"艺"解作"种也"。人们把在土地上种植庄稼称为"艺"。"艺"是一种技术性的行为，所以人们多以"技艺"、"才艺"、"术艺"并称。而到孔子时代，"艺"的内涵扩大，"志于道，据于德，依于仁，游于艺"（《论语·述而》），何晏将"艺"解作礼、乐、射、御、书、数，即"六艺"。汉以后，人们将"技艺"与"方术"联系起来，出现了"艺术"一词，"艺"指"书、数、射、御"，"术"谓"医、方、卜、筮。"（《后汉书》李贤注）。《魏书》有《术艺列传》，《晋书》首次出现《艺术传》，但它与这之前各种史书中的《方技传》《方术列传》等一脉相承，多指各类术数、方技之人。直到《新唐书》"文艺列传"，入传者多为诗文书画之人，"文"与"艺"才具有一种精神性的审美的内含。同时，艺以载道，"艺"逐渐具有了"道"的色彩。"艺术"在官方经、史、子、集的知识分类系统中，《旧唐书·艺文志》才单独列出"杂艺术"类，属子部，但只载博经弈谱。《新唐书·艺文志》才在"艺术"类中收入书、画谱。琴、棋、书、画并称也是唐代始出现。《明史·艺文志》增琴谱（"乐"原在"六经"之列，此时方始回归"艺术"中，但经部中仍有"乐"，只不过将琴谱分出来罢了）。

与此同时，在中国古代，"文"、"文章"、"文学"也经过了一个发展演变的过程。中国古代最初的"文"，乃指天、地、人之"文"。而"文学"一词，首见于《论语》。孔子以"文学"与"德行"、"言语"、"政事"并列，指研究"人文"之学。汉代，人们把具有文采的"书辞"称为"文章"。"文章"从"文学"中独立出来。魏晋以后，人们心目中的"文学"，大多专指"辞章之学"，即以"辞采"为标志的诗、赋文章。"文学"逐渐接近于现代意义。"文"、"艺"并称，始于建安时徐干所著《中论》。《新唐书》则有《文艺列传》。"文"与"艺"在知识分类系统中的变化，技艺向道艺的转换（以文载道，以艺载道，成为中国文论、艺论中的一个基本价值取向），同时也就体现了社会思想、文艺观念的变化。

而在西方，"诗学"同样有自己的知识分类背景。亚里士多德将人类活动分为三种类型：研究活动、行为活动和生产活动。生产活动又分技艺性生产与非技艺性生产。诗性活动便是属于技艺性生产，它属于一种摹仿自然的技艺。诗的本质就是"摹仿"。而史诗、悲剧、酒神颂、双管箫乐、竖琴乐等的差异，就在于其模仿的媒介不同、对象不同、方式不同。而在18世纪开始的现代美学的分类中，"诗"、"戏剧"、"小说"逐渐被划入"美的艺术"中。文学、艺术、审美，成为西方诗学谱系的三级分类概念。[5]而这种分类，又是与西方知识体系中"知、情、意"的划分紧密相关的。逻辑学研究理性活动，伦理学研究意志活动，美学研究情感活动。

显然，"艺"与"文"作为两大系统，只有弄清它们在中西传统知识谱系中的位置及其相互关系，它们与中西文化传统、精神的联系，在这种跨文化的背景上，跨学科研究才能有一个坚实的基点。如果仅以某一知识体系中的"文"与"艺"作为唯一的标准，便有可能导致对另一种文化中的某种"文"与"艺"的遮蔽。正像琴棋书画，作为中国古代四艺，到 20 世纪，"棋"已被排除在现代"艺术"之外，这固然有围棋日益走向竞技化有关，但也是因为它与西方艺术体系不合使然。而中国围棋所包含的丰富"艺"与"美"的内涵，也就在西方知识的"前见"之下，被遮蔽了。

三

跨学科对话，理解与沟通的前提是对各学科知识体系中的概念范畴、话语规则的梳理。而不同国家、民族，在各自的知识领域中，其概念范畴、话语规则、文化精神，往往都呈现差异，只有在跨文化的基础上，跨学科对话才有可能。

各种艺术和各学科，他们对世界的认识、把握、表达，都有自己不同的方式，正像我们说各种艺术因为表达媒介的不同，便产生了文学语言、绘画语言、音乐语言，电影语言等等。而各门学科在对世界的认知、表达中，出现了哲学话语、社会学话语、科学话语等。显然，文学与其它艺术、学科在言说方式上是有差异的。在比较研究中，首先便需要先清理其概念范畴，有哪些是共通的，哪些是各自独特的。以中国文学艺术理论为例，由于它们的研究对象分别是诗文和琴棋书画，研究对象的差异，便构成了各自的一套概念体系。而它们同在中国文化的大背景下，很多话语又是相通的，如道、气、形、象、意、阴阳、机、玄、妙、神、仁义、动静、虚实、奇正、理数、心数、象数、体用……问题是，同一范畴，在不同的艺术门类，其具体内容又是有差异的。就像中国艺术中的"虚实"之"虚"，在画论中可能是指"空白"，在乐论中可能是"此时无声"，在棋论中是"空虚"，"虚势"，在诗论中是"意在言

5　参见吴兴明：《中国传统文论的知识谱系》，巴蜀书社，2001 年，第 73 页。

外"，但它们又都与中国哲学的"无"有着亲缘关系，这就需要我们在跨学科中寻求话语的沟通时，先作一番细致的辨析。

在对各门艺术、学科的概念、范畴的清理中，同时面临着一个问题，这就是意义展开的方式、言说的规则。各学科都以语言为符号，但科学文本、哲学文本，文学文本显然是有差异的。对它们的比较既包括它们所面对的对象，也包括言说的方式，也就是说，需要回答一个问题，什么是文学的言说？什么是科学或哲学的言说？维特根斯坦在建立他的"语言游戏"理论时，以下国际象棋为例子。认为一个词的意思是什么，类似于象棋中一个棋子是什么。一个棋子被单独拿出来是没有意义的，只有把它放在具体的位置，放在与其它棋子的相互关系中，它才能获得意义。这构成了一种"惯例"，棋子的存在依赖于象棋游戏惯例的存在。同样文学作品也被认为是一种惯例的对象，一件文学作品的艺术特征是被一系列惯例的因袭性所规定的，它不可能独立于惯例而存在。[6]问题是，棋戏的"惯例"是可以描述的，而文学之成为"文学"的"惯例"究竟是什么，谁也说不清楚。跨学科研究对学科概念范畴、言说规则的清理也许便基于这种寻求"惯例"的努力。就像中国的"道"，西方的"逻各斯"，对它们的比较研究是一种跨文化的对话。而研究"道"在中国哲学、文学、艺术中的展开，它是如何从哲学之"道"化为文学之"道"、艺术之"道"的，对其细致的辨析，并由此对哲学和文学艺术的言说方式有所会心，这便构成了寻求跨学科对话的一种努力，也只有在这种努力中，跨学科对话才有可能。

问题是，如果说在同一国家或民族中，不同艺术、学科可以共用一套既相联系又相区别的话语，而在另外文化背景下，可能又完全是一套新的话语。正像中国哲学及艺术论，都常有浓厚的体验感悟及诗性表达的特色，西方则偏重逻辑分析与理性表达。人们习惯于把这两种知识形态称之为"感悟型知识形态"和"理念型知识形态"。就是说，中国传统知识更具诗的色彩，西方传统知识更接近于科学。中国以道、气韵、风骨、境界论诗文书画，决定了中国的"文"与"艺"有自己独特的质地、品格。如果仅仅在西方的知识背景上来探究何为文学，何为艺术，何为哲学等，那文学、艺术、哲学，都可能仅仅都是西方意义上的。正如有学者所指出的："没有跨文化比较研究的视野，没有返本溯源、回到不同文化中的不同文学样态的'文学性'这一回到'事情

6　参见朱狄：《当代西方艺术哲学》，人民出版社，1994 年，第 151 页。

本身'处的胸襟和气度，我们就不可能'发现人类共同的诗心'，不可能建立普遍有效的文学理论。"[7]

比较文学以跨文化的文学关系和文学与其它文化领域的关系为中心，力求实现相互间的对话。跨文化对话是为了在理解互释中实现不同文化背景下的文学的融通。而跨学科对话，目的是为了寻求文学与其它艺术、学科间的汇通，在互证、互识、互补中，相互促进。只有把跨文化与跨学科研究结合起来，跨学科研究才有坚实的基础，在此基础上也将生出一系列新的课题。这种研究应该说有着广阔的前景，也有许多理论与具体的问题有待于我们去探索。但无庸讳言，跨学科研究在比较文学研究中并没有得到足够的重视。不少还停留在对各学科之间关系的现象罗列上，而缺乏学理上的深层次把握，缺乏把跨文化研究与跨学科研究结合起来的自觉。我们在此仅仅是提出一些问题与思路，也许可以给人提供一点启示。真正深入的研究，还有待于今后的努力。

原载《中外文化与文论》（第 13 辑），四川大学出版社，2006 年

7　曹顺庆等著：《比较文学学科理论研究》，巴蜀书社，2001 年，第 301 页。

比较文学跨学科对话的
途经与话语的通约性

尽管跨学科研究被纳入比较文学的研究视野中已有较长的一段时间，但无庸讳言，在比较文学学科理论研究中，跨学科研究是最缺少理论建构的一个领域。不少论著都是停留在对不同艺术门类、不同学科之间如何相互影响的梳理上，而很少作更进一步的拓展与理论思考。跨学科研究也就很难真正地走向深入。由此，如何在跨文化的视野中，通过对知识范式的清理，寻求不同学科之间概念范畴、话语规则、精神架构的差异与相通，便成为需要我们努力探索的课题。也只有在此基础上，跨学科研究的理论建构才可能有新的突破。

一、同源共生与话语规则

有学者将同源性、类同性、异质性与互补性当作比较文学的可比性的基本内容[1]。就比较文学跨学科研究而言，人类各种艺术、各学科之间，曾经具有一种同源共生的关系，而在人类知识进化的过程中，它们逐渐拥有了自己独立的领域，相互间具有了异质性，但仍然保持着千丝万缕的联系，它们相互影响、促进。对这种复杂关系的发掘、清理，便成了比较文学跨学科研究的起点。

人之初，当人类逐渐走出纯粹的动物世界，但并未摆脱蒙昧，物我不分，人神合一，对象、观念、主体三维混合，这种原始思维的最初的产物便是神

---

1 曹顺庆等：《比较文学论》，四川教育出版社，2002年，第63页。

话与宗教。神话既是原始人的艺术，也是原始人的"宗教"、"科学"、"哲学"、"历史"、"文学"，它代表了原始人对世界与人自身的认识。面对神秘的自然，他们充满了敬畏与好奇，他们借助想象与幻想，把大自然拟人化，看作"有心情的东西"。同时，他们通过"梦"感到，人的身体之外还有一个被称作"灵魂"的东西，"灵魂"是不死的，它成了连结过去、未来，实现人神对话的中介，而在人神交融的灵魂的舞蹈中，人类也就有了最初的艺术。同时，他们在想象中也建构了自己氏族的"传说"、"历史"。

人类的精神进化的过程，就是宗教、语言、艺术、思想、道德等萌生、发展并逐渐获得明确的自我定位的过程。人类科学的各个学科，大都对应于人的一种精神现象，反映着人的一种精神需要：审美的、情感的、思想的、伦理的、认识的、交际的。神话、宗教反映着人类心灵的混沌期——原始思维。而语言产生，这是人类出于交流的需要。但当原始人以符号为万物命名，这也就意味着人类摆脱物我不分、人神不分状态的开始，人类拥有了语言，也就拥有了可靠的身份和标志，拥有了通过语言、思维通达广阔的世界的可能，在语言成为人存在的家园的同时，人类也就开始有了科学。人类科学的发展，大致循着理性与感性两个方面发展。语言的发展是人类理性思维的直接表现。哲学则是原始思维的觉醒或反思，哲学对自然的探索，便逐渐有了自然科学，对人的生存的追问，便有了现代意义上的人本哲学。道德现象意味着人类的注意力逐渐从与自然的紧张关系转移到同类之间的关系，这是"实践理性"的觉醒。而艺术则可看作是原始思维在感性领域中的隐秘的延伸。[2]

正是在这一系列的分化过程中，每一学科拥有了自己的边界与规定性，但理性世界与感性世界又总是相互依赖、相互渗透和促进的。我们可以把人类知识的各个学科看作一个大家族，既同源又异质，各自有自己的领地，但又有重合之处，相互间只有一些模糊的边界，游弋于这些模糊的边界中，追溯各自的渊源与流变，比较其异同，揭示它们之间的相互联系、影响，跨学科研究便有了用武之地。

如果说，从人类文化的起源的角度，各种艺术、各学科之间都有一种同源共生性。而他们在分化的过程中，又逐渐拥有了自己独立的领域。他们对世界的认识、把握、表达，都有自己不同的方式，正像我们说各种艺术因为

2　徐炼、张桂喜等编著：《人文科学导论》，中南工业大学出版社，1998 年，第 23-26 页。

表达媒介的不同，便产生了文学语言、绘画语言、音乐语言，电影语言等等。而各门学科在对世界的认知、表达中，出现了哲学话语、社会学话语、科学话语等。显然，文学与其它艺术、学科在言说方式上是有差异的。由此，在比较文学的跨学科研究中，在探讨不同学科的相互影响时，理解与沟通的前提是对各学科知识体系中的概念范畴、话语规则的梳理，在此基础上实现不同学科间的对话。

文学理论在关于文学的表述中，与其它艺术、其它学科的理论，可能是共用一套话语。因此在跨学科的比较研究中，首先便需要先清理其概念范畴，有哪些是共通的，哪些是各自独特的。以中国文学艺术理论为例，由于它们的研究对象分别是诗文和琴棋书画，研究对象的差异，便构成了各自的一套概念体系。而它们同在中国文化的大背景下，很多话语又是相通的，如道、气、形、象、意、阴阳、机、玄、妙、神、仁义、动静、虚实、奇正、理数、心数、象数、体用……问题是，同一范畴，在不同的艺术门类，其具体内容又是有差异的。就像中国艺术中的"虚实"之"虚"，在画论中可能是指"空白"，在乐论中可能是"此时无声"，在棋论中是"空虚"、"虚势"甚至就是一种空间的存在，在诗论中是"意在言外"，但它们又都与中国哲学的"无"有着亲缘关系，这就需要我们在跨学科中寻求话语的沟通时，先作一番细致的辨析。

而像"气"，是中国文论、艺论中的一个重要范畴。"气"是一种物质的存在，但同时又是漂浮不定的、无形的、虚无的。正因为如此，"气"在中国传统思想中得以超越实有的存在，沟通"有"与"无"、"虚"与"实"，成为一个具有极大的包容性、衍生性的范畴。而其后"气"这一概念被沿用于文学艺术理论中，中国文论强调"文以气为主"，绘画讲究"气韵生动"，而就围棋而言，"气"更是棋子生存之本，这使"气"成了中国古代围棋理论的一个核心概念。因而，在跨学科研究中，这就需要我们一方面去梳理从哲学之"气"向艺术之"气"演进的过程，又去辨析各种艺术理论在共用"气"这一范畴时，其相通之处和各自不同的内涵。

如果说在同一国家或民族中，不同艺术、学科可以共用一套既相联系又相区别的话语，而在另外文化背景下，可能又完全是一套新的话语。就像中国的"道"，西方的"逻各斯"，对它们的比较研究是一种跨文化的对话。而研究"道"、"逻各斯"是如何在各自的哲学、文学、艺术领域展开的，哲学之

"道"如何化为文、艺之"道"，其概念范畴、言说方式的同与异，正是跨学科研究需要解决的。

在对各门艺术、学科的概念、范畴的清理中，同时面临着一个问题，这就是意义展开的方式、言说的规则。各学科都以语言为符号，但科学文本、哲学文本，文学文本显然是有差异的。对它们的比较既包括它们所面对的对象，也包括言说的方式，也就是说，需要回答，什么是文学的言说？什么是科学或哲学的言说？

索绪尔在区分语言与言语时，曾以国际象棋做例子，象棋的那套抽象的规则和惯例就相当于语言的抽象的系统，而人们实际所玩的一盘盘象棋就相当于人们在日常生活中所发出的"言语"。象棋规则可以高于并超越每一局单独的棋赛而存在，但它又只有在每一盘比赛中各棋子之间的相互关系中才取得具体的形式。而维特根斯坦在建立他的"语言游戏"理论时，也谈到一个词的意思是什么，类似于象棋中一个棋子是什么。一个棋子被单独拿出来是没有意义的，只有把它放在具体的位置，放在与其它棋子的相互关系中，它才能获得意义。这构成了一种"惯例"，棋子的存在依赖于象棋游戏惯例的存在。同样文学作品也被认为是一种惯例的对象，一部文学作品的艺术特征是被一系列惯例的因袭性所规定的，它不可能独立于惯例而存在。如果说棋戏的"惯例"是可以描述的，而文学之成为"文学"的"惯例"究竟是什么，它在不同的文类中是如何"言说"的，正是许多文学研究者想要回答的。如果说文学的文化批评致力于建立文学与外部现实的联系，与历史、哲学、宗教的联系，形式主义、结构主义、符号学等则致力于文学的内部"规则"的探讨。在他们看来，个别的作品就像"言语"，这些"言语"的规则就跟象棋的"规则"一样，它具有自主的"结构"、"意义"。不同的棋戏，其行棋的规则、棋子的功能是不一样的。不同艺术、学科的"言说"也是这样。"当语言用来传达信息时，它的认知和指称的功能就发生作用；当语言用来表明说话人或作家的情感或态度时，它的表达的或情感的功能就显示出来；当语言用来影响它所述及的人时，它就有着意动的或指令性的功能；此外，还有交际功能和元语言功能。"[3]当语言的某些功能占主导地位时，它便可能是诗歌的或美学的表达。就像俄国形式主义强调，日常语言以交际为目的，追求意义的单

3　特伦斯·霍克斯：《结构主义和符号学》，瞿铁鹏译，上海译文出版社，1987年，第74页。

一、明晰，诗歌语言则是难懂的、晦涩的、充满障碍的语言，通过增加感觉的难度达到审美的效果。这就是"陌生化"，它赋予文学以独特的品格，即"文学性"。"文学性"即那种使特定作品成为文学作品的东西。我们需要的就是在跨学科的视野中，以其它学科为参照，揭示文学、艺术等特有的这些"规则"。

以文学与哲学为例，文学史上出现过不少"哲学家"，哲学史上，也有不少思想的"艺术家"，或者说"诗人哲学家"。在中国，代表人物就是庄子，在西方，则首推尼采。庄子以寓言、比喻的方式表达思想，使其文本成为中国传统意义上的"文"与"学"的融合。在中国古代，文学本来就是广义的，中国传统的思想家们，多既是思想家，又是文学家。而在西方，作为"形而上学"的"哲学"，在亚里士多德的时代，就成了一门独立的学科。从此，哲学与文学分道扬镳，各自为阵。到 18 世纪启蒙时代，哲学与文学又成融合趋势，孟德斯鸠、伏尔泰、卢梭等创"哲理小说"，德国的一批思想家们则把"诗"引入到"思"之中，刘小枫将之称为"诗化哲学"。而尼采，则成了"诗化哲学"的集大成者。其思想的灵光，"片段式"的表述，汪洋恣肆的文风，使其哲学成为充满文学色彩的"文本"。

尼采破除哲学与文艺的界线，创造了一种独具一格的"诗化哲学"及与之相应的混杂文体。而陀思妥耶夫斯基，作为小说家，又被称作哲学家。这种"哲学"又不同于理论家的"哲学"，而是一种"叙事的哲学"。理论哲学追求体系的完整，逻辑的严密，而叙事哲学则有赖于故事、情境，作家思想的探索永远与对小说中人物命运的关注联系在一起。理论哲学追求观点的鲜明，表达的明晰，叙事哲学则常常是复杂的，对话性的，甚至充满了悖缪、矛盾，它也永远是未完成的。它使作品的思想的表达充满了巨大的张力，这也恰恰构成了叙事哲学的魅力所在。

昆德拉认为小说乃是建立在相对性与暧昧性之上的对人的存在的探究。面对复杂的人生，宗教与意识形态往往把小说相对性、暧昧性的语言转化为独断的教条的言论。而"小说作为建立于人类事件相对性与暧昧性之上的世界的表现模式，跟极权世界是不相容的。……一个建立在惟一真理上的世界，与小说暧昧、相对的世界，各自是由完全不同的物质构成的。极权的惟一真理排除相对性、怀疑和探询，所以它永远无法跟我所说的小说的精神相调和。"[4]复杂性，不确定性，正体现了小说的精神，它拒绝独白，拒绝"真理"的专断。陀思妥耶夫斯基小说也是这样，当他像他的主人公们一样处在紧张的探索中，其思想的表达也是尖锐的、充满张力的。而当他试图充当起"导师"、"思想家"的角色，负起教化世道人心的使命，反而有可能背离了小说的精神，其思想变得"平庸"起来。

由此，当我们去做文学与哲学的比较研究时，与其停留在两者如何相互影响的罗列上，不如通过作家的具体的文本，去探讨一下"思想"是如何被"叙述"出来的，它与"哲学"的理论表述究竟有什么样的不同，从这一层面去探讨哲学对文学的影响，许多问题才有可能更深入地展开。

二、科际阐发与话语通约

文学与其它学科相互影响的过程，也是一个互为阐发的过程。在对各学科的概念范畴、话语规则和文化架构的清理的基础上，运用其它学科的方法、话语来阐发文学，或以文学方法、话语来阐发其它艺术和学科，这种科际间的双向阐发，各种话语交错共生，可以使各种艺术门类、各学科之间真正地实现互证、互动、互补。

在文学研究中，借鉴其它学科的方法来阐发文学，可以说非常普遍。传统的社会历史批评运用社会学、历史学的方法来阐析文学，注重的是文学与社会的联系，它对社会的认识、反映，它所发挥的社会功能。而20世纪出现了文学、美学研究的两大转向：非理性转向，语言学转向，使文学批评话语也出现了一系列新范式。而当代不少学者关注文学与伦理、法律、宗教等的关系，展开法学、伦理学、宗教视野中的文学研究，也取得了一系列新的成果。不过，在不同学科话语的相互阐发中，就涉及到一个话语的通约性的问题。雷马克在《比较文学的定义和功能》中，强调文学与文学以外的某个知识领域的比较，只有是系统性的时候，只有在把文学以外的领域作为独立连贯的学科来加以研究的时候，才能算是比较文学的跨学科研究。比如，一篇论莎士比亚戏剧的历史材料来源的论文，只有在把历史和文学作为研究的两极，只有对历史事实或记载及其在文学上的运用进行系统比较和评价，并合理地做出了适用于文学和历史这两个领域的结论后，才算是文学与史学的跨学科研究。而讨论金钱在巴尔扎克的《高老头》中的作用，只有当它主要探

---

4 昆德拉：《小说的艺术》，董强译，上海译文出版社，2004年，第18页。

讨（而非偶尔）一种明确的金融体系或思维意识如何渗进文学作品时，才具有跨学科的可比性。这里，雷马可强调的是跨学科研究涉及的知识领域的系统性和独立连贯性，在这个基础上，跨学科研究才得以成立。

以前面我们谈到的陀思妥耶夫斯基的"叙事的哲学"为例，讨论陀思妥耶夫斯基的哲学思想，不一定构成跨学科研究。只有把哲学当作一种话语体系，讨论它如何进入到陀思妥耶夫斯基的小说中，如何通过叙事的方式被展现出来，理论的哲学与叙事的哲学，作为两种不同的话语，在这两端之间，便有了某种可比性。

很多时候，不同的学科，其价值取向和话语评判原则其实是不一样的。美国学者理查德·波斯纳在《法律与文学》一书中，通过"作为法律文本的文学文本"和"作为文学文本的法律文本"两种不同形态的"文本"来讨论文学与法律的关系。文学对法律的表现，有着自己的叙事逻辑与价值评判尺度。正像关于《威尼斯商人》写到的"一磅肉"的契约与审判，波斯纳谈到："《威尼斯商人》的法律层面从一定角度来讲是荒谬的，而且那场审判，因为其中的（鲍西娅进行的）冒名顶替以及技术细节，几乎可以作为对法律和律师的讽刺，尽管它并没有给人以讽刺的感觉。……该剧对法律的处理缺乏现实主义，这不但表现于实体法，而且也表现于程序法。鲍西娅不仅是冒名顶替者，而且对审判的结果有着未披露的利益。"[5]在波斯纳看来，莎士比亚是牺牲了可信性以唤取戏剧效果。而在文学批评者看来，剧本的意义正在于它所表现的人文主义主题："讴歌真挚的友谊、爱情和仁慈，谴责卑劣的贪婪、冷酷和凶残。"[6]这正是文学视角的独特之处。法律更关注程序的合法性，文学则更关注人的精神，法律倚重理性，而文学诉诸感情，法律的立场常常体现为对主流意识形态的维护，文学则常常充满了批判的反思。法律追求一般意义上的社会"公理"、"正义"，文学则更关注普遍的人性。法律设置的是普遍的准绳，文学更注重一己的生命感觉，注重揭示人性的深度与复杂性。

文学致力于对人性的探究，对人类精神的揭示，也就是说，文学更多的关注的是人性的、伦理性的问题，他往往与法律法条、法律意识形态相抵触。正像法律上规定，无论在任何情况下，杀人都是触犯法律的，而在很多

---

5 [美]理查德·波斯纳：《法律与文学》，李国庆译，中国政法大学出版社，2002年，第141页。
6 聂珍钊主编：《外国文学史》第一卷，华中科技大学出版社，2004年，第226页。

文学艺术作品中，杀人犯却都被寄予了很多的同情，乃至赞美。就像武侠小说中，杀人往往被赋予行侠仗义、除暴安良的意义，世俗官府的法律被江湖道义所取代。还有一些作品，如加缪的《局外人》、基耶斯洛夫斯基的电影"《十诫》之五"，都是关于"冷漠"杀人的故事，法庭对他们的判罪，其实是没有问题的。但《局外人》写法庭对主人公莫尔索的审判，莫尔索在母亲的葬礼没落一滴泪，足见其冷酷，也被当做了最后被判死罪的依据之一。于是，小说在表现法律的荒谬的同时，作家又让主人公在读者心中赢得了巨大的同情。而《十诫》之五，主人公雅克的杀人过程，用绳索勒死一个出租车司机，占了近 5 分钟的时间，而雅克被在绞刑架上处死的场景，也用了近似的篇幅。其残酷性一点也不亚于前者，使雅克在被观众同情之余，法律所代表的正义，其"杀人偿命"的公理，不禁也变得可疑起来。

波斯纳在《法律与文学》中称《局外人》"卖弄了让罪犯变成英雄的新浪漫主义"。当法律的"正义"不断地被文学质疑，当法庭上的"罪犯"经常摇身一变又成了对不公正的社会的控诉者，当"执法者"与"罪犯"的身份经常被悄悄地置换，"法律上有罪的人和法律上无罪的人都是无辜的，而法律和执法者是有罪的"，[7]这种文学上的"浪漫主义"在正统法律的视野中可能是"荒谬"的，不"道德"的，而正是这种充满批判与反思意识的文学，在一定程度上又可能发挥法律所起不了的作用。如果说法律常常是以维护现行制度为己任，文学则往往是批判的。

在不同学科互释的过程中，无论是文学与法律，还是文学与历史学、文学与伦理学、文学与宗教等等，他们既有不同的立场、视角，同时也属于不同的知识系统，所谓科际阐发，以法学、历史学、伦理学、哲学、宗教的视角来阐发文学，或以文学来阐发其他学科，既可以为我们提供一种新的视野，也存在一个话语的通约性、阐发的有效性的问题。王成军在《论中西小说的叙事伦理》一文中谈到，中西不少文艺作品都存在道德安全问题，比如对杀人犯的美化。其中就提到基耶斯洛夫斯基的电影"《十诫》之五"，说在该片的叙事里，叙事者把更多的同情放在了杀人犯雅泽克身上，"叙述者有意不写雅泽克杀人本身的残忍，反而过多叙述雅泽克杀人的困难。最为关键的是，叙述者对雅泽克被行刑的时间过程却进行了放大，有意令读者（观众）对杀

7　[美]理查德·波斯纳：《法律与文学》，李国庆译，中国政法大学出版社，2002 年，第 216 页。

人犯雅泽克产生同情，以至于怀疑到司法制度的'以法杀人'的合理性。"[8]文章由此提出了小说叙事"道德底线"的问题，并将"不可杀人、诚信诚实、不可诲淫"规定为叙事伦理的"道德底线"。这里既有对现实的"道德标准"的理解的问题，也涉及叙事伦理与现实伦理的关系。从现实的角度说，司法制度的'以法杀人'是不是就都是合理的，杀人犯是否就都不可同情，这本身就是一个问题。退一步说，即使司法制度正确地判定了某人有罪，文学是否就只能亦步亦趋去做道德的谴责。归根到底，艺术的叙事有它特有的逻辑，艺术作品也正是因为揭示了现实的复杂性，以它的独特而深入的思考，而有了存在的价值与意义。就像文学作品中所描写的最动人、最有魅力的爱情，不少都与婚外恋情有关，如《安娜·卡列尼娜》《静静的顿河》《日瓦戈医生》等等，如果以现实的道德评判而言，那些作品中的爱情都是不"道德"的，但它们又何以具有巨大的艺术魅力，这就是"叙事的伦理学"所要探讨的问题了。

聂珍钊在《英国文学的伦理学批评》中，提出了"文学伦理学"的概念，强调"文学伦理学批评作为方法论，它强调文学及其批评在肯定艺术性的前提下的社会责任，强调文学的教诲功能，并以此作为批评的基础。"[9]文学伦理学批评不仅要对文学史上的各种文学描写的道德现象进行历史的辩证的阐释，而且还坚持用现实的道德价值观对当前文学描写的道德现象作出价值判断。

刘小枫在《沉重的肉身——现代性伦理的叙事纬语》一书中，则对"叙事伦理"提出了另一种理解。在他看来，叙事伦理学"不探究生命感觉的一般法则和人的生活应遵循的基本道德观念，也不制造关于生活感觉的理则，而是讲述个人经历的生命故事，通过个人经历的叙事提出关于生命感觉的问题，营造具体的道德意识和伦理诉求。"[10]理性伦理学关注道德的普遍状况，叙事伦理学关注道德的特殊状况；理性伦理学的质料是思辨的理则，叙事伦理学的质料是个人的生活际遇；理性伦理学想要搞清楚，人的生活和生命感觉应该怎样，叙事伦理学想搞清楚，一个人的生命感觉曾经怎样和可能怎

8　郁龙余主编：《承接古今汇通中外——中国比较文学学会第八届年后暨国际学术研讨会论文集》，宁夏人民出版社，2008年，第51页。

9　聂珍钊等：《英国文学的伦理学批评》，华中师范大学出版社，2007年，第2页。

10　刘小枫：《沉重的肉身——现代性伦理的叙事纬语》，上海人民出版社，1999年，第4页。

样。在刘小枫看来，叙事的虚构是更高的生命真实，叙事伦理学是更高的、切合个体人身的伦理学。刘小枫把讨论昆德拉小说叙事理论的一章取名叫"永不消散的生存雾霭中的小路"，叙事小说所呈现的人生也许永远就是"行走在生存雾霭之中"，这也恰恰构成了小说叙事伦理的特点。理性的伦理寻求规范、整合、统一、教化，叙事伦理则只呈现人的生存本身，让人在生存的雾霭中去体味、感受人生，至于评判、归罪，那是上帝的事情，与小说家无关。

如果说，叙事伦理学与理论伦理学、现实伦理是两套不同的话语体系，那么，它们之间的通约性究竟在哪里？或者说，叙事作品的"道德底线"又在哪里？这就需要我们去做进一步的研究了。从跨学科研究的角度说，仅仅泛泛地去讨论伦理对文学的影响，也就没有多大的意义了。归根结底，这里存在一个话语体系的梳理的问题。就像跨文化的阐发研究，如以西方诗学阐发中国文学、文论，或反之，在两套不同的知识体系中，如何对话、沟通，成为比较文学跨文化研究中一个令人头疼的问题。跨学科研究亦然。以文学与法律研究为例，如果文学作品仅仅成了法学讨论的一个案例，一些素材，或者讨论法律文本如何运用了文学表达的一些手段，这种研究，其实并无多少的跨学科研究的意义。文学与其他学科关系的研究亦然。跨学科研究的价值正在于，在对各学科"话语"的梳理中，以其它学科为参照，本学科研究中一些被遮蔽的问题被凸显出来。比如，文学在被道德化的同时，又常常在"背叛"现实的伦常，文学与法律最终的目标都是追求人类的公平与正义，人的真正的自由与解放，但其途径却常常大相径庭，文学在质疑、批判现实的"法律"的同时，也为法学研究提出了一些新的无法回避的问题，而这些问题通常是在本学科视野内被"遮蔽"的、不"存在"的。不同学科正是在这相互阐发中，互相辩难、启发、印证，在越界的对话中，寻求融通的可能。

原载《中国比较文学》，2010 年第 3 期

比较文学跨学科研究与
总体知识学的建构

比较文学跨学科研究，需要在跨文化的视野中，通过对知识范式的清理，寻求文学与其它艺术、学科间的汇通，最终"发现人类共同的诗心"，实现人类文学、文化的互识、互证、互补，为建构总体知识学打下基础。

第一、跨学科研究与跨文化的文学研究

比较文学跨学科研究，首先需要在跨文化的背景上，对东西方各自知识体系的清理。中国与西方，都有各自的一套知识系统。就像中国之"文"与西方之"文学"（literature）、中国之"艺"与西方之"艺术"（art），都曾有着各自独特的内涵。到近代，它们又呈现相互影响、融合的趋势。既然此"文"非彼"文"，此"艺"非彼"艺"，因而，将跨文化的视野引入到比较文学跨学科研究中，把文学、艺术、哲学等放在东西方各自的知识系统中去考察，跨学科研究才有一个对话的平台。前辈学者如朱光潜、宗白华、钱钟书等，在讨论诗画、诗乐等的关系时，都是把诗、乐、画放在东西方的文化背景中，体现了跨文化与跨学科视野的融合。

但这里也面临一个问题，跨文化的文学研究在何种意义才同时也是跨学科研究。王向远在《比较文学学科新论》一书中，提出"超文学"研究法的概念。在他看来，跨学科研究是所有科学研究中的共同的研究方法，也是文学研究的普遍方法，因此，不能把"跨学科"研究视同"比较文学"，由此作者提出"超文学"研究的概念，认为跨学科的文学研究必需同时又是跨文化研究，才是比较文学"超文学"研究。"比较文学"超文学研究"方法，不是总

体地描述文学与其他学科的一般关系，而是要在一定的范围内，从具体的问题出发，研究有关国际性、全球性或世界性的政治事件和政治运动、经济形势、军事与战争、哲学与宗教思想等，与某一国家、某一地区、某一时代的文学，甚或全球文学的关系。[1]从作者举的例看，如研究 20 世纪"红色 30 年代"的共产主义政治思想对欧美、亚洲乃至世界文学的影响，从中外文化比较的开阔视野，展开中外战争文学的比较研究等，如果这些研究便算比较文学"超文学"研究，那作为以跨文化为特点的比较文学，所有的研究都成了"超文学研究"。

所以，跨学科研究首先应该立足于独立的"艺术门类"或"学科"，如文学与艺术、文学理论与艺术理论、文学与心理、哲学、伦理学、法学、经济学、历史学、自然科学等等。文学本来就是社会生活的反映，是人类文化的一个组成部分，它自然要表现社会生活与人的心灵、情感的各个方面，所以，文学中的思想、心理、道德、历史等内涵的发掘，如某某作品的宗教意识、历史意识、哲学思想、道德感、战争观等等，可以算文学的文化研究，而不是跨学科研究。而从中外文化比较的角度分析中外文学的人生观、宗教观、战争观、爱情观、道德意识等等，是跨文化的文学研究，但也并非跨学科的文学研究。只有当探讨文学中的道德意识与伦理学意义的道德的同与异，或探讨文学中的思想与哲学的思想表达的各自特点，文学中的法律与法学视野中的法律的融合与冲突……这种研究才具有跨学科研究的意义。

第二、跨学科研究的静态分析与动态考察

曹顺庆先生在其主编的《比较文学学》中构建了比较文学学科的一个新的体系。他将比较文学的研究领域分为文学关系学、文学变异学、文学跨越学、总体文学学。文学与艺术，文学与其它学科的发展、变异，既有其本身的规律，又往往有赖于各学科间的相互交流、碰撞、影响。如果说纵向的国别文学史和横向的国际文学关系史构成了人类文学发展的网状结构，比较文学的文学关系学致力于探讨文学发展过程中纵向的继承与横向的交流、对话、融汇，而文学变异学则通过研究不同国家之间的文学现象交流的变异状态，以及没有事实关系的文学现象之间在同一范畴上存在的文学表达上的变异，探究文学现象变异的内在规律，这种"关系"与"变异"显然也存在于跨学科研究中。

1　王向远：《比较文学学科新论》，江西教育出版社，2002 年，第 106 页。

在以往的跨学科研究中，其"学科"往往被看作是静态的、固定不变的，这固然是需要的。比如，探讨文学与艺术的关系，不同文化、不同时代，其"文学"与"艺术"的涵义都是不一样的，这就需要我们抽象出一般意义上的"文学"与"艺术"去做静态的分析。但既然不同文化的国家"文学"与"艺术"的内涵不一样，这就需要我们把跨学科置于跨文化的视野之下。另一方面，不同时代有不同时代的"文学"与"艺术"，所以我们又必须把跨学科研究置于一个动态的发展过程中去考察，在人类知识的建构的过程中去考察不同学科间的关系。例如对文学与哲学关系的比较，我们都是把"文学"与"哲学"固定在某一个时间段上，作静态的比较。而事实上，当我们说"文学"和"哲学"的时候，指的不过是现代某一个时间段上的文学，而中国古代的"文学"与"哲学"为何物，它们是怎么一个关系，常常是在我们的视野之外。而就当下而言，随着文学与电影、电视的结缘，特别是网络时代中网络文学的出现，各种"超文本"早就实现了文学与图像、音响的联姻。而当人们把文学与社会科学、社会生活、自然科学之间边缘交叉的文本当做边缘文本，或把各种未经艺术处理的生活事件、器物、体育竞技、行为艺术也看作是"文本"，在文学向文本的转化过程中，文学之为文学早已超出了它原有的意义。还停留在传统的文学范畴中来谈文学与某某的关系，难免发生认识的错位。

由此，在比较文学的跨学科研究中，引入文学变异学的视角，在跨文化、跨学科的背景下，在各种"关系"中，考察文学与其他学科本身的变异，便势所必然。这种变异在语言层面就是翻译。我们常常将翻译定位于跨语言、跨文化的沟通，而当汉语中的"文学"、"美学"、"哲学"本身都是经过了"翻译"时，跨学科研究在探讨"文学"与某某的关系时，就需要对这"文学"本身的来龙去脉及其内涵作一番考察了。当中国古人将文当作"参伍以变，错综其数。通其变，遂成天下之文"[2]；"文之为德也大矣，与天地并生者何哉？夫玄黄色杂，方圆体分，日月叠璧，以垂丽天之象；山川焕绮，以铺理地之形，此盖道之文也。"[3]这里的"文"是天文、地文、人文。而"文学"在中国古代也曾是文章学术的总称。而现代意义上的"文学"却是通过翻译，借中国古代之"旧瓶"装西方之"新酒"。从古代之"文"到现代之"文学"，再到

2　《周易·系辞上》。
3　刘勰：《文心雕龙·原道》。

后现代之"文本"的演变，这里既是跨文化的"翻译"问题，在跨学科研究中，也不能不首先注意到"文学"在翻译中的这种变异。

第三、跨学科研究与总体知识学

王宁在为《超学科比较文学研究》一书写的导言中提出"超学科研究"这一概念，认为法国学者让-皮埃尔·巴利塞里在 1975 年一次国际比较文学讨论会上提出"多学科"（polydis-ciplinary）和"跨学科"（interdisciplinaly）的概念，探讨文学与其他学科的关系以及彼此间的相互影响与相互渗透。而"超学科研究"要超越巴利塞里模式，除了运用比较这一基本方法外，还必须具有一个相辅相成的两极效应："一极是'以文学为中心'（韦勒克语），立足于文学这个'本'，渗透到各个层次去探讨文学与其他学科之间的相互渗透和相互影响关系，然后再从各个层次回归到'本体'，求得外延了的本体。另一极则平等对待文学与其相关学科及其他艺术门类的关系，提示文学与它们在起源、发展、成熟等各阶段的内在联系及相互作用。然后在两极效应的总合中求取'总体文学'的研究视野。也就是说，它的起点是文学，经过了一个循环之后又回归到文学本体来，但这种回归并非简单的本体复归，而是一种螺旋式的本体超越，得出的结论大大超越原来的出发点，进入了一个更高的层次。"[4]

这里强调的是如何"以文学为中心"，在与其他学科及艺术门类内在联系及相互作用的揭示中求取"总体文学"的研究视野。也就是说，还是把跨学科研究置于"国别文学"、"比较文学"、"总体文学"这一框架之下。而王向远所强调的跨学科研究是"所有科学研究中的共同的研究方法，也是文学研究的普遍方法"，这里有一个问题需要说明的是，跨学科研究固然是科学研究中的共同的研究方法，但各学科侧重点是不一样的，如哲学跨学科研究是"以哲学为中心"探讨它与其它学科的关系，文学则是以文学为出发点，各自有自己的研究领域、对象、方法。跨学科研究也并非"文学研究的普遍方法"，只有把文学置于其他学科的参照之下，才是文学跨学科研究。

如果把比较文学看作是一种跨国家、跨民族、跨语言、跨文化、跨学科的文学研究，我们可以把前四者简化为"跨文化"，他们都还是属于一种文学

---

4 乐黛云、王宁主编：《超学科比较文学研究》，中国社会科学出版社，1989 年，第 2 页。

内部之间的研究，而跨学科研究则涉及文学与其他的学科，可以看作是一种文学的"涉外"研究，涉及到人类整个各知识领域的探讨。因而传统的"国别文学"、"比较文学"、"总体文学"的划分体系还都是属于文学范围内的研究，而跨学科研究则需要置于另一体系之下了，这就是文学研究——文学跨学科研究——一般跨学科研究——人类总体知识研究。

在这一新的体系之下，文学跨学科研究恰恰应该是在"总体文学"研究的基础上，探讨一般意义上的文学与其他艺术门类、其他学科的关系。而"一般跨学科研究"则是各个学科分别展开与其他学科关系的研究，最后通达对"人类总体知识"的研究，从而构建一门涵括各学科门类的"知识学"。

前面谈到，比较文学跨学科研究，需要在跨文化的背景上，对东西方各自知识体系的清理。这一初衷源于笔者做博士论文《围棋与中国文艺精神》。琴棋书画都是在中国文化这一参天大树中生出的艺术之果，他们与中国文艺和文论、艺论也有着共通性话语，但又各有其特点。笔者试图运用跨学科研究的方法，一方面发掘中国古代围棋及棋论所包含的丰富的思想、美学内涵，另一方面将围棋及棋论放在中国文化及文学、艺术理论的大系统中，探讨它与中国传统文、艺及文论、艺论的关系。笔者在后记中谈到："围棋是一种游戏，一种形而下之技，但它又被当做艺术，虽小道而通于大道。形而下之技与形而上之道究竟是怎么被打通的？围棋这类竞技性游戏，为什么有着审美的意义？弈何以成为艺，艺在中国古代又为何物？弈境与艺境有何相通处？一个又一个的问题接踵而来，深入下去，便涉及到整个中国传统知识的构型、意义生成。"[5]这里便涉及到对中西方知识视野之下的艺术体系的考察，各自的知识生成的机制。所以在围棋与文艺的跨学科研究中，笔者又借用了福科知识学的视角。知识学探讨在一种知识体系中，世界是如何被呈现的，其视野是如何展开的，一种知识体系如何建构、如何分类，其背后有着怎样的一种知识体制。从跨学科研究的角度说，这也是每一个学科在对自己学科知识体系的清理中所共同面临的问题。通过各学科知识构建的比较研究，建立一门总体知识学也就有了可能。当然，前提是打破各种文化、各学科之间的种种壁垒，寻求不同文化、学科话语之间的对译、互动和再阐释。叶舒宪在《文学与人类学》中提出了"破学科"的概念：

5　何云波：《弈境——围棋与中国文艺精神》，北京大学出版社，2006年，第257-258页。

　　我之所以建议用"破学科"（或称为"反学科"）这个更具攻击性的词去替代以往的"跨学科"或"超学科"之说，并不是有意要耸人听闻，制造某种广告效应，而是旨在彰显这样一个历史事实：学科的建立和破散同样是不以人的意志为转移的必然过程。没有一个学科是从来就有的，也不会有一个学科万古不变地长存下去。学科的设置是人类认识发展到特定阶段的需要，是权宜之策，而非一劳永逸。学科之间的互动、渗透；旧学科的瓦解和新的边缘性学科的重构体现着人类认识向更高层次迈进的又一层需求，是自然而然的。死抱住本职的学科或专业的固定地盘，不准许跨越雷池一步的做法，当然主要出于职业饭碗的考虑较多，久而久之陷入学科本位主义而不能自拔。自己无法自拔，也还值得同情；还不允许别人自拔，这就显得专横无理了。[6]

　　如果把人类的知识比作一棵大树，那么，不同的知识门类，便是分出的枝杈，枝杈再生出缤纷的树叶。这也就有了我们现在学科划分中的所谓一、二、三……级学科之类。它们既各自独立，又有着同源共生的关系。知识学便是探讨人类知识的发生、演变、分化，各知识（学科）之间的相互关系。当今时代，学界如江湖，占山为王，各自为阵，鸡犬之声相闻而不相往来，导致许多人为的阻隔。所谓"破学科"，就是打破学科壁垒，寻求不同学科之间的互鉴、互补与互识。钱钟书先生说："东海西海，心理攸同；南学北学，道术未裂。"[7]通过不同学科的融通，建构总体知识学，正是比较文学跨学科研究的目的所在。

原载《长沙铁道学院学报》（社科版），2010 年第 2 期

6　叶舒宪：《文学与人类学——知识全球化时代的文学研究》，社会科学文献出版社，2003 年，第 155-156 页。

7　钱钟书：《谈艺录·序》，三联书店，2008 年，第 1 页。

中国比较文学跨学科研究：
困局与出路

在中国，比较文学跨学科研究真正形成一种自觉的意识，是进入到 20 世纪之后。随着对西方比较文学理论的译介，中国比较文学兴起，文学的跨学科研究也进入到人们的视野中。1980 年代以后，中国跨学科研究的成果更为可观。但无庸讳言，目前中国比较文学跨学科研究大多仍停留在对不同艺术门类、不同学科之间联系与区别的梳理上，很少做更进一步的拓展与理论思考。而要使比较文学跨学科研究在理论建构方面有所突破，首先应解决以下几个问题：其一，东西方有着各自的知识系统，如何将跨文化的视野引入到跨学科研究中？其二，不同学科共享一套语言系统，思想如何叙述？诗之思与哲学之思的话语言说规则有何差异？其三，不同学科往往有着不同的立场，对话如何可能？其话语通约性何在？对这些问题的思考，也许有助于推动比较文学跨学科研究向前迈进一步。

一、跨文化与跨学科的对话

比较文学跨学科研究，讨论的是文学与其他艺术、学科的关系，这首先就面对一个是谁的"文学"、谁的"艺术"、谁的哲学的问题。美国学术界是最早将跨学科研究引入比较文学领域的，所涉及的"学科"概念自然是来自西方的知识系统。其实，西方从亚里士多德（前 384-前 322）开始，就按照不同的知识领域，分出了形而上学、逻辑学、伦理学、政治学、物理学、诗学等。此后一直延续下来，逐渐形成了一套完整的学科分类体系。

而在中国，传统知识中尽管没有西方意义上的学科分类，但却拥有一套自己独立的知识系统。只不过，中国古代学术中的"学"，不是专指作为学术门类的"学科"，而是泛指"学问"和"知识"。《周易·系辞上》"形而上者谓之道，形而下者谓之器"，以"形上"与"形下"的标准分出道、器，也就有了后来的"学"与"术"之别。在周代，人们将"礼、乐、射、御、书、数"视为六艺，后来又将《诗》《书》《礼》《乐》《易》《春秋》称作"大艺"、"道艺"。西汉末期，刘向（前77-前6）、刘歆（前50-前23）父子参与校书，由刘歆编成的中国最早的古籍目录《七略》虽然已佚，但其基本内容保存在东汉班固（32-92）的《汉书·艺文志》中。《七略》分六大类，每一类中又分小类，共三十八小类：

六艺略：易　书　诗　礼　乐　春秋　论语　孝经　小学

诸子略：儒家　道家　阴阳家　法家　名家　墨家　纵横家　杂家　农家　小说家

诗赋略：屈原赋之属　陆贾赋之属　荀卿赋之属　杂赋　歌诗

兵书略：兵权谋　兵形势　兵阴阳　兵技巧

数术略：天文　历谱　五行　蓍龟　杂占　形法

方技略：医经　经方　房中　神仙

在这一分类体系中，"诗赋"单独列出，以后演变为经、史、子、集"四分法"中的"集部"。而"数术"、"方技"亦单独划类。南朝宋王俭的《七志》，基本上沿袭《七略》，只是将"数术略"改为"阴阳志"，"方技略"改为"术艺志"，另加一"图谱志"，构成"七志"，佛经、道经附后。到梁阮孝绪的《七录》，"斟酌王、刘"，又有所改进。全篇分"经典录"、"纪传录"、"子兵录"、"文集录"、"术技录"，此五种为"内篇"，另有"外篇"两种是"佛法录"和"仙道录"。唐代初期编撰的《隋书·经籍志》作为官修目录，"远览马史、班书，近观王、阮志、录，挹其风流体制，削其浮杂鄙俚，离其疏远，合其近密，约文绪义，凡五十五篇，各列本条之下，以备《经籍志》"[1]，将群书分为经、史、子、集，正式确定了四部分类法，构成了中国传统的知识分类体系。

中国古代经、史、子、集的知识分类系统并不是一种逻辑的分类，也缺少"学之根据"的反思，它主要是出于统治阶级的需要，以"致用"为目的，依据其重要性将"知识"划定为不同的等次，各居其位，各司其职。"经"在

1　[唐]魏征等：《隋书·经籍志》，中华书局，1973年。

知识系统中拥有最尊崇的地位。自汉武帝接受董仲舒的意见，"推明孔氏，抑黜百家"之后，儒家成了官方正统思想，儒学成为官方学术，儒家著作及其对它的注释便成了神圣的"经"，位居四部分类之首。而"史"，是为现实的社会政治服务的，所谓"书美以彰善，记恶以垂戒，范围神化，昭明令德，穷圣人之至赜，详一代之覼覼"[2]。《四库全书总目》强调历史的"资考证"的作用，"史"乃儒家经典的辅翼，史学为经学服务，故位居第二。而"子部"，由诸子、兵书、数术、方技四个类目合并而成，涵盖了现代学科体系中的哲学、逻辑学、艺术学、宗教学、军事学、医学、工学、理学等诸多学科，内容最为庞杂。《四库全书总目·子部总序》曰："自六经以外，立说者皆子书也。……夫学者研理于经，可以正天下之是非；征事于史，可以明古今之成败，余皆杂学也。然儒家本六艺之支流，虽其间依草附木，不能免门户之私，而数大儒明道立言，炳然具在，要可与经史旁参。其余虽真伪相杂，醇疵互见，然凡能自名一家者，必有一节之足以自立，即其不合于圣人者，存之亦可为鉴戒。"于是排位第三。至于收录诗文的集部，"缘事而发，亦可以观风俗，知厚薄"，所谓"文章乃政化之黼黻，皆为治之具也"，也就居其末，聊备观览。

有学者谈到，中国学术分科主要是以研究者主体（人）和地域为准，而不是以研究客体（对象）为主要标准。以人统学，"这一特点决定了中国确实没有西方近代意义上之'学科'。西方学术是不同的研究者（主体）研究共同的对象和领域（客体），形成关于研究对象不同的'知识'；中国学术则是面对共同的研究对象和领域（客体），因主体不同而分门别派，形成不同的'学问'。西方学术发展为近代'科学'，而中国学术则体现为'家学'"。[3]

如果说中西方曾经存在着各自的一套知识分类体系，那么，中国现代学术体系的建立就是一个逐渐由中入西的过程。从清末开始，中国传统文、史、哲不分的"通人之学"转向西方近代的"专门之学"，"四部之学"（经、史、子、集）转向"七科之学"（文、理、法、商、医、农、工），从而完成了中国传统学术向现代学术体系转型。

中国传统的经、史、子、集的知识体系与现代自然科学、社会科学、文学艺术的学科分类，代表了两个完全不同的知识谱系。20世纪初，可说是中

2　[唐]魏征等：《隋书·经籍志》。

3　左玉河：《从四部之学到七科之学——学术分科与近代知识系统之创建》，上海书店出版社，2004年，第24页。

国文学艺术观念、知识范式的一个转型期。这种转型在很大程度上又与西学东渐的大背景有关。中国文化、文艺理论对西方的吸收，不光是语言、观念、方法层面上的，更是知识谱系的一种整体性的移植、切换。即由中入西，以西学为体用，中国文论、艺论由此加入到"世界性"的话语中，传统文论、艺论反而成了一种"异质"的存在。

当中国文论、艺论在语言表达、思维方式、价值观念、知识形态各个方面都完成了由"中"入"西"的整体性切换之后，艺术之本质、分类也就都是西方意义上的了。20世纪初，各种新文艺体系日益取代传统体系，占据了主导地位，如吕征的《美学浅说》（1923）、《艺术概论》（1925），范寿康的《艺术之本质》（1928），孙俍工编纂的《文艺辞典》（1928），徐蔚南的《艺术哲学ABC》（1929），钱歌川的《文艺概论》（1930），俞寄凡的《艺术概论》（1932），张泽厚的《艺术学大纲》（1933）等，但这些又全是在西学背景下建构起来的。

有学者注意到，20世纪初期的知识分子，大多具有留学西洋或东洋的背景。科举制度退场，"随着留学这一形式逐渐成为近代中国培养精英阶层的重要形式，留学生边缘人知识分子逐渐成为中国知识阶层的主要成员，这也意味着中国社会重新建构起具有浓厚外倾依赖倾向的知识样式"。[4]中国知识界如饥似渴地吸收西方的一切，西方理论代表普遍真理的观念也深入到许多人的心中。就文艺理论而言，欧美、日本的许多理论书籍被译介过来，中国学者写的"文艺概论"类著作也有着明显编译、移植的痕迹。

在西学背景下建构起来的新艺术理论，首先在理论构架和艺术分类体系上基本上是西方艺术理论的移植。例如，留日归来的钱歌川（1903-1990）撰写的《文艺概论》分为四章：艺术概论，文学概论，美术概论，音乐概论。在"艺术概论"一章中，又分为五节："艺术是什么"，"艺术的特质"，"艺术的制作"，"艺术的分类"，"艺术的起源"。在"艺术是什么"中，分别引证了亚里士多德的"艺术是自然的模仿"、莱辛（G. E. Lessing，1729-1781）的"艺术是自然的完成"、黑格尔（G. W. Friedrich Hegel，1770-1831）的"艺术是绝对的精神"、托尔斯泰（Л. Н. Толстой，1828-1910）的"艺术是情感的传达"等，中国传统的艺术观念完全被排除在了视野之外。在作者看来，他的著作的意义也在于为中国文艺理论提供一套新的知识样式："中国现在还没有这样

4　章清：《近代中国留学生发言位置转移的学术意义》，《历史研究》，1996年第4期。

泛论文学、美术、音乐的书，所以我这本不充实的东西，也就能挺身问世，有和读者一见之荣了。"[5]

　　正是因为中国比较文学跨学科研究、它的关于文学与艺术的讨论，都是建立在西方艺术分类体系之上的，所以，研究者如果作文学与艺术关系的比较，自然就引发一个问题：这是谁的文学、谁的艺术？正像莱辛《拉奥孔》讨论诗与画的关系（一为叙事诗，一为故事画），苏轼（1037-1131）所谓的"诗画一律"（诗为抒情诗，画为山水画）。然而，此诗非彼诗，此画非彼画，也就缺少了一个比较、对话的平台。[6]

　　由此，将跨文化的视野引入到比较文学跨学科研究中，也就势所必然了。"艺"与"文"在中西各自的知识体系，有自己独特的内涵。只有弄清它们在中西传统知识谱系中的位置及其相互关系，它们与中西文化传统、精神的联系，在这种跨文化的背景上，跨学科研究才能有一个坚实的基点。如果仅以某一知识体系中的"文"与"艺"作为唯一的标准，便有可能导致对另一种文化中的某种"文"与"艺"的遮蔽。正像作为中国古代"四艺"的琴、棋、书、画，到20世纪，"棋"已被排除在现代"艺术"之外。这固然与围棋日益走向竞技化有关，但也因为它与西方艺术体系不合使然。而中国围棋所包含的丰富"艺"与"美"的内涵，也就在西方知识的"前见"之下被遮蔽了。

二、思想如何叙述

　　比较文学跨学科研究，研究者多是把关注的焦点放在文学与其他学科怎么相互影响及其两者的"同"与"异"的比较上（比如，文学怎么影响了哲学，哲学怎么影响了文学，哲学与文学有何联系与差别），很少深入到叙事的层面，关注思想是怎么被叙述出来的。其实，叙事中的"哲学"与哲学家们的"理论哲学"，尽管它们都以语言为媒介，但不同的话语言说规则决定了哲学与文学中的"思想"存在方式的差异。文学叙事之"思"，自有其独特性。如此，与其不断地强调文学与哲学的相互影响，不如更进一步去关注一下，思想是如何被叙述出来的。

5　钱歌川：《文艺概论》"序"，上海：中华书局，1930年。
6　何云波：《诗画一律与诗画之别——苏轼、莱辛诗画之辨与中西诗学传统》，《汉语言文学研究》，2012年第1期。

在此不妨先回顾一下中国与西方比较文学界关于文学与哲学关系的讨论。

在中国传统的知识体系里，文、史、哲常常是不分的。中国传统的学术大家，都是"文、史、哲"兼通，王国维就是其中之一。王国维最初以"哲学士"自居，20世纪之交，还曾担任南通、苏州等地师范院校的哲学、心理学、社会学教师，但随着他的《〈红楼梦〉评论》《人间词话》《宋元戏曲考》等论著的出现，人们又看到了其在美学、文学研究中的杰出才能。晚年，他又潜心于史学研究，取得了不俗的成绩。正是在文、史、哲各学科之间的游走、打通，造就了王国维的"通学"。

然而，在现代学术分类体系之下，王国维却开始有了困惑。他在谈到自己徘徊于哲学与文学之间所面临的苦恼时说：

> 余疲于哲学有日矣。哲学上之说大都可爱者不可信，可信者不可爱。余知真理，而余又爱其谬误。伟大之形而上学，高严之伦理学与纯粹之美学，此吾人所酷嗜也。然求其可信者则宁在知识论上之实证论、伦理学上之快乐论与美学上之经验论。知其可信而不能爱，觉其可爱而不能信，此近二三年中最大之烦闷，而近日之嗜好所以渐由哲学而移于文学，而欲于其中求直接之慰藉者也。要之，余之性质，欲为哲学家，则感情苦多而知力苦寡；欲为诗人，则又苦感情寡而理性多。诗歌乎？哲学乎？他日以何者终吾身，所不敢知，抑在二者之间乎？[7]

王国维在哲学与文学之间、"可爱"与"可信"之"学"间游走，不知该以何者终其身的苦恼，可说是在现代所谓科学学科体系分类下的苦恼。王国维本来是通学之人，却偏生出"诗歌乎、哲学乎"之类的堂吉诃德式的烦恼，只能说是中国学术从传统向现代转型时的产物。

在中国古代，"诗"与"思"、审美与人生，常常是不分的。而在西方，亚理士多德以来的学科之分，常常导致学科之间的一种紧张关系。"诗与哲学之争"便是一例。美国学者罗森在《诗与哲学之争》一书的英文版序言中，说到他在从诗进入哲学领域的学术实践过程中，曾相信艾略特（T. S. Eliot，1888-1965）所阐明的真理：诗与哲学是关于同一世界的不同语言。而施特劳斯（L. Strauss，1899-1973）又使他意识到：两种语言之间具有不可调和的紧张关

---

7 王国维：《王国维遗书》"自序二"，上海书店，1983年，第5册，第21页。

系。从古希腊开始，关于"神话"（mythos）与"逻各斯"（logos）的分别，就埋下了诗与哲学纷争的根源。[8]《诗与哲学之争》想要梳理的就是在西方世界诗与哲学的长期纷争，及其间所呈现的种种复杂关系。柏拉图（Πλάτων，前 427-前 347）的《理想国》对诗提出了两项谴责：首先，诗制造了"影像"（images），而非对事物原本的理解，它把假象伪装成了真实。其次，诗有道德和政治上的缺陷，因为它怂恿、满足欲望，尤其是爱欲。于是，诗与哲学的冲突，本质上便成了性克制与性放纵的冲突。诗怂恿欲望，哲学则倡导克制欲望或将欲望转化，使之与智慧的完满相协调。不过，这里面临着一个悖论：柏拉图一方面要把诗驱逐出"理想国"；另一方面，《理想国》像所有的对话录一样，本身就是诗。而苏格拉底（Σωκράτης，前 469-前 399）在《理想国》中又承认，哲学的本质就是爱欲，或者，"哲学就是最高的诗"，是关于美好生活如何可能的教育诗。这就使诗与哲学之间，千百年来形成了一种既对立又依存、剪不断理还乱的关系。

中国学者也在不断地从各个角度讨论"诗"与"哲学"的关系。例如，乐黛云、王宁主编的《超学科比较文学研究》一书，就有张首映的《文化世界与文艺世界》、许明的《文学与哲学》、王锦园的《进化论与文学》等文章探讨文学与哲学的关系问题。乐黛云撰写的《文学与其他学科》一文，则对文学与自然科学、与哲学社会科学作了全面的分析。其中谈到文学与哲学的共同点，也谈到到文学家与思想家的不同点：

> 首先，思想家强调的是定义的精确，科学的论述；文学家强调的却是想象、比喻和象征。其次，思想家关心的是某种思想的含义，这种含义必须保持严格的一致性，并表现为确定的主张，即表现为知识、见解或信仰等；文学家所关心的却不是思想本身，而是思想的具体化，即致力于表明某种思想如何影响了生活，致力于烘托拥有某种思想的人的举止、行为和感情。文学家引起人们对某种思想的关注，而不是对这种思想本身进行论证和分析。再者，文学艺术作品中的"思想"或人生见解都不是哲学著作中那种"冰冷"的思想，而是情感与理智的融合，带有浓厚的感情色彩和作者的爱憎，这是通过作者的生命而起作用的思想。读者从每一节奏、每一意象中都可具体而隐约地感到作者心灵的活动。哲学著作则绝大部

8　[美]罗森：《诗与哲学之争》，张辉译，华夏出版社，2004 年，第 4 页。

分是不掺杂思想家感情成分并力求客观的纯理智的思考。最后，思
想家要进行论证，他要求对象接受或拒绝并阐明道理，文学家则不
要求读者对其中的思想作出逻辑评价，而是纯粹的欣赏和共鸣。[9]

许明的《文学与哲学》一文则从发生学的角度，对文学与哲学的分化与
融通作了剖析。他认为，就思维而言，原始人的思维是混沌的、混合性的，是
一种类的表象思维，这也决定了人类早期知识的混融性。其后，由于思维机
制的分化，形成了人类思维活动的两大类型：形象思维与抽象思维。前者是
艺术活动的思维基础，后者是科学哲学活动的思维基础。于是有了艺术与哲
学的分化。但学科本身又是相互渗透、互相作用的，文学与哲学在精神导
向、价值取向上又是相通的，"就文学与哲学意识的意识形态本质来讲，都是
人类的一种自我超越，一种反应和自悟。一种对主客体相互关系的反思，一
种主体意识的提升"。[10]

当然，在人们对文学与哲学"同"与"异"的讨论中，更多的是从文化
层面的切入。但由于文学与哲学都是用"语词来表达"的，它们用的是"关于
同一世界的不同语言"，"两种语言之间具有不可调和的紧张关系"。《诗与哲
学之争》一开始提出的问题，始终在困扰着东西方的学人。从话语表达的层
面，文学与哲学究竟有什么样的"同"与"异"，便需要人们去做更进一步的
探讨。

在对不同学科关系的讨论中，常常还面临着意义展开的方式、言说的规
则的问题。各学科都以语言为符号，但科学文本、哲学文本、文学文本显然
是有差异的。对它们的比较既包括它们所面对的对象，也包括言说的方式。
也就是说，需要回答，什么是文学的言说？什么是科学或哲学的言说？

由此，又回到了思想如何叙述的问题。以国内外对陀思妥耶夫斯基的研
究为例，中国学者何怀宏写过《道德·上帝与人——陀思妥耶夫斯基的问题》，
德国学者赖因哈德·劳特也有《陀思妥耶夫斯基哲学——系统论述》，对作
为文学家的陀思妥耶夫斯基的哲学作了全面的阐析。但是，他们都是把关注
的焦点放在陀思妥耶夫斯基的哲学"是什么"上，而很少去探讨这些"哲学"
是怎么被叙述出来的，怎么体现了作为小说中的哲学的独特性。然而，只有

9　乐黛云、王宁主编：《超学科比较文学研究》，中国社会科学出版社，1989年，第
　　32页。
10　乐黛云、王宁主编：《超学科比较文学研究》，第67页。

弄清思想在叙事作品中的存在方式，它与理论哲学的差异，文学与哲学的跨学科研究才有可能往前迈进一步。

三、对话如何可能

不同学科之间共享一套话语，往往会存在着立场、出发点的差异；而在跨学科比较中，更是存在一个话语的通约性问题。正像在文学作品中，最动人的爱情，往往不是来自婚姻之内，而是婚外之情。这体现了叙事中的伦理的独特性，也是叙事伦理与现实伦理的差别所在。这就像法律意义上的杀人犯为什么在文学中反而经常成为被同情的对象：关于杀人者的故事不再仅仅是普通的法律问题，而往往成了伦理问题，一个关于个体的生命感受的问题。这就为文学与伦理学、文学与法律等的跨学科研究提出了一个难题：对话如何可能？话语的通约性何在？

文学中具有无限的审美魅力的描写，未必就是符合现实伦常和伦理学规范的。这为文学与伦理学的讨论提出了一个需要首先解决的难题。[11]文学与法律的关系也是这样。文学视野中的法律，自有它的独特性。

1973 年，美国小布朗公司出版了两本书，一本是芝加哥大学法学院教授波斯纳（Eric Posner）的《法律的经济学分析》，一本是密执安大学教授詹姆斯·怀特（James White）的《法律的想象》。他们分别开创了法学研究中的两个新领域：法律经济学与法律文学。当法律经济学在美国法学界日益占据主导地位的时候，法律与文学这一交叉学科的出现被看作是用文学的"想象"对经济学的"分析"的一种抵抗。奇怪的是，1988 年，法律经济学的领军人物波斯纳也转向法律文学，在哈佛大学出版社出版了《法律与文学——一场误会》。尽管波斯纳把法律与文学的联姻看作是一场误会，对"法律与文学"这一思潮颇有微词，但毕竟承认了它们之间的亲缘关系。十年后，波斯纳把《法律与文学》作了重要修订，重新出版，并删掉了副标题。《法律与文学》[12]分为四编：作为法律文本的文学文本；作为文学文本的法律文本；法律学术中的文学转变；法律对文学的规制。其中主要涉及两个问题：文学中的法律；作为文学的法律。前者讨论文学中所涉及的种种法律问题，法律的视角、立场与文学的视角、立场的联系与差异；后者则涉及法律文本的文学性，文

---

11 关于文学与伦理学之间的关系，将另撰专文讨论。
12 [美]理查·波斯纳：《法律与文学》，李国庆译，中国政法大学出版社，2002 年。

学解释学是否适用于法律文本的解读的问题。对此，波斯纳都作了卓有新意的探讨。

中国学术界关于文学与法律的研究起步于 20 世纪 90 年代，这其中既有自身的文学传统及现实中所面临的问题所触发的思考，更有来自美国文学与法律运动的影响、启示。1995 年，余宗其在春风文艺出版社出版了《法律与文学的交叉地》，分四个单元论述了文学中的法律表现形态、文学中法律现象的法学内涵、法学角度的中国当代文学，以及对文学中的法律描写进行历史、哲学、宗教、哲学的综合研究。他力图回答的基本问题是：文学中的法律是什么样子？它同现实生活中的法律是什么关系？该书被认为旨在探索一个新的交叉学科，即文学法律学，是比较文学跨学科研究的一种实践。[13]进入 21世纪，作者又在这一领域继续探索，在中国政法大学出版社出版了《中国文学与中国法律》（2002）、《外国文学与外国法律》（2003），更全面、系统地探讨了中外文学与法律的关系。

苏力的著作《法律与文学——以中国传统戏剧为材料》，则被看作是在美国"法律与文学"思潮的影响下，基于中国社会的历史与现实经验而作出的思考。它以元杂剧的一些代表性作品为为例，讨论中国传统社会中与法律相关的种种制度、现象，如复仇、婚姻、冤案、法律职业、清官、道德与法律以及戏剧叙事等等。作者在其长篇导言《在中国思考法律与文学》中详细阐述了中国法律与文学研究的现状、课题研究的意义、思路、材料、进路与方法等等，其中写道：

> 本书的基本追求不是运用具有历史意味的文学材料来印证法律的历史，甚至也不是运用文学材料来注释甚或宣传某些当代的法律理念；而是力求在由文学文本构建的具体语境中以及构建这些文本的历史语境中总代表地考察法律的、特别是中国法律的一些可能具有一般意义的理论问题，希冀对一般的法律理论问题的研究和理解有所贡献。

> 由于理论研究首先会涉及对问题的建构或重构，因此本研究也就不只是一般地插足文学领域，而是希冀它也能为中国古代文学特别是戏剧研究带来某些新的刺激，创造某些新的可能性。本研究试图表明，文学研究或更一般意义上的人文研究有可能甚或应当同社

---

13 唐建清、詹悦兰编：《中国比较文学百年书目》，群言出版社，2006 年，第 145 页。

会科学研究相结合，不局限于传统，从而在中国社会和知识转型时期为理解中国社会、为其他学科的发展提供仅仅是法律或仅仅是文学都不能提供的洞见。只有在这个意义上的交叉学科研究，才是有知识增量的研究，而不是作为学术装饰的那种"边缘学科"。[14]

这里清楚地表明，作者尽管是以元杂剧作为主要材料，但并非是研究元代戏剧中的法律[15]，而是通过传统戏剧来研究传统中国社会中有关法律的一些理论问题。例如，第一编第一章《复仇与法律》，以《赵氏孤儿大报仇》为例讨论复仇制度发生的历史条件、在传统社会中的作用、其制度要求及其弱点，由此探讨制度变迁的历史必然与逻辑；第二章《制度变迁中的行动者》，借《梁山伯与祝英台》来讨论中国古代的婚姻制度，包办婚姻与媒妁之言的婚姻制度的历史合理性与个人愿望的合理性及其冲突。

从跨学科研究的角度说，对法律与文学的研究多是法学家所为。他们多是把文学作品当作法学研究的素材，以作品中的"故事"作为法学研究的"案例"去讨论法学的理论问题，或者从文学史的线索中去勾勒法律制度的变迁。苏力也未能例外。他给自己的《法律与文学》提出的目标就是："本书不打算在一般意义上讨论法律与文学，而是力求从中国古代文学作品中提炼出具有法学理论意义的问题，力求将理论法学的研究延伸到一个新的领域。"[16]通过文学来讨论一些法学理论问题，以弥补先前法律理论研究的不足，拓展法学，特别是法理学、法律社会学、法律史的研究，构成了作者的首要目标。

这些都是属于法律视野中的文学，与文学视野中的法律相比，视角和出发点是不一样的。就像陀思妥耶夫斯基的《罪与罚》，写一个关于"罪"与"罚"的故事，看起来是个典型的法律问题；但陀思妥耶夫斯基关注更多的不是法

---

14 苏力：《法律与文学——以中国传统戏剧为材料》，生活·读书·新知三联书店，2006年，第3-4页。

15 中国不少学者写的法律与文学著作，大多关注的是文学中的法律，即不同时代的作品所反映的那个时代的法律状况。例如，余宗其《中国文学与中国法律》分为四编："中国古代文学与中华法系"、"中国古代文学名家名著与历代法律"、"中国文学的现代化与法律的现代化"、"中国当代文学与社会主义法制"；徐忠明《法学与文学之间》（北京：中国政法大学出版社，2000年）讨论古典文学与法律，内有"包公杂剧与元代法律文化的初步研究"、"《窦娥冤》与元代法制的若干问题试析"、"《金瓶梅》'公案'与明代刑事诉讼制度初探"等。

16 苏力：《法律与文学——以中国传统戏剧为材料》，第26页。

律意义上的"罪"，而是思想之"罪"、人性之"罪"，因而"惩罚"也就不仅限于法庭中的"判决"。作为作家而非法官的陀思妥耶夫斯基，最关心的不是程序是否合法，判决正确与否，而是罪人是否意识到了自己有罪。因为，如果没有悔罪之心，即使法律正确地判了他有罪，他也不肯服罪，反而可能认为自己是在为某种正当、正义的事业遭受苦难，甚至会因此生出一种使徒般的崇高感，服完刑之后依旧会去从事他认为"正当"、"正义"的事业。而这是法律管不了的问题。法律的空白地带常常就是文学的用武之地，陀思妥耶夫斯基写的便是一个杀人者如何悔罪、如何在精神上获得救赎的故事。

冯象在为《木腿正义》所写的序言"法律与文学"中谈到：法律与文学强调的，首先是法律故事的伦理意义。[17]文学名著中的法律故事有个特点，就是法律往往做了助纣为虐的工具，司法执法者更鲜有正面的形象。法律人本来是为维护社会的公平、正义的，为什么在文学作品中常常会以负面的形象出现，而现实生活中的罪犯为什么在作家笔下反而常常获得巨大的同情。这里就有一个文学与法律的立场差异问题。

如此，在不同学科互释的过程中，无论是文学与法律，还是文学与其他学科，它们有不同的立场、视角，属于不同的知识系统，这里便有一个话语的通约性的问题。其实，任何学科、社会系统都有它特有的领域，都发挥着各自的作用；同时，又都有其局限性，需要以它者为参照的互证互补。就像作为文学家的陀思妥耶夫斯基要关注思想、心灵之"罪"与"救赎"，基耶斯洛夫斯基（K. Kieslowski, 1941-1996）在《十诫》中说他对"存在于谋杀戏背后"的人物灵魂的东西更感兴趣。这些，都是属于宗教家和文艺家们的事，但它们又是对法律的有益补充。因为，无论是政治、经济、法律，还是宗教、文艺、伦理等，终极目标其实是一致的，都是为了社会的公平、正义，为了人类社会变得更加美好、和谐和幸福，祇不过各有其实现的途经、方式、手段而已。终极目标的一致，也就决定了各学科间话语通约、互补的可能。

综上所述，如果说在人类各民族的文化中都有各自的一套知识系统，它决定了其知识分类与"学科"差异的话，那么，美国学术界提出的"跨学科研究"，其"学科"更多的是西方意义上的，而中国传统意义上的"文学"与"艺术"则是被遮蔽的。由此，跨学科对话的实现，首先需要在跨文化的背景上，对各自知识体系的清理。正像中国与西方之"文"、"史"、"哲"都是建立在

---

17 冯象：《法律与文学》，见：《木腿正义》，北京大学出版社，2007 年。

各自的知识系统的基础上的，离开各自的知识分类体系来作文学、历史、哲学的比较，便没有了对话所必须的平台。另一方面，不同艺术门类、学科，都有其各自的"概念范畴"、"言说方式"与"话语立场"。如何把"学科"放在话语言说规则的层面，看看什么是"文学"的"言说"、什么是"哲学"的言说？叙事的"伦理"与普遍的"伦理"有何差异？文学与伦理、法律、宗教等等之间的对话如何可能？话语的通约性何在？对这些问题的探讨，有利于深化比较文学跨学科研究，使其在理论建构上有所突破。本文仅仅是提出一些思路，许多问题有待于进一步的探讨。

原载澳门大学《南国学术》，2015 年第 4 期

诗画一律与诗画之别

——苏轼、莱辛诗画之辨与中西诗学传统[1]

中国的苏轼与德国的莱辛都对诗画关系作过辨析。如果说苏轼更强调"诗画一律"，莱辛的《拉奥孔》，副标题即为"论画与诗的界限"，显然更注重诗画之别。这其中有着怎样的知识背景和历史、文化差异，中西之"诗"与"画"本身又具有怎样的不同内涵，苏轼与莱辛诗画之辨怎样体现了中西诗学各自不同的传统，这些正是本文需要探讨的问题。

一、苏轼与莱辛的诗画之辨

苏轼（1037-1101）是中国文艺家中全才式的人物，既是杰出的诗人、散文家，在书、画等艺术领域亦取得很高的成就。在诗画关系上，苏轼认为，创作思维与创作表达方式是一致的，"神机巧思无所发，化为烟霏沦石中。古来画师非俗士，摹写物像略与诗人同"（《欧阳少师令赋所蓄石屏》）。他深知画与诗的共同艺术特性，并把这种共同性运用到诗与画的创作中，在诗歌创作中，遣用易于唤起读者联想和想象的语汇句式，并采用绘画创作中摄取物象的方式，最大限度地发挥语言文字的启示性，在读者的脑海里组成一幅幅美妙生动的图画，正如他所说："惟应一篇诗，皎若画在前"（《次韵水官诗》）。苏轼认为，诗画在品评鉴赏上也是一致的："诗画本一律，天工与清新"（《书鄢陵王主薄所画折枝二首》）。自然、清爽、不俗以及独创性成了品评诗歌、

---

1 况浩源参与了本文的写作。

绘画的共同标准，诗歌可以描述画境，绘画可以描绘诗境，二者融合无间，相互贯通。

苏轼认为，文学与绘画之所以可以互补、互通、互证的原因是"理"。他在《净因院画记》中说："余尝论画，以为人禽宫室器用皆有常形。至于山石竹木，水波烟云，虽无常形，而有常理。常形之失，人皆知之。常理之不当，虽晓画者有不知。故凡可以欺世而取名者，必托于无常形者也。虽然，常形之失，止于所失，而不能病其全，若常理之不当，则举废之矣。以其形之无常，是以其理不可不谨也。世之工人，或能曲尽其形，而至于其理，非高人逸才不能辨。"[2]

画有画"理"，而画"理"与文学诗歌的"理"也是可以互通、互证的，所谓"书画文章，盖一理也"。苏轼对各种文艺持打通之观念，注重艺术在本质上的共通性，注重诗与书画在表达士人（文人）意趣上的趋同性，由此提出"文人画"（"士人画"）的理论。"观士人画，如阅天下马，取其意气所到，乃若画工，往往只取鞭策、皮毛、槽枥、刍秣，无一点俊发，看数尺便倦，汉杰真士人画也。"[3]"画以人物为神，花竹禽鱼为妙，宫室器用为巧，山水为胜，而山水以清雄奇富，变态无穷为难。燕公之笔，浑然天成，灿然自新，已离画工之度数，而得诗之清丽也。"[4]"味摩诘之诗，诗中有画；观摩诘之画，画中有诗。"[5]

文人画区别于画工画，更多地体现了文人的意趣。苏轼把王维、燕肃、文与可的画列入文人画之列，而认为吴道子的画虽绝妙，却只能归入画工画之流。而文人画必然得"诗之清丽"，"画中有诗，诗中有画"，文人画的作者往往集画家、诗人、书法家于一体，打通三者关系，进入一种圆融通达之境。

总之，在文理与画理、文道与艺道、文法与画法各个方面，苏轼都侧重强调诗文与书画间的相通。而"士人画"（文人画）概念的提出，更体现了"文"之"意"、"诗"之"魂"对画境的渗透，从而实现"诗"与"画"之间的高度融通。

而莱辛（1729-1781）作为德国启蒙时代的著名美学家，其美学名著《拉

---

2 颜中其：《苏轼论文艺》，北京出版社，1985年，第198页。

3 苏轼：《跋汉杰画山》，颜中其：《苏轼论文艺》，北京出版社，1985年，第215页。

4 苏轼：《跋蒲传正燕公山水》，颜中其：《苏轼论文艺》，北京出版社，1985年，第214页。

5 苏轼：《评王维诗》，颜中其：《苏轼论文艺》，北京出版社，1985年，第172页。

奥孔》（1766）副标题即为"论画与诗的界限"，它通过讨论拉奥孔这一题材在古典雕刻和古典诗中的不同处理，论述诗与造型艺术的区别，从而提出了诗与雕塑、绘画等艺术的一系列基本原则。

亚里士多德《诗学》在区分诗、乐、画等不同的艺术类别时，认为其相同之处皆为"模仿"，但模仿的媒介不同。画家和雕刻家"用颜色和姿态来制造形象，摹仿许多事物"；诗人、歌唱家"则用声音来摹仿"；双管箫乐、竖琴乐则用"音调和节奏"。[6]艺术作为对"现实"的摹仿，其媒介不一样，便决定了各自不同的特征。莱辛也强调，诗和画固然都是摹仿的艺术，但是二者用来摹仿的媒介或手段却完全不同，这方面的差别就产生出它们各自的特殊规律。"绘画运用在空间中的形状和颜色，诗运用在时间中明确发出的声音。"[7]莱辛把诗与画所用的媒介分别称为"人为的符号"和"自然的符号"。所谓"人为的符号"即指语言，语言作为人所创造的"符号"，不能直接表达事物，只能间接地唤起想象与联想，而"自然的符号"却可以直接再现事物本身。这也就决定了"诗中画"与"画中画"的区别。在莱辛看来，作为"摹仿"的艺术，尽管诗中和画中都有"画"，但诗中的画不能产生画中的画，画中的画也不能产生诗中的画，因为诗通过语言描绘的是"意象"，它可以是形象性的，也可以是精神性、观念性的。而绘画用物质的材料或媒介，直接呈现的是"物质的图画"。一幅诗的图画并不一定可以转化为一幅物质的图画，反之亦然。

诗中画与画中画之所以不能转换，乃是因为绘画是一种空间艺术，诗却是时间艺术。诗可以在时间的延续中表现动作的过程。莱辛把全体或部分在空间中并列的事物叫做"物体"。物体连同它们的可以眼见的属性便成了绘画所特有的题材。而全体或部分在时间中先后承续的事物就是"动作"（或译为"情节"），动作成了诗所特有的题材。对"物体"或"动作"的表现，便成了画与诗的最大区别。

当然，并不是说画就不能叙述"动作"，只不过画家只能通过物体来暗示动作。因此，画家可以在动作发展的直线上选取某一个点、某一顷刻，而这一顷刻必须是暗示性的，给人留下想象的余地，所以最好是顶点前的顷刻。

---

6 [古希腊]亚里斯多德：《诗学》，罗念生译人民文学出版社，1982年，第4页。

7 [德]莱辛：《拉奥孔》附录一《关于〈拉奥孔〉的笔记》，朱光潜译，人民文学出版社，1984年，第181页。

用莱辛的话说，就是"最富于孕育性的那一顷刻，使得前前后后都可以从这一顷刻中得到最清楚的理解"[8]。

画与诗都有各自的描绘手段、媒介、对象，诗人与画家需要做的就是发挥各自的优势以获得最大的艺术效果，而不是不断地越界，去做一些费力不讨好的事情。绘画长于描写物体美，而诗人假如也想像画家一样描摹物体之美，就未必能够讨好。反过来，不写之写，可能达到更好的艺术效果。正像荷马写海伦的美：

> 没有人会责备特洛亚人和希腊人，
>
> 说他们为了这个女人进行了长久的痛苦的战争，
>
> 她真象一位不朽的女神啊！

这是借产生的效果来暗示物体之美，它比精细的描绘更能收到事半功倍的效果。还有一种方法，就是化美为媚。"媚就是在动态中的美"，就像诗人阿里奥斯陀写美人阿尔契娜"娴雅地左顾右盼，秋波流转"，这就是一种动态的媚美。这种"媚"由诗人去写，比画家更适宜。因为画家只能暗示动态，而事实上他所画的人物都是不动的，"媚"落到画家手上可能变成一种装腔作势，但在诗里，却能保持住它的本色，它飘来忽去，稍纵即逝，却令人百看不厌，浮想联翩，给人留下强烈的印象和无尽的想象空间。

二、诗画之辨与中西知识传统

从对苏轼与莱辛关于诗画的讨论中我们可以发现，苏轼虽然也注意到诗画之别，但总的来说，更强调诗画间的相通之处。而莱辛虽然也谈到诗与画的交互影响，但在《拉奥孔》中，其出发点还是要分出诗与画的界限。为什么会出现这种差异？这首先跟中西方跨学科研究的各自的知识传统有关。有学者曾谈到，"天人相合"与"天人相分"构成了中西知识起点上的差异，它决定了中国传统知识更重"合"，而西方知识更讲究"分"。

在西方，早在亚里士多德时代就确定了逻辑学、伦理学、物理学、形而上学、诗学等知识分类，而中国传统知识很长时间都是文史哲不分家，"格物"之学与诸子百家、方技术数相混融。就文学而言，文章学术、天文地文人文皆"文学"，而"诗文"也涵盖了各种有韵与无韵之抒情、记事、议论文字。而就具体的文体而言，像戏剧，古希腊尚且诗且歌，而其后便分出了话剧、

---

8 [德]莱辛：《拉奥孔》，朱光潜译，人民文学出版社，1984年，第83页。

歌剧、舞剧等类别，中国戏曲则一直保持了诗、歌、舞相混融的特色。"合"与"分"，体现在中西知识、文艺的各个方面。

就诗与画的关系而言，西方虽然在古希腊时代，诗人西摩尼德斯就强调"诗是有声的画，画是无声的诗"，罗马诗人贺拉斯在《诗艺》中也提出"诗如此，画亦然"，它们被认为奠定了诗画一致说的基础。17、18 世纪的新古典主义，也多强调诗与画的亲缘关系。但总的来说，几个大家对诗画之别的辨析对后世似有更大影响。亚里士多德强调诗、乐、画在摹仿媒介、对象、方式上皆有不同。文艺复兴时代的画家达·芬奇对画与诗、画与乐的不同作了旗帜鲜明的辨析，他把绘画提升到"一门科学"的高度，把绘画称作"自然的合法的女儿"，在比较诗画的特点时强调："在表现言辞上，诗胜画；在表现事实上，画胜诗。事实与言语之间的关系，和画与诗之间的关系相同。由于事实归肉眼管辖，言词归耳朵管辖，因而这两种感官之间的相互关系也同样存在于各自的对象之间，所以我断定画胜过诗。只因画家不晓得替自己的艺术辩护，以致长久以来没有辩护士。绘画无言，它如实地表现自己，它的结果是实在的；而诗的结果是言辞，并以言辞热烈地自我颂扬。"[9]而莱辛更多是站在为诗辩护的立场，对诗与画的界限作了细致的辨析。西方知识，总的来说更注重各自的独特性，在与它者差异的比较中体现自我存在的价值。莱辛的《拉奥孔》在某种意义上，正是这种知识传统的体现。

而在中国，一直以来多强调各门艺术之间的融通。就书画而言，唐代画论家张彦远在《历代名画记》中强调，"书画异名而同体"，伏羲画卦，仓颉作书，"是时也，书画同体而未分，象制肇创而犹略。无以传其意故有书，无以见其形故有画。天地圣人之意也"。[10]

就诗与画的关系而言，诗在中国古代一直享有尊崇的地位，把绘画与诗放在一起，客观上便提高了绘画的地位。从汉代王充最早把绘画与诗放在一起讨论以来，历代文人喜欢强调诗画间的亲缘关系，苏轼则成了其中承前启后的一个重要人物，自苏轼提出"诗画本一律"，"诗中有画，画中有诗"，并创造了融诗、书、画于一体的文人画以来，诗画同一便仿佛成了各家之通论。

9　《达·芬奇论绘画》，汪流等编：《艺术特征论》，文化艺术出版社，1984 年，第33 页。

10 张彦远：《历代名画记·叙画之源流》，《中国画论类编》（上），人民美术出版社，1998 年，第 27 页。

苏东坡在某种意义上便奠定了这一传统的基石。如果说古希腊诗人也曾说"画为不语诗，诗是能言画"，而莱辛要质疑的就是这种"传统"，正如钱钟书先生所说："诗画作为孪生姊妹是西方古代文艺理论的一块奠基石，也就是莱辛所要扫除的一块绊脚石，因为在他看来，诗、画各有各的面貌衣饰，是'决不争风吃醋的姊妹'。"[11]

应该说，诗与画作为姊妹艺术，有其共同性，也各具特殊性。只不过中西知识的不同传统，决定了其立论的差异。中国式的知识生成机制，很容易在某种理论被"权威"化之后，便成了一种固定的传统，很难有"标新立异"。而西方知识更充满一种"对话性"，大家各说各话，相互辩难，理论也就在不断的对话、争辩中不断翻新。莱辛其实也不过是"立此一说"，并不能成为最后的结论。莱辛对于诗与画在媒介、表现手段、审美标准各方面的细致的比较，无论你是否同意他的结论，其研究取向都是值得我们借鉴的。当然，从中西知识传统来说，西方重科学、实证、逻辑性、系统性，中国文人讨论问题的方式却多是感悟式的、点到即止的，这也决定了苏轼与莱辛对诗画的辨析，以及他们讨论问题的话语方式其实是不一样的。

三、时代背景与个体选择

我们前面从中西知识传统的角度讨论了苏轼与莱辛对诗画关系的辨析，它们构成了一种纵向的视角。另一方面，苏轼的"诗画一律"与莱辛的"诗画之别"，其理论的提出，也有时代的、个体的原因。

就苏轼而言，从纵时来看，民族审美心理、价值观、思维模式等自身的延续性和变迁性，书画理论、实践的完善使书画地位提升，为文论与书画论融通对话提供了可能性。而横向上，一定时期特定的社会环境下意识形态相对统一又为文论与书画理论融通对话提供了必然性，宋代就是处在这样的一个时代。

宋代是中国古代社会的一个重要转型时期，其社会文化特征与前代社会迥然不同。在唐代，文人士大夫颇为看中外在的事功，到了宋代，却有一种由外及内的趋势，文人士大夫似更渴望内心的安宁和充实。审美观念重心由外部对象转移到内心世界，由主体外向性的伦理事功之志向个体内向性的心理怡乐之情转移。对创作的要求，宋人更加强调创作主体的文化修养和气质

---

11 钱钟书：《中国诗与中国画》，《七缀集》，三联书店，2002 年，第 7 页。

禀性。宋文人士大夫内向性的审美趋向的形成，使宋人文学艺术理论在写形与传神、写实与写意、"尚法"与"尚意"的对立中，更注重传神写意，使本重写实、重再现的绘画与书法，也像诗歌一样重表现、重写意，重文人情趣笔墨。北宋时期，曾以官方的形式设立画院，书画大家米芾就出任过院长，画院的目的除了专门培养绘画人才外，还要执行把绘画诗歌化的政策，考试时就以写景的诗歌作为题目，让画家们学会运用诗的情思来营造画境。

唐代之前，绘画主要是工匠之事，文人士大夫虽有所染指，如东晋的顾恺之，刘宋的宗炳，唐代的王维，但势单力薄，不成气候，一直到唐代，文人而兼书法家是普遍现象，而文人兼书法家、画家，则只是个别现象，像王维这样的个例，就非常之少。初唐前，书家与画家是泾渭分明的，至五代，具体说是南唐、西蜀，文学家、书法家、画家三合一的现象，已露端倪，李煜以词享誉，但同时却兼书、画，孟昶亦然，这样的潮流，至宋终于明朗化了。宋代的诗人、画家和书法家即使不是身兼三艺，也往往是同一圈子里的朋友，创作实践使他们产生出一种相互认同的强烈愿望。道德文章溢而为诗，为词，为书，为画，书为"诗余""词余"，而画则为"翰墨之余"。而技巧上，书法渗透入绘画极深，以书法笔画作画，成了中国画技巧论的精髓。宋以后，绘画技巧的训练竟以书法为要素，书法渗入绘画，强化了绘画的线条表现。极易为实用思想所制的"写字"，一旦纯艺术的绘画介入，自然与实用的距离拉开了。这样，在书法创作的思想中，便注入了求美的要素，无怪乎宋人的书法更重表现，这样使书画都渗入了文学化的因素，使书画艺术与文学艺术在思想上有了共通性。

从北宋中叶后开始，士大夫文化圈内出现一股整合会通的文化思潮，其特点是强调不同事物之间的共同性，在殊相中发现共相，在特殊中寻求一般，从而打通自然、人生与艺术之间的界限。用宋人的话来说，叫做"千江之月，实为一月"。这一思潮造就了宋代士大夫观察世界的全新眼光，即发现世界万物普遍联系的眼光。而首先提出文艺各门类相互融通并上升到理论高度的人就是苏轼。王维能诗善画，且能做到诗中有画，画中有诗，但他的实践是一种自发的实践，缺乏理论的自觉，而且他的融通诗画的艺术特点是通过苏轼的评价才真正为世人所发现。欧阳修曾说过"古画画意不画形，梅诗咏物无隐情。忘形得意知者寡，不如见诗如见画"，但那只是说读诗可以代替观画，或是提倡一种写意之画，并无打通之意。只是到了苏轼，才真正出现了融通整合艺术各门类的新思想。换言之，即使在中国传统的艺术各门类之间具有某种融通的潜质，也是到了苏轼的时代才被开发出来。苏轼第一次建立了"文人画（士人画）理论"，以其诗文书画多方面的才情禀赋，最终打通各门艺术，实现了其理论与创作实践上的融通。

就莱辛而言，身处18世纪启蒙运动的时代，有时，时代也就造就了文学艺术。这是一个变革的时代，启蒙运动的发源地法国正高举自由、平等、理性的旗帜，为未来的资产阶级的理想国度设计蓝图。而德国，其时经济落后于法国，还保留着农奴制的残余，封建小朝廷各自分裂，工商业落后，资产阶级力量薄弱。对德国而言，反封建、反教会的任务，首先是如何建立自己的民族文化和文学。对于如何建立德意志民族文学，德国启蒙运动的第一个理论家兼戏剧家高特舍特（1700-1766）提出要师法法国新古典主义，奉布瓦罗的《论诗艺》为典范。而以瑞士的波特玛和布莱丁为首的苏黎世派则主张从中世纪德国民间文学、荷马史诗、英国文学中吸取养分。英国的莎士比亚戏剧、弥尔顿的史诗、感伤主义的诗歌，都体现了一种新的时代气息。两派为此展开激烈的论战。

莱辛生长在这样一个动荡、喧嚣、激烈论争的时代，在"启蒙"的大旗帜下，他一生都致力于德国民族文学的建立。他的《汉堡剧评》建构了一套市民戏剧和写实主义的理论，而《拉奥孔》表面上只是讨论诗画之界限，实际上也别有深意。莱辛一方面站在苏黎世派和温克尔曼一边，同情其理论主张，另一方面有着自己的立场。朱光潜先生在关于《拉奥孔》的"译后记"中曾谈到莱辛之反对法国新古典主义的原因：

> 新古典主义者之所以宣扬诗画一致说，因为就诗而言，他们要把画的明晰的表达方式，绚烂的色采，形象的静态和较大的概括性和抽象性用到诗里来；就画而论，他们要为当时宫廷贵族所爱好的寓意画（用人物来象征某一抽象概念如"自由"、"贞洁"、"虔诚"之类）和历史画（写历史上伟大人物和伟大事迹来奉承当时统治阶级）作辩护，而寓意画和历史画像诗一样，要叙述动作，要通过观念（不单凭视觉）而起作用。至于苏黎世派之所以赞成诗画一致说，主要是因为他们要为当时在德国盛行的受英国汤姆逊和扬恩一派影响的描绘自然的诗歌作辩护。这种描绘体诗与当时宫廷文学相对立，比较着重地描绘农村田园生活，比较能反映产业革命初期的资

产阶级知识分子的情调。[12]

明白了这一点，我们也就可以理解莱辛尽力突出诗画之别的用意了。温克尔曼将希腊艺术的理想归结为"高贵的单纯和静默的伟大"，认为艺术的任务在于创造美而不在于表情。莱辛在一定程度上也就是在造形艺术上认可了温克尔曼的"静穆"观，认为"美是物体的绘画价值"，是"造形艺术的最高法律"，"美的根源在静穆"。但诗则不然，"诗人固然也追求一种理想美，但是他的理想美所要求的不是静穆而是静穆的反面。因为他所描绘的是动作而不是物体，而动作则包含的动机愈多，愈错综复杂，愈互相冲突，也就愈完善"。[13]诗与画的基本分别，在莱辛看来，在于画描绘物体静态而诗则叙述人物动态，因此画要静穆的美，诗则要真实的表情，包括人的强烈的痛苦；画要表现美，诗却不回避丑。也就是说，诗能更真实地表现世态人生。莱辛所提倡的"行动的人生"，也使他对古希腊悲剧中的有"人气"的具有强烈情感和大无畏精神的英雄更为钟情。

莱辛讨论诗与画的界限，出发点还是在"诗"，以此表达他的诗歌理想，而画不过是个陪衬。这点倒是与苏轼近似。虽然苏轼强调文学与书画艺术的对话，强调诗书画的融通、渗透、互补互证。其实在苏轼眼里，诗与书画的地位并非完全相同，而是诗高于书画。

苏轼对书画的评价论述中，大多是以诗人或是诗歌作为标准，并以此评判书画作品的高下。苏轼强调诗与画的结合，其意图实际上更多的在于"引诗入画"。由于受到儒家正统诗教观的影响，苏轼认为文学与艺术的功能与性质相去甚远。大致来看，书高于画，而诗又高于书画，呈梯形发展模式。他在《文与可画〈墨竹屏风〉赞》中写道："与可之文，其德之糟粕，与可之诗，其文之毫末，诗不能尽，溢而为书，变而为画，皆诗之余。其诗与文，好者益寡，有好其德如好其画者乎？悲夫！"[14]在苏轼看来，"德"才是最根本、最精髓的东西。相对于德来说，"文"只不过是"德"的糟粕，即是"德"的某种外在的表现，而在所有的"文"中，"诗"又是"文"的细微分支，而至于书和画，就更只是"诗之余"了。书画的最大作用就是"悦人"，苏轼在诗

12 朱光潜，《拉奥孔》译后记，人民文学出版社，1984 年，第 216 页。

13 朱光潜：《拉奥孔》附录一《关于〈拉奥孔〉的笔记》，人民文学出版社，1984 年，第 204 页。

14 苏轼：《文与可画〈墨竹屏风〉赞》，顾之川校点：《苏轼文集》（下），岳麓书社，2000 年，第 927 页。

文之余以书画"自娱"，而诗文却负有更多的道德教化的使命。

四、"诗"、"画"之别与中西诗学

前面我们从纵向和横向两个方面分析了苏轼的"诗画一律"观、莱辛对诗画之界限的辨析与中西知识传统、时代背景、个体选择的关系。这种分析总的来说还是外在的。从内在的角度来看，苏轼和莱辛所讨论的"诗"与"画"，其概念内涵本身就是有差异的。此"诗"非彼"诗"，此"画"亦非彼"画"，推而广之，它也涉及到整个中国"诗"与西方"诗"、中国"画"与西方"画"之间内涵的差异。这是我们在作跨学科与跨文化的比较研究时，首先需要注意的问题。

莱辛《拉奥孔》的副标题为"论画与诗的界限"，这里的"画"其实首先是指"雕刻"，莱辛对诗画界限的讨论，就是从拉奥孔雕像与维吉尔史诗《伊尼特》关于拉奥孔的描写开始的。后面他笼统地用绘画代表"造形艺术"，其实同为造形艺术，绘画与雕刻还是有很大区别的。莱辛以古希腊雕塑的"静穆"的理想加之于绘画，绘画也就成了只追求物体的形式美的一种艺术，这显然大大限制了"画"的丰富内涵，一方面表现"丑"、"恐怖"、"痛苦"的"画"被排除在莱辛的视野之外，另一方面，莱辛所说的"画"更多的是指人物画、故事画，自然风景画的地位被贬低。

就"诗"而言，西方诗歌有叙事诗与抒情诗两大传统，而莱辛所说的"诗"基本上是指叙事诗，特别是史诗。《拉奥孔》中大量地以荷马、维吉尔的史诗为例证，自然有了诗是"适宜于叙述在时间中先后承续的动作情节"的论断。

苏轼所论的"诗"却多是抒情诗。欧洲最早的诗歌是史诗。史诗长于叙事，从荷马的《伊利亚特》《奥德赛》，罗马诗人维吉尔的《伊尼德》，到中世纪的英雄史诗，从神的英雄到人的英雄，以力量、勇敢、强悍、智慧为特征的英雄成为民族崇拜的对象，从而表现出西方民族的人生理想。与西方的叙事性诗歌的发达相比，中国古代诗歌却一直以抒情诗为主，叙事性诗歌除了《孔雀东南飞》《长恨歌》之类短篇叙事诗以外，始终没有独立地发展起来，更遑论大范围地描述民族重大事件和英雄业绩的中长篇史诗了。在中国，汉民族早熟的智慧，对人文理性精神的强调，使抒情诗在中国始终占据重要的地位。从中国最早的诗歌总集《诗经》到《离骚》、汉乐府、文人五言、七言诗，再到其后的律诗，中国诗歌一直强调"言志"、"状物"、"缘情"，充满强烈的抒情性。

莱辛把诗、画中的"事"、"情"与"物"、"形"区别开来，并把它们归到不同的艺术范畴——时间与空间艺术中。[15]诗为表现"事"、"情"的"时间艺术"，画为描摹"物"、"形"的空间艺术。中国古代的抒情诗，在一个"情"字的统领下，有偏重于"事"的写实派，如杜甫、白居易等，有偏重于说"理"的，如宋诗中的一些诗歌，也有长于写景状物的自然山水诗歌，后者往往占大多数。也就是说，中国诗反而偏重于空间中的"物"与"形"，而不是时间中的"事"与"情"。并且中国诗在写景状物上多意象并置，追求意境，这就使中国的"诗"与"画"有了先天的相通之处。

就"画"而言，苏轼所谈到的"中国画"，其实多是风景画，而非莱辛意义上的"故事画"，当然也就不存在选取事件顶点前的富于"包孕性"的时刻。苏轼所推崇的"士人画"，追求象外之旨，恰恰也是中国诗所追求的境界，诗与画两相遇合，自然也就一拍即合了。

苏轼以王维做例证，说明"诗中有画"、"画中有诗"，王维恰恰是一个"禅、诗、画"一脉贯通的人物，既是南宗画的创始人，又是神韵诗派的宗师，还是南禅宗最早的一个信奉者。[16]其诗《鸟鸣涧》"人闲桂花落，夜静春山空。月出惊山鸟，时鸣春涧中"，于"静观"中充满了禅意画境。而其画，又充满了诗性，成为后来苏轼所推崇的"士人画"或曰"文人画"的先驱。

苏轼强调"诗画一律"，乃是它们都追求"天工与清新"，所谓巧夺天工、清丽自然。苏轼推崇的"文"是如行云流水，行于当行，止于当止，"文理自然、姿态横生"，"气象峥嵘，五色绚烂，渐老渐熟，乃造平淡"。推崇的"书"是"萧散简远，妙在笔墨之外"。而"诗"亦然，"发纤秾于简古，寄至味于澹泊"(《书黄子思诗集后》)乃诗之至。而画，苏轼恰恰是在"士人画"中找到了自己理想的画境。苏轼自己曾画《竹石图》，以清淡、空灵、散漫之笔，草草描出土坡、怪石、丛竹，不求形似，却于"萧散简远"中含不尽之意味。苏轼以自己的创作实践，似在无声地宣扬他的"士人画"的理念。画工只求形似，力求"曲尽其形"，观士人画却如阅千里马，只取其"意气"所到，得其神韵。画中之"形"的"象外之旨"，就靠你自己去领悟了。

15　钱钟书：《读〈拉奥孔〉》，《七缀集》，三联书店，2002年，第36页。

16　钱钟书：《中国诗与中国画》，《七缀集》，三联书店，2002年，第27页。

显然，苏轼所推崇的诗、画，承续的是中国文学艺术"重神"、"写意"的传统。"论画以形似，见与儿童邻；作诗必此诗，定知非诗人"（《书鄢陵王主薄所画折枝二首》），最典型地体现了苏轼的艺术观念，这种观念在中国传统的诗文书画理论中又具有普遍性。而中国历代文人一直推许的文艺传统是虚实相生、以形写神。中国哲学以"无"为最高境界，道生万物，万物皆备于道。但道存在的方式又不是有，而是无。万物皆生于有，有生于无。无成为了世界本源，正如中国现代美学家宗白华所说："中国人感到这宇宙的深处无形无色的虚空，而这虚空却是万物的源泉，万物的根本，生生不已的创造力。老庄名之为'道'，为'自然'，为'虚无'，儒家名之为'无'。万象皆从空虚中来，向空虚中去。"[17]中国传统哲学与艺术的"虚实"、"神形"之辩即源于此，虚者万物之始，虚实相生，大象无形，虚处藏神，以形写神，超以象外，得其环中等等，构成了中国艺术的基本精神。在中国各类艺术理论中，无论是诗文还是琴棋书画，"神"都被当作一种最高的美学追求，"传神"、"写意"成了中国文艺的独得之秘。而就诗、画关系而言，当表达的媒介、手段、技法等"法"与"术"的方面被忽视，他们在形而上的"艺道"的层面上便取得了高度的一致。所谓"诗画本一律，天工与清新"，也就顺理成章，成为带有普遍性意义的命题了。

而莱辛对问题的讨论，恰恰就是从"法"与"术"的层面开始的。在西方诗学中，最通行的就是摹仿论。艺术是对自然的摹仿，这导致西方诗学的尚形、写实、求真。当"形"成了艺术的理想，达·芬奇正是在这个意义上认为画比诗歌、比音乐高级。因为"诗用语言把事实陈列在想象之前，而绘画确实地把物象陈列在眼前，使眼睛把物象当成真实的事物接受下来。诗所提供的东西就缺少这种形似；诗和绘画不同，并不依靠视觉产生印象。……想象的所见及不上肉眼所见的美妙，因为肉眼接收的是物体实在的外观和形象，通过感官而传给知觉。……可以说，在表现方面，绘画和诗的关系正如物体和物体的影子的关系相似。"[18]而"音乐只能是绘画的妹妹，因为它依赖次于视觉的听觉"。"能使最高感官满意的事物价值最高。因为绘画使视觉满意，

---

17 宗白华：《介绍两本关于中国画家的书并论中国的绘画》，《美学散步》，上海人民出版社，1981年，第123页。

18 《达·芬奇论绘画》，汪流等编：《艺术特征论》，文化艺术出版社，1984年，第33-34页。

所以比只能满足听觉的音乐高贵。"[19]这种价值取向，与中国传统的文学艺术论，正可谓针锋相对。

莱辛显然继承了西方诗学的写实传统，艺术摹仿自然也就作为理论前提被接受了下来，他要做的就是，通过诗与画的比较去讨论不同艺术写实求真的方式的不一样。讲"同"，容易一言以蔽之，讲"异"，却是需要去做细致的辨析。这就决定了中西方诗学，不仅在尚形与写意方面呈现出差异，讨论问题的方式也是大相径庭的。

原载《汉语言文学研究》，2012 年第 1 期

19　《达·芬奇论绘画》，汪流等编：《艺术特征论》，文化艺术出版社，1984 年，第38 页。

第二辑　弈之为艺

弈与艺：一种跨学科的考察

"此局白体用寒瘦，固非劲敌，而黑寄纤秾于淡泊之中，寓神俊于形骸之外，所谓形人而我无形，庶几空诸所有故能无所不有也。"[1]

"化机流行，无所迹象；百工造极，咸出自然。则棋之止于中正，犹琴之止于淡雅也。"[2]

这两段话分别出自清代国手徐星友和施定庵。以诗文的审美标准来论弈，弈与艺、文，也就取得了沟通。

围棋本来是一种竞技性游戏。当这种"技"与"戏"更多地与精神的愉悦、人生的解悟联系在一起，也就具有了审美的意义。琴棋书画，围棋，也就成了艺术家族之一员。

而到 20 世纪，围棋又被纳入到体育竞技体系中，逐渐丧失了"艺"的身份。这固然与围棋本来的竞技成分有关，另一方面，也是文艺乃至整个社会的"世界化"潮流使然。20 世纪全球范围内的世界化，使各区域文明日益被整合为一个有机整体，艺术的"区域性话语"日益被"世界性话语"所取代。而这种"世界性话语"又往往是西方意义上的。正如有学者指出的：

> 20 世纪的"世界化"事实上就是"西化"，20 世纪的世界性要

---

1 徐星友：《兼山堂弈谱》，见《围棋古谱大全》，上海古籍出版社，1994 年，第 669 页。

2 施定庵：《〈弈理指归〉·序》，见《中国围棋》，蜀蓉棋艺出版社，1985 年，第 236 页。

求就是西方现代文明的要求。正是这种要求注定了 20 世纪处于同一世界中的东西方艺术之间不平等的关系，即向西方认同的关系。在此关系中，作为西方现代文明之一部份的西方现代艺术是被这个世界所认可的唯一合法的现代典范和尺度。换句话说，20 世纪艺术的现代性是以西方现代艺术为尺度和参照的，因此，对 20 世纪非西方艺术而言，所谓的"世界性要求"不外是西方现代艺术所确立的艺术观念、态度和话语方式。[3]

在这种"世界性"的大潮中，中国传统知识谱系，在"现代化"的过程中，也就日益"西化"了。中国的"文"与"艺"本来都有自己的独特的内涵。受西方艺术分类体系的影响，中国传统的"艺"与"文"，也就逐渐被西方意义上的"艺术"与"文学"所取代。围棋，这门古老的艺术，也就在现代"艺术"中消失了踪影。

其实，自汉班固撰《弈旨》以来，中国围棋留下了丰富的美学遗产，且不少都是文人所为，如马融、沈约、皮日休、苏东坡、王世贞、袁枚、李渔等。中国棋论与文论及其它艺术理论在价值取向、话语方式上有惊人的相似之处。可是，在 20 世纪艺术"世界化"的大背景下，文论、乐论、书论、画论研究者众，有着丰富的哲学、美学内涵的棋论，却基本上被置于学术视野之外。各种在西方知识体系中建构起来的"艺术概论"，自然不可能有"棋"的一席之地。令人奇怪的是，专论中国传统艺术的著作，也难见"棋"的踪影。倒是在各种《中国体育史》中，可以找到"中国围棋"。而像最近新出的四卷本的《中国审美文化史》[4]，囊括了诗歌、散文、戏曲、小说、琴、书、画、舞、工艺、雕塑、园林、服饰、墓葬、民俗、饮食等，单单对"棋艺"一字不提。

与此相应，20 世纪，对围棋本身的研究，也是更多地集中在作为竞技的围棋中。围棋技术类书籍层出不穷，围棋文化研究，则相对薄弱。在围棋史研究中，大陆及台湾共有 4 部中国围棋史著作，如《围棋史话》（李松福，1990），《中国围棋史》（张如安，1998），《中国围棋史》（蔡中民、赵之云等主编，1999），《中国围棋史话》（台湾朱铭源，1992）。它们清理了中国古代围棋的渊源、流变，但缺少对围棋与中国文化、艺术关系的整体把握。

3　余虹：《艺术与精神》，社会科学文献出版社，2000 年，第 169 页。
4　陈炎主编：《中国审美文化史》，山东画报出版社，2000 年。

另一种研究，则是对中国围棋文化遗产的清理。中国出版过不少中国围棋古谱。而《中国围棋》（刘善承主编，1985），《围棋古谱大全》（盖国梁等编集整理，1994），收集了不少中国围棋古谱、棋论、围棋史料、围棋文学作品等资料。成恩元先生的《敦煌碁经笺证》（1990）和李毓珍先生的《棋经十三篇校注》（1988），则对中国古代的两部围棋理论著作《敦煌碁经》《棋经十三篇》作了细致的校释、考证。胡廷楣先生的《境界——关于围棋文化的思考》（1999），从围棋源头、围棋思维、"语言"、虚实、围棋的境界等方面展开对围棋文化的思考，颇有新意，但不少文章多为访谈性质，其研究有待于更进一步的深入。而对围棋与中国文学、艺术关系的清理，除了一本《围棋文化诗词选》（蔡中民选注，1989），其理论研究，则基本上付诸阙如。

日本是围棋的第二故乡。它从中国接受了围棋，又将其发扬光大。金克木先生说，"日本棋士是专业，着重争斗、胜负。中国人下棋多是作为业余，含有表演意味，……日本棋士是战士。中国棋士是艺人。"[5]日本视棋道为艺道、武士道乃至宗教之道，它建立了完备的竞技体制，由此极大地促进了竞技围棋的发展。但有一种说法，当今日本围棋的滑坡，又是因为过于追求"艺道"，追求围棋的艺术之美。而韩国围棋独霸世界棋坛，乃是实利主义对理想主义的全面胜利。韩国棋界正集体签名，请求把围棋从文化局划归体育局，据说已正式得到"体育"的接纳。中国围棋曾经在很长时间里把围棋当做游戏、艺术，但也因此限制了竞技围棋的发展。20世纪，中国围棋终于汇入到"世界性"的大潮中。

二

当某种事物汇入到以现代化为标志的世界性大潮中，固然使它获得了发展的机遇，但同时也可能使它固有的一些东西被遮蔽。中国的文化、文学艺术如此，中国围棋也是这样。

笔者曾在《围棋与中国文化》[6]一书中，从围棋的本质、围棋与东西方文化、围棋的源流、弈具、弈制、围棋与中国哲学、宗教的关系、中外围棋交流等方面，试图在中国文化的视野中对围棋做一

5　金克木：《幻庵棋士乘船来》，见：何云波选编《围棋文化散文选》，人民文学出版社，2003年，第209页。

6　何云波：《围棋与中国文化》，人民出版社"中国文化新论丛书"，2001年。

次较全面的探讨。在追踪围棋文化的源流时，就想进一步从艺术的角度对中国围棋做些梳理。编选《天圆地方——围棋文化散文选》[7]，权作一种资料的准备。而做《围棋与中国文艺精神》的研究，目的倒不是非要把围棋重新拉回到"琴棋书画"的传统中，而是为了清理一下中国古代围棋及围棋理论所包含的丰富的美学遗产，同时将围棋及棋论放在中国文化及艺术理论的大系统中，看看围棋与中国传统的"艺"与"文"究竟是一种什么样的关系。不敢说因此就能建立一套"中国围棋美学"，只不过想为中国文论、艺论研究提供一个新的参照。当人们致力于建构中国文艺美学时，不妨关注一下那些被遗忘的"艺术"。

本课题算得上是一种比较文学的跨学科研究，当然不是严格意义上的，因为其重心不在文学，而是以中国传统的文、艺及文论、艺论为参照，展开对中国古代围棋及棋论的研究。其重心在探讨围棋作为一种艺术，其意义的生成、建构过程。

"弈"之为"艺"，与其它各种"艺"有共通性，又有其特殊性。它与医、卜等各类"术艺"一样，都是一种"技艺"。与琴、书、画为伍，则更多地带有精神的、审美的因素。但"弈艺"作为一种竞技性的游戏，首先，它是一种行为艺术。下棋的行为、过程，本身就是围棋艺术的一个组成部分，同时它与音乐、舞蹈一样，有时是直接面对观众的，带有表演性。其次，弈地往往构成围棋艺术之"境域"。"松下围棋，松子每随棋子落；柳边垂钓，柳丝常伴钓丝悬。"不同的人对弈地的不同选择，常常折射出各自的审美情趣，也影响到棋局的内容。其三，当对局结束，棋谱被记录下来，便成为一种供人阅读的"文本"。

如果把棋谱当做一种艺术性文本，它与文学文本之间，便有了诸多可比之处。围棋被称为"手谈"，也就是说，这是一种不借助于文字的特殊的言说方式。中国文论有不少"言、象、意、道"之辨，围棋则是直接"以象尽意"。文学文本多是由个人创造的，棋谱则是对局者双方"对话"的结果。对话双方是一种对立、冲突关系，但在共同创造一件完美的"艺术品"时，又需要一种更高意义上的和谐。在棋局的进行过程中，每一招棋都可能有许多种选择，每一种选择都将决定棋局的不同流向。因而，棋谱作为一种"文本"，既是封

---

7 何云波选编：《天圆地方——围棋文化散文选》，人民文学出版社，2003 年。

闭的（就棋局的进程、胜负而言），又是开放的（就棋局背后隐藏的多种可能性而言）、可写的（就阅读者而言）。

研究"弈"何以成为"艺"，弈与中国传统的艺、文之间的关系，便构成了一种跨学科的对话。而对话的前提是对各自知识体系中的概念范畴、话语规则的梳理。由于其研究对象分别是诗、文、书、画和作为四艺之一的围棋，研究对象的差异，便构成了各自的一套概念体系。而它们在中国文化的大背景下，很多概念又是相通的，如道、技、艺、气、韵、形、象、意、阴阳、玄、妙、神、仁义、动静、虚实、奇正、体用等等。但它们在文论、棋论及其它艺论中，其具体内涵又是有差异的。比较研究，首先需要对其概念范畴作一番细致的辨析。正像"气"，气是围棋棋子生存之本，而文学亦强调"文以气为主"，棋论、文论、书论、画论都讲"气韵生动"，其内涵既有联系又有差异。这就需要我们在跨学科研究中寻求话语的沟通时，先做一番细致的辨析。在清理概念和言说方式的基础上研究围棋艺术的意义生成、展开的方式，从而使研究不至停留于表面现象的罗列，而有可能走向深入。

问题是，如果说在同一国家或民族中，不同艺术、学科可以共用一套既相联系又相区别的话语，而在它种文化背景下，可能又完全是一套新的话语。正像中国哲学及艺术论，都常有浓厚的体验感悟及诗性表达的特色，西方则偏重逻辑分析与理性表达。人们习惯于把这两种知识形态称之为"感悟型知识形态"和"理念型知识形态"。就是说，中国传统知识更具诗的色彩，西方传统知识更接近于科学。正像亚里士多德，他以"求知"、"观察"、"追问"、"推论"为支点，确立了西方知识话语的科学理性解读模式及以逻辑分析方法为主导的意义生成方式。[8]而中国以道、气韵、风骨、境界论诗文书画，决定了中国的"文"与"艺"有自己独特的质地、品格。中国与西方传统的"文"与"艺"，乃是两个各自独立的系统。美国学派首先倡导的比较文学跨学科研究，其学科分类，其对"文学性"、"艺术性"的界定，依据的是西方知识体系。正如有学者指出的："美国学派的'平行研究'显然不具有'对话'的视野，它所确认的学科目标（'世界文学'）依据西学传统对'文学'、'文学性'、'诗性'的领会和规定。对美国学派而言，'比较'并不是一场文化间的对话，而是以西方'诗学'的眼光对各种文学经验及其理论表述的发掘。……它所确认的'综合'、'类比'、'跨学科'等研究方法在同一文化圈的比较研究中

8　曹顺庆：《中外文论比较史（上古时期）》，山东教育出版社，1998年，第587页。

有极大的用武之地，然而在跨文化研究中，由于相异文化中的文体分类、学科分类极不相同，乃至文学现象呈现出全然不同的边界归属，这些研究方法已很难成为比较文学研究的核心方法。相反，对不同文化中文学经验和文论思想的异质性的考察将成为跨文化比较文学研究的重心。"[9]

当美国学派完全承续欧洲文论传统的话语，用模仿、表现、典型、现实主义、浪漫主义、象征主义等来探讨文学，规定文学的特性，而像中国、印度等具有悠久历史文化传统的一些基本的文论概念，比如气、韵、味、境界，都被排除在其视野之外，那么，作为跨学科研究之出发点的"文学"、"艺术"，就只能完全是西方意义上的。而跨学科研究的"学科"分类，也是源于西方知识谱系。在这个前提下的跨学科研究，也就常常是单向的，不具有对话的意义。正像中国的诗词歌赋、戏曲、话本小说、琴棋书画，由于与西方文学在精神特征上相距甚远，也许，在西方人看来，它不过是用于了解东方神秘文化的标本，并不具备跨学科研究中的"文学"、"艺术"的意义。

由此，在比较文学的跨学科研究中，引入跨文化的视野，便势所必然。跨学科对话的实现，首先需要在跨文化的背景上，弄清文学、艺术及其它学科在人类文化知识架构中的位置及其演变。显然，"艺"与"文"作为两大系统，只有弄清它们在中西传统知识谱系中的位置及其相互关系，它们与中西文化传统、精神的联系，在这种跨文化的背景上，跨学科研究才能有一个坚实的基点。如果仅以某一知识体系中的"文"与"艺"作为唯一的标准，便有可能导致对另一种文化中的某些"文"与"艺"的遮蔽。正像琴棋书画，作为中国古代四艺，到 20 世纪，"棋"已被排除在现代"艺术"之外，这固然与围棋日益走向竞技化有关，但也是因为它与西方艺术体系不合使然。而中国围棋所包含的丰富"艺"与"美"的内涵，也就在西方知识的"前见"之下，被遮蔽了。

三

寻根，回到事物本身。

要寻求东西方文学、艺术间的沟通、对话，也许首先需要立足于各自的"文学性"、"艺术性"，跨文化、跨学科的比较文学研究才有坚实的基点。

有学者指出："没有跨文化比较研究的视野，没有返本溯源、回到不同文

9　曹顺庆等：《比较文学学科理论研究》，巴蜀书社，2001 年，第 301 页。

化中的不同文学样态的'文学性'这一回到'事情本身'处的胸襟和气度，我们就不可能'发现人类共同的诗心'，不可能建立普遍有效的文学理论。"[10]

文学如此，艺术亦然。

建构中国自己的文艺美学，需要"返本溯源"，对我们曾经拥有的文学、艺术遗产作一番清理。围棋，便是属于一种被忽视的"艺术"。

本课题要研究的就是"弈"如何成为"艺"的，不同时代的人如何赋予它不同的意义。因而，"弈"与"艺"，便成为本课题研究的两个关键词。

《说文解字》解"弈，围棋也，从廾，亦声"，而"艺者，种也"。"弈"本为游戏，与作为实用技艺的"艺"结缘，乃它们都是一种"技"。而当这种"技"日益增加精神的、审美的因素，也就逐渐接近现代意义上的"艺术"。同时，"弈"往往被认为有着玄妙的意境，包含着宇宙之象、人生之大道。文以载道，棋亦载道，技进乎道。围奁象天，方局法地，一阴一阳之谓道，本为"技艺"的围棋，拥有了"道"的身份，也就有了存在的依据。

中国围棋大致包含"技"、"戏"、"艺"、"道"四个层面。"技"即"技艺"，"戏"即"游戏"，"艺"即"艺术"，"道"即棋道，人生、宇宙之道。而"艺"又是贯穿"技"、"戏"、"道"的一个核心概念。因而，我们的探索也就从这里开始。

第一章、弈与艺：考察作为一种竞技性游戏的"弈"在中国古代是如何被纳入"艺"的体系的，20世纪弈之为艺又如何退场，重新回归为竞技；"弈"与"艺"在中国古代知识谱系中的类属及其历史流变。包容了各类竞技性游戏的古代"艺术"向现代学科体系中的"艺术"的转换，归根结底，乃是一种艺术话语与知识范式的转型。

第二章、弈与道：探讨作为"艺"的围棋是怎样被赋予"道"的意义的，弈与天地之象，与儒家、道家之道的关系。技、戏、艺，是弈之存在的方式，而道，则构成了弈之存在意义的最终的依据。弈与天道、地道、人道沟通，从而成就了"弈"之三种境界：天地之境、道德之境、审美之境。

第三章、弈与文：具体考察围棋与中国文论及诗歌、小说的关系，不同的文学类型，怎么赋予弈以不同的意义。文，介乎道、艺之间，上以通道，下即为技。弈本为技，黑白相间而文成，依乎天理，遂成天地之文。弈与文，也就取得了沟通。而中国传统的诗文、小说等，多有关于围棋的吟咏、描写，在

---

10 曹顺庆等：《比较文学学科理论研究》，巴蜀书社，2001年，第301页。

不同的人笔下、不同的文体中，弈也呈现出多种面貌。

第四章、思与言：清理中国古代棋论的思维与言说方式，棋论与中国艺论和文论，在思维方式、概念范畴、言说规则、文化精神上的联系与差别。中国古代棋论有着两套话语：道与术，它们分别对应于两种思维：玄象与数理，这背后又隐含着两种文化：精英文化和民间文化、雅文化与俗文化。它们相反相成，共同建构了弈之丰富复杂的意义。

第五章、游戏精神与艺术精神：在跨文化、跨学科的背景上，考察游戏与竞技、艺术的关系。游戏精神本质上是一种艺术精神。弈与其它艺术相通，而弈又是一种竞技性游戏，这决定了它之为"艺"的独特性。围棋是一种对话性艺术，弈境与艺境相通。以"气"为本、以"入神"为上品、虚实相生、动静结合、冲突中的和谐，正构成了围棋的艺术境界。

如果说本课题研究基本上属于一种跨学科研究，而取的角度大致是一种知识学的视角。知识学着重探讨在一种知识体系中，世界是如何被呈现的，其视野是如何展开的，一种知识体系如何建构、如何分类，其背后有着怎样的一种知识体制。一般思想史着力于对知识和话语所蕴涵的意义与真理性的发掘，福柯的知识考古学则强调"意义括出"或"意义描述"，不去追究话语里深藏着什么意义，其中的对与错，而是去描述这些话语的存在形式，其在某时某地产生意味着什么？"知识型是制约、支配该时代各种话语、各门学科的形成规则，是该时代知识密码的特定'秩序'、'构型'和'配置'，是某一特定时期社会群体的一种共同的无意识结构，它决定着该时代提出问题的可能方式和思路，规定着该时代解决问题的可能途径与范畴。"[11]

就"弈"与"艺"而言，它们在中国传统知识谱系中处于什么样的位置，其意义的呈现，视野的展开，话语言说与思维的方式等等，便成为我们关注的焦点。本课题研究尽可能取古人眼中的弈与艺的视角，追究弈之何以为"艺"，弈怎么被赋予各种意义，其背后有着怎样的文化机制。围棋既是道，又是术，围棋思维既与中国传统艺术思维相通，又体现了一种逻辑分析思维，既是高雅的艺术，又俗得让人心动。在我们考察中国文化与艺术时，后者往往容易被我们所忽视。

"试观一十九行，胜读二十一史。"[12]方圆黑白之间，蕴涵着一个无限丰

---

11 王治河：《福柯》，湖南教育出版社，1999年，第54页。

12 清·尤侗：《棋赋》，见：《中国围棋》，蜀蓉棋艺出版社，1985年，第233页。

富的世界。古人对围棋的读解，也许有洞见，有附会，有谬误，但正是在种种的读解中，"弈"的意义也就变得无限的丰富。在围棋日益竞技化的今天，追寻一下弈艺的日渐远去的背影，蓦然回首，也许我们可以有所发现，有所会心。而通过对"弈艺"的考察，也许，我们对中国传统的"文"与"艺"也会有一些新的认识。

本文为博士论文《围棋与中国文艺精神》绪论，
载《湖湘文化与世界文学》丛刊第四辑，湖南文艺出版社，2006 年

弈与文通
——中国古代棋论与文论的比较

　　"弈以奇谋人，以巧思参，是犹有童心焉。奇之极而后造于平淡，巧之极而后诣于自然，非真平淡自然也，乃正之至也。"这是明末文人王世贞论弈的一段话，以诗歌的审美标准来论弈，弈与艺、文，也就取得了沟通。自汉班固撰《弈旨》以来，中国围棋留下了丰富的理论遗产，且不少都是文人所为，如马融、沈约、皮日休、苏东坡、王世贞、袁枚、李渔等。中国棋论与文论及其他艺术理论在价值取向、话语方式上有惊人的相似之处。可惜，文论、乐论、书论、画论研究者众，有着丰富的哲学、美学内涵的棋论（这里专指围棋理论），研究者却寥寥。

　　本文即试图运用跨学科研究的方法，探讨中国古代围棋理论与文论的关系。文，介乎道、艺之间，上以通道，下即为技。弈本为技，黑白相间而文成，依乎天理，遂成天地之文。人生而静，感物而动，文如此，棋亦然。感物而通天地之道，文亦道也，棋亦道也。另一方面，诗文皆技，棋亦为技，它们在"术"的层面，都是一种需要刻苦磨练方能达到高境界的"技艺"。中国古代棋论与文论话语，有着惊人的相似。因为它们拥有一套共同的知识系统，具有相似的价值取向。当然，研究对象的差异，也就决定了他们的同中之异。

一

　　东汉李尤（44-126）有一《围棋铭》：

　　　　诗人幽忆，感物则思。

　　　　志之空闲，翫弄游意。

局为宪矩，棋法阴阳，

道为经纬，方错列张。

这应是我国最早的一篇围棋文学作品了（班固的《弈旨》为棋论而非真正意义上的文学）。李尤除《围棋铭》外，还有种种咏其它器物的铭。不过刘勰在《文心雕龙·铭箴》中对此颇有微辞。刘勰强调，"故铭者，名也；观器必铭焉，正名审用，贵乎慎德。盖臧武仲之论铭也曰：'天子令德，诸侯记功，大夫称伐'"。铭是天子用来歌颂美德，诸侯用来记载功勋，大夫用来陈述战事的，非等闲文体。秦昭王"刻博于华山"，言与天神在此博棋争胜，"夸诞示后，吁可笑也"。而李尤作《围棋铭》，在刘勰看来：

李尤积篇，义俭辞碎。著龟神物，而居博弈之下；衡斛嘉量，

而在臼杵之末，曾名品之未暇，何事理之能闲哉！[1]

李尤的铭文，被认为内容贫乏，文辞破碎，关键是排序不对。著龟乃灵异之物，李尤作铭却把它摆在博弈之后，秤和斗斛是可贵的量具，李尤把它摆在捣米的臼杵以下，连物品分类都搞不清楚，又如何能辨别事理呢！

中国传统一向很讲究尊卑等级秩序，人如此，物亦然。围棋排在著龟，便被认为是乱序，可见得博弈之类玩物，地位总是不高。我们且不管这些，《围棋铭》值得注意的是，它将诗与棋联系在一起，诗人"感物则思"，得闲时则"翫弄游意"，"感物"、"游意"，即诗与棋之相通处。《棋经十三篇·度情篇》谓："人生而静，其情难见。感物而动，然后可辨。推之于棋，胜败可得而先验"。《玄玄棋经》注曰："人禀天地之气以生，而理亦赋焉。其静也，寂然不动，故未发之情为难见。其动也，感而遂通，故已发之情为可辨。推之事物，莫不皆然，而况于棋乎？"

当然，《度情篇》中的"情"，大多指的是下棋者之情性，所谓"持重而廉者，多得，轻易而贪者，多丧"；"不争而自保者，多胜。务杀而不顾者，多败"；"目凝一局者，其思周。心役他事者，其虑散"之类。《适情录跋》谈弈则更接近于"文"之"性、情"了：

人生而静，天之性也；感物而动，情之应也。情根于性，而性出于天，皆自然也。但存于中者诚，而发于外者正，则性定而情适矣。子思子曰："致中和"，此之谓也。上古造琴瑟之音，以和平其

---

1 刘勰：《文心雕龙·铭箴》，见：郭晋稀译注《白话文心雕龙》，岳麓书社，1997年，第103页。

性情。今林子应龙著弈碁而曰适情录，亦必有所见也。噫，是录也，前人叙之备矣。然与兵法之合与不合，太极之类与不类，不必尽求。但善弈者不以外物动其心，惟以暇日识其趣，则情适矣。若以人我在念胜负为心，较艺争雄于黑白之间，求其情之适难矣。林子其可谓知性情乎？[2]

《淮南子·原道训》曰"人生而静，天之性也，感物而动，性之容也。物至而神应，知之动也。知与物接而好憎生焉。"强调人之性与物的感应，由此生出情。《适情录跋》的思路显然与此有关。人生而静，棋乃感物而动也。动而生情，"情根于性，而性出于天"，能中者诚，外者正，则性定而情适矣。如果后面不出现"棋"的字眼，那完全可以当做一篇文论来读。棋本来是用于争胜负的，不以"人我在念胜负为心，较艺争雄于黑白之间"，方可性定而情适，弈也就与"文"相通了。《毛诗序》云"诗者，志之所之也，在心为志，发言为诗。情动于中而形于言……"钟嵘《诗品序》云："气之动物，物之感人，故摇荡性情，形诸舞咏。……感天地，动鬼神，莫近乎诗。"

诗与弈皆发乎情，当然，诗是直接以情感人，而弈之情，则更多地体现于弈棋者及弈棋的过程中。人生而静，以静制动，乃为弈棋之道。所以吴瑞徵《官子谱·序》曰：

> 昔人谓诗文之工，工于悲愤，以悲愤之辞多激于性情，足以动人之心目耳。若弈，则非天下之至静者，不能审其理于机先；非天下之至动者，不能神其用于莫测。参以悲愤抑郁之情，则气躁而神乱；惑于生死忧危之境，则神昏而气沮。欲其拾子投枰且不能，而况于酌先后缓急之宜，详错综变化之妙也哉。[3]

此段文字，前面说诗文与弈所表现之"性情"的差别，后面讲如何以"弈"悟世态人情。能"处生死忧危之境，而绝无悲愤抑郁之情"，即为动中之静，超神入化，而臻其极也。

当然，中国的艺术常常是把各种激越的情感最终纳入到"静"的建构中。如果说，"静"的对立面就是"欲"，是各种欲望的躁动，儒家强调以道制欲，道家则追求忘我、忘物、忘欲，禅宗则让人体悟心本清静，见性即佛。但这种

2　林应龙：《适情录》，明嘉靖四十年澄心堂刻本。
3　吴瑞徵：《官子谱·序》，见：盖国梁等编《围棋古谱大全》，上海古籍出版社，1994 年，第 78 页。

制欲、忘欲并非走向完全的死寂，而是使欲望通达于精神，构成所谓"艺术的意欲"。这里既有感性的欲念，也有精神的升华，它们融合在一起，便构成了一种虚静中又充满了生机的生命之境、艺术之境。

而围棋，本来是一种战争的游戏，但它又把攻击、冲突、争战内蕴于无声的手谈中，将人的本能、欲望消解于寂静的落子声中，你死我活的争斗披上了优雅的外衣。棋手纹枰对坐，面对即将到来的激烈厮杀，首先需要的却是"入静"。"入静"的起点在心空。空诸一切，心无挂碍，静观万象，灼然在胸，正如苏东坡《送参廖师》诗云："欲令诗语妙，无厌空且静，静故了群动，空故纳万境。"若能无想无念、心内澄明，方能进入最佳境界。欧阳修作《新开棋轩呈元珍表臣》：

> 竹树日已滋，轩窗渐幽兴。
>
> 人闲与世远，鸟语知境静。
>
> 春光霭欲布，山色寒尚映。
>
> 独收万虑心，于此一枰竞。

《新开棋轩呈元珍表臣》正是生命之动与静、生气与虚寂之对立、依存、融合。竹树每日在勃勃地生长，鸟在叫着，却更显人之闲淡，小院之幽静。春光融融如此惹人，山色却尚有一分清寒。前六句分别是动与静、喧闹与清寂之对应，未句作结，"独收万虑心，于此一枰竞"，是让心先沉静下来，摒弃种种俗念，而后进入纹枰世界，还是将人世间的一切欲念，都付与棋枰的争斗。无论哪种理解，充满了世俗的欲望的围棋，在文人士大夫们的改造中，变成了一门动静结合、沉静中流动着生机的艺术。这也正是中国艺术审美境界的独特之处。

二

弈与文，在发生学意义上的相通，是为情，在终极境域上的相遇，即为道。"夫弈之为艺也"[4]，"弈之为言，易也"[5]，"弈之为道"[6]，成了历代棋论

4　皮日休：《原弈》，见：何云波编《天圆地方：围棋文化散文选》，人民文学出版社，2003 年，第 9 页。

5　翁嵩年：《〈兼山堂弈谱〉序》，见：何云波编《天圆地方：围棋文化散文选》，人民文学出版社，2003 年，第 23 页。

6　施定庵：《〈弈理指归〉序》，见：何云波编《天圆地方：围棋文化散文选》，人民文学出版社，2003 年，第 36 页。

对围棋之"是"的最常见的表述。围棋是技，是戏，是艺，是道。技、戏、艺，是围棋存在的方式，而道，则往往构成了围棋之存在的最终的依据。

将围棋与天道、地道、人道联系起来，始于东汉班固，《弈旨》云：

> 局必方正，象地则也。道必正直，神明德也。棋有白黑，阴阳
> 分也。骈罗列布，效天文也。四象既陈，行之在人，盖王政也。成
> 败臧否，为仁由己，危之正也。[7]

班固首开了以道解棋的先河。晋·蔡洪《围棋赋》谓棋乃"秉二仪之极要，握众巧之至权。若八卦之初兆，遂消息乎天文。"宋代邵雍作《观棋大吟》：

> 消长天旋运，阴阳道范围。
> 吉凶人变化，动静事枢机。
> ……
> 同道道亦得，先天天弗为。
> 穷理以尽性，放言而遣辞。

围棋的本质同历史现象一样，此消彼长，此盛彼衰，有如天体的旋转运行，约束于一阴一阳之道，而输赢吉凶则在于人为，在于人是否能因其天命，因自然的变化而相机求动取静。棋之道同于那个本源的道，先于天而合于天之道。因而从棋中自可穷理尽性，知天、地、人之事。而清代汪缙《弈喻》则称围棋为"天技"，将弈之技与天之道融为一体。形而上者谓之道，形而下者谓之器，道寓于器，器通乎道。在将道器打通之后，弈这类"形下之器"也就有了上升的空间。天圆地方，一阴一阳之谓棋，棋与天地之道也就有了沟通。

而文，在其源始视域中，也并非文章之文，而是指天文、地文、人文。《周易·系辞上》曰：

> 参伍以变，错综其数。通其变，遂成天下之文；极其数，遂定
> 天下之象。非天下之至变，其孰能与于此。

天分阴阳，阴阳生万物，遂有地之文。而人世间礼乐、制度、文章、学术，则为人文。"观乎天文，以察时变，观乎人文，以化成天下"。人文通于天地之文，后世的文章之"文"，也往往以天地之"道"为其终极境域，获得存在的意义。《文心雕龙·原道》曰：

---

7 班固：《弈旨》，见：何云波编《天圆地方：围棋文化散文选》，人民文学出版社，
2003 年，第 3 页。

文之为德也大矣，与天地并生者何哉？夫玄黄色杂，方圆体分，日月叠璧，以垂丽天之象；山川焕绮，以铺理地之形，此盖道之文也。仰观吐曜，俯察含章，高卑定位，故两仪既生矣。惟人参之，性灵所钟，是谓三才。为五行之秀，实天地之心。心生而言立，言立而文明，自然之道也。旁及万品，动植皆文……

刘勰所谓的"道之文"，与"天地并生"，垂丽天之象，铺理地之形，"取象乎河洛，问数乎蓍龟，观天文以极变，察人文以成化"。如果将"文"换成"弈"，亦无不可。"棋法阴阳，道为经纬"，在其"方错列张"中即自有天地之"文"。汪缙《弈说三》谓"天有文，日月星辰，天文也；地有文，山川草木，地文也。日月星辰，山川草木，大文也。"弈亦有文，"先先后后，多多少少，一循乎天理，而横斜、曲直、舒敛、高下之势生焉矣，生而形成焉矣。"此即弈之文也。弈之文与天地之文相通，《弈喻》作了更进一步的阐发：

文也者，理之得其条者也。章也者，理之得其条而粲然者也。《易》曰："道有变动，故曰爻；爻有等，故曰物；物相杂，故曰文；文不当，故吉凶生焉。"相杂者，相间也。"易"以刚柔相间而文成，弈以黑白相间而文成，各有位焉。依乎天理而不可畔也。是故爻当位者吉，爻不当位者凶。弈当位者吉，弈不当位者凶。《易》曰："天地变化草木蕃，天地闭，贤人隐。"当其位则变化生焉。变化者，天地之文也。草木蕃，吉莫大焉矣。不当其位，则"易"之用息焉，谓之闭。闭也者，天地之不文也。贤人隐，凶莫大焉矣。智尝观吉凶于天地之间矣。世有文，世吉；国有文，国吉；家有文，家吉；身有文，身吉；弈有文，弈吉。世不文以世凶，国不文以国凶，家不文以家凶，身不文以身凶，弈不文以弈凶。吉者文当，凶者文不当也。当者，当于位，循乎天理者也。循乎天理而文者，谓之国华。循乎天理而弈者，谓之国工。[8]

文者，物之理路也。天地变化而文生，位当而文成。弈的进程，也就是棋子之"位"不断变化的过程，黑白相间而文成，关键是如何循乎天理。文章之原，本乎天地，通于自然，得乎阴阳刚柔之情，即为文章之美，道之文也就通于审美之文。姚鼐《复鲁絜非书》曰："鼐闻天地之道，阴阳刚柔而已。文者，天地之精英，而阴阳刚柔之发也。惟圣人之言，统二气之会而弗偏，然而

---

8 汪缙：《弈喻》，见：《汪子全集》卷一，清光绪刻本。

《易》《诗》《书》《论语》所载，亦间有可以刚柔分矣。"

道为文之最高境界，艺则为道之表现手段。姚鼐《荷塘诗集序》谓"夫诗之至善者，文与质备，道与艺合，心手之运，贯彻万物而尽得乎人心之所欲出。"心手之运，即为艺，为法。由"艺"而得乎人心、贯彻万物，即为道与艺合。正如苏轼《书李百时〈山庄图〉后》所谓"居士之在山也，不留于一物，故其神与万物交，其智与百工通。虽然，有道有艺。有道而不艺，则物虽形于心，不形于手。""物形于心"，乃是与物相通。然后"形于手"，就是艺之所为了。姚鼐《答翁学士书》谓"夫道有是非而技有美恶，诗文皆技也。技之精者必近道，故诗文美者，命意必善。"此即所谓技进于道也。刘勰《文心雕龙》有《总术》篇，专论文之法，且以"博弈"作比：

是以执术驭篇，似善弈之穷数；弃术任心，如博塞之邀遇。故博塞之文，借巧傥来，虽前驱有功，而后援难继，少既无以相接，多亦不知所删，乃多少之并惑，何妍媸之能制乎！若善弈之文，则术有恒数，按部整伍，以待情会；因时顺机，动不失正。数逢其极，机入其巧，则义味腾跃而生，辞气丛杂而至。视之则锦绘，听之则丝簧，味之则甘腴，佩之则芬芳，断章之功，于斯盛矣。

博以掷骰子行棋，故博塞有邀遇，前后难有内在关联，为文"弃术任心"，即同与此。"弈"则不同，"术有恒数，按部整伍，以待情会；因时顺机，动不失正"，正是为文之道也。"恒数"即为恒常之规律、法则。《神思》篇谓"至变而后通其数"。《情采》篇谓"故玄文之道，其理有三：一曰形文，五色是也；二曰声文，五音是也；三曰情文，五性是也。五色杂而成黼黻，五音比而成韶夏，五性发而成辞章，神理之数也。"弈之数在于弈棋布置，按部整伍，所谓"弈之横斜、曲直、舒敛、高下，错然成文。"[9]行文之数在布局谋篇，"雕琢情性，组织辞令"。为文之数与弈棋之技也就有了相通处。"以待情会"则是神与物游，"因时顺机"，通于自然之道，此所谓"心术"也。

中国传统的"艺"，偏重于技艺的层面。就文而言，艺与道，构成了文之两个层面。所以宋周敦颐谓："文辞，艺也；道德，实也。笃其实而艺者书之……不知务道德而第以文辞为能者，艺焉而已。"柳冕亦称："文多道寡，斯艺而已。"而在诗歌各类文体中，诗为正宗，词、曲为偏门。《四库全书总目·词曲类序》说"词、曲二体，在文章技艺之间，厥品颇卑，作者弗贵，特

9　汪缙：《弈说三》，见：《汪子全集》卷一，清光绪刻本。

才华之士，以绮语相高耳。然三百篇变而古诗，古诗变而近体，近体变而词，词变而曲，层累而降，莫知其然。究厥渊源，实亦乐府之余音，风人之末派，其于文苑，同属附庸，亦未可全斥为俳优也。今酌取往例，附之篇终。"弈作为中国传统技艺之一种，尽管弈亦载道，艺进乎道，但与文相比，毕竟低了一层。所谓"弈与文通"，其实也是有限度的。冯从吾作《士戒》云："毋唱词、作戏、博弈、清谈。"博弈只能与文之末流"唱词、作戏"为伍了。

三

弈与文，都涉及技与道两个层面，得之于心，应之于手，有形有象，会之于神，始可言道。然而，他们所使用的媒介又是不一样的。文以"言"为媒介，立言、成象、得意、通道，构成了言、象、意、道的话语表达方式。弈被称为"手谈"，也就是说，这是一种不借助于言语的特殊的言说方式。它用棋子所构成的"形"发言，正如施定庵《弈理指归·序》中所谓"得其步骤、得形、得意、会神"，作为弈艺演进之路，构成了一种"无言之美"。

西方的逻各斯（Logos）其本意为"言说"，中国的"道"既是道路，也有"言说"之义。然而，在老子看来，"道"本身又是不可言说的。庄子也主张"道不可言，言而非也"。《齐物论》曰："夫道未始有封，言未始有常，为是而有畛也。……夫大道不称，大辩不言"。但为了让世人明白道为何物，道不可言又不得不言，因此决定了老庄言说方式的独特性。老子采用一种"正言若反"的方式。庄子则用"不断否定法"和"寓言言说法"。而从理解者的角度说，庄子强调，言说的目的是为了交流，让人理解，"道"之所以不可"言"是因为"言"不能完全传达它，揭示它，从而易于使人误认为言之所载即"道"之全体，但如果理解者并不执著语言，而只是凭借语言之助，跃入对道体的整体全面理解。那么，对于"道"的言说就不仅无伤于道体而且有助于人们对"道"的领悟。《庄子·外物》说："筌者所以在鱼，得鱼而忘筌；蹄者所以在兔，得兔而忘蹄；言者所以在意，得意而忘言。吾安得夫忘言之人而与之言哉！""忘言之人"就是不执着于词句所说而能进一步领悟道之全体的人，遇到了这种人，"道"就是可以言说的了。

如果说老庄用既言又不言来解决"道"与"言"的矛盾。《易传·系辞》则用"立象以尽意"的方式来解决"言不尽意"的矛盾。《系辞上》说："子曰：书不尽言，言不尽意。然则圣人之意不可见乎？子曰：圣人立象以尽意，设卦以尽情伪，系辞焉以尽其言，变而通之以尽利，鼓之舞之以尽神。"这里的"象"乃是一种天地之象，"圣人有以见天下之赜，而拟诸其形容，象其物宜，是故谓之象"。这天地之"象"既是"虚象"，包含了天地万物各种物象的一切可能性，又是"实象"，象而为形，具体可感，可以传达天下之赜、圣人之意。[10]

汉代王弼循着庄子和《易传》的思路，将"得意而忘言"与"立象以尽意"结合起来，王弼一方面认为言生于象，象生于意，立言可尽象，立象可尽意，这是《易传》的思路；另一方面又强调得意在忘象，得象在忘言，关键在一"忘"字，而不可为言、象所蔽，可谓深得庄子之真精神。

禅宗在言、象、意、道关系上，则另外开辟了一条"不立文字，教外别传"，"以心传心"之路。禅宗以一切为空，文字亦为空相。禅宗既"不立文字"又要立文字来说"佛法大意"，归根结底强调的还是不执着于语言文字，既不执着于"有"，也不执着于"无"，方为真"空"。"随说随扫"，构成了禅宗式的话语方式。而直指本心的"妙悟"，即为禅宗的独得之秘。它与庄子"不断否定"式的言说，及在"离形去知"中"纵浪大化"，在精神实质上颇有相通之处。

在各类艺术中，"文"被称为语言艺术，最依赖于语言文字。与此同时，文人们对言与意的矛盾也就感受最深。言常常难尽意，如何通过语言文字立象尽意，文论家们提出或在文学实践中表现出来的各种言说方式，如"以少总多"，"立象尽意"，"得意忘言"乃至"隐秀"、"意境"、"妙悟"、"意在言外"等等，都与前面所述的各家的言说有关。同时它们一个共同的倾向就是，如何最大限度地发挥文字的功能，同时超越文字的束缚，以尽可能少的文字，表达尽可能丰富的"意"。当然，其理想境界就是"不着一字，尽得风流"、"羚羊挂角，无迹可求"。前人对此早已作过许多阐述，我们无意于再重复。令人感兴趣的是，围棋之"手谈"所提供的一种话语方式，能否给我们一些启示。

称围棋为"手谈"，始于晋代。《世说新语·巧艺篇》云："支公以围棋为手谈"。支公即东晋高僧支遁，字道林。手谈与玄言清谈有关。魏晋士人随着对社会政治的失望，转而崇尚清谈，老、庄、易作为"三玄"，成为他们的谈

---

10 关于言、象、意、道之关系，可参见曹顺庆等著《中国古代文论话语》，巴蜀书社，2001 年。

资。他们以玄言清谈为自由愉快之"戏"，语言文字在他们那里也就有了特别的妙用。《世说新语·文学》中载：

> 傅嘏善言虚胜，荀粲谈尚玄远，每至共语，有争而不相喻。裴
> 冀州释二家之义，通彼我之怀，常使两情皆得，彼此俱畅。

"有争而不相喻"，有学者称之为"理赌"，这是一种思维、智慧的竞赛，傅嘏、荀粲各执其理而不相让，裴徽将两人所执之理沟通起来，使"两情皆得，彼此俱畅"，谈玄论理中也就有了心灵的和谐、欣悦。再进一步，就是一种审美境界了。《世说新语·文学》中有不少关于支道林的记载，其中一则云：

> 支道林、许掾诸人共在会稽王斋头，支为法师，许为都讲。支
> 通一义，四坐莫不厌心；许送一难，众人莫不抃舞。但共嗟咏二家
> 之美，不辩其理之所在。

这是一种主客答问的方式，主方提出观点，客方进行辩难，称为"难"。双方一个回合下来，称为"一番"或"一交"，胜者为胜，败者为屈。当两人棋逢对手，听者"莫不厌心"，"莫不抃舞"，沉浸于其中，"但共嗟咏二家之美"，"理"退居其次，这就是一种审美的境界了。

围棋之争，作为一种智力竞技，黑白相对，如同主、客之"辩难"，有胜负，更有"两情皆得，彼此俱畅"之妙。包含着玄妙境界的围棋，在玄言清谈家眼中，作为一种"言说方式"，有了特别的意义。沈约《俗说》载东晋名士殷仲堪看棋轶事：

> 殷仲堪在都，尝往看棋，诸从在瓦官寺前宅上。于时袁羌与人
> 共在窗下围棋，仲堪在里问袁《易》义。袁应答如流，围棋不辍。
> 袁意傲然，如有余地。

一边谈易，一边下棋，口手相应，意态傲然，活生生地展现了清谈家们谈玄论道，在易与棋的玄妙之境中自由驰骋的风姿。不过，真正的懂棋者应该看得出来，这里面有夸大其辞的成分，围棋在这里如同道人所持的麈尾，仅仅成了一种工具、点缀，所谓醉翁之意不在酒，在乎山水之间也。

应该说，将围棋称为手谈，强调围棋乃是一种特殊形式的"对话"，一种无声的交流。如果说，严格意义上的对话，是由语言文字来完成的，其本质在于信息的传递与交流。而围棋的"手谈"，则是借助于棋子所组成的"形"与"象"。"对话"理论的创造者、俄罗斯思想家、文学理论家巴赫金认为，所

谓"对话"，就是"同意或反对关系，肯定和补充关系，问和答的关系"。[11]棋局的进程，就是棋手之间不断地同意或反对、问和答的过程。棋手的每一招棋，都是向对手发出的问话，另一方在考虑应手时，你先得读懂对方的话语，而后作出回应。同时，你下任何一手，都需要考虑到对手有可能采取的种种手段，如果只是一厢情愿，构思出所谓的"理想图"，便不是对话，而是独白了。

"手谈"，也突出了围棋的玄妙，在"手谈"中自包括了许多只可意会、不可言传的东西。人类时时面临着一种困境：一方面要用语言为万物命名，言说存在，使世界由混沌之初的朦胧走向逻辑的明晰；另一方面，这个世界又总有一些东西，处在语言意识之外。不少西方哲人便时时陷于思、言、意的困惑之中，在将语言当作"存在的家"的同时，又痛感话语无法传递本质，表现总伴随着扭曲。相对而言，中国人在处理言与意的关系上则灵活得多。如前所述，禅宗的拈花示众、不立文字，道家的大象无形，大道希声，通过静观而悟道，得道而忘言，构成了一条中国式的即相离相之路。围棋，也是介于"说"与"不说"之间，它既是一种潜对话，但里面有许多东西，又是无法用言语来表达的，作为"对话"双方，都只能用心去体会对手每一招棋所发出的无声的信息，会心处，悠然一笑，"此中有真意，欲辩已忘言"。

围棋之道正体现了中国文化与文艺的独得之秘。去言，立象，尽意，体道，构成了一条不断超越之路。棋手以"意"统"象"，行棋布子，即为棋局。《文心雕龙·神思》谓"独照之匠，窥意象而运斤"，王昌龄《诗格》提出"搜求于象，心入于境，神会于物，因心而得"，与围棋的由"象数"而会心、入神，有异曲同工之妙。胡献徵《官子谱·叙》曰"棋之为道，智巧运于无形，变化征于有象。有象者可见，而无形者难传。以有象传无形，棋谱所由作也。""棋谱"即为棋之"文本"，它"以有象传无形"，即所谓"立象尽意"也。

唐代棋僧子兰有一首《观棋》诗：

> 拂局尽消时，能因长路迟。
>
> 点头初得计，格手待无疑。
>
> 寂默亲遗景，凝神入过思。
>
> 共藏多少意，不语两相知。

---

11 参见董小英：《再登巴比伦塔——巴赫金与对话理论》，三联书店，1994 年，第 18 页。

　　"共藏多少意，不语两相知"，正是棋盘上不用言语、心息相通的一种境界。纹枰对坐，以手代口，无声之中，亦自有拈花微笑之妙。而当诗到了一定境界，"超以象外，得其环中"，[12] "不着一字，尽得风流"，[13] "俱似大道，妙契同尘。离形得似，庶几斯人"。[14]也即通于大道了。而这又是一个渐进的过程：

> 　　夫《易》，圣人作之。凡吉凶消长之理，进退存亡之义，毕具其中。而其错综变化、出有入无之妙，乃至于包络三才，囊括万里，不可以象探，不可以辞达。微善学者，浸淫于岁月之久，覃精研虑，心摹手追，优游而渐入之，未易窥其涯岸也。弈亦犹是也。而世之弈者，不寻旨趣，墨守成迹，偶窃其一知半解，而遽自负曰："吾进乎技矣。"噫！是乌足与之论弈哉。[15]

　　《易》与弈之大道，不可以象探，不可以辞达，惟"覃精研虑，心摹手追，优游而渐入之"。若能得棋之旨趣，"神游局内，意在子先"，"指与棋忘而心与机化"，即与道大适，艺亦道也。此即"俱似大道，妙契同尘"之境界矣！

原载《中国比较文学》，2005 年第 2 期

---

12 司空图：《诗品·雄浑》，见：郭绍虞主编《中国历代文论选》（第二册），上海古籍出版社，1979 年，第 203 页。

13 司空图：《诗品·含蓄》，见：郭绍虞主编《中国历代文论选》（第二册），上海古籍出版社，1979 年，第 205 页。

14 司空图：《诗品·形容》，见：郭绍虞主编《中国历代文论选》（第二册），上海古籍出版社，1979 年，第 207 页。

15 朱弘祚：《官子谱·序》，见：盖国梁等编《围棋古谱大全》，上海古籍出版社，1994 年，第 76 页。

棋以气为本——围棋之"气"与
中国传统文论、艺论中的"气"比较

　　"气"是中国哲学与美学的一个重要范畴。而作为琴、棋、书、画四艺之一的围棋，"气"更是其生存之本。中国古代棋论，与文论、其他艺术理论，往往共用一套话语，在思维与言说方式上往往有惊人的相似之处。但言说对象的差异，又决定了他们各自的独特性。文论、艺论、棋论中的"气"亦然。而棋论往往是被人们所忽视的。对围棋之"气"与中国传统文论、艺论中的"气"作一番比较研究，也许对我们更全面地认识中国传统艺术理论中的有关范畴，可以提供一些有益的启示。

一

　　气的本义为"云气"、"空气"、"水气"、人的呼吸之气等，包括人在内的各种生物都有赖于"气"而生存，气成了生命之源。中国古人在探讨宇宙与生命的起源时，常常归之为"气"，所谓万物之生，皆禀元气。

　　"气"这一概念在中国哲学中源远流长。在殷商甲骨卜辞中写作"三"，八卦卦象均与"气"有关，"—"为阳爻，象征"阳气"，"--"为阴爻，象征"阴气"。八卦卦象的变化就是"气"的流转的结果，天地万物有赖于"气"而存在。西周末年的伯阳父在解说地震之起因时，就曾提出了"天地之气"的概念："夫天地之气，不失其序。若过其序，民之乱也。"[1]这里的"气"是指天气（阳气）、地气（阴气），它们按照固有的时序、规律运行。以后，"气"

1　《国语》卷一《周语上》。

又被看作人体的"精气"，《周易·系辞传》云："精气为物，游魂为变，是故知鬼神之情状。"人的生死，不过是"气"的聚散而已，《庄子·知北游》曰：

> 人之生，气之聚也，聚则为生，散则为死。若死生为徒，吾又何患，故万物一也。是其所美者为神奇，其所恶者为臭腐；臭腐复化为神奇，神奇复化为臭腐。故曰通天下一气耳。

"气"的凝聚便构成万物的形体，万物的离散又返归到"气"的原始状态。生与死、神奇与臭腐、美与恶的互相转化，贯通。或生或死，或神奇或臭腐，都统一于"气"。所以说，"通天下一气耳"。庄子同时又将"气"与阴阳、天地之道联系在一起："是故天地者，形之大者也；阴阳者，气之大者也；道者为之公。"[2]"道"是天地、阴阳之所共，"道"为"气"之本，"气"为构成万物的质料。"万物之生，皆禀元气"[3]，几乎构成了中国先人的一种通识。

而世界上其它民族也曾有过将"气"与宇宙及人的生命的产生联系在一起的历史。希腊神话说普罗米修斯用泥土造人，智慧女神雅典娜把"灵魂和神圣的呼吸"吹给这仅仅有着半生命的生物。《圣经·创世纪》谓"神用地上的尘土造人，将生气吹在他鼻孔里，他就成了有灵的活人，名叫亚当。"它们都不约而同地将"气"看作人的生命产生的标志。而从宇宙起源的角度说，希腊的不少哲学家也曾以包括"气"在内的各种物质作为万物之基始。公元前 7-6 世纪米利都学派的泰勒斯提出"水是万物的基始。"阿那克西美尼则认为万物的基始是空气。公元前 5 世纪的恩培多克勒则以火、气、土、水为构成世界的"根"（基本元素）。这里的"火、气、土、水"都是物质，都是作为"有"的存在。随着人们对世界的认识的深化，这些"万物基始"说很快被放弃，从而像"气"这类"物质"并没有成为西方哲学和美学的基本范畴。

而在中国，"气"既是物质，又是精神，被视为万物本原的"气"可以化为任何有形质的东西，又具精神性的内含，具有无限的包容性、多义性、渗透性、生发性。正是凭借这种在"有"与"无"、"人"与"物"间的自由转换，"气"与宇宙同构，与人和万物相融，与"道"、"理"等抽象范畴相通，构成了中国哲学与文艺论中的一个重要范畴。

围棋的生成，同样就是一个"气"字。从发生学的视角看，围棋的原生规则仅有两条：1. 棋子死活规则；2. 判明胜负的地域规则。关于前者，计点

2　《庄子·则阳》。

3　王充《论衡·言毒》。

制围棋规则，如是界定："棋子之死活，以可否提取为准。可以提取为死子，不可提取为活子"。而"提取"是否可操作则由枰上棋子的气态来决定："凡气尽之棋子，由尽其气者置于枰外谓之提取。"概言之，棋以气生，气尽棋亡，"气"成为棋子生存的基本条件。

　　棋枰上，未落子时，是一片原始浑一之"气"，子落盘上，每个子都是围绕"气"而展开。棋子对生存空间的争夺主要体现为对生命之气的争夺。在围棋中，空点与气点总是有机联系在一起的，对局中黑白双方也总是采取各种可能的手段抑制或灭绝对方的生存之气。于是与"气"有关的各种术语与战术手段应运而生：外气、内气、公气、气数、气眼、收气、长气、杀气、撞气……而围棋的棋形，即棋子在棋枰上的配置，其形态与气态也是联系在一起的。优美而富有弹性的棋形，气态流畅、舒展，富于生命活力；反之，所谓愚形、凝形，则棋子凝聚一团，相互撞气，给人呆滞、死气沉沉之感。所以，行棋一般应沿其气态舒展、宽阔的一面发展，所谓"入腹争正面"，"棋子沿边活也输"，"凡跳无恶手"，从不同角度阐述了这一道理。

　　棋局的胜负计算，本质上也与"气"有关。"空点"即"气点"，"空"之多少取决于活棋之外还余多少"气"。所以中国唐宋围棋规则，枰上地域以黑白双方能否在其上着子为标准。每块棋活棋的两个最基本的"气点"不算空，明清"数子法"还棋头的规定也源于此。

　　围棋之战，乃是人类争夺生存空间（生命之气）的象征，而围棋以气为本的生命观，本质上体现了中国先人的宇宙观、生命观。

　　　　天地生成之数，具于河图洛书，前圣因之而作易。盖有是数即
　　　有是理，弈虽小数，理实寓焉。言乎对待，如乾坤之阖开也；言乎
　　　布置，如八卦之成列也。其一气相生，如引伸而为六十四卦也。其
　　　迎机而动，如触类而为四千九十六卦也。其余起伏对照脱卸断连诸
　　　法，与易之承乘比应无不吻合。惟是数无纪极，理有要归，自非精
　　　研其理，则毫厘疑似之间，能洞澈者鲜矣。[4]

　　宇宙太极即原始浑一之气，"一气相生"而有阴阳之分，八卦之列，天地生成之数。而"数无纪极，理有要归"，其间种种，都与"气"有关。"人禀天地之气以生，而理亦赋焉。"[5]而"象"，实以"形"显，虚则为"气"。一气相

4　清·臧念宣：《奕理析疑》，松龄序。
5　《棋经十三篇·度情篇》，晏天章注。

生，引伸而为六十四卦，即为天地之"象"、"数"也。古人还有"气数"之说，这"气数"体现在围棋上，即是棋子生存之本。

二

"气"作为一个美学范畴，显然与气的宇宙本体论有关。"人函天地之气，有喜怒哀乐之情。"[6]"夫人在气中，气在人中，自天地至于万物，无不须气以生者也。"[7]宇宙万物通一气，"气"作为万物的本根，为"天人感应"、"物我合一"的学说和"心物交融"、"物我两忘"的艺术境界提供了理论依据。

有学者指出，在《周易》诸多具有美学意义的范畴中，"气"乃其中一个重要范畴：

> 《周易》美学智慧体系中的诸多范畴，比如太极、阴阳、生死、中和、形神、意象以及刚柔、动静等等，没有一个不与气有着直接、间接的内在的深层联系，它们或是与"气"对摄并列，或是"气"的派生范畴。太极为一片醇和未分之气；阴阳是气的既对立又互补的属性；生死者，气之聚散也；中和是气的融合浑一；形神的根元是气，形乃气之外在表现，神则气之精神升华；意象的底蕴又无疑是气，因为意象作为一个动态的审美境界，必有灌注生气于其间，又是气之融合流溢与气之充沛的缘故；而阳气性质刚健，阴气性质柔顺；阳气者动，阴气者静。总之，"气"是《周易》一系列审美范畴的底蕴。[8]

在中国古代文艺论中，最早用到"气"的概念的是乐论。《左传·昭公元年》所说的"天有六气，降生五味，发为五色，徵为五声"，为"气"与"声"的融通提供了理论依据。《吕氏春秋·有始览·应同》谓"类固相召，气同则合，声比则应。鼓宫而宫动，鼓角而角动。"气的升降、流转，与声的节奏、韵律，在感觉上便似有一种天然之"和"。荀子在《乐论》中则进一步将声分出正声、奸声，而对应于顺气、逆气："凡奸声感人而逆气应之，逆气成象而乱生焉。正声感人而顺气应之，顺气成象而治生焉。唱和有应，善恶相象，故君子慎其所去就也。"将气分出顺气、逆气，它与孟子的"我善养吾浩然之气"，

---

6 《汉书·礼乐志》。

7 葛洪：《抱朴子·至理篇》。

8 王振复：《周易的美学智慧》，湖南出版社，1991年，第94页。

体现了同一种思路，这就是将气与人的精神、品格、气质、修养联系在一起。

如果说乐论中最早用到"气"的概念，而"气"作为一个美学范畴的大量运用是在曹丕提出"文气"说之后。"气"及其与之相关的概念在文论中大量出现，它一方面禀承以元气为万物生成之本的思想，提出"夫文章，天地之元气也。"[9]"鼎闻天地之道，阴阳刚柔而已。文者，天地之精英，而阴阳刚柔之发也。惟圣人之言，统二气之会而弗偏，然而《易》《诗》《书》《论语》所载，亦间有可以刚柔分矣。"[10]这使文、气、道有了沟通。所谓"道者，气之君；气者，文之帅。道明则气昌，气昌则辞达。"[11]气为道之显现，文以明道，体现在作家论中，便是"养气"。所谓"气概"、"气魄"、"气节"、"正气"、"奇气"、"逸气"、"侠气"、"意气"、"志气"、"豪气"、"才气"、"灵气"、"大气"、"俗气"，"邪气"等，都与作家的精神品位与气质个性有关。而就作品论而言，"气"则侧重于作品展开的态势、韵致和力度，如"气势"、"气脉"、"气韵"、"气力"、"气象"、"气骨"等。

在古代文论、艺论中，自然之"气"常常被抽象化、伦理化、精神化，也正是在这一过程中，"气"不断地与其它概念组合，衍生出新的子范畴，包容越来越广，含义越来越丰富。而弈论中的"气"，则一方面禀承了文论和其它艺术理论的思路，力倡棋手的精神之"气"。"气"代表人的心性、品格、精神。黄宪在《机论》中将围棋之"机"引伸到"仁义之机"，而后又将这"仁义之机"归结到"仁义之气"："盍奋而张之，噫仁义之气，而解众庶之郁哉？"养仁义之气，加强主体精神修养，乃为弈进乎道的必要准备。弈理至微，能辨分数，分斜正，审先后，养其气，"故善弈者能即此以治其心，则艺也而进乎道矣。"[12]"虽然，艺以载道，而所以运道者气也。"[13]"敛其才，养其气，抑其侥幸躁率，而后弈可得而言也。"[14]养其"静气"，平其"躁气"，而后渐至"道气"，这构成了下棋者心性的内在超越之路。在这一点上，棋与文通。正如吴震方在《不古编·序》中所说："弈虽小道，不列于六艺之数，然苟造其极，则至理未尝不在焉。昌黎有云：苟可以寓其智巧，使机运于心，不挫于

9　黄宗羲：《谢翱年谱游录注序》。

10　清·姚鼎：《惜抱轩文集·复鲁絜非书》。

11　明·方孝孺：《逊志斋集·与舒君书》。

12　吴震方：《不古编·序》。

13　清·陶式玉：《官子谱·序》。

14　清·蒋闻昭：《不古编说》。

气，则神完而守固，虽外物至，不胶于心。此固神于言书，亦可谓神于言弈者也。"言书与言弈，它们构成了一套共同的话语。

另一方面，古代棋论在具体论棋、评点棋局时，棋之"气"与文论、其它艺论中的"气"相比，应该说更近于"气"的本来的意义。因为书、画、诗、文中的"气"所代表的生命力、生机、活力，多为比喻义、引伸义，在围棋中，"气"则构成了其基本生存机制。

关于围棋的起源，与自然相联系的，有两种代表性说法。一种认为围棋最初乃天文、占卜的工具。人仰望星空、测量星象导致了围棋的诞生。所以围棋被称为"星阵"，棋盘上有九个"星位"，正中之"星位"即为天元。散落着棋子的棋盘对应于满天星斗，直到现在还有"星罗棋布"之说。另一种猜测，认为围棋最初摹仿的是植物之间的争斗。棋子一旦落到棋盘上就不再移动，如同大地上的植物。棋子的存活、成长、搏斗如同植物一样地生根、蔓延、缠绕，剥夺对方根据地，便是"搜根"。棋局争斗的焦点便是争夺生存空间，争夺空气和养分。一旦被剥夺了生存空间和养分，棋子就会像植物一样枯萎，所谓"气尽棋亡"。所以，"气"便成为围棋游戏规则中的核心概念。一块棋两眼即活，这"眼"便被称作"气眼"。古代画论中有画龙点睛之说，《世说新语》谓顾恺之画画，"四体妍蚩，本无关于妙处。传神写照，正在阿堵中"。文论中也有"文眼"、"诗眼"之说。一般都把这"眼"理解为"眼睛"，它成为一篇文章、一首诗的核心、焦点。而从文气、文势的角度说，这"眼"又何尝不是围棋中的"气眼"。

古代棋评，对棋的好坏优劣的评价，基本上都是着眼于"气"的舒展与否。以徐星友的《兼山堂弈谱》为例。徐星友共选同时代的 62 局棋，加以评点。对不好的棋，评语多为"生机窒塞"、"粘滞"、"窒塞不通"、"枯窘"、"枯滞"、"地位局促"、"生气索然"、"见小偏滞"、"胶滞"、"窘缩"、"黑亦局促，不能舒展"等。相反，好棋都是气态舒展之棋，所谓"气完力厚"、"通畅浑成"、"气势浑成"、"气势雄壮"、"气局舒展"、"神气舒展"、"局势雄畅"、"生机勃然"、"大势浑成"、"又畅又逸"、"着法灵劲"、"意象灵动"等等。这正构成了棋之佳境。

好棋不仅本身气态舒展、生动，棋子与棋子之间也相互呼应，彼此贯通，一气呵成。正像文有文脉，文脉贯穿，则作品生气贯注，文脉不畅，便缺乏活力。正如刘勰《文心雕龙·章句》篇云："外文绮交，内义脉注，跗蕚相衔，首尾一体。"反之，"若统绪失宗，辞味必乱；义脉不流，则偏枯文体。"[15]

棋以"气"为本，更讲究气脉的通畅，因为如果气息不畅，连生存本身都会成问题，更不论境界了。前面说到，下棋的过程，就是一个不断地选位，占据有利的生存空间的过程。并且，与其它艺术不一样，棋是两方相互争斗的结果，它是一个限制与反限制、针锋相对的过程。日本的围棋术语中有"气合"一说，有的学者理解为"双方各得其宜、无可争议的意思，虽然与古代汉语指情谊融洽、投合的'气合'已经有所区别，也未必寻不出东方的文化渊源……"[16]其实，这里的"气合"乃是两股气撞到一起，剑在弦上，不得不发，否则先在气势上输了一筹，这正像武林高手的内力比拼。而围棋中所谓"杀气"、"紧气"、"长气"、"延气"，都是围绕"气"来施展一系列战术手段。如果每一手棋能不断地占据好位，且前后照应，一气清通，即为棋之佳境。徐星友的《兼山堂弈谱》第四局评汪汉年（白）与盛大有（黑）之局，谓黑"弥缝补凑，应接为劳，源头不清，皆属无聊之境，绝无活泼之机也。"反之，生动之棋则"可以侵断，可以存眼，情节相生，方不枯滞。"正可谓左右逢源也。第59局评周东侯（白）与黄龙士（黑）：

> 此局白以局面不纯，嗣后转战，虽竭力营谋图变，以劲敌当前，无救于败。黑一气清通，生枝生叶，不事别求，其枯滞无聊境界使敌不得不受，黑则脱然高蹈，不染一尘，虽乘白衅而入，亦臻上乘灵妙之境，非一知半解具体者所能仿佛也。

一气清通，生枝生叶，而臻上乘灵妙之境，这正构成了围棋的一种境界。

三

"气"是一种物质的存在，但同时又是漂浮不定的、无形的、虚无的。正因为如此，"气"在中国传统思想中得以超越实有的存在，沟通"有"与"无"，成为一个具有极大的包容性、衍生性的范畴。有无相生，正是"气"之特点，它也直接引发了中国文论、艺论中的"虚实相生"说。

在老子哲学中，"一"即为元气，它是连结"道"与"万物"、"无"与"有"的中介。宋代理学家们倡导以"理"为本的哲学，但"理"与"气"亦紧密相

---

15 刘勰：《文心雕龙·附会》。

16 涂光社：《原创在气》，百花洲文艺出版社，2001年，第3页。

关。朱熹《答黄道夫》谓："天地之间，有理有气：理也者，形而上之道也，生物之本也；气也者，形而下之器也，生物之具也。是以人物之生，必禀此理，然后有性；必禀此气，然后有形。"而张载更进一步强调，虚空即为气。《正蒙·太和》曰："气之为物，散入无形，适得吾体；聚为有象，不失吾常。太虚不能无气，气不能不聚而为万物，万物不能不散为太虚。循是出入，是皆不得已而然也。"

　　"气"是万物原生的状态，万物的生成消亡是气之散聚所至。"气"必然聚而为"有象"的万物，万物又必然散为"无形"的"太虚"（气）。"无形"与"有象"的循环往复，正是"气"之流转的结果。张载在《天论》中解释说："若所谓无形者，非空乎？空者，形之希微者也。"这正构成了"有无相生"之要义。

　　中国传统文论、艺论中的"虚实相生"，即直接秉承了宇宙构成论中的"有无相生"的思想。不过，正像中国哲学在"有无相生"中更重"无"，万物生于有，有生于无，以"无"为本原、本体，在文艺论中，虽然也强调虚实相生，化虚为实，化实为虚，但谈到"境界"，似乎更依赖于"虚"。无论是陆机的"课虚无以责有，叩寂寞而求音"，刘勰的"隐秀"说，皎然的"但见性情，不睹文字"，司空图的"象外之象，境外之境"，"超以象外，得其环中"，还是苏轼的"发纤秾于简古，寄至味于淡泊"，严羽的"羚羊挂角，无迹可求"，王士祯的"神韵"说，都更看重的是"虚"。因而中国文艺所追求的"境界"，也往往是"含蓄"、"空灵"、"冲淡"、"淡泊"等。中国文艺论中的与"气"有关的"气象"，也正是一种虚实、神形兼具的气概风貌。"气"浑融而有"象"，"象"而有"形"，构成了作品的整体态势与"形"的精神内含。"气"在"虚实相生"的艺术论中，更偏向于其精神性的内核，其意象、境界的虚化、灵动、生命之内在活力。

　　当古人以天圆地方拟之于围棋，空空的棋盘，便被当做了一片元始浑一之"气"。19 路棋盘，361 个格子，"余其返之太素。且道黑白未分时，一着落在什么处？""余其太虚为室。着时自有输赢，着了并无一物。"[17]这便是万物化生之前的"虚无"状态。棋子落到棋盘，棋子为"实"，棋子间的组合便是棋之"形"。棋盘中未落子之处为"虚"、为"气"。而就未落子的"空"而言，被双方圈定的区域为"实空"，否则为"虚空"，这就有了"实地"与"外

---

17 明·冯元仲：《弈难》。

势"之分。"虚"与"实",构成了伴随棋局始终的既相矛盾又相辅相成的一对范畴。

在"有无"、"虚实"对立转换中,中国古代棋论受重"无"、重"虚"的思想、艺术传统的影响,经常强调有境界的棋乃"冲和恬淡",制于有形,不若制于无形,臻于有用之用,未若臻于无用之用,高棋乃为不走之走,不下之下。徐星友《兼山堂弈谱》第十四局评汪汉年(白)与周东侯(黑)之局曰:"气机已动,当运用于无形之前。……意象灵动,(白)洒然自得,独运神理,脱略形骸,虽非极至之处,然规模宏远矣。""气机已动"即棋局开始时,气由元始浑一状态开始萌动、流转,无形之"气"生出有形之"象"。但同时,"有形"便有了形迹,有了束缚,故一切"当运用于无形之前",方能成竹在胸,闲淡布置。而"神理"与"形骸"构成了与气象、虚实相联系的一对范畴。以神统气,在"脱略形骸"中成就棋之境界。与此相应,第53局评张继芳执白对黄龙士之局表达的也是同一思想:"此局白体用寒瘦,固非劲敌,而黑寄纤秾于淡泊之中,寓神俊于形骸之外,所谓形人而我无形,庶几空诸所有故能无所不有也。"这显然与文艺论中的重"虚",重"神",承接的是一个思路。

但另一方面,围棋中的"虚实"又有它特有的内涵。我们经常说中国哲学崇"无",西方尚"有",中国文论重"虚"、重写意,西方诗学重"实"、重写实。有学者谈到中国哲学中的"虚":"中国人理解的'空虚',从来就不是西方人的'空间',即所谓由实体空出的地方或实体存在的场所(vacuum);严格地说,'空间'仍然是一种存在,而'空虚'则是什么都没有,空无所有,根本上就是虚无(nothingness)"[18]这在一般情况下固然不错,但在围棋中,其"虚"却实实在在地有着"空间"的存在的意义。围棋的"空"有两种:"实空"与"虚空",即使是未被圈定的区域,所谓"虚空"、"虚势",也是以"气"的方式存在的空间。

"虚"在棋局中还指棋形薄弱,也即"空虚"之本义。马融《围棋赋》谓"攻宽击虚兮,跞踥内房",这里的"虚"即为"空虚"。《棋经十三篇》专列"虚实篇":

> 夫弈棋,绪多则势分,势分则难救。投棋勿逼,逼则使彼实而我虚。虚则易攻,实则难破。临时变通,宜勿执一。《传》曰:"见

---

18 曹顺庆等:《中国古代文论话语》,巴蜀书社,2001年,第246页。

可而进，知难而退。"又曰："执中无权，犹执一也。"

这里的"虚实"更多的是兵家意义上的，而非文艺论中的"虚实"范畴。故严德甫、晏天章注曰："虚实之理，势之必有也。然有以实而实彼之虚者，又有以虚而虚彼之实者。盖皆不知虚实之用也。《孙子》曰：'避实击虚。'此以虚实名篇，其有所本与？""虚"在棋论中也就无法具有文艺论中那样的地位。翁嵩年在《兼山堂弈谱·序》中推崇"制于有形，不若制于无形"时，又同时强调"用虚不如用实也，用巧不如用拙也"。这正构成了两套话语：兵家话语与文论话语的矛盾。兵家争战需要以实击虚，文艺论中的"虚"却有着无尽的"妙味"。当用文艺的审美标准来谈弈的时候，有时便难免发生"竞技"与"艺术"的错位。

当然，真正高水平的棋手，恰恰就是能在"虚"的把握上胜人一筹。好的棋局，都是能够很好地处理"虚"与"实"的关系，虚实结合，构成了棋艺理论中的"虚实相生"。东汉的黄宪就在《机论》中作了很好的阐发："弈之机，虚实而已，实而张之以虚，故能完其势；虚而击之以实，故能制其形。是机也，圆而神，诡而变，故善弈者能出其机而不散，能藏其机而不贪，先机而后战，是以势完而难制，虽然，此特弈之道耳。"

"实"与"虚"在具体棋局中的体现便是"形"与"势"。实而张之以虚，即为"势"；虚而击之以实，即成"形"。《孙子兵法》谓"称胜者之战民也，若决积水于千仞之谿者，形也。""激水之疾，至于漂石者，势也……故善战人之势，如转圆石于千仞之山者，势也。"《孙子兵法·虚实篇》即是形与势的具体运用："夫兵形象水，水之行，避高而趋下；兵之胜，避实而击虚。水因地而制行，兵因敌而制胜。故兵无成势、无恒形。能因敌变化而取胜者，谓之神。"

在棋局中，"势"即通常所说的"外势"，为"气"，为"虚"，为"动"，处于不断的变化中；"形"为棋形，为"实"、为"静"、为棋子固定之组合。"虚"与"实"常常构成围棋的一对矛盾：过实可能偏于一隅，规觅小利，致失大势。过虚则可能虚张声势，容易落空。它们既相矛盾又相辅相成，其关系正像兵家之"形势"，形是势的根本，没有形，势不可能产生；势是形的体现，优势产生于强形，势同时又使形具有了生命的活力。此即所谓"虚实相生"也。

"势"是棋论中经常出现的一个概念。古代围棋在开局前先有四个座子，即被称为"势子"。对角星势子，决定了一盘棋大致的框架。而在行棋过程中，布子取势，争取形势，领先大势，也往往是各类棋论所竭力推崇的。中国古代文论中也有"文势"说。"势"指作品中所体现的具有动态感的格局态势。《文心雕龙》专列《定势》篇，谓"夫情致异区，文变殊术，莫不因情立体，即体成势也。"那么，何谓"势"，刘勰解释曰："势者，乘利而为制。如机发矢直，涧曲湍回，自然之趣也。圆者规体，其势也自转；方者矩形，其势也自安；文章体势，如斯而已。"势乃"乘利而为制"，顺乎思想、情感的发展而形成的"自然之势"。这与《孙子兵法》所谓的"势者，因利而制权也"，"任势者，其战人也，如转木石。木石之性，安则静，危则动，方则止，圆则行"，可谓一脉相承。《定势》篇末赞曰："形生势成，始末相承。"由情而体，而形，由形、体而势，"虚"之情化为具体可感的形象，"即体成势"，"形生势成"，有"势"，作品便具有了动态感、力量感、生命的韵律。

势与形，事实上就是一种虚与实的关系。由虚入实，又化实为虚，"文"在实与虚、形与势的结合中，也就有了生生不息的活力。势同时又与"气"有关。"势"在文论中既是作品之气势、气脉，其营造又与作者精神之"气"有关。而在围棋中，势更是直接体现为"气"与"形"的统一。势由形而生，同时又有赖于"气"，或者说，势即气。棋之有势往往体现为棋形生动、气态舒展。这一点，无论棋论，还是文论、艺论，其实都是相通的。势者，气韵生动是也。清代沈宗骞《齐舟学画编卷一·取势》谓：

> 天下之物本气之所积而成，即如山水自重岗复岭以至一木一石无不有生气贯乎其间，是以繁而不乱，少而不枯，合之则统相联属，分之又各自成形。万物不一状，万变不一相，总之统乎气以呈其活动之趣者，是即所谓势也。论六法者首曰气韵生动，盖即指此。所谓笔势者，言以笔之气势，貌物之体势，方得谓画。……山形树态，受天地之生气而成，墨渖笔痕托心腕之灵气以出，则气之在是亦即势之在是也。气以成势，势以御气，势可见而气不可见，故欲得势必先培养其气。气能流畅则势自合拍，气与势原是一孔所出，洒然出之，有自在流行之致，回旋往复之宜。不屑屑以求工，能落落而自合。气耶？势耶？并而发之。片时妙意，可垂后世而无忝，质诸古人而无悖，此中妙绪难为添凑而成者道也。

势者，气也。气以成势，这气既是天地万物之生气，也是人的精神之气。南朝谢赫《古画品录》以"气韵生动"为绘画六法之首。这"气韵"，既指人的精神状态、仪表风姿，又可包括自然山水之生机活力。有"气韵"即自有生动之势。势以御气，势既是形之虚化，又是气之实化。棋论中谓"气势浑成"、"气势雄壮"、有"声势"、"气完力厚"，即此虚实相生之境界乎？

原载《中国文学研究》，2006 年第 2 期

思想史视野中的宋代围棋诗歌

宋代，是中国艺术史发展中的一个重要时期。在琴棋书画四艺中，如同画分出画工画与士人（文人）画，棋也分出棋士棋与文人棋。宋代士人中好棋者众，它们也留下了许多咏棋的诗歌，这些诗歌多涉义理，典型地体现了文人士大夫的围棋观念，同时也折射出了文人士大夫人生价值观和审美趣味。

一

中国文人往往在儒与道、现实与超越、功利与自由、仕与隐、入世与出世之间游走，亦此亦彼，形成一种冲突中的和谐。这也决定了他们对待棋之类游艺的态度。在现实中，他们往往赋予了围棋以不同的内涵。王安石既好棋，又痛感弈棋废事。刑居实《拊掌录》载："叶涛好弈棋，王介甫作诗切责之，终不肯已。弈者多废事，不以贵贱，嗜之者率皆失业，故人目棋枰为'木野狐'，言其媚惑人如狐也。"王安石有一诗就是写给叶涛的，题为《用前韵戏赠叶致远直讲》，诗很长，最后几句曰：

> 讳输宁断头，悔误乃批颊。
>
> 终朝已罢精，既夜未交睫。
>
> 翻然悟且叹，此何宜劫劫。
>
> 孟轲恶妨行，陶侃惩废业。
>
> 扬雄有前言，韦曜存往牒。
>
> 晋臣抑帝手，接侯何尝涉。
>
> 冶城子争道，拒父乃如辄。

> 争也实逆德，岂如私斗怯。
>
> 艺成况穷苦，此殆天所厌。
>
> 如今刘与李，伦等安可躐。
>
> 试令取一毫，亦乏寸金镊。
>
> 以此待君子，未与回参协。
>
> 操具投诸江，道耕而德猎。

叶涛，字致远，官至中书舍人、给事中。王安石兄王安国之女婿，尝从安石学文词，直讲，为学官名，佐博士讲授经术。本大有前途，可惜嗜弈过度，"讳输宁断头，悔误乃批颊。终朝已罢精，既夜未交睫。"宁断头也不愿输棋，因为误着而懊悔，自打耳光。下了一天棋，精疲力竭，晚上却还在想着棋，不能合眼。一个棋迷的神态跃然纸上。只是从现实功利的角度说，实在是"废事弃业"，所以王安石要作诗劝之。诗中用的许多典故，如孟子以博弈为不孝；陶侃投博具入江；扬雄《法言·寡见》面对"侍君子以博乎"的问题，回答："侍坐则听言，有酒则观礼，焉事博乎"；韦曜作《博弈论》；张华劝晋武帝伐吴；王导父子争道……几乎囊括了贬斥围棋的所有例证。"争也实逆德"，"艺成况穷苦"，既如此，浪子回头，"操具投诸江，道耕而德猎"，方为正道。这典型地体现了儒家功利主义的围棋观、人生观。

北宋另一诗人石介也有一首《观棋》，则从另一角度为现实中的有为君子提供了的一种理想的人生态度：

> 人皆称善弈，伊我独不能。
>
> 试坐观胜败，白黑何分明。
>
> 运智奇复诈，用心险且倾。
>
> 嗟哉一枰上，奚足劳经营。
>
> 安得百万骑，铁甲相磨鸣。
>
> 西取元昊头，献之天子庭。
>
> 北入匈奴域，缚戎王南行。
>
> 东逾沧海东，射破高丽城。
>
> 南趋交趾国，蛮子舆榇迎。
>
> 尽使四夷臣，归来告太平。
>
> 谁能凭文楸，两人终日争。

"人皆称善弈，伊我独不能"，一开始即表明了作者的态度。"运智奇复诈，用心险且倾"，是贬棋者所持的一致的观念。"嗟哉一枰上，奚足劳经营"，大丈夫当靖边戍国、立功疆场，可谓慷慨激昂。

如果说唐代的围棋诗，多重趣味，宋代的围棋诗，则逐渐出现趣味派与义理派的分流。前面所引两首围棋诗，或劝诫、或言志，已显出重义理的倾向。而理学家邵雍，更将棋之义理推向一个新的高度。

邵雍（1011-1077），字尧夫，据说年轻时"自雄其才，慷慨欲树功名"，但并没有考过功名。求学时曾遇擅长图书之学的李之才，从中得"河图洛书伏羲八卦六十四卦图像"之学。三十岁后到处游学，后定居洛阳。时正值王安石变法，司马光等退居洛阳，形成了一个与开封相对的一个文化中心。尧夫得朋友相助，购一大宅名"安乐窝"，自号"安乐先生"。邵雍"安乐窝"中著书立说，有《皇极经世》（分《观物内篇》《观物外篇》）《伊川击壤集》。

邵雍思想以易学为核心，吸收儒、道、佛诸家思想，构筑其天人之学。他以太极（又称之为"道"）为宇宙本体，构成了他的宇宙图式论，《皇极经世·观物外篇衍义》所谓"太极一也，不动生二，二则神也。神生数，数生象，象生器"。太极乃宇宙之本性，也是万物取法之源。太极生二，即生阴阳，阴阳相互作用，便有了神妙的功能，而有了数，有了万象与万物。[1]他的天人之学，既非孟子道德意义上的，也非董仲舒宗教意义上的，而企图把阴阳消长的自然史与古今治乱的社会史，统合于同一秩序之中。

邵雍之于棋，一方面并不迷恋，另一方面又常常将其当作体道之物。邵雍解棋，喜将自己的易学心得形之于棋于诗。相传北宋初陈抟在对古易理进行归纳整理的基础上，以"伏羲"的名义作《易图》。陈抟的三传弟子邵雍从《河图》《洛书》和《伏羲八卦、六十四卦图象》中悟得易理，首倡先天易，创象数之学。邵雍作《观棋大吟》，棋便成了其宇宙构成图式及有关理论体系的直观而形象的再现。

《观棋大吟》全诗三百六十韵，一千八百字，是中国古诗中少见的长诗。全诗谈棋说理，第一部分从"人有精游艺，予尝观弈棋"写起，站在观棋者的角度，写棋盘中紧张激烈的争斗和棋局的千变万化。"算余知造化，着外见几微"，谓棋盘上谋算之余可知造化之机，棋着之外能明事物变化之理，正如《易经·系辞下》所云："几者动之微，吉之先见也。"棋上相争，"当人尽宾主，对面如蛮夷"，一旦坐到棋盘上，"生杀在手"，就六亲不认了，所谓

1　参见陈来：《宋明理学》，华东师范大学出版社，2004年，第96页。

"义不及朋友，情不通夫妻"。而棋盘上的变化，就如同"乾坤支作讼，离坎变成睽"，乾、坤、离、坎均属《易》之八卦，讼（乾上坎下）、睽（离上兑下）为八卦变化而成的六十四卦之一。乾象天，坤象地，坎象水，地生水，即坎源自坤，故称"乾坤支作讼"。兑为泽，泽来自水，故称"离坎变成睽"。作者在《皇极世经·观物外篇》中认为：《易》之数，穷天地始终。"意即从《易》的卦象爻数的变化，就可以说明天地人事的一切变化。而直接以易之象数来说棋，未必有助于说清棋之变化，但体现了中国文人士子以《易》解棋的一种思路。

第二部分由棋及史，"以古观后世，终天露端倪。以今观往昔，何止夫庖牺？"谓从《易》象观后世，人事兴衰不过初见端倪而已，从今观古，就不仅可逆知《易》象，而且有大量史实可证。邵雍将历史的兴衰归结为"成败须归命，兴亡自系时"。邵雍在《皇极经世》中，将宇宙的大演化和历史的大变迁归结为元、会、运、世（30 年为 1 "世"，12 世为 1 "运"，30 运为 1 "会"，12 会为 1 "元"）之大轮回，他以天时验人事，以人事验天时，穷日月星辰飞走动植之数，以尽天地万物之理，述皇帝王霸之事，以明大中至正之道，于是，阴阳之消长、古今之治乱皆皎然可见。《观棋大吟》对千古兴衰的描述，正体现的是这种历史观。

第三部分又由史及棋，将棋之机与天地万物之道联系起来。所谓历史如同博弈：

> 往事都陈迹，前书略可依。
> 比观之博弈，不差乎毫厘
> 消长天旋运，阴阳道范围。
> 吉凶人变化，动静事枢机。
> ……
> 同道道亦得，先天天弗为。
> 穷理以尽性，放言而遣辞。"

围棋的本质同历史现象一样，此消彼长，此盛彼衰，有如天体的旋转运行，约束于一阴一阳之道，而输赢吉凶则在于人为，在于人是否能因其天命，因自然的变化而相机求动取静。棋之道同于那个本原的道，先于天而合于天之道。因而从棋中自可穷理尽性，知天、地、人之事。作者在《皇权经世·观物内篇》中云："《易》曰：'穷理尽性以至于命。'所以谓之理者，物之理也，所以谓之性者，天之性也，所以谓之命者，处理性者也，所以能处理性者，非道而何？是知道为天地之本，天地为万物之本。以天地观万物，则万物为万物；以道观天地，则天地称为万物。道之道尽之于天矣，天之道尽之于地矣，天地之道尽之于万物矣，天地万物之道尽之于人矣。""如其必欲知天地之所以为天地，则舍动静将奚之焉？夫一动一静者，天地之至妙者与！夫一动一静之间者，天地人之至妙至妙者与！"[2]

邵雍以易之象、数理解棋，归根结底还是借棋理来阐发自己的所构建的宇宙图式和人生大道。棋理通于易理，邵雍也就为作为"游艺"的棋找到了存在的依据。可惜，在邵雍看来，一般人常常迷于胜负、争战，很难从中超脱出去。正如他在《观棋绝句》中感叹："未去交争意，难忘黑白心。一条无敌路，彻了没人寻"。而世事如棋，"善用中伤为得策，阴行狡狯谓知机。请观今日长安道，易地何尝不有之"（《观棋长吟》），阴行狡狯之机，不光在棋盘上，亦时时体现了现实生活之中。所以邵雍之谈棋理、易理，最后还是落脚在人事上。《观棋大吟》最后说："兄弟专乎爱，父子主于慈。天下亦可授，此着不可私。"在游艺中寄托的是儒家的道德理想。

二

徐照有诗《赠从善上人》谓："诗因圆解堪呈佛，棋与禅通可悟人"。棋也常常成为僧俗中人悟道的方式之一。中国文人在喧嚣的世间，在人生的困顿之中，总是在寻求着心灵安顿之所。正像欧阳修《新开棋轩呈元珍表臣》：

> 竹树日已滋，轩窗渐幽兴。
> 人闲与世远，鸟语知境静。
> 春光霭欲布，山色寒尚映。
> 独收万虑心，于此一枰竞。

中国文人，不管官做得大小，顺与不顺，似乎都有一种归隐的心态。特别是面对不如意的现实，不满而又无可奈何，便大多只能退而结网，唯酒棋山水是务，以此应对人生的一切烦恼与是非，求得现实中的自我保存，也获得精神的解脱。于是，一卷书，一杯酒，一局棋，一盏茶，成了他们生存方式

---

2 蔡中民：《观棋大吟》注，见：《围棋文化诗词选》，蜀蓉棋艺出版社，1989 年，第133-134 页。

的一种标识。欧阳修曾作《六一居士传》，谓"吾家藏书一万卷，集录三代以来金石遗文一千卷，有琴一张，有棋一局，而常置酒一壶"。外加一老翁，得"六一"。客问"如何其乐"，曰："吾之乐，可胜道哉？方其得意于五物也，泰山在前而不见，疾雷破柱而不惊，虽想九奏于洞庭之野，阅大战于涿鹿之原，未足喻其乐且适也。"

棋自然也是其中之一乐。欧阳修迷棋，新辟了一处下棋的地方，竹树在一天一天地长着，棋轩里便渐渐有了幽微之致。当然，这一切关键还在于人闲，要"闲"先得心静。陶渊明《饮酒》诗谓："结庐在人境，而无车马喧。问君何能尔，心远地自偏"，只要"心远"，哪怕是在闹市，也会变得僻静。所以"人闲"便可远离尘世，就像鸟鸣树间，反衬得环境的清幽。这时已是春天，云气缭绕，寒意犹存，山色空濛，似有还无。面对此情此景，诗人弈兴大发，招友人对弈，将万般机心尽付于棋枰之中。

诗人在《醉翁亭记》中谓："醉翁之意不在酒，在乎山水之间也。山水之乐，得之心而寓之酒也。"这篇写棋，同样是棋翁之意不在棋！诗人并不着力描写下棋的过程及棋本身的乐趣，而是表现"弈"的环境——新开棋轩的诱人：竹树环绕，推窗见幽，春光霭霭，山色清寒，无车马之喧哗，有鸟语之悦耳，怎不令人收万虑之心，得人生之佳趣。情景合一，心棋合一，真尘俗之妙境也。而这清幽的境界便既是棋之境，又成了人生之境，审美之境。

于是，全诗最后两句便成了诗眼。琴令人寂，棋令人闲，人以围棋为"坐隐"，小小棋枰，演绎世态人生。人的一切的欲望、争竞，都付于棋中，也在棋上获得了升华。

作者不写棋而处处见棋，空白处皆是画，无招之招，正是高手的境界。对读者来说，拈棋微笑，即为会心。胡仔《苕溪渔隐丛话》中说过一个故事。浮山有一高僧法远，欧阳修听说法远高逸，便去造访。起初并没发现法远有何特异之处。后来欧阳修与客人下棋，法远旁观。欧阳修收拾棋局，请法远说法。高僧以棋说禅：

> "若论此事，如两家着棋相似。何谓也？故手知音，当机不让。若是缀五饶三，又通一路，始得有一般底。只解闭门作活，不能夺角冲关，硬节与虎口齐张，局破后徒劳绰斡。所以道：肥边易得，瘦腹难求。思行则往往失粘，心粗则时时头撞。休夸国手，漫说神仙，赢局输筹即不问，且道黑白未分时，一着落在什么处？"

良久曰："从来十九路，迷悟几多人！"[3]

结果欧阳修大服，喜叹不已。从容对同僚说："修初疑禅语为虚诞，今日见此老机缘，所得所造，非悟明心地，安能有此妙旨哉！"

从来十九路，迷悟几多人。置身于欧阳修的棋轩，在竹树、山色、春光、鸟语中，得一日之闲，疏疏落落地摆下几颗棋子，人生仿佛也就有了几分禅意。

严羽在《沧浪诗话·诗辨》中谓："大抵禅道惟在妙悟，诗道亦在妙悟。……惟悟乃为当行，乃为本色"[4]诗如此，棋亦然。禅宗不立文字，不涉理路，于是留下许多公案，让你去体悟。如何是佛法大意？春来草自清，干屎橛，麻三斤，十年买炭汉，不识枰畔星……而那些谈禅论道的围棋诗歌，同样在"妙悟"中给人留下了许多耐人寻味的诗之"思"。

中国文人好佛者众，对老庄的道家之学，也常心有灵犀，乃至到后来，庄禅常常并称，不分彼此。而对道教，反而颇为疏远。这大约就像在围棋与象棋之间，弈贵象贱、弈雅象俗，分出等级，佛教以其精致的心性之学，引起文人士大夫的浓厚兴趣，而道教，为求长命之各种修炼法门，为求消灾驱邪祈福之各种法术，反而让文人士大夫觉得"俗"，而难以倾心。而道教中人作的围棋诗词，则充满浓厚的说理意味。直接以棋证修炼法门，如有一首《悟棋歌》：

> 因观黑白愕然悟，顿晓三百六十路。
> 馀有一路居恍惚，正是金液还丹数。
> 一子行，一子当，无为隐在战征乡。
> 龙潜双关虎口争，黑白相击迸红光。
> 金土时热神归烈，婴儿又使入中央。
> 水火劫，南北战，对面施工人不见。
> 秘密洞玄空造化，谁知局前生死变。
> 人弃处，我须攻，始见阴阳反复中。
> 纵喜得到无争地，我与凡夫幸不同。

3　明《潜确类书》，见：刘善承主编《中国围棋》，蜀蓉棋艺出版社，1985 年，第 331 页。

4　严羽《沧浪诗话·诗辨》，见：郭绍虞主编《中国历代文论选》第二册，上海古籍出版社，1979 年。

真铅真汞藏龙窟，返命丹砂隐帝宫。

分明认取长生路，莫将南北配西东。

此诗出自元代严德甫、晏天章《玄玄棋经》，署名吕公。近人黄俊《弈人传》将之归为唐代吕岩所作。吕岩，字洞宾，出生官宦之家，后出家修炼，成为道教八仙之一。但《全唐诗》吕岩卷未收此诗。蔡中民《围棋文化诗词选》将之列在宋末。《悟棋歌》首先将棋盘路数与金液还丹之数，行棋之此行彼挡与无为之道联系起来。以下则将棋局的进程与炼丹的过程直接联系起来。黑白棋子相斗，犹如丹炉中铅汞相融，棋争之激烈犹如金土在炉中的猛烈变化，投子在中腹则犹如投铅于炉中，棋的打劫就好像炼丹时水火相攻的剧烈变化，而人弃我攻中自有阴阳造化之机，棋罢将棋子收入奁中，就像铅汞在火中炼成丹砂……棋中自包含了长生求仙之正道，"棋"与炼丹之"道"如此一一对应，固然使作为游戏的围棋有了别样的意义，但两者之间的牵强之处也显而易见。

南宋时，中国北方出现的一大教派：全真教，创始人为王重阳。全真教奉王重阳在传教过程中，陆续收了七个弟子，号称全真七子。这其中最有名的是大弟子马钰和丘处机。他们均作有围棋诗，不过围棋观正相反。马钰（1123-1183）有两首围棋诗，其一日《满庭芳·看围棋》：

争名竞利，恰似围棋。至于谈笑存机，口俨相谩，有若蜜里藏砒。见他有些活路，向前侵，更没慈悲。夸好手，起贪心不顾，自底先危。　深类孙庞斗智，忘仁义，惟凭巧诈谲谟。终日相征相战，无暂闲时。常存杀心打劫，往来觅，须要便宜，一着错，似无常限至，扁鹊难医。

马钰显然属于道教中贬斥围棋一派。他一开始就把围棋当做是"争名竞利"之物。在谈笑中存着机巧，在甜言蜜语里相互欺骗，就好像蜜里藏着砒霜，笑里藏着刀子。看到人家有些活路，就赶紧往前追杀、侵凌，欲置之死地而后快，一点慈悲也不讲。仗着自己棋高，趾高气扬，得意忘形，起贪婪之心，不顾自身后院起火，危机重重。这一切，就好像战国时的孙膑与庞涓在那里斗智。二人同学兵法，后庞涓为魏惠王的将军，嫉恨孙膑才高，将他骗到魏国，处以去膝盖骨的膑刑。后齐国使者将孙膑秘密载回，齐威王任命其为军师。桂陵之战时，孙膑设计围魏救赵，设伏兵大败魏军，生擒庞涓。这围棋也像是这样啊，不顾仁义，只是凭着机巧欺诈，相互攻击谩骂。终日里沉溺于厮杀之中，没有一刻歇息的时候。下棋过程中，常常存着杀心，制造劫争，来来回回地找劫材，就是想趁机占点便宜。有时棋错一着，就好像人的大限已至，连名医扁鹊也难以施救啊！

这首词将围棋的"争"、"诈"写得极为传神。特别是写一招失误，满盘皆输，对当事者而言，犹如大限来临一般，真是摸透了下棋者的心态。看得出，马钰肯定也是个懂棋之人，而后才能把棋里的玄机，棋迷的心态写得如此鲜活。同是贬斥围棋，比韦曜的《博弈论》一门心思，只讲围棋"胜敌无封爵之赏，获地无兼土之实，伎非六艺，用非经国"，而劝人移博弈之力，用之于诗书、资货、射御等等，从而立下不朽功名，显得可爱多了。

马钰既懂棋，还要如此贬围棋，应跟他所信奉的道教教义及对围棋的认识有关。全真教奉吕洞宾为祖师，以道为主，兼融道释，强调内心清静，养性守气，性命兼修。所谓全真，即全其本真，全精、全气、全神，即为本真。关键在于身定、心净、意诚，无欲无念，闲适安静。马钰在《马丹阳道行碑》中曾教导人们，要"静坐以调息，安寝以养气，心不驰则性定，形不劳则精全，神不忧则丹结，然后减情于虚，宁神于极，不出户庭，则妙道得矣"。而围棋，在他看来，却是让人满怀奸诈心肠，"争名竞利"。如果沉迷其中，就难免魔障难除。为此，马钰又作《满庭芳·迷棋引》，指给人一条迷途而返之路：

> 口侔谩人，手谈胡指，暗怀奸诈心肠。只图自活，一任你咱亡。得胜无声之乐，笑他家不哭之丧。无慈念，杀心打劫，一向驰乖张。　　偶因师点破，回心作善，入道从长。便通玄知白，守黑离乡。绝虑忘机养浩，炼神丹，出自重阳，行教化。阐扬微妙，诗曲《满庭芳》。

上片写下棋者心态，心怀奸诈，得胜偷着乐，哪管他家如丧考妣，极尽讽刺挖苦之能事，与上一词有异曲同工之妙。下片翻出词的本义，叫人回心向善，潜心修道，知白守黑，视围棋如无物，断尘念俗虑，去巧诈机心，养浩然之气，得道成仙。这正是马钰指给人的正道，至于棋迷，是否能迷途知返，就看他自家了。棋中自有乾坤，棋盘上也能修身养性，只看你能不能悟得。

丘处机（1148-1227）也有一词曰《无俗念·枰棋》：

> 前程路远，未昭彰、金玉仙姿灵质。寂寞无功天赐我，棋局开颜销日。古柏岩前，清风台上，宛转晨餐毕。幽人来访，雅怀闲斗

机密。　　初似海上江边，三三五五，乱鹤群鸦出。打节冲关成阵势，错杂蛟龙蟠屈。妙算嘉谋，斜飞正跳，万变皆归一。含弘神用，不关方外经术。

寂寞无聊之时，幽人来访，古柏松风，有棋一局，不亦快哉。况且，棋虽小道，不涉教门经典，也可弘大，作修身养性之用，何乐而不为？丘处机对围棋的认识，与其师兄马钰正成对照，也体现了道教对围棋的矛盾态度。

三

中国古代围棋有一奇怪的现象：棋手们在棋盘上拼死搏杀，废寝忘食，直杀得天昏地暗，日月无光。好战，善战，也就成了中国围棋的一大特点。而中国古人谈棋，却常常温文尔雅，一付胜负不萦于怀的样子。即使要赢棋，也是自然平淡，无招之招。并且，下棋不如观棋。下棋的常常把胜负看得很重，以三尺之局为战场，蜗争于角，龙战于野，机巧用尽，胜则怡然自得，败则急火攻心，久而久之，难免执而不悔，迷而难返。"世间蛮触何营营，蜗角封疆一局纸。"正因为如此，明达之人又常生出与其枰上相争，何不退而观之之想。用李笠翁的话说，就是"善弈不如善观"。

观棋一派的始作俑者，苏东坡算是一个。苏轼有一篇《观棋并序》，全诗如下：

予素不解棋，尝独游庐山白鹤观，观中人皆阖户昼寝，独闻棋声于古松流水之间，意欣然，喜之。自尔欲学，然终不解也。儿子过，乃粗能者，儋守张中日从之戏，予亦隅坐，竟日不以为厌也。

五老峰前，白鹤遗趾，
长松荫亭，风日清美。
我时独游，不逢一士，
谁欤棋者，户外屦二。
不闻人声，时闻落子。
纹枰对坐，谁究此味？
空钩意钓，岂在鲂鲤，
小儿近道，剥啄信指。
胜固欣然，败亦可喜，
优哉游哉，聊复尔耳。

东坡谓"生平有三不如人：着棋、吃酒、唱曲"。然而正是这不如人处，却自有过人之妙悟。东坡好酒，几乎每日必饮，但他酒量并不大。在东坡看来，人生不过以酒寄情、借酒尽兴而已。他虽不善饮，"然喜人饮酒，见客举杯徐饮，则予胸中为之浩浩焉，落落焉，醺适之味乃过于客。"在劝酒、看人饮酒中，即自有无穷的乐趣。东坡于围棋也只是粗通而已，他自称"素不解棋"，有一天，他游于庐山白鹤观时，在古松流水之间，看儿子苏过与人弈棋，坐而观之，竟看了一天，还兴犹未尽，由此可见棋的魅力。

这魅力，当然首先与观棋之场景有关。且说这一天，风和日丽，天气清美，诗人独游庐山五老峰，入白鹤观，但见松荫满地，却阒无人迹。当此时，突然见到门外有两双鞋子，谁在这里下棋呢？只听得落子的清音，却不见人影，正所谓"映竹无人见，时闻落子声"啊！

接下来，自然是观战了。当年姜太公钓鱼，用的是无饵的空钩，原来是钓翁之意不在鱼啊！小儿指诗人的儿子苏过，近道者，粗通棋艺也。苏轼遭贬南游时，苏过经常随侍左右。另一下棋者张中为儋州地方官，苏轼到儋州后，接其住入官舍，并时常来看望，并与苏过下棋。两人常常信手而下，下棋之意当然也不在输赢了。下棋者如此，观棋的更是这样了。优哉游哉，怡然自得，人生也就是如此吧！

胜固欣然败亦喜，喝酒下棋而能达东坡之境界者，便是"近道"了。苏轼被贬黄州，躬耕陇亩，遂以东坡自况。他一边站在赤壁之上吟唱着"大江东去，浪淘尽千古风流人物"，一边在睡仙亭中亦酒亦歌，醺卧高眠，或者驾扁舟一叶，在江对岸的西山玉泉寺与高僧谈棋论道。春风得意马蹄疾，总是人生一大快事。但现实又常常让人想争胜而不得，郁闷中，无由排遣，索性退后一步天地宽，向棋与酒中去寻一份洒脱了。

清代张潮《幽梦影》中谓："'空山无人，水流花开'，二句极琴心之妙境。'胜固欣然，败亦可喜'，二句极手谈之妙境"。"胜固欣然，败亦可喜"，也就成了全篇之"诗眼"。苏轼的围棋观，典型地代表了中国士人的一种人生观念。从棋上说，他体现的是文人之棋与棋手之棋的分野。棋手以胜负为要，文人常常技不如人，索性淡化输赢，以胜固欣然败亦喜相标榜。所谓"本图忘物我，何必计输赢"（徐铉《棋赌赋诗输刘启奂》）。王安石作《棋》诗则谓：

莫将胜负扰真情，且可随缘道我赢。

战罢两奁分白黑，一枰何处有亏成。

从人生的角度说，与其局上相争，不如退而观之。《菜根谭》曰："世事如棋局，不着的才是高手；人生似瓦盆，打破了方见真空。"能宠辱不惊，胜败皆喜，成了中国文人所追求的一种人生境界！

原载《中国韵文学刊》，2013 年第 3 期

围棋与中国思想传统

围棋是戏，是技，是艺，也是道。中国文化传统，一切知识都要在"道"的面前检验其存在的合法性，以此证明自我的价值。哪怕俗如"棋戏"，也要上升到"道"的层面，才能名正言顺地存在。立象比德，技进乎道，当然，这"道"，既是儒家的仁德之"道"，也是道家的自然之"道"。同时，棋禅一味，"棋与禅通可悟人"，棋中自有妙悟，棋与佛禅之"道"也就有了不解之缘。而围棋本来是人类争奇生存空间的一种游戏，"三尺之局兮，为战斗场"，它与兵法相通。这也构成了中国古代围棋思想的四套话语：儒学话语、道家话语、佛禅话语、兵家话语。而这套话语的产生，又与中国围棋的玄象与数理思维传统有关。玄象思维是中国艺术思维所共同的思维方式，数理思维则更多地体现了围棋思维的独特性。但中国重道轻技的传统，使"玄象"凌驾于"数理"之上，使中国古代围棋更多地走的是艺术化之路，作为竞技与胜负的一面在一定程度上反而被抑制了。本文借鉴福柯知识考古学的研究方法，讨论中国围棋思想意义生成的过程，其话语言说方式及其背后的思维模式，以此揭示围棋与中国思想传统的复杂关系。

一、立象比德

说到中国思想传统，当然首先离不开儒家。有学者认为，与古希腊体育比较，认为中国古代体育有着独特的性格特征，体现为：一是目的作用上的伦理教化的价值取向；二是原则要求上的尊卑有别的等级观念；三是项目手段上的崇文尚柔的运动形态。[1]这些性格的形成都与儒家学说有着内在

---

1 曹守诉：《儒家学说与中国古代体育性格的形成》，《体育文史》，1993年第5期。

联系。

围棋也深受这一"体育性格"的影响。

儒家学说的核心，一为仁，一为礼。围棋要过的，首先也是这两关。

在先秦诸子中，儒家的孔子、孟子都提到围棋。他们关于围棋的看法，孔子的休闲娱乐说和孟子的围棋"小数"说和"不孝"论，典型地代表了原始儒家的围棋观。

孔子（前551-前479）以天命自任，重外修内省，以"仁"、"礼"为其"学"之核心，以仁释礼，仁礼结合，构成了一种政治与伦理本位的思想体系。其对"艺"的看法，也就被置于这一体系中。所谓"志于道，据于德，依于仁，游于艺"[2]。以道立志，以德、仁立身，以艺游心。孔子关于"艺"的观念，影响到对博弈之类游戏之事的看法。孔子曾在《论语·阳货》中提到围棋："子曰：饱食终日，无所用心，难矣哉。不有博弈者乎，为之犹贤乎已。"[3]孔子把围棋看作是物质生活满足之后的一种有益的休闲娱乐活动。与其饱食终日，不如有所用心，免得心生邪念。当儒家从汉代开始成了官方正统思想，孔子作为"圣人"的言论在某种意义上便成了人人须奉行的"语录"。就像孔子说"射"，"君子无所争"，所争也必合礼，尽管说的是"射"，事实上也适合所有与"争"相关之物，包括"弈"。后世种种"无争"的围棋观，都可以从孔子这里找到其渊源。而孔子对博弈的直接言说，作为围棋的"最高指示"，当然被后世的人不断引用。像《棋经十三篇》"序"开宗明义：《传》曰'饱食终日，无所用心，不有博弈者乎？'春秋而下，代有其人。则弈棋之道，从来尚矣。"以此来说明弈棋之道的历史渊源。

孟子（约前372-前289）相传师从孔子嫡孙子思（一说是受业于子思之门人），思想也与孔子一脉相承。孟子的学说，政治上倡导"仁政"，道德上相信人之"善性"，所谓人皆有"恻隐之心"、"羞恶之心"、"辞让之心"、"是非之心"。当外在的王权已经分崩离析，孟子只能寄希望于人性的自觉。所谓"天下之本在国，国之本在家，家之本在身"，以仁为本，发扬善性，反身而诚，通过"尽心"、"知性"而"知天"。[4]所以孟子往往将心性的修养放在外在的事

---

2 《论语·述而》，见：陈戍国点校《四书五经》，岳麓书社，1991年，第28页。以下只注篇名。

3 陈戍国点校：《四书五经》，岳麓书社，1991年，第55页。

4 《孟子·离娄上》，见：陈戍国点校本《四书五经》上册，岳麓书社，1991年，第96页。

功之上。孟子以杀伐为不仁之事，使以杀伐为乐的游戏之事，在他们眼里，不大可能有多大的意义。孟子两次提到弈棋之事，一次是在孟子《离娄下》中，当公都子提问："匡章，通国皆称不孝焉。夫子与之游，有从而礼貌之，敢问何也？"孟子回答说：

> 世俗所谓不孝者五：惰其四肢，不顾父母之养，一不孝也。博弈好饮酒，不顾父母之养，二不孝也。好货财，私妻子，不顾父母之养，三不孝也。从耳目之欲，以为父母戮，四不孝也。好勇斗狠，以危父母，五不孝也。章子有一于是乎？[5]

孝道，乃儒家仁德之道中的重要方面。孟子以"博弈好饮酒，不顾父母之养"为不孝之一，说明在他那个时代，博弈之风盛行，人耽于博弈，不思正业，可能已经危及社会的基本的道德秩序。在这里，倒不是孟子反对博弈本身，而是强调不能到沉溺于其中，连"父母之养"也顾不上了的程度。

孟子《孟子·告子上》：还有一次提到弈：

> 今夫弈之为数，小数也。不专心致志，则不得也。弈秋，通国之善弈者也。使弈秋诲二人弈，其一人专心致志，惟弈秋之为听。一人虽听之，一心以为有鸿鹄将至，思援弓缴而射之。虽与之俱学，弗若之矣。为是其智弗若与？曰：非然也。[6]

这段话有几点重要的信息：其一，弈秋，作为通国之善弈者，成为有史记载的第一个棋手；其二，以二人从弈秋学弈，结果却大不一样，来说明在学习中专心致志的重要性。就棋而言，客观上说明了围棋在当时的流行程度，因为流行，有人趋之、好之，便有了围棋教育。弈秋大约也是最早的有记载的围棋老师；其三，孟子提出了他最重要的围棋观，弈为"小数"说。

孟子的博弈"不孝"论与"小数"说，构成了他关于"弈"的基本言说。"不孝"论在汉代有种种回响，但逐渐被人淡忘。围棋"小数"说却影响巨大，也给了后人以无限的发挥空间。

儒家对围棋的态度是双重的，一方面贬抑围棋，另一方面鉴于游戏乃人的需要，完全禁绝是不可能的，因而又对各类游玩宴乐之物网开一面，棋戏

5　《孟子·离娄下》，见：陈戌国点校本《四书五经》上册，岳麓书社，1991年，第104页。

6　《孟子·告子上》，见：陈戌国点校本《四书五经》上册，岳麓书社，1991年，第118页。

自然也在其中。

下棋总是与不务正业联系在一起，让儒士们一边为棋所惑，一边又心不安理不得。怎样解决这一矛盾？最好的办法莫过于将围棋与圣贤之道，与人的"成德成仁"联系在一起，使下棋这一"游戏"之事具有不同凡俗的意义。

西晋葛洪《西京杂记》有一则关于西汉围棋的记载："杜陵杜夫子善弈棋，为天下第一。人或讥其费日。夫子曰：'精其理者，足以大裨圣教'"。"大裨圣教"，可看作是儒家围棋观的一大转折，开启了经由班固《弈旨》而被发扬光大从正面肯定围棋之功用的传统。

当然全方位为围棋辩护的是东汉的班固。班固《弈旨》论棋：

> 局必方正，象地则也。道必正直，神明德也。棋有白黑，阴阳分也。骈罗列布，效天文也。四象既成，行之在人，盖王政也。成败臧否，为仁由己，危之正也。[7]

接着，班固用孔氏之门，唐虞之朝，庖羲罔罟之制，夏后治水，曹刿深入虎穴勇劫齐桓公，齐将田单坚守即墨用火牛计击退燕军，苏秦、张仪合纵连横，周文王之据天下，秦缪（穆）公之败，来喻围棋，由此得出结论：

> 上有天地之象，次有帝王之治，中有五霸之权，下有战国之事。览其得失，古今略备。[8]

班固将围棋与天文、阴阳、王政、仁德联系在一起，开启了"立象比德"的论棋传统。把围棋比作"天地之象"，毕竟过于玄虚。在天、地、人之间，还得有一个连结的中介。"天地之象"对棋而言，其实没有实际的效用。关键在于，"四象既陈，行之在人"，可为王政。"成败臧否，为仁由己"，在"天地之象"与"仁德"、"王道"之间，一下子就有了沟通。班固也由此建构了一套完整的儒家棋论话语，为围棋取得了合法的地位。

元代皇帝元文宗曾试探性地问翰林侍读虞集："昔卿家虞愿尝与宋明帝言：弈非人主之所好。其信然耶？"虞集回答说：

> 自古圣人制器，精义入神，各以致用，非有无益之习也。故孔

---

7 班固：《弈旨》，见：何云波主编《中国历代围棋棋论选》，书海出版社，2017 年，第 4 页。

8 班固：《弈旨》，见：何云波主编《中国历代围棋棋论选》，书海出版社，2017 年，第 5 页。

子以弈为"为之犹贤乎己"，孟子以"弈之为数"为"不专心致志则不得"。且夫经营措置之方，攻守审决之道，犹国家政令出入之机，军师行伍之法。举而习之，亦居安虑危之戒也。[9]

帝纳其言，命虞集"铭其弈之器"，集一挥而就："圆周天，方画地。握时机，发神智。动制胜，胜保德。勇有功，仁无敌。"所谓"周天画地，制胜保德"是也。

当围棋与"制胜保德"联系在一起，围棋也就有了冠冕堂皇的身份，由江湖入庙堂，在被"招安"的同时，也享受了一份"尊荣"。以立言立德立功自励的儒子们玩起来也就名正言顺、心安理得了。既享受了快乐，又悟了王政仁德之道，两全其美，何乐不为！

儒家的"仁"与"礼"，最终的目的是为了"和"，人与人、人与社会的和谐，从而形成了一种"贵和尚中"的思想。然而围棋却是一种"争"之道，所谓"害、诈、争、伪"之物。那么，怎样才能协调"争"与"中"、与"和"的关系，儒家常常把"争胜之物"纳入到儒家的"仁"、"礼"、"和"体系，从而形成了儒家独特的棋论。

宋代潘慎修曾作《棋说》，谓"棋之道在于恬默，而取舍为急。仁则能全，义则能守，礼则能变，智则能兼，信则能克。君子知斯五也，庶几可以言棋矣。"[10]这样一来，争胜负之物竟与"仁义礼智"之道有了沟通。

宋代宋白作《弈棋序》："弈之事，下无益于学植，上无补于化源，然观其指归，可以喻大也，故圣人存之。观夫散木一枰，小则小矣，于以见兴亡之基。枯棋三百，微则微矣，于以知成败之数。"这篇棋论，典型地体现了儒家的思想。一方面以棋道喻王道，棋之"小道"，也就被赋予了"大道"的意义；另一方面，在棋的战略战术上，也多是以儒家之"道"来诠释围棋。棋道也就成了儒家的治世之道。

但围棋以围地取胜，想要围更多的"地"，就难免有争执，有争执就会有杀戮，咋办？清代汪缙《弈喻》云：

国工争道，赢止半子，止二、三子者，良工也，非国工也。赢二、三子不止，非良工矣。赢分者，争多也。争多技下是何也？争

9　虞集：《玄玄棋经序一》，见：何云波主编《中国历代围棋棋论选》，书海出版社，2017年，第81页。

10　元·托克托：《宋史·潘慎修传》。

多，嗜杀人者也。争少，不嗜杀人者也。天道好生而恶杀者也。嗜杀，不嗜杀，项、刘之所以成败也。项、刘者，黑白之势也。[11]

儒家对围棋的态度，是矛盾的。归根结底，这种矛盾体现了儒家思想体系与围棋胜负之道固有的牴牾。以儒道释棋道，既有积极的意义，但"过犹不及"，一定要将棋道处处解为儒道，则有时难免会有些牵强。

二、技进乎道

围棋本为技，在技的层面，中国古代围棋也曾达到很高的水平，中国古代棋论也对围棋之"技"做过很好的阐发。但总的来说，中国文化"重道轻技"的传统，更强调的是"技"如何进乎"道"。中国古代的棋手，也往往不满足于仅仅做一个"弈人"，而有着更高的追求。如果说在儒家那里，"艺以载道"，"道"更多的还是属于"德"的层面，道家则更注重把"道"看成是"艺"的本体、内容，"艺"是"道"的感性显现，最高的艺术境界便是道的境界，因而，弈之技亦可进乎道，技、艺达到一定境界便是"道"。

《庄子》讲过一则庖丁解牛的故事，说庖丁解牛不光解得好，还具有艺术之美。"奏刀騞然，莫不中音；合于桑林之舞，乃中经首之会。"文惠君问，为什么有这么好的技艺？庖丁说："臣之所好者道也，进乎技矣。始臣之解牛之时，所见无非牛者。三年之后，未尝见全牛也。方今之时，臣以神遇而不以目视。官知止而神欲行。依乎天理……动刀甚微，謋然已解，如土委地。提刀而立，为之四顾，为之踌躇满志。"庖丁开始解牛时，所见无非牛，人与物还处在对立状态；第二步，未尝见全牛，人与物的对立开始消解；第三步，以神遇而不以目视，官知止而神欲行，手、目等各种感官与心、神的距离也消失了，精神获得完全的自由与解放；第四步，依乎天理，天理即道，以人合天，得其大道。于是，解牛这种技术性行为成了一种无所系缚的精神游戏，它超越了作为技术的效用，而进入到艺术的境界，此即"技进乎道"乎。

在老子那里，"道"为世界万物之本原，所谓"道生一，一生二，二生三，三生万物。"（《老子·四十二章》）；也是世界万物发展变化的总规律或法则，所谓"道者，万物之奥"（《老子·六十二章》）。庄子发挥老子"天下之物生于有，有生于无"的思想，从宇宙生成论方面发展了老子的"道"。庄子认为"道"

---

11 汪缙：《弈喻》，见：何云波主编《中国历代围棋棋论选》，书海出版社，2017年，第284页。

为万物之宗：

> 夫道，有情有信，无为无形；可传而不可受，可得而不可见；
> 自本自根，未有天地，自古以固存。神鬼神帝，生天生地；在太极
> 之先而不为高，在六极之下而不为深，先天地生而不为久，长于上
> 古而不为老。[12]

庄子所说的"道"，虽然生出天地万物且不可名状，但又"有情有信"、
"可得"、"可传"，道不可见但又游于天地万物中。万物皆有"道"在其中。
"通于天地者，德也；行于万物者，道也；上治人者，事也；能有所艺者，技
也。"反过来，"技兼于事，事兼于义，义兼于德，德兼于道，道兼于天。""艺"、
"技"与"道"便有了相通。"道"虽然是本，以"技"体"道"，"技"进乎
"道"，"道"便成了"技"的最高境界。

就围棋而言，它不过是一种"艺"，这"艺"又有"技"与"道"两个层
面。就"技"而言，它是用来争胜负的，为了取胜，它有一套具体的走法、战
术。而当棋到了一定的境界，它又与艺术境界、道的境界相通，所谓技进乎
道，棋又不仅仅是胜负之物了。

施定庵《弈理指归》谈到弈者的几个等级：

> 毋论战守取舍，成竹在胸，举念触机，会心自远。仁者见仁，
> 知者见知。受八、九子者，即可得其步骤；而细玩熟思，渐至六、
> 七以上，则得形；四、五以上，得意；二、三以上，渐至会神；一
> 先以上，入室而无难矣。此彻上彻下之至理也。[13]

得其步骤——得形——得意——会神，既代表弈者"品"的差异，又是
棋艺由浅入精、技进乎道的过程。"得其步骤"、"得形"大致相当于弈中之"数"、
"象"。而"弈之为数，争先后别小大已耳"。它们构成了弈之"法"。这"法"
又通于"理"。"得意"即得"理"，法根于理。德丰《弈萃·叙》谓："弈理自
近代以来，高手叠出，光景常新，要皆有万变而不离其宗者，亦惟理法而已。
法必根于理，理可触类旁通，法亦变化层出。神而明之，存乎其人。"

"法"乃棋之"术"，它构成围棋的基本战略战术。下棋需遵循这些基本
的法则，但又不可拘泥于此。胡陶轩《摘星谱·序》谓"棋之有谱，犹文之有

12　《庄子·大宗师》。

13　施定庵：《弈理指归自序》，见：何云波主编《中国历代围棋棋论选》，书海出版
　　社，2017年，第263页。

法，诗之有律也。离乎法律不可言文诗，泥乎法律尤不可言文诗。棋之于谱亦然。"

弈之精髓在于变。法是死的，应变之活机，又得依靠心之"思"。汪缙《弈喻》称：

> 弈之子分黑白，阴阳之象也，数也，象也，而运之者，心也。
> 善弈者，不泥象数而求心，不遗象数而求心者也。泥象数是以心为有外也；遗象数是以心为有内也。心无内外也，无内外者，弈之心也。[14]

善弈者，既不"泥象数"，也不"遗象数"，所谓"心无内外"。心不为外物所役，甚至不执着于"心"本身，为自我之"心"所迷，即为得意、会心，这已经近似于庄子所谓忘形、无己、无心之"心斋"、"坐忘"。得此意即是"会神"，进入"道"的境界了。

《棋经十三篇》"品格篇"将围棋分为九品：入神、坐照、具体、通幽、用智、小巧、斗力、若愚、守拙。在中国古代棋论中，斗力之棋始终被看作是低品。《玄玄棋经》将"斗力"称为"野战棋"。"用智"则为中中之棋，"智，知也。未至于神，未能灼见棋意，而其妙着，不能深知，故必用智深算，而入于妙。""用智"上升一步可"通幽"，退一步即仅为"小巧"而已。小巧者，"虽不能大有布置，而纵横各有巧妙胜人，故曰小巧。"

在棋品中，"具体"、"坐照"、"入神"为高品。《玄玄棋经》和《石室仙机》对其的解释（前面未注明者为《玄玄棋经》注）："一曰入神：神游局内，妙而不可知，故曰入神。《石室仙机》曰：变化不测，而能先知，精义入神，不战而屈人之棋，无与之敌者，厥品上上。""神游局内"，"精义入神，不战而屈人之棋"，自然是上上之棋。袁福征《坐隐先生订谱题辞》谓："艺安能累人，凡艺极精者，神也。况翰墨之为艺乎。先生之局戏，盖化艺而为道矣。"苏之轼《弈薮》亦称："夫精而诣之，技进于道，浅而洩之，道流于技。"显然都是强调"艺"到一定境界，所谓"精义入神"，即可通于道。"入神"是通达万物之变、之理的一种境界。

老子则多以"玄"、"妙"来说明"道"。"道可道，非常道。名可名，非常名。……玄之又玄，众妙之门。"中国古代也多以"玄"、"妙"、"神"与棋

---

14 汪缙：《弈喻》，见：何云波主编《中国历代围棋棋论选》，书海出版社，2017年，第283页。

相提并论。虞集为《玄玄棋经》作序，解释书名的由来，"盖其学之通玄，可以拟诸老子众妙之门，杨雄大易之准。且其为数，出没变化，深不可测。往往皆神仙豪杰玩好巧力之所为，故其妙悟，传之者鲜。"棋能通玄、入神，即进乎道矣。

施定庵在《弈理指归》序中曾谈到自己"棋悟"的一段经历。一次施定庵与梁魏今同游岘山，梁指着山下蜿蜒曲折的泉水，对施说："子之弈工矣，盍会心于此乎？行乎当行，止乎当止，任其自然而与物无竞，乃弈之道也。子锐意深求，则过犹不及，故三载仍未脱一先耳。"定庵由此得悟"化机流行，无所迹象，百工造极，咸出自然。则棋之止于中正，犹琴之止于淡雅也"。棋艺大进，终成一代国手。

弈棋应如行云流水，行于当行，止于当止，这正是棋艺的"自然"境界。"神乎其技，妙极自然"，（邓元鏸《黄龙士棋谱序》），即所谓"天授"之技，自然而后能归于平淡也。徐星友《兼山堂弈谱》中评黄龙士的棋"寄纤秾于淡泊之中，寓神俊于形骸之外，所谓形人而我无形，庶几空诸所有，故能无所不有也"。而围棋的境界，无论是徐星友推崇的"冲和恬淡"，还是施定庵的"任其自然，而与物无竞"，都是以"平淡"为高境界，所谓"流水不争先"，正是道家淡泊无争、以静制动、不战屈人之"道"的体现。

中国围棋理论，推崇平淡自然、不战屈人，但在实战中又屡屡都是"斗力之棋"，这种理论与实践的脱节，便成为一个有趣的现象。

笔者曾在博士论文《弈境：围棋与中国文艺精神》中谈到这一现象：

于是，作为实战记录的棋谱（就像文学之文本）与作为棋艺理论总结的棋论，又形成了两套旨趣相异的话语。中国文学及琴、书、画等艺术的创作实践，与对创作实践进行理论总结的中国文论、艺论，在总的价值取向和审美趣味上是一致的，而偏偏棋战与棋论，呈现出一种反差。中国古棋最激动人心就是在激烈的博杀中所体现那种冲突之美，力量之美，而中国棋论所推崇的境界却是中和、平淡、自然。这种双重话语的矛盾背后，隐含着某种文化冲突与价值取向上的歧异。[15]

从价值取向上的角度说，"中和、平淡、自然"，其实是整个中国思想与艺术所追求的境界，具体到棋，平淡、自然，不战而屈人之兵，也就成了中国

---

15 何云波：《弈境：围棋与中国文艺精神》，北京大学出版社，2006年，第150页。

围棋在理论上所追求的目标。但落实到具体的棋局，围棋作为一种竞技游戏，本质其实首先是"战"，加上中国古棋所特有的"座子制"、"还棋头"之类的规则，使棋之"战"更加顺理成章了。中国古代围棋理论，多向中国传统的"道"的话语靠拢，而具体到实战，则更接近棋之"战"的本质了。

三、棋禅一味

南宋诗人徐照有诗曰"诗因圆解堪呈佛，棋与禅通可悟人"（《赠从善上人》）。中国古代僧人中好棋者众，中国古代文人士大夫也多喜跟佛道中人来往，一边下棋，一边谈玄论道。棋往往也就成了悟道的一种方式，所谓棋禅一味是也。

佛教在汉代传入中国，很快就入乡随俗，安家落户。佛教在中国的传播过程，就是一个不断的中国化的过程。而围棋，就是在这一过程中，与佛结下缘分。最早的棋僧支遁，就是一个玄言佛理皆通、亦僧人亦名士的典型。

《世说新语》中谓"王中郎以围棋为坐隐，支公以围棋为手谈"。支公（314-366）即支遁，二十五岁出家，亦好诗、好山水、好棋，俨然一名士。他融玄言佛理于山水、于棋中。以围棋为"手谈"，乃是以手谈代清谈，自有妙不可言之处。

自魏晋以来，围棋与释道结下不解之缘，到唐宋时，文人士大夫礼佛参禅，或方外之人谈棋论道，更成了一种风气。两者之间的交流也越来越频繁，佛门中出现了不少著名的棋僧、诗僧，如儇师、浩初师、贯休、子兰、齐己等。文人中喜与僧交游，读点佛经，写点搀杂浓厚的出世思想和释道气的棋诗的，就更不计其数了。

唐代段成式的《酉阳杂俎》中有一个关于释一行的故事，云：一行公本不解弈，因会燕公宅，观王积薪一局，遂与之敌。笑谓燕公曰："此但争先耳。若念贫道四句乘除语，则人人为国手。"一行念四句乘除语即可为国手，不过是好事者的杜撰。像儇师、贯休、子兰、齐己等，倒真正是释道、诗道、棋道兼通。他们作的棋诗，对棋也颇有心得。如贯休的《棋》：

> 棋信无声乐，偏宜境寂寥。
>
> 着高图暗合，势王气弥骄。
>
> 人事掀天尽，光阴动地销。
>
> 因知韦氏论，不独为吴朝。

　　贯休（832-912），作为释门中人，又工书画，好围棋。"琴弹溪月侧，棋次砌云残"（《闻赤松舒道士下世》），琴棋风月，与"禅月大师"，"得来和尚"的称号颇为相称。而《棋》一诗强调棋枰上，于寂寥的环境中有无声之乐，与佛门清静颇有相通处；但也因弈棋争机斗智，费时伤神，人事如天翻而尽废，光阴如地覆而流逝，令人想起韦曜《博弈论》，其实包含有通论至理。看得出，贯休对围棋是矛盾的，这也许体现了整个佛教对围棋的双重态度。

　　僧人往往喜欢到棋中去参悟佛理。明末清初的禅僧，有"醉禅师"之称的丈雪，有一首《佚老关中作》：

　　　　人生好似一枰棋，局局赢来何足奇？

　　　　输我几分犹自可，让他两着不为迟。

　　　　休将胜负争闲气，毋倚神机战相持。

　　　　埋伏不如休意马，心王常湛即摩尼。

　　心王者，阿赖耶识，即心之主宰也。摩尼为梵语译音，为珠、宝、如意，乃清、静之象征。这首诗因棋说法，还是以法解棋，棋理与佛理融通，正是佛门之棋的特点。而反过来，无论文人，还是达官，似乎也都喜欢从棋中去感悟一些哲思佛理。"悠然笑向山僧说，又得浮生一局棋"（陆游《夏日北榭赋诗弈棋欣然有作》），"茶炉烟起知高兴，棋子声疏识苦心"（陆游《山行过僧庵》），棋，也就有了别样的意趣。

　　中国禅宗产生于南北朝时，在唐代发展为佛教中的一个独立的支派。禅宗讲究不立文字，拈花微笑，于会心处即自有妙悟。围棋被称为"坐隐"、"手谈"，同样是不用言语，但会心处，却有妙谛。这一点，使棋与禅，似先天地就有了缘分。禅宗认为，禅无处不在，随处可参，担水砍柴，无非妙道，行住坐卧，皆是道场。围棋中自然也包含着禅意，"十九条平路，言平又嶮巇。"（裴说《棋》）棋理如禅理，参透了十九路，也就参透了禅。

　　唐代僧人子兰又一首《观棋》：

　　　　拂局尽消时，能因长路迟。

　　　　点头初得计，格手待无疑。

　　　　寂默亲遗景，凝神入过思。

　　　　共藏多少意，不语两相知。

　　在下棋的过程中，双方殚精竭虑，你来我往，但这其中有许多东西，又是不能用言语来表达的。作为"对话"的双方，都只能用心去体会对手每一招棋所发出的无声的信息，会心处，悠然一笑，"此中有真意，欲辩已忘言"。

围棋被称为"手谈"，也就是说，这是一种不用言语的特殊的对话方式。下棋的过程，就是一个双方对话的过程，每一招棋，都是向对手发出的无声的话语，对手在"倾听"你的"话语"的过程中，不断地要做出回应：同意或者反对。双方棋力相近，就会有一种心息相通的愉悦。反之，则不是对话，而是独白了。

禅宗的拈花示众、不立文字，道家的大象无形，大道希声，通过静观而悟道，得道而忘言，中国文论中的"不着一字，尽得风流"，"意在言外"，正构成了一条中国式的即相离相之路。围棋之道正体现了中国文化与文艺的独得之秘：去言，立象，尽意，体道，构成了一条不断超越之路。"共藏多少意，不语两相知"，正是棋盘上不用言语、心息相通的一种境界。纹枰对坐，以手代口，无声之中，亦自有拈花微笑之妙。这是棋的境界，恐怕也是一种人生之境界。子兰这里说的是棋，又何尝不是在谈禅论道。全诗的妙处也就在这里。处处说的是棋，无一处涉及"道"，而"道"意已自现。禅宗谓担水砍柴，无非妙道，行住坐卧，皆是道场。做诗也罢，做人也罢，下棋也罢，修道也罢，能达此境界，也就当得一个"悟"字了。

唐宋时禅风大盛，士大夫以谈禅为时尚，以棋参禅，以禅解诗、解棋，成为时尚。宋代文人吴可有《学诗诗》

> 学诗浑似学参禅，竹榻蒲团不计年。
>
> 直待自家都了得，等闲拈出便超然。

诗如此，棋亦然。苏东坡作为北宋文人士大夫中的领袖人物，工诗文，善书画，亦好谈禅论道，与禅僧们来往密切。据《春渚纪闻》卷一记载，有一个禅师曾告诉苏轼，他的前身是一个禅家名人五祖戒和尚。这自然不足为信，但苏轼经常与禅僧们大掉机锋，却是不假。《续传灯录》卷二十《东林照觉常聪禅师法嗣》记苏轼：

> 抵荆南，闻玉泉浩禅师机锋不可触，公拟仰之，即微服求见。
>
> 泉问：尊官高姓？公曰：姓秤，乃秤天下长老底秤。泉喝道：且道
> 这一喝重多少？公无对，于是尊礼之。

尽管每次与禅师掉机锋，苏轼总是输了一着，但他也从中长了不少见识。苏轼《东坡志林》载："南岳李岩老，好睡。众人食饱下棋，岩老辄就枕，阅数局，乃一展转云：'君几局矣？'东坡曰：'岩老常用四脚棋盘，只着一色黑

子。昔与边韶敌手，今被陈抟饶先。着时自有输赢，着了并无一物。'"末二句自是讲棋，但亦是谈禅，将它与王安石《棋》诗"战罢两奁分白黑，一枰何处有亏成"对照起来看，二人所言又何尝不是禅偈？

明冯元仲有一篇《弈难》，更是通篇都好像在抖机锋，姑摘几"难"：

难曰："从前十九路，云何而有所住然？""余其返之太素。且道黑白未分时，一着落在什么处？"

难曰："方四聚五、花六持七，云何肇于一然？""余其太虚为宅。着时自有输赢，着了并无一物。"

难曰："子胡不深其垒，伏蒿矢，出不出，止不止然？""余幸逃于东奔西靡。胜固欣然，败亦可喜。"

难曰："子胡不设诈坑，屈人兵然？""余不操奇赢与世争。唯其无所争，故能入于不死不生。"[16]

说棋乎？说禅乎？似棋非棋，似禅非禅，也许，这正是作者想要达到的效果。禅宗把佛从高高的天上拉到人间，在此生此世中，只要见性，即可成佛，让人觉得多了一份随意与亲近。但另一方面，他又时时在设公案，抖机锋，让人云里雾里，似悟非悟。当文人士大夫也赶时髦，以禅喻棋，围棋也就日益变得玄之又玄了。

四、兵家话语

围棋作为竞技，本来就与争战有关。棋通兵法，也就构成了中国古代棋论建立在围棋技战术之上的一套兵家话语。

班固在《弈旨》中说围棋"上有天地之象，次有帝王之治"，同时也与"战国之事、五霸之权"相通。"虚设豫置，以自护卫"，"堤防周起，障塞漏决"是讲如何防卫；"一孔有阙，坏颓不振"，是自己的棋形出现漏洞，被敌方乘虚而入。"一棋破窒，亡地复还"，是自己被围之棋突围成功，使亡地失而复得，就像鲁人曹刿，当深入齐桓公伐鲁，曹刿用匕首劫持齐桓公，收复全部失地。而"作伏设诈，突围横行"，燕伐齐，连下七十余城，齐将田单坚守即墨，用火牛计击退燕军。"要厄相劫，割地取偿"，占据战略要地，以劫相争，通过弃子割地来取得更大的利益。这里便涉及围棋的一些具体的战略战术了。

---

16 冯元仲：《弈难》，见：何云波主编《中国历代围棋棋论选》，书海出版社，2017年，第109页。

当班固以"五霸之权"、"战国之事"来说棋理，事实上便构成了关于围棋的一套技术性话语。班固既开启了后世将围棋与玄妙之"道"联系在一起的"玄象"思维的传统，也开了后世以兵法言棋的先河，在兵法中，事实上已经蕴涵了一整套棋理与战略战术。也影响了其后马融、蔡洪、曹摅、梁武帝、梁宣帝的《围棋赋》对围棋的言说。

"围棋五赋"一方面继承了关于中国围棋的一套"道"的话语，把棋与玄妙之象、之道联系在一起，另一方面，以兵法言棋，从而开启了中国古代棋论的另一套话语：关于"术"的话语。

马融在《围棋赋》中，开宗明义："略观围棋兮法于用兵，三尺之局兮为战斗场。"[17]以下以兵言棋，极尽铺排，其中涉及围棋的许多战略战术、着法名称。首先是布局，"先据四道兮保角依旁"，说明古人很早就认识到了边角的重要性，金角银边草肚皮，其渊源应与此有关。"缘边遮列兮往往相望"，则强调边路展开时需要相互照应，构成阵势。"离离马首兮连连雁行"则涉及角上的一些定式性的走法，如小飞、大飞之类。其次，是中腹的战斗。"踔度间置兮徘徊中央，违阁奋翼兮左右翱翔。"踔、度、违、阁，分别为侵消、盘渡、躲避、限制。徘徊中央，奋翼翱翔，生动地写出中腹战斗的雄阔气势。

西晋时，出现了两篇《围棋赋》，作者分别为蔡洪和曹摅。两篇赋均承袭了以东汉赋论以兵论棋的传统，所谓"昔班固造《弈旨》之论，马融有《围棋》之赋；拟军政以为本，引兵家以为喻"，"用兵之象，六军之际"[18]，但在具体的论述中，两赋特别是蔡洪的《围棋赋》，却有新的突破。这就是不再拘泥于历史上的各种战例，一一加以对应，而更关注棋理本身与战理的相通之处。比如"翻翻马合，落落星敷。各啸歌以发愤，运变化以相符。乍似戏鹤之干霄，又类狡兔之绕丘。……或临局寂然，惟棋是陈。静昧无声，潜来若神。"生动地写出了围棋在动静之间的无限奥妙。

南北朝时，中国围棋进入到一个黄金时代。梁武帝名萧衍（464-549）亲撰《围棋赋》，以"围奁象天，方局法地"[19]开始，以"尽有戏之要道，穷情理之奥秘"作结，一方面高屋建瓴，确立了围棋象天则地、穷理尽性的地

---

17 马融：《围棋赋》，见：《古文苑》，四部丛刊景宋本。以下同。

18 曹摅：《围棋赋》，见：[唐]欧阳询撰、汪绍楹校《艺文类聚》，上海古籍出版社，1982年。以下同。

19 梁武帝：《围棋赋》，见：[唐]欧阳询撰、汪绍楹校《艺文类聚》，上海古籍出版社，1982年。以下同。

位。另一方面，就棋理的阐发而言，全篇尽管也是以兵言棋，但在蔡洪、曹摅《围棋赋》的基础上，进一步摆脱了围棋战术与史上战例的简单比附，而更注重棋理本身的归纳、概括。如"用忿兵而不顾，亦凭河而必危。痴无成术而好斗，非智者之所为。"强调背水为阵，不合兵法，非常危险。韩信的置死地而后生，乃非常规战法，智者不可常为。"运疑心而犹豫，志无成而必亏。今一棋之出手，思九事而为防。"是说下棋要思虑周详，一旦考虑清楚，就要当机立断。

敦煌写本《棋经》中还附了一篇梁武帝的《棋评要略》，通篇都是对"棋之大要"的归纳与总结。《棋评要略》强调，棋之大要，第一在"当立根源"。以"带生为先"。[20]其二，提出了"争地校利"的原则。"若我获有宜，虽少必取；彼得相匹，虽大可遗"。其三，确立了开局的走法，"先据四道，守角依傍"，"依傍将军，又先争彼此所共形处"，将军即座子，依托座子展开地的争夺，但不可冒然出击，"彼棋虽小，而有活形，得不足以益我，死不足以损我。若营攻击，容或失利"。其四，需时刻掌握先手的主动权。"凡行，便既出手，而无彼累，弥宜详慎。谨录先行之无可择，又寡其尤。宁我薄人，无人薄我，此先行之谓也。"其五，要有良好的大局观，时刻根据盘上的形势调整其策略："凡行，多欲笼罩局上，以为阵势，成则攻也。大行粗遍，当观形势，无使失局也。观察既竟，挥彼孤弱者，当击之。此有孤弱，当生救之。彼见孤弱，我势自强也。"

梁武帝的棋论，可以说代表了南朝时棋艺理论的最高水平。而梁武帝的《围棋赋》，最能体现"艺术和技术"的完美结合。就"艺术"论，中国古代棋论有不断的"艺术化"的趋势，而"技术"的阐发，则在南北朝时代的一部奇书敦煌《棋经》中得到完美体现。

敦煌写本《碁经》，原书名与作者均已不详，因发现于敦煌卷子中又为写本而得名。据成恩元先生考证，《碁经》系北周写本。它是现存我国最早的一部棋经。《碁经》正文共分七篇。第一篇篇名不详，从残存的文字看，主要是阐述弈棋的基本要领和法则。首先值得注意的是，作者明确指出："古人云：'不以实心为善，还须巧诈为能。'或意在东南，或诈行西北。似晋君之伐虢，更有所规；若诸葛之行丘，多能好诈。"《碁经》明确标榜"不以实心为善，还须巧诈为能"，真正突出了下棋与用兵的本质相通之处。

---

20 成恩元：《敦煌棋经笺证》，蜀蓉棋艺出版社，1990年，第45页。以下同。

第二篇《诱征篇》，专论征子之法。第三篇《势用篇》综论各种"势"的运用，即一些具体的死活和对杀图形。第四篇《像名篇》。像名乃是古人对棋局及一些特定的棋形，赋予一形象的名称。第五篇"释图势篇"论述图与势的关系和复图打谱的重要性。第六篇"棋制篇"，叙述弈棋的规则和计算输赢方法。第七篇"部襄篇"，作者自述"姓（性）好手谈"，阐述将棋势分为四部的标准和内容。"部襄篇"后还专列了"碁病法"、"碁法"。"碁病法"提出棋有"三恶"、"二不祥"。"三恶"即：第一，傍畔萦角，第二，应手鹿鹿，第三，断绝不续。"二不祥"：一谓下子无理，任急速，二谓救死形势不足。同时还提出棋有"两存"、"二好"。"两存"即："一者，入内不绝，远望相连，二者，八通四达，以或（惑）敌人"。"二好"者，无力不贪为一好，有力怯弱必少功。《碁经》作者还特别强调了树立全局观的重要性：

> 兵书云："全军第一。"碁之大体，本拟全局，审知得局，然后可奇兵异讨，虏掠敌人。局势未分，以救五三死子，复局倾败，有何疑也。[21]

敦煌《碁经》将围棋之"法"推向了中国古代围棋思想的一个高峰。"法"者，法则、法式也。它与形而上之"道"相对，构成了一套形而下的"术"的话语。这套"术"的话语与兵家话语有关，更切近棋的本身。

到了宋代，出现了中国古代棋论中最光辉的一篇文献《棋经十三篇》。《棋经十三篇》在内容上模拟《孙子兵法》，分为十三篇：《棋局篇第一》《得算篇第二》《权舆篇第三》《合战篇第四》《虚实篇第五》《自知篇第六》《审局篇第七》《度情篇第八》《斜正篇第九》《洞微篇第十》《名数篇十一》《品格篇十二》《杂说篇十三》。

《棋经十三篇》。其内容归纳起来，大致可分为以下几个方面：其一，推本棋局、棋子的形制，列举棋的名目、棋品。其二，强调对局的态度和弈者所应具备的棋艺修养和棋德。其三，《棋经十三篇》最重要的部分还是对围棋的实战经验的总结，它论述了一系列的对弈中的战略战术和基本要领，且非常精辟。如《权舆篇第三》论布置："权舆者，弈棋布置，务守纲格。先于四隅分定势子，然后拆二斜飞，下势子一等。立二可以拆三，立三可以拆四，与势子相望，可以拆五。近不必比，远不必乖。"《审局篇第七》从布局"夫弈棋布

---

21 敦煌：《棋经》，见：何云波主编《中国历代围棋棋论选》，书海出版社，2017年，第35页。

势，务相接连。自始至终，着着求先"，说到中盘战斗与收束："临局交争，雌雄未决，毫厘不可以差焉。局势已赢，专精求生。局势已弱，锐意侵绰。"还有，"棋有不走之走，不下之下"，则是一种更高级的战术了。《玄玄棋经》解为："如欲走棋，因攻彼棋而走，我棋虽似不走，其实走也。下，即下子也。如欲下一着补虚，因侵他虚，而我虚自实，虽似不补，其实补也。"这强调的是以攻代守。《弈薮》本注曰："系彼而走此者，不走之走也；舍此而得彼者，不下之下也。"则强调的是声东击西战法和弃子战法。

　　《棋经十三篇》作为我国流行至今最完整、最系统的围棋理论著作，它是对上千年围棋理论与实战经验的总结，它不光是棋法、兵法，更成了一种哲学。

五、围棋与中国思想传统之反思

　　在对中国围棋思想的话语体系作了一番梳理后，便生出一个问题，这些"思想"价值何在？如果把围棋思想史放在整个中国思想史的传统中，围棋究竟给中国的"思想"带来了什么？或者，是否仅仅印证了固有的思想与思维传统而已。

　　当然，围棋作为中国文化土壤里孕育出来的智慧之果，对它的言说，基本上也是在中国传统思想的话语体系之下，棋论话语与其它思想、艺术理论话语，有着惊人的相似之处。围棋作为一种竞技性游戏，其意义生成，事实上就是一个在中国传统的思维方式之下，不断被赋予各种意义的过程。它也构成了中国古代棋论各种不同的话语。比如班固《弈旨》中说围棋"上有天地之象，次有帝王之治，中有五霸之权，下有战国之事"，将围棋与"天地之象"联系起来，为后人将围棋拟之"玄之又玄、众妙之门"提供了方便法门，这可称为一套玄学话语。而围棋与"帝王之治"的关联，还有"道必正直，神明德也"，体现的是"立象比德"的传统，围棋被伦理化、人格化。至于"五霸之权"，"战国之事"，围棋与兵家也就有了不解之缘。

　　以中国围棋思想的奠基而论，孔子、孟子是定调者，班固则是集成者，它开启了后世的各种棋论话语。李思屈在《中国诗学话语》中将中国诗学话语分为孔语、庄语、禅语。以棋论而言，也有儒家话语、兵家话语、道家话语、禅学话语等。从儒家的角度说，"立象比德"使围棋之"象"与君子之"德"有了沟通，所谓"仁则能全，义则能守，礼则能变，智则能胜，信则能克"（潘慎修语）。儒家更多地体现的是一种功利的围棋观。赞成与反对，都是出自同一视角，看棋是否有用，是否合乎"仁义礼智"之道。其结果，便是如葛兆光在《中国思想史》中对朱熹理学思想的分析，将社会领域中的伦理问题和自然领域中的物理问题、将客观知识与人格涵养、心灵境界混在一起，以"道"统器、以"伦理"代"知识"，客观上影响了关于围棋的一套完备、客观的知识系统的建立。比如，敦煌《碁经》谓"不以实心为善，还须巧诈为能"，这从下棋争胜负的角度说，是当然之义。而如果上升到人的道德层面，则大有问题了。

如果说儒家为围棋提供了一套价值评判的尺度，道家则更多地与棋人的生命追求、棋艺境界相通。"坐隐"、"烂柯"、"自然"、"入神"、"守拙"、"若愚"、"无为"、"无用之用"、"不走之走"等等，显然体现的是一套道家的话语。与此相应，在各种与围棋有关的故事、公案、问答、诗词中，以禅喻棋，体现的是文人棋的一种风尚。所谓"诗因圆解堪呈佛，棋与禅通可悟人，扫地就凉松日少，煮棋消困石泉清"（宋·徐照《赠从善上人》），棋乎，禅乎，棋里棋外，也就被赋予了丰富的意义。

不过，围棋无论怎么玄妙、超脱，最终是要分出胜负的。从这个角度说，以兵喻棋，其所体现的那套"兵家话语"，倒更接近围棋本身。笔者在博士论文《围棋与中国文艺精神》中，有一章《弈与道》讨论围棋与《易经》、与儒家、道家之道的关系，认为棋与天道、地道、人道沟通，成就了"弈"之三种境界：天地之境、道德之境、审美之境。这"三境"关涉围棋的价值、境界，在某种程度上是对围棋的"意义"的拔高。不过，这种"提升"，有助于围棋的传播，被社会特别是其主流、上层所认同。但对围棋技术的进步，并无什么意义（倒有可能起遮蔽、抑制的作用）。而以兵言棋，用兵法来阐述棋的各种战略战术，倒开启了中国古代棋论的一套技术话语。

棋论的兵家话语在汉代到南北朝时颇为盛行，著名的"围棋五赋"都是这种话语占据主导地位，而敦煌《碁经》更是一个完美的总结。以棋的技术理论而言，敦煌《碁经》是一个高峰。它也代表了中国棋论在形上之"道"之外的另一种传统，"术"的传统。可惜，因为敦煌《碁经》被埋没一千多年，这一套话语并没能被发扬光大。

在唐宋的棋论中，其主导话语还是儒家的那套伦理话语。而中国古代的另一个高峰《棋经十三篇》，力图在儒家与兵家、形上之"道"与形下之"术"

中找到一个平衡。而棋士棋与文人棋的分化，也导致其后棋论话语的分化。棋手以争胜负为要，文人则"胜固欣然，败亦可喜"，别有怀抱。

笔者在博士论文《围棋与中国文艺精神》中，曾将中国古代棋论分出两套基本的话语系统：道与术，它们分别对应于两种思维：玄象与数理，这背后又隐含着两种文化：精英文化和民间文化、雅文化与俗文化。道与术，玄象与数理，雅与俗，它们相反相成，共同建构了弈之丰富复杂的意义。

象的玄妙化，乃是中国思想、文学、艺术共有的特征，在中国传统文论、书论、画论、琴论、棋论中，"象"都被赋予了玄妙的意义，通之于大"道"。而数理，倒体现了围棋思维的独特性。问题是，这种独特的思维，在多大程度上，给中国的思想带来了一些"新"与"异"之处，也就是我们开头所追问的，围棋究竟给中国的"思想"带来了什么？

我们经常把西方思维称为理性逻辑思维，把东方思维称为感性直觉思维，由此产生两种不同的知识形态："理念型"和"感悟型"，它们分别对应于"科学"与"诗"。如果说亚里士多德以"观察"、"分析"、"综合"、"推理"、"判断"为支点，确立了西方知识话语的科学理性解读模式及以逻辑分析方法为主导的意义生成方式。[22]中国式的知识生产方式，则是直接借助于直观经验走向综合，撇开"分析"、"推理"，凭借直觉、整体的把握便有了"结论"，而后再以之解释世界的一切，比如"道"，比如"阴阳"哲学。有学者将中国式的运思方式概括为"本末思辨"，它体现为"原始要终"与"执本驭末"。"所谓'原始要终'主要是指，通过历史源流、发展过程的考察来获取某一事物、某一现象的本质或规律；'执本驭末'则指，在'原始要终'基础之上，将所获本质或规律作为思维的前提，自上而下、从抽象到具体，进行思辨统摄，把握具体现象。"[23]并将这种"本末思辨"称之为中国式的思辨思维，以区别于被人普遍指认为中国特色的直觉、诗性、模糊思维。"本末思辨"是否就是中国的思辨思维，倒是可以讨论，因为在"原始要终"与"执本驭末"中，缺少了"分析"、"推理"的环节，也就与西方的逻辑、思辨思维有了巨大的差异。如果真要寻求中国传统与西方思维的对接，围棋思维及其理论，倒是一个很好的话题。因为下棋的过程，就是建立在分析、计算、推理、判断的基础之上的，笔者名之为与"玄象"相对的"数理"思维。

---

22 曹顺庆：《中外文论比较史（上古时期）》，山东教育出版社，1998 年，第 587 页。
23 李清良：《中国文论思辨思维》，岳麓书社，2001 年，第 22-23 页。

棋在琴棋书画四艺中，是最富于技术色彩的一门"艺术"，因其胜负的争夺，在传统"艺术"中也显得比较"另类"。面对这种"另类"的"棋艺"，我们感兴趣的是，古人是怎么言说的，是充分发掘了其"异质"性，还是将之招安、归化，纳入到固有的思维与思想传统中。

回答是"后者"。孟子的"弈之为数，小数也"倒很切合围棋的本来状态。数者，算也。由"数"而"理"，倒可推衍出围棋的一整套技术理论。但中国式思维，走的是由"小数"而"大衍之数"的路子，以至当沈括推衍棋之变化，欲通过"算"去探究棋局的复杂性，反被目之为"迂"。中国棋人、士人还是习惯走另一条路径："不分菽麦"，摈弃分析，走综合、模糊之路，"临局用智"，随机应变，更多地依赖于感觉、直觉。这典型地体现了一种中国式的思维传统：重综合轻分析，重玄象轻数理。

对围棋之"数"、之"技"的探索，其实一直没有停止过，只不过一直非棋论主流。一直到清代，随着棋艺的进步，关于围棋起手、侵分、棋势、官子的分类与探讨，对实战棋局的评析，都达到了较高的水平。施定庵在《弈理指归》中对起手的各种棋"形"有过很好的分析，比如对"六三"、"六四"起手的优劣的比较。还有陶式玉在《官子谱》中，对某型"便宜多少子"之类的表述，说明中国围棋技术理论，开始有了精确的"数"的思维。只不过，它更多时候被掩埋在"某手妙"、"以下官子俱细"之类的模糊表述中了。

葛兆光在一篇关于思想史的"加法"与"减法"的文章中谈到，一般思想史，都是思想发展史，都在做加法，书写在时间序列中不断增添的新东西。但是，在思想的实际的历史中，有时也有减法。即在历史过程和历史书写中，被理智和道德逐渐减省的思想和观念。[24]以围棋史而言，围棋一直被强化的是与形上之"道"、玄妙之"象"的沟通，而"数"、"技"的一面，并没有细致的分析，形成完备的理论，反而经常处在被遮蔽的状态，这不能不说与中国传统思维方式、价值观念有关。

重道轻技，是中国思想一贯的传统。技艺可为士人之雅玩，一旦成为技艺之人，地位便急剧下降。明清不少文人都以不能棋而好观棋相标榜，而像施定庵，身为围棋一代宗师，却也强调"余非弈人也"，这只能说是文化传统使然了。晚清以来，中国围棋从传统向现代的变革，最终便只能借助于外力的推动。

---

24 葛兆光：《思想史：既做加法也作减法》，《读书》，2003 年第 1 期。

中国围棋的现代变革，不光是围棋观念的变化，也是整个知识形态、范式的转型。这就是从传统之"艺"向现代体育竞技的转换，"术技"取代"道艺"，科学的、技术的话语取得统治地位。这种状况一直延续到二十世纪后期。在技术一统棋坛的时代，人们又开始怀念起曾经的传统来。弈之为艺，可与"和乐等妙，上艺齐工"，思之诗，琴、棋、书、画所彰显的中国士人的诗性生存，又有了它动人的魅力。

原载《中国围棋论丛》（第 3 辑），杭州出版社，2018 年

玄象与数理
——围棋思维与中国艺术思维

  中国传统的知识，往往存在着两套话语，即"道"与"术"。它们都与中国传统的思维方式有关。"道"为"象"的玄妙化，"象"为玄妙之"道"的显现，构成了一种"玄象思维"。而"术"则更多地与"数"有关，所谓术数，虽然也是用于通天地之道，但它更注重一系列具体的操作法则，由"象"而"形"，而"数"，更多地借助于"术"，构成了"道"之形而下之域。因而，对"数"的破解，虽然仍离不开玄象思维，但又包含着逻辑性、分析性思维，我们姑且称之为"数理思维"。这两种思维，构成了中国古代围棋最基本的思维方式。同时，他与中国传统艺术思维，也有着千丝万缕的联系。

一

  中国古人常常把围棋与天地之象联系在一起。班固《弈旨》云："局必方正，象地则也。道必正直，神明德也。棋有白黑，阴阳分也。骈罗列布，效天文也。四象既陈，行之在人，盖王政也。成败臧否，为仁由己，危之正也。"以下班固又将"弈"与阴阳、天文、四象联系起来，首开了以《易》解棋的先河。晋代蔡洪《围棋赋》谓棋乃"秉二仪之极要，握众巧之至权。若八卦之初兆，遂消息乎天文……远求近取，予一以贯。"梁武帝《围棋赋》称"围奁象天，方局法地"。围棋与阴阳、八卦、天文相通，兆知天地万物之变化，方寸棋枰也就具有了非同一般的意义。

  围棋之"象"、"数"，被认为正与《易》相通。象是易传中的一个重要范畴，它既指天象，又指象征。《周易·系辞上传》谓"天垂象，见吉凶"，"圣人设卦观象"，天象与地形、人事又是息息相通的，"在天成象，在地成形，变化见矣"。大象通于道。老子论象，"大象无形"[1]，"绳绳不可名，复归于无物，是谓无状之状，无物之象"。[2]这里的所谓大象、无物之象，事实上就是道。"道之为物，惟恍惟惚。惚兮恍兮，其中有象；恍兮惚兮，其中有物。"[3]象被玄妙化，成为道之显现，"玄之又玄，众妙之门"。[4]

中国传统文学艺术，无论是诗、文、琴、书、画，还是各类棋戏，都与"易象"有关。"象"之具体化即为"形"。各类文学艺术，都涉及到造形，只不过运用的媒介不同而已。"象"的抽象化、玄妙化即为"道"。当需要提升各类艺、文之地位时，各种文论、艺论无一例外地都是将艺术之"形"与天地之"象"联系在一起，使艺、文通于大象，通于道，从而构成了一种"玄象思维"。

中国传统艺术思维与《周易》象数思维可谓息息相通。中国古代强调书画同源，画以"形"显现天地之"象"。《周易·系辞》曰："卦者，挂也。悬挂物象以示于人，故谓之卦。"《释名》曰："画，挂也。以彩色挂物象也。"卦之象，即为最初之"画"。而书法植根于文字，文字亦为"象"。《尚书·序》曰："古者伏牺氏之王天下也，始作八卦，造书契以代结绳之政，由是文籍生焉。"刘熙载《艺概·书概》中说得更为明白："圣人作《易》，立象以尽意；意，先天，书之本也。象，后天，书之用也。"象即卦象、爻象。立象以呈示根本法则，也就是"道"。所以书与天地相通，"昔者仓颉作书而天雨粟、鬼夜哭。"[5]以阴阳为根基，以线的组合为形式的卦、爻，正构成了书法形质之祖，也是书道根本精神之所在。

在琴、书、画中，应该说琴离天地之象最远，但也被赋予了不一般的意义。东汉蔡邕《琴操》谓："昔伏羲氏作琴，所以御邪僻，防心淫，以修身理性，反其天真也。琴长三尺六寸六分，像三百六十日也。广六寸，像六合也。文上曰池，下曰岩。池，水也，言其平。下曰滨。滨，宾也，言其服也。前广后狭，像尊卑也。上圆下方，法天地也。五弦宫也，像五行也。大弦者，君也，宽和而温。小弦者，臣也，清廉而不乱。文王、武王加二弦，合君臣恩

---

1 《老子·四十一章》。
2 《老子·十四章》。
3 《老子·二十一章》。
4 《老子·第一章》。
5 《淮南子·本经训》。

也。宫为君，商为臣，角为民，徵为事，羽为物。"

我们可以说，这里面包含着许多附会，但它又恰恰体现了中国传统的一种思维方式。汉代经学，确立了依经立义之原则，文论、艺论也被纳入到这一构架中，文学成为经学之附庸，辞赋小道，亦以"经"的面目出现。原道、征圣、宗经，成为提升艺、文品格的一条基本思路。它不仅体现在各种文论、艺论中，棋戏作为"小道"，也与天地之象、之道联系起来。东汉文学家边韶作《塞赋》：

> 始作塞者，其明哲乎。……制作有式：四道交正，时之则也；棋有十二，律吕极也；人操厥半，六爻列也；赤白色者，分阴阳也；乍亡乍存，像日月也；行必正直，合道中也；趋隅方折，礼之容也；迭往迭来，刚柔通也；周则复始，乾行健也；局平以正，坤德顺也。然则塞之为义，盛矣大矣，广矣博矣。质象于天，阴阳在焉。取则于地，刚柔分焉。施于人，仁义载焉。考之古今，王霸备焉。览其成败，为法式焉。

塞戏又称"格五"，由六博演变而来。文中的六爻、阴阳、象、中道、刚柔、乾行健、坤德顺等等，完全是用易象论棋理，这成为古人的习惯。一旦需要确立某种棋戏的地位，往往都要抬出易象、天文，以壮其威，造其势，正其名。对此比边韶更早的班固作《弈旨》，已开了先例。而始于北周的象戏，作为中国象棋之雏型，周武帝曾为之作《象经》，令臣子王褒作注。《象经》序曰：

> 一曰天文，以观其象，天日月星，是也；二曰地理，以法其形，地水木金土，是也；三曰阴阳，以顺其本，阳数为先，本于天，阴数为先，本于地，是也；四曰时令，以正其序，东方之色青，其余三色，例皆如之，是也；五曰算数，以通其变，俯仰则为天地日月星，变通则为水火金木土，是也；六曰律吕，以宣其气，在子取未，在午取丑，是也；七曰八卦，以定其位，至震取兑，至离取坎，是也；八曰忠孝，以惇其教，出则尽忠，入则尽孝，是也；……

这里仍然一如既往地是以天文、地理、人事论棋，体现了中国传统的一种思维方式，即以"大道"提升"小道"，把游戏政治化、伦理化、玄妙化。围棋亦然。当围棋之象与天地之道联系在一起，它也就成为一种玄之又玄的东西了。虞集为《玄玄棋经》作序曰："盖其学之通玄，可以拟诸老子众妙之门。"施定庵在《弈理指归续编》中赋诗曰：

> 移形变化孰探微，未测端倪昧所归。
>
> 参透阴阳知向背，正奇妙用本天机。

围棋成为一种玄妙之象。俞剑华先生在《中国绘画史》中写道，"中国之民性，喜高务远，爱玄恶实"[6]。姜澄清先生在《中国书法思想史》中认为，书法艺术乃是最"玄"的艺术，其思想、精神多由"玄"理而来。它在形式上，不过以线条据汉字字形去组构，可谓简单，但种种玄思妙理皆由此简单形式中隐现隐露，若轻烟浮云、若游气、若幻影，若梦、若镜花水月，妙不可言！极端一点说，书法是最具民族特色的艺术，从形式到精神，都是民族性灵华彩的聚焦点。

"夫书者，玄妙之伎也，若非通人志士，学无极之。"[7]其实，不光是书法艺术，整个中国艺术都是这样。围棋棋论中，类似论断比比皆是。它多出现在各种诗赋、序论中，为棋张目倒也情有可原。但若将"玄象"具体运用于棋局中，问题就来了。明代林应龙著《适情录》，在形式上完全仿《易》之格局。图说（十九至二十卷），绘有"五音谐律吕局"、"五行协历纪局"、"五位乘会数局"、"三才定位局"、"三元起例局"、"三辰加临局"等奇异图形。这些图形往往是在一个大圆内，套一方型棋盘，颇类似于古代的式盘，只不过圆盘与方盘的组合恰恰相反。各个图谱还在棋局内外标注与古代律历、阴阳、五行、术数、九宫等有关的符号，将棋局按古代四分法、五分法、八分法、九分法、十二分法、二十四分法等分为若干部位。如"三才定位局"，分别标有"九天"（苍天、阳天、炎天、朱天、成天、幽天、玄天、变天、钧天），"八风"（焱风、滔风、熏风、巨风、凉风、飚风、厉风、寒风），"八音"（埙、笙、鼓、管、絃、磬、钟、祝）。对照一下式图中配物，则可以发现，四时、四象、五行、五位、五音、八方、八风、八卦、九宫、九野（即"三才定位局"中的"九天"）、十二支、二十四节气、二十八宿等，基本上都是同一套符号系统。一些棋势图侧还注有"安贞吉"、"蔑贞凶"等与《易经》有关的文字，或以一图象征一爻，全图象征六十四卦的三百八十四爻。

林应龙在《书适情录后》中谓"夫弈之为数，参三统两四时而能弥纶天地之道也者。"为"弥纶天地之道"而强将围棋之"象"、"数"拟诸方术，便

6　转引自姜澄清：《中国书法思想史》，河南美术出版社，1994年，第35页。

7　王羲之：《书论》。

难免牵强附会。《适情录后跋》便说得明白："夫弈之为技，虽云小数，而其纵横离合，机变万状，颇与兵法相似，故张拟著经，马融做赋，至今称为美谈。……但惜末卷妄以臆见强符天地间至理，识者不无管窥蠡测之诮云尔。"

从围棋之形中引发天地之象，使之符天地之至理，即所谓道。而后以道统象，驾驭各种棋形、变化，便构成了一种"玄象思维"。

有学者作《中国文论思辨思维》，认为"思辨"（speculation）在西方哲学中，主要是指脱离经验对象的纯理智的逻辑推论，是从纯粹概念中推出现实（客体）。而中国式的思辨思维是指用一个较抽象较根本、不言自明的原则（或观点）作为前提与根据，来解释说明众多较具体较次要、尚不明了的观点与现象，从而使所有这些观点与现象具有某种一致性，构成一个可以互相解释的体系或系统。他将这种中国式的思辨思维称之为"本末思辨"。"就具体的运思方式来说，本末思辨主要是采取'原始要终'与'执本驭末'相结合的方式来进行思辨。所谓'原始要终'主要是指，通过历史源流、发展过程的考察来获取某一事物某一现象的本质或规律；'执本驭末'则指，在'原始要终'基础之上，将所获之本质或规律作为思辨的前提，自上而下、从抽象至具体，进行思辨统摄，把握具体现象。"[8]例如，老子哲学将天地的本初状态设定为"道"，设定为天地万物产生与发展的始基与根本，此即"原始要终"。而"执本驭末"就是指以道来统帅与驾驭万事万物，如在《易传》中以天地为万物之本，以天道为人道之本。

以"本末思辨"为中国式的思辨思维，这在中国古代棋论中倒也可以举出许多例证。并且，古代棋论中，道、理、象、数，有一个相对完整的体系。但我更倾向于将它称为"玄象思维"，因为它以"形、象"为出发点，又带有相当多的直觉、模糊思维的因素。《中国文论思辨思维》谈到，与思辨思维相反的直觉思维，乃是面对现象而有所感悟，直接提出某种判断，不需要解释（即推导）也无法解释。同时，他也承认，原始要终"更准确地说是提供一种思辨的前提与起点，它主要是一种直觉感悟。"[9]而在执本驭末的思辨的过程中，也往往缺少严密的推理，而带有相当多的独断式、感觉式判断的因素。

如果说围棋的"玄象思维"与"本末思辨"有近似之处的话，它同时更体现了中国传统思维的一些特点：综合性、模糊性与直觉、体悟。

8　李清良：《中国文论思辨思维》，岳麓书社，2001 年，第 19-23 页。
9　李清良：《中国文论思辨思维》，岳麓书社，2001 年，第 25 页。

许多人认为，中国传统思维多具有整体、综合、模糊、直觉的特点。正像《周易》的太极、两仪、四象、八卦，八卦两两相重形成象征宇宙万物的六十四卦，宇宙、世界被作为一个不可分割的整体来把握。而"道"作为宇宙本体，所谓一阴一阳之谓道，"天地之气，合而为一，分为阴阳，判为四时，列为五行。"[10]宇宙万物都是阴阳相互对立、依存、转化的结果。而五行观念强调金、木、水、火、土的相生相克，由此推衍出事物的相互联系和变化。一切事物都处在相互感应之中，天与人，物与我亦融为一体。

生天地万物又蕴于天地万物的"道"，微妙玄通，深不可测，"视之不见"，"听之不闻"，无形无象无规定性，浑然一体，人们可以以之概括一切，因而也就不可离析、不可证伪。

围棋之道，显然也具有这一特点。当中国先人以阴阳五行来诠释围棋，比之于宇宙之"象"，所谓"玄象"，围棋成为一种玄而又玄的东西。中国古代棋论，多追求妙造自然之境界。邓元鏸作《弈评》曰：

> 施定庵如大海巨浸，含蓄深厚。范西屏如崇山峻岭，抱负高奇。程兰如如齐楚大国，地广兵强。梁魏今如鲁灵光殿，岿然独存。黄龙士如天仙化人，绝无尘想。徐星友如白傅吟诗，老妪皆解。周东侯如急峡回澜，奇变万状，偏师驰突，是其所长。陈子仙如剑客侠士，饶有奇气。周小松如金丹九转，炉火纯青。过百龄如西楚霸王，力能扛鼎。周嫩予如百战健儿，老于步武。汪汉年如羲之染翰，挥洒自如。何闇公如灵运入山，穷极幽邃。徐耀文如名医视疾，脉络分明。

这类弈评，生动形象，他诉诸人的感觉，但又失之于精确。事情上，用这套话语，既可评棋，也可评书、画、诗、文。就像司空图《二十四诗品》，每一品都是之可供你意会，就像谈"精神"："欲返不尽，相期与来，明漪绝底，奇花初胎。青春鹦鹉，杨柳池台，碧山人来，清酒满杯。生气远出，不著死灰，妙造自然，伊谁与裁？"中国书法强调"夫书造于自然，自然既立，阴阳生焉。"[11]以自然之美为最高。卫夫人《笔阵图》将书法笔画分为七项："一"、"、"、"丿"、"乙"、"丨"、"乀"、"丁"，并分别用如下的比拟去形容之："千里阵云"、"高峰坠石"、"陆断犀象"、"百钧齐发"、"万岁枯藤"、"崩

---

10 董仲舒：《春秋繁露·五行相生》。
11 东汉·蔡邕：《九势》。

浪雷奔"、"劲弩筋节"。写"一"，并非是去画"千里阵云"，而是去体味所谓"隐隐然其实有形"。它需要凭借直觉和想象，由形而下之"形"去把握形而上之"书道"，《笔阵图》末句云："心存委曲，每为一字，各象其形，斯造妙矣，书道毕矣。非通灵感物，不可与谈斯道"。"感物"是形而下的感应，是"心"与外物的沟通。"通灵"是形而上的追求，是对玄思妙理的把握。书之"象"也就成为玄妙之"道"了。

　　玄象思维所体现的综合、直觉、灵感、顿悟，是一种发散型的、创造性的思维，是对形式化确定思维的一种积极扬弃。它从个体经验体验出发，以人的逻辑推演能力为条件，是一种较高水平的整体综合思维，一种高级模糊化思维。它更多地体现了东方思维的特点。中国哲学的"道"本身就是经验性的，道不远人，道不离器，目击道存，在对世界万物的体验、静观中，你就可能领悟"道"。因而中国哲学不重逻辑分析，而重直觉与体悟。"致虚静，守静笃"，致虚而守静，守静而观复，观复而见道，这种对"道"的静观体悟方式，同样是中国文人对诗、对艺术的领悟方式。万物静观皆自得，四时佳兴与人同，得意在忘象，得象在忘言，这是道，是诗，有时也是棋。

二

　　前面我们所说的棋论中"道"的话语，在思维方式上多体现为"玄象思维"，而关于"术"的话语，则多讲求"数理"，我们姑且称之为"数理思维"。

　　这里的"数理思维"，不同于西方的"数理逻辑"。"数理逻辑"是指在逻辑中应用数学方法（主要是代数方法）的思想，由莱布尼兹发其端。莱布尼兹（1646-1716）企图找到一种方法，由少数基本概念通过组合得出一切概念，他强调所有概念可以还原为少数的原始概念，这些原始概念构成"思想的字母表"，复合概念可以由原始概念通过逻辑乘法得出。莱布尼兹企图在这个基础上建立一个逻辑演算。19 世纪，英国数学家布尔终于成功地将代数方法应用于逻辑中，建立数理逻辑，使之成为形式逻辑中的一个特殊的分支。

　　我们所要强调的"数理"，也不尽同于《周易》之象数。数的本意是数字、计算。《说文解字》谓"数者，计也"。《汉书·律历志》称"数者，一、十、百、千、万也，所以算数事物。"数即计算事物的方式。但当古人将数分出阴阳奇偶，使数与卜筮相结合，"数"便从算数事物的自然性中摆脱出来，而成为传达"帝"或"天"的意志的工具。春秋时代，人们依卜筮的奇偶变化来决嫌疑，定吉凶。《易传》把天地万物的阴阳变化与奇偶数律结合起来，使数成为一种哲学范畴。《说卦传》谓："昔者圣人之作《易》也，幽赞于神明而生蓍，参天两地而倚数。"数有奇偶，而配天地。天数（奇），地数（偶）："天一、地二、天三、地四、天五、地六、天七、地八、天九、地十。"[12]天地之数的变化是宇宙自然界一切变化的根源。"乾之策二百一十有六，坤之策百四十有四，凡三百有六十，当期之日。二篇之策万有一千五百二十，当万物之数也。是故四营而成易，十有八变而成卦。八卦而小成。引而伸之，触类而长之，天下之能事毕矣。"[13]二篇之策相当于万物的总数。依八卦的推演引而伸之，便可囊括天下万物之理。并成天地之文和定天下之象。"参伍以变，错综其数。通其变，遂成天地之文；极其数，遂定天下之象。"[14]

于是，"数"被神秘化，与"象"一起，被赋予许多象征意义。中国古人解棋，"夫万物之数，从一而起。局之路，三百六十有一。一者，天数之主，据其极而运四方也。三百六十以象周天之数。分而为四隅，以象四时，隅各九十路，以象其日。外周七十二路，以象其候。"[15]或像林应龙，直接以易之象数推之于棋局，归根结底，体现的还是一种"玄象思维"。而我们所说的"数理思维"，更多地立足于"数"的原初意义，指计算、数的逻辑推演、变化，它更多地属于依赖于分析、推理的逻辑思维。

"玄象思维"使棋论与中国文论、艺论有更多的相通之处，而"数理思维"才是围棋思维的最独特之处。他也体现了中国传统思维中容易被人忽视的一些方面。一般认为，西方多为逻辑型思维。从古希腊的哲学家们开始，他们以其对外部世界的无限的兴趣，不倦的探索，逐步建立了从客观对象出发，通过对事物的分析、综合、思辩，由感性、知性到理性的较为完备的知识体系，使世界逐渐由原初的模糊走向逻辑的明晰。这种知识体系经过近代科学的充实、完善（知识日益数学化，体系日益公理化，方法由定性分析转入定量分析），逐渐形成了以逻辑分析为主要特征，以追求确定性、精确性为目标的思维传统。而中国式的综合、模糊、直觉感悟型思维，体现在文学、艺术上，固然有许多妙不可言之处，而运用于对自然的探索中，道、阴阳、五行，

---

12 《周易·系辞传上》。
13 《周易·系辞传上》。
14 《周易·系辞传上》。
15 《棋经十三篇·棋局篇》。

无所不包，放之四海而皆准，但又不可分析，无法证明，也不可证伪，无法发展为科学。正如有学者所指出的：

> 那种怕走极端，追求至善至美，以不变应万变的心理意境，驱使思想家、理论家们大都向往创造那种以特定的含糊其辞的表达方式，那种具有无限涵容量的"玄论"，总是依赖于抽象的思辨来容纳各种联系，小心翼翼地避免对事物加以细致分割的考察，回避从个别推出一般时可能导致片面性的结局。试图以模糊的假定、推论来躲避经验观察的证伪。所谓"大道不称，大辩不言"，"大巧在所不为，大智在所不虑"，这种洒脱务虚"无为而治"的哲学思想，使中国人乐于保持对大自然一定程度的充满诗意的神秘感。这一切可能为艺术的发展，带来了高超的思辨，但同时也遏止了中国人深入探索大自然奥秘的可能。"能够回答一切的方程是什么也回答不了的。"（阿玛地）中国传统的"阴阳"概念可用来解释电、地震、磁、火药等近乎一切现象，可是，它似乎又等于对一切现象都不能作出本质意义的解释。这种"无不为"的模糊认识模式，由于缺乏向精确思维模式的转化，就只能提供"无所为"的结论。[16]

而在围棋的思维中，固然有直觉、模糊的因素，但它恰恰又是最需要精确的计算的。它也强调综合，但这综合又往往是建立在分析、推理基础上的。围棋，归根结底，就是关于"数"的计算、推衍的一种游戏。每一招棋的落点，都是建立在子效的分析的基础之上的。短兵相接时，需要精确的算路。在选择变化时，需要判断每一种变化在势与地上的得失。终局计算胜负，也是以得地的多少为标准。围棋的复杂性，就是体现在变化的无穷无尽上。棋盘的演变过程，有一个逐渐由简单到复杂的轨迹。棋盘越大，变化就越多，棋势越复杂，斗智的趣味性也更浓。关于围棋的变化，北宋著名科学家沈括《梦溪笔谈》曾作过有趣的计算：

> 小说：唐僧一行，曾算棋局都数，凡若干局尽之。予尝思之，此固易耳。但数多，非世间名数可能言之。今略举大数。凡方二路，用四子，可变八千十一局。方三路，用九子，可变一万九千六百八十三局。方四路，用十六子，可变四千三百四万六千七百二十一局。方五路，用二十五子，可变八千四百七十二亿八千八百六十

16 李晓明：《模糊性：人类认识之谜》，人民出版社，1985年，第218页。

万九千四百四十三局。方六路，用三十六子，可变十五兆九十四万
六千三百五十二亿八千二百三万一千九百二十六局。方七路以上，
数多无名可记。尽三百六十一路，大约连书万字五十二，即是局之
大数。……

这一段话，被收入中国古代数学文献中。可以说，围棋的变化接近于无
穷大了。唐朝冯贽在《云仙杂记》中感叹："人能尽数天星，则遍知棋势"。正
因为围棋变化的复杂，"算"便成为决定胜负的一个重要因素。《棋经十三篇》
在《棋局篇》之后，将《得算篇》列为第二，强调"战未合而算者胜，得算多
也。算不胜者，得算少也。战已合而不知胜负者，无算也。"

在具体的行棋过程中，古代棋论在技术的层面上，多含围棋所特有的"数
理"。如敦煌《碁经·势用篇》讲棋的死形与活形："直四曲四，便是活碁。花
六聚五，恒为死亡。内怀花六，外煞十一行之碁。果之聚五，取七行之子。非
生非死非劫持，此名两劫之碁，行不离手。角傍曲四，局竟乃亡。两幺相连，
虽么不死。"《棋经十三篇·权舆篇》论棋的纲格、布置："权舆者，弈棋布置，
务守纲格。先于四隅分定势子，然后拆二斜飞，下势子一等。立二可以拆三，
立三可以拆四，与势子相望，可以拆五。近不必比，远不必乖。"棋之形，都
是建立在"数"的推理之上。像立二拆三，立三拆四之类，都已成了棋之格
言。施定庵《凡遇要处总诀》谓："逼孤占地，拆三利敌角犹虚；阻渡生根，
托二宜其边已固"；"隔二隔三，局定飞边行乃紧。拆三拆四，分势关腹补为
良"；"并二腹中堪拆二，双单形见定敲单"；"拆三利敌虚高一，隔二攻孤慎
落单"。这典型地构成了棋论中关于"术"的话语。棋之"术数"，既跟中国传
统方技、术数一样，被认为通于《易》之象数。正像南宋流传的陆九渊观棋的
故事。陆九渊，字子静，人称象山先生。少即好棋。传说他悟得棋局犹如河
图，因而棋艺大进。罗大经《鹤林玉露》卷一载：

陆象山少年时，常坐临安市肆观棋。如是者累日，棋工曰："官
人日日来看，必是高手，愿求教一局。"象山曰："未也。"三日后，
却来买棋一副，归而悬之室中，卧而仰视之者两日。忽悟曰：此河
图数也。"遂往与棋工对。棋工连负二局，乃起谢曰："某是临安第
一手棋，凡来着者，皆饶一先。今官人之棋，反饶得某一先，天下
无敌手矣。"象山笑而去。其聪明过人如此。

不解棋之人，因悟河图数而胜临安第一高手，这里显然有着某种附会。

就棋艺而言，它是一种高度技艺化的艺术。弈之"数理"，需要缜密的逻辑思维。它不仅体现在数的计算上，也体现为对棋局的部分与整体、先与后、大与小、虚与实的处理上，这里面也包含着一种数的关系。所谓"宁失数子，毋失一先"，"与其恋子以求生，不如弃子以取势"，"舍小就大"等等。这需要一系列的分析、推理、判断。

今人王经伦作《围棋推理技巧》，探讨棋艺中的逻辑推理。第一章谈棋艺水平与推理技巧的关系；第二章讨论根据同一律而进行的推理，包括展现构思连贯性的联言推理，确定因果关系的假言推理，同时分析双方对策的假联推理，选择最佳方案的选言推理，按照一般棋理构思的直言推理；第三章阐述根据对立同一律而进行的推理，包括揭示矛盾存在的辩证推理，促成矛盾转化的辩证推理，预测矛盾发展趋势的辩证推理；第四章讨论根据系统联系律而进行的推理，包括着眼全局联系的系统推理，兼顾局部、层次的系统推理；第五章为实战中推理的综合应用。[17]这可以说是用形式逻辑理论研究围棋的一次有益的尝试。但这毕竟是代表了今人对围棋的认识。而我们的论题关注的焦点不是围棋是什么，而是围棋在古人眼中是什么，古代棋论是如何建构围棋的意义的。从这个角度说，古代棋论所体现的数理思维，相对于西方的形式逻辑，包括数理逻辑，又完全是中国特色的。也就是说，它的分析、推理、判断，是初步的，不完全的，并没有在棋论中贯穿始终。以棋评为例，徐星友《兼山堂弈谱》被认为评棋精当，要而不繁。随意举一例：

> 6当10位投拆三，白不关，气机已动，当运用于无形之前。7、9亦得局面之正，11作倒垂莲当时。14不扳不断，乃用拆出，其着法始于汉年，意在破倒垂莲旧习，究非正应，宜五、五路扳为正。15若于五、五路退，黑亦局促，不能舒展。32既不能封白，多此一盖，白转干净，当34位虎，意象灵动，变法尚多。38、41皆大。34、45应法是。48见小，当二、八路长一着，争先为要。……

气机已动、意象灵动之类，乃是典型的中国艺术话语。而对棋的具体点评，姑且不论精当与否，它的运思与言说方式，大多还是属于一种"独断"方式，论其然，但不及其所以然，缺少结论的推导过程。对比一下20世纪40年代沈子丞《清簟疏簾集》中的棋评，其差异便显而易见了。姑举一例：

> 白廿六如径于廿八位长，则黑如廿六位绰出，白虽得抢先于下

---

17 王经伦：《围棋推理技巧》，蜀蓉棋艺出版社，1995年。

> 边占据戊位，顾此时黑将己位扳，经白庚，黑辛，白壬，黑丁，白受损甚大。坐此之故，所以说白二十不如径于丁位夹击较优。设若白在丁位夹，则对于黑己位之扳，白即得癸位断，形势大可缓和。

如前所述，20 世纪中国棋论话语，已经经历了一次转型，这就是从"道"的话语向"术"的话语的转换。这种话语的转型，也伴随着思维方式的变化。玄象思维更多地被代之以数理思维。而传统的数理思维中的分析性、逻辑性，被大大强化。这同时也是一种科学话语取代艺术话语，科学思维取代艺术思维的过程。在这种转换中，作为"艺"之棋也就逐渐成了一种"技"。当然，中国传统棋论，虽然偏重于"艺"与"道"，但它本质上毕竟是一种"术"，它所体现的数理思维，在中国传统思维中，也往往是被今人忽视的，从这个角度说，它又自有具有不可替代的意义。

原载《汉语言文学研究》，2010 年第 2 期

第三辑　文学与宗教、神话

终极价值的寻求：文学与宗教精神

　　丰子恺在追忆弘一法师的一篇文章中曾说："艺术的最高点与宗教相接近……艺术的精神，正是宗教的。"[1]帕斯捷尔纳克在《日瓦戈医生》中亦通过主人公的口阐述了自己的艺术见解："真正伟大的作品是约翰启示录。"[2]孤独、渺小的人类，在他的漫长的精神漂流中，似乎时刻都在企望着一个永恒的归宿，在艺术家们对人生的探索、世界的思考中，当他们不满足于对一般人生世相的认识，而走向精神的、神圣的、超越的深层，走向对人的绝对价值、永恒存在的关注，艺术与宗教，便有了某种内在的契合。作为一种独特的人生观、价值观，作为追求终极彼岸真理的宗教，在某种意义上恰恰满足了人的追求永恒存在的欲望。艺术精神同时也就成了宗教的精神。

　　季红真在论史铁生小说的一篇文章中曾谈到："所谓宗教，并不是指以教义的归纳相区别的，诸如基督教、佛教一类的宗教，更不是中世纪政教合一的宗教。而是最为原始意义上的宗教。宗教就其本意来说，基本的功能是为一个时代的人们提供精神的平衡，它意味着精神的超度。"[3]事实上，这里强调的是一种宗教情感、宗教精神，以跟某种具有特定的教派、教义、仪式的宗教区别开来。基督教的原罪与救赎及由此引发的一系列对立范畴：灵与

1　丰子恺：《我与弘一法师》，《弘一法师》，文物出版社，1984年。
2　帕斯捷尔纳克：《日瓦戈医生》，蓝英年、张秉衡译，外国文学出版社，1987年。
3　季红真：《超越困境的精神建构——史铁生小说的终极语义》，见《我与地坛》，中国社会科学出版社，1993年。

肉、善与恶、凯撒之国与上帝之国、现实与超越，"凡跟从我的，就当舍己，背起他的十字架，来跟从我"[4]。佛教的人生皆苦、六道轮回、来世解脱，略去各类宗教的表层差异，抽出其中的内核，宗教作为一种普泛精神，归根结底，乃是对于人生究竟的追问及其精神的超越，是人类的一种自我拯救及对人的终极价值的寻求。也正是在这个意义上，史铁生索性把宗教当作一种"精神"，"文学就是宗教精神的文字体现"[5]。史铁生作为一位残疾作家，生命中的突然变故，使他从不能接受这恶梦般的现实，到努力突破残疾人的生存困境，后又领悟到人类生来的困境（欲望无边，能力有限），而当他试图为人类寻找一条突围之路时，他突然发现，已经无路可走。更何况，即使突围出去，又能到哪里去呢？正是对这种人类困境的思考，对人生终极意义的寻求，使他对佛、禅、道方面的书产生兴趣，但又从没有陷入对某一教义的狂热信仰中。史铁生始终强调神仅仅是一种精神而已。强调宗教教条与宗教精神的区别。"如果宗教是人们在'不知'时对不相干事物的盲目崇拜，但是发自生命本原的固执的向往却锻造了宗教精神。宗教精神便是人们在'知不知'时依然葆有的坚定信念，是人类大军落入重围时宁愿赴死而求也不甘惧退而失的壮烈理想……是自然之神的佳作，是生命固有的趋向，是知生之困境而对生之价值最深刻的领悟"[6]。也正是在这个意义上，史铁生认为宗教和艺术总是难解难分，好的宗教必进入艺术境界，好的艺术必源于宗教精神。

由此，以入世、积极进取和厌世、消极逃避来界定世俗精神和宗教精神，恐怕就不一定妥当了。当一般人住在楼底层安于物质欲的满足，有人要上第二层楼通过学术文艺满足其精神欲，而有的人人生欲过于强烈，还要不惮脚力，再上层楼，追究灵魂的来源、宇宙的根本，世俗精神也便升华为宗教精神，艺术也便升华为宗教。丰子恺在《我与弘一法师》中对人生的三个层次的阐析，恰恰预示了宗教精神并不就是悲观厌世，而不过对人生的一般现实层面的一种超越而已。谭嗣同将佛学看作一种勇猛精进之学：

> "其坚忍不挠，……佛教尤甚。曰'威力'，曰'奋迅'，曰'勇猛'，曰'大无畏'，曰'大雄'，括此数义，至取象于师子。……故

---

4 《新约·马太福音》第 16 章第 4 节。
5 史铁生：《自言自语》，见：《我与地坛》，中国社会科学出版社，1993 年。
6 史铁生：《自言自语》，见：《我与地坛》，中国社会科学出版社，1993 年。

夫善学佛者，未有不震动奋厉而雄强刚猛者也。"[7]

去畏死之心，取义成仁，这种我不入地狱谁入地狱式的人生大无畏精神，固然有"以己意进退佛学"之嫌，但又何尝不是对佛教精神的一种深刻领悟。正如艺术大师李叔同 39 岁突然披剃出家，所谓人生绚烂之极，返归平淡，对这一人生选择，有识者评曰：

> 他之放弃艺术而出家，不仅是没有厌弃世间，舍弃亲友；相反地，且更接近了世间，一个真实的世间，也更获得了生命，一个真实的生命。这生命不是一般社会观念所能理解的，也不是某些只知格物而不能容理的学者们所可以理解的。不能理解的原因就在于他们把人生的意义太现实化和人文化了。他们以为生命的完成，只在于投注客观社会的存在关系之表现，而忽略了人之内在主体的反省与超越。……他所求的非权非名，或不朽的勋力，只是一真真实实的自我反求，一内在的超越，一自觉的完成。他不但要完成自己，也要完成他人，在他那一刹那的自觉的转变过程中，是一绝对真、绝对善的生命境界。[8]

正因为如此，对于弘一法师这一毅然决然的举动，常人恐怕就难用恋世和厌世、积极和消极来置一褒贬之辞了。"梧桐树，西风黄叶飘。夕日疏林杪。花事匆匆，零落凭谁吊。朱颜镜里週，白发愁边绕。一霎光阴底是催人老。有千金也难买韶华好。"在他人生"绚烂"之极时，他却会有如此感伤的《老少年曲》。而当他披剃出家，行云流水一孤僧，处处无家处处家，人世间的一切却变得如此的美好，令人满足。肮脏的客栈好、破旧的席子好、白菜好、萝卜好、咸死人的饭菜好，都好都好。宗教生活本身便成为了一种艺术，正所谓万物静观皆自得，四时佳兴与人同。当他了无缺憾地走了，"华枝春满，天心月圆"，这又是一种怎样的境界！一切世间的艺术皆须有一种宗教的性质，而宗教的本质就是一种精神的艺术。弘一法师自觉完成的生命本身，便成了他这一观念的最好诠释。

人类在希求从有限达到无限，从相对达到绝对，从现世走向永恒的过程中，佛教作为一种心性之学指向的是人心，万法归一，众生皆有佛性，人人

7　谭嗣同：《仁学》。

8　淡思：《一个自觉完成的生命》，见：陈慧剑《弘一大师传》，中国建设出版社，1989 年。

皆可成佛，这种向内探索，指向的是人的内在超越。特别是作为佛教中国化的禅宗，更将人的顿悟解脱放在了此生此世的日常生活中，所谓担水砍柴，无非妙道。而儒家文化传统中的"实用理性"，"未知生，焉知死"，"子不语怪、力、乱、神"，使其始终执着于现实政治、日常心理伦常，而少有彼岸超越精神。道教作为一种典型的中国的宗教，以生为乐，以长寿为大乐，以长生不死为极乐，这种"保命"之术，决定了对人生现实层面的关注是始终超过对人生终汲价值的关注的。中国文学的载道传统，这道更多的是指一种政治之道、伦理之道，从而使传统的中国文学始终缺少一些人生的悲剧感及源于终极关怀的超越精神。从终极价值的寻求这一角度谈文学与宗教精神的契合，也许西方文学更具代表性。

如果说古希腊文化精神决定了西方文化重知识理性、现世享乐的传统；而基督教的原罪与救赎，向外探求，将人的最终拯救放在上帝身上，决定了西方文化中的现世超越精神。西方文学在对现实人生的关注中，常有一个隐含其中或虎踞其上的神明。神与人，上帝与撒旦、善与恶、灵与肉、此岸与彼岸、现世与超越……其间蕴含的巨大冲突及由此导致的悲剧感与宗教精神，归根结底，乃是一种对人的永恒存在、人类终极价值的关注。西方作家在对人生世相的关注中又常惯于去作宗教式的神秘玄思，将凡俗的情感升华为一种天国永恒之美。但丁将他一生追怀的贝阿特丽采比作天上下凡的天使，"看来你是一个神从天上来到大地，显示神奇"，俗世的爱情被升华为对人生永恒之美的追寻。

> 高雅可爱的夫人啊，
> 从你闪动的眸子里，我窥见了指引我
> 通向天国的温柔的光；
> 你眼睛里映照的只有爱情和我，
> 谁都知道，你这隐约闪现的光芒
> 出自你那搏动的心房。
> 这光芒引导我从善向上，
> 使我走向光明荣耀的人生终极。
>
> ——彼特拉克《歌集》第 72 首

无论是彼岸天堂，还是万能上帝，归根结底，都不过是对人类至善至美境界的追寻：《神曲》《浮士德》《约翰·克利斯朵夫》……那种"上穷碧落下黄泉"式的求道精神，但丁在完成了漫长的人生苦难历程之后，在上帝面前豁然顿悟，得见三位一体的奥秘；浮士德经过不断的人生超越后，在瞬间永恒中，回归上帝怀抱，完成精神的最后超越；约翰·克利斯朵夫的自我追求，由艺术而人生而走向上帝，不断地摆脱世俗的羁绊，最后在复活节的钟声中，燃烧的荆棘终成静谧的月亮，也许，这正是人生的另一境界。

> 他在那里，独自一个人，虔诚、恬静、爱慕一切，拿自己心中的静谧去比拟以太空的挣谥，从黑暗中去感受星斗有形的美和上帝的无形的美。那时侯，夜花正献出它们的香气，他也献出了他的心，他的心正象一盏明灯，点在繁星闪闪的中央，景仰赞叹，飘游在造物的无边无际的光辉里。
>
> ——《悲惨世界》

冉·阿让在造物的神秘中所体验的那份庄严、恬静、超越，谁能说清这是一种艺术精神还是宗教精神？文学对上天的一份虔诚的祈盼，分明是在寻求一种永恒的精神归宿。文学中所体现的宗教精神，最终不是指向神，而是指向人，引向人的终极拯救，面对人生的困境，人性的罪孽，当人间的真理与正义不足以拯恶向善，于是，代表天国救赎的彼岸真理便适时而生。一切都趋于消溶，趋于宽恕和和解，尘世恩怨化作一缕轻烟，天国的钟声召唤着世上所有有罪的人，这成了西方许多作家共同走过的历程：莎士比亚、海涅、雨果、罗曼·罗兰、艾略特、果戈理、陀思妥耶夫斯基、托尔斯泰……莫不如此。而这种对人性拯救、人的完善之路的探求，使文学对现实始终保持着可贵的批判与超越意识。

终极价值的寻求，可以说同样贯穿了苏联作家帕斯捷尔纳克的一生，也构成了他作品的深刻的宗教精神。从人、人的终极价值的角度透视社会历史的变迁，使帕斯捷尔纳克在那个时代始终象个孤独的智者，茕茕孑立。当许多作家以切近现实、紧跟时代，以文学干预现实、教育民众作为其神圣使命，帕斯捷尔纳克却始终有所不为，始终保持自己的独立意识，听从内心的召唤，对现实人生作出自己独立的思考与评判。特别是长篇小说《日瓦戈医生》，以革命中知识分子的命运为主线，在对历史、自然、人生、社会、生命、死亡、自由、真理等种种命题的探究中，以其博大深邃的思想，对人的终极价值苦苦追寻，仿佛成了二十世纪的一部启示录。

《日瓦戈医生》对十月革命的思考，依据的是一种宗教人本主义的伦理观、价值观。小说中的韦杰尼亚平把历史看作是世世代代关于死亡之谜的解释以及如何战胜它的探索。事实上，整个《日瓦戈医生》就是对人类死亡与生命之谜的一个求解。苦难、圣爱与拯救，作为小说的基本模式，构成了小说深刻的宗教精神。日瓦戈依据"福音书中的伦理箴言和准则"，一种道德感、先验的善和仁爱，审视着历史与现实。社会的大变革，"一下子把发臭多年的溃病切掉了，"曾使日瓦戈兴奋不已。这场旨在实现人的幸福的变革，总使人想起耶稣和他的使徒为了"人的觉醒"，开创"人的时代"，到处传布福音。而拉拉从街垒战中领悟到的"被践踏的是得福了，受侮辱的人得福了"，多么像耶稣基督的山上训示："哀恸的人有福了，因为他必得安慰……为正义受逼迫的人得福了，因为天国是他们的。"[9]但是，当随之而来的是流血、恐怖、家庭的道义基础瓦解，世界仿佛进入一个"末日启示"的时代，人类的"方舟"何在？世界如何走出"末日"，迎接一个"新天新地"的到来？日瓦戈为此始终象个流浪的使徒，苦苦寻求着世界诞生、人性复归之路。他在现实中始终象个多余人，但又以其对"永恒的真理"的追寻，寻求着人的终极价值的实现，从而在对现实的苛刻审视、批判中，获得了自身生命的价值。小说多次出现"复活"这一象征性意象，日瓦戈的死，恰恰又成了生命的最后一次辉煌展示，也正应验了那句话：我们的死即是生的开始。

这是一曲生命之歌。作者曾宣称，要使《日瓦戈医生》成为表现其"对艺术、对圣经、对历史中的人的生命以及对其它等等事物的观点"的作品，作者要把"基督教的实质分解出来"[10]。作者通过《圣经》，探索的恰恰是历史与现实中的人的命运，耶稣基督的光芒，就象拉拉窗台上的那支蜡烛，不断地给作品增加一些温暖。小说结尾，"世世代代将走出黑暗，承受我的审判"，仿佛成了某种神谕与启示。

确实，对于西方知识分子来说，静观暝想的哲学思辩与宗教的神秘玄思往往作为一种潜意识根植于他们的心理深层，迫使他们在进行社会批判、现实选择时，往往不自觉地去作人与上帝、灵魂永生的哲学或宗教的玄思，从而使作家在介入现实的同时，又始终保持清醒的超越意识，也构成了文学的深刻的宗教精神。艺术的最高点与宗教相接近，艺术乃是一种精神的宗教，而宗教乃是一门精神的艺术。对于宗教意识淡漠的中国文学来说，在对现实

---

9 《新约·马太福音》第5章第I节。

10 帕斯捷尔纳克：《人与事》，乌兰汗等译，三联书店，1991年。

政治、社会人生、日常心理伦常的关注中，保持一种宗教式的终极关怀，也许恰恰是文学走向深刻的契机。

原载《多元文化语境中的文学》，湖南文艺出版社，1994年

论陀思妥耶夫斯基的人道宗教

　　人道与宗教，这曾经对立的两极，在十九世纪的欧洲却出现了历史性的联姻。如果说，在中世纪，基督教表现为一种绝对的神的宗教，神性与人性迥然对立，人极度地贬低自己，同时又无限地抬高作为人的本质力量的对象化的神。人在对神的顶礼膜拜中，获得了一种安稳感，而同时也就失去了自我，甚至失去了对起码的人性的追求。正因为如此，才有了文艺复兴的以人为中心、提倡人性反对神性的人文主义。而在资本主义全面胜利之后，人道主义却渐渐成了一种宽恕、忍让、人人相爱的说教。与此同时，在宗教领域，人已慢慢丧失宗教对宇宙、人的解释的兴趣，甚至开始失对至高无上的偶像——神的兴趣，人们逐渐把神从高高的天国拉回到尘世间，以神为中心的对神的膜拜渐被以人为中心的对人的关心所取代，对宗教的信仰，逐渐变成了一种道德与情感的需要。于是乎，便产生了这样一个奇特现象：人道与宗教，这对冤家，以爱的说教为媒介，互送秋波，终于尽释前嫌，共享交杯之欢。康德的道德宗教，把上帝作为人的道德行为和道德生活完满实现的理想假设与保证。费尔巴哈在揭示宗教的本质是人的本质的异化的同时，又宣扬一种爱的宗教以此来代替神的宗教，建立超于神学意义之上的道德意义上的世界秩序。孔德的人道教，索性公开把人道与宗教捏合在一起，以建立人与人、人与世界的和谐情状。而雨果，通过米里哀主教对冉阿让的灵魂的拯救所宣示的，仍不过是一种宗教式的人道主义……陀思妥耶夫斯基，这位以"病态"和"残酷"著称的天才作家，在他对人性恶的焦虑与对基督的理想人格的不懈追求中，表现出来的也正是一种以人为出发点的变异了的宗教——人道宗教。

基督教的一个根本问题便是：人的罪恶从何而来？如何得拯救？下面我们就来看看陀思妥耶夫斯基对这一问题的解答。

一、原罪说

基督教认为，人的原罪源于人类的始祖亚当和夏娃，他们违背上帝的意志，吞吃了禁果，从而被上帝逐出伊甸园，人类一代代便都背上了这沉重的枷锁，生而有罪了。陀思妥耶夫斯基当然不相信基督教的这种解释。但当他研究人这个"谜"、深入到人的灵魂深处时，他惊异地发现，人的身上存在着一个多么可怕的深渊！他比弗洛伊德更早地发现了人的恶的本能，他感到，所谓原罪即来源于此。人始终处在意志与理智的冲突之中，理智往往无能为力，而人的意志（即本能、性本能、作恶本能）却支配了一切。《地下室手记》典型地表现了这种冲突。"理性是个好东西，这用不着争辩，但理性终究不过是理性，它只能满足人的理智的能力，但意愿却是整个生活的表现，即整个人的生活，连同理性、连同一切感觉的表现……我完全自然地想为满足我的全部生活能力而生活，可并不是为了仅仅满足我的理性的能力，即我的全部生活能力的一个二十分之一……""地下人"正是在盲目的意志的支配之下，听凭"自己本身的、随心所欲的和自由的意愿，自己本身的、即便是最野蛮的任性，自己本身的、有时甚至激怒到发狂程度的幻想"的冲动，在折磨他人和折磨自己中感到一种快意。"地下人"的所思所为，正是对犯罪作恶本能的一种形象化诠释。《赌徒》中波琳娜对"赌徒"的猫玩老鼠式的戏弄，使赌徒感到"人的天性就是要做暴君，喜欢折磨人"。同样，《卡拉马佐夫兄弟》中将军唆使猎狗把用石子伤了他狗的小孩活活撕裂，父母把亲生女儿关在厕所里，把屎抹在女儿脸上，这使伊凡发现，"自然，每个人的身上都潜藏着野兽，——激怒的野兽，听到被虐待的牺牲品的叫喊而情欲勃发的野兽，挣脱锁链就想横冲直撞的野兽，因生活放荡而染上痛风、肝气等疾病的野兽"。正因为如此，《死屋手记》，陀思妥耶夫斯基在对犯罪心理的剖析中，发现"刽子手的特性存在于现代人的胚胎之中"，正是这种作恶本能，使那些鞭笞犯人的军官在棍棒的夹击声中获得一种极大的快意，使某些犯人犯罪（包括杀人）仅仅是出于一种嗜好、一种取乐、一种虐待欲的满足。

人不仅受恶的本能的支配，也是情欲的奴隶。"赌徒"的那种沉醉在赌博之中的狂热不过是情欲的变相发泄。卡拉马佐夫们，他们狂热地毫无顾忌地放纵邪恶的情欲，摧毁人间的一切道德规范，推倒理性的樊篱，让情欲的本能踞于理智之上，得到充分的、全面的发泄。正是这种情欲的勃发、激情的渲泄，成了陀思妥耶夫斯基笔下的人物的一个重要特征。

陀思妥耶夫斯基把人的罪恶看作是一种天性，有时甚至把它跟生理病理学、遗传学联系起来。陀思妥耶夫斯基笔下的恶魔者，往往都伴随着一种器质性的病变，一种"不疯的疯狂"，有时甚至是出于恶的因子的遗传。陀思妥耶夫斯基在分析卡拉马佐夫家人的气质时，把它当作是一种"卡拉马佐夫式的原始力量……原始的、疯狂的、粗野的……甚至是不是有上天的神灵在支配着这种力量"。尽管纯洁的阿辽沙承继的主要是母亲身上那种顺从、忍耐、对上帝的虔诚，但米卡不止一次地说他身上也存在着卡拉马佐夫气质。至于米卡、伊凡及老卡拉马佐夫的私生子斯麦尔佳科夫，他们都直接承继了老卡拉马佐夫那种放荡不羁、享乐一切的气质。从而，陀思妥耶夫斯基把人的罪恶追溯到了遗传学的根源之中。

从以上分析可以看到，陀思妥耶夫斯基从心理学、病理学、遗传学的角度解释了人的"原罪"，认为人的一切罪过都来自人的恶的本能。正如陀思妥耶夫斯基在分析《安娜·卡列尼娜》时所说："显而易见，恶深深地隐藏在人类中，超过了社会主义药剂师的想象，无论在什么样的社会结构中你们也无法避免恶；人的灵魂仍然是那样：不正常和罪恶来自它本身……"既然罪恶主要不是因为社会环境，而在于人的本能，那么，救赎也就主要不依赖于社会的改造，而是人本身的提升——去恶从善、皈依基督。

二、救赎论

陀思妥耶夫斯基在揭示人的恶的本性的同时，又无时无刻不在发掘人的善良、真纯。他在《荒唐人的梦》中说到："人是能够变得美好而幸福的，而且绝不会失掉在世上生存的能力。我不肯也不能相信，邪恶是人类的正常状态。"如果说，每个人身上都藏着一个"魔鬼"，那么同时，"天堂"也藏在每个人心中。哪怕是穷凶极恶的罪犯，也并没有完全泯灭人性中善的因素。陀思妥耶夫斯基在《死屋手记》中，对那些罪犯又寄寓了多大的同情啊，他从这些貌似凶恶的人身上，也看到了善良、纯洁、对生活的渴望，他们在劳动和娱乐中所表现出的巨大的创造力。正是从人性的角度出发，陀思妥耶夫斯基在《罪与罚》中描写拉斯柯尔尼科夫杀人犯罪的同时，又写了他的善良，对弱小者的同情，写了一生罪孽深重的斯维德里加依洛夫的突然的良心发现。就是在痛饮生活之杯的德米特里·卡拉马佐夫身上，我们又发现了多少坦率、诚挚啊，正是人的这种善的因素，奠定了他们向上帝忏悔，走向自新之路的根基。而其具体途径便是经过苦难的净化、爱的选礼，以消除心中的邪恶的魔鬼，使善的因素得到升华，从而实现道德的完善、人格的完美。

（一）用痛苦来净化自己

"苦难的理想化"，这不仅是叶尔米洛夫，也是几乎所有的评论家对陀思妥耶夫斯基的一种评价。十年苦役，使陀思妥耶夫斯基经历了"碱水"、"盐水"、"血水"的浸泡，消除了身上的罪恶，在对基督的皈依中焕然成了新人。这使陀思妥耶夫斯基欣然感到痛苦的可贵。而基督教所宣扬的，也正是人须受苦，方蒙救赎。人子耶稣以自己的血肉拯救了世界的恶。而耶稣的门徒们，为拯救世人，宣讲福音，"直到如今，我们还是又饥又渴、又赤身裸体、又挨打、又没有一定的住处。并且劳苦、亲自作工。被人咒骂，我们就祝福。被人逼迫，我们就忍受。被人诽谤，我们就善劝。直到如今，人还是把我们看作世界上的污秽、万物中的渣滓"[1]。基督教对苦难的理想化，使陀思妥耶夫斯基深切地感到，世人要想赎罪，就必须经过苦难的净化，背负起沉重的十字架，舍己以跟随基督，方能走向天国之路。陀思妥耶夫斯基笔下的人物，正是沿着这条道路，走向了新生。"受苦是伟大的……在受苦中会产生一种理想"，波尔菲里这样开导拉斯柯尔尼科夫。拉斯柯尔尼科夫在杀人后，正是经受了精神上和肉体上的绝大的痛舍，才使他有了向上帝悔罪的迫切需要。而索尼雅，"耻辱"和"卑贱"与另一种"神圣的感情"既互相对立，又互为依存，乃至拉斯柯尔尼科夫要跪在她的脚下，向人类的一切痛苦膜拜。于是，一个"杀人犯"，一个"卖淫妇"，一同背着十字架，一块儿去受苦，终于在那遥远的西伯利亚，一同享受到了上帝的灵光。米卡，这位敢于摧毁一切的人，在牢狱里，在上帝的默然的注视下，也突然感到了受苦的伟大。他对阿辽沙说："兄弟，我在最近两个月里感到自己身上产生了一个新人。一个新人在我身上复活了！他原来藏在我的心里，但是假如没有这次这一声晴天霹雳，他是永远也不会出现的……我没有杀死父亲，但是我应该去，我甘愿接受！……

---

1 《新约·哥林多前书》第4章第2节。

是的，我们将身带锁链、没有自由，但是那时，在我们巨大的忧伤中，我们将重新复活过来，体味到快乐，——没有它，人不能活下去，上帝也不能存在，因为它就是上帝给予的，这是他的特权，伟大的特权。……罪犯是少不了上帝的，甚至比非罪犯更少不了他！那时候，我们这些地底下的人将在地层里对上帝唱悲哀的赞美诗……"正是苦难，像一声"晴天霹雳"，震醒了米卡沉睡已久的良知，使他自愿地接受对本不直接属于自己的罪过的惩罚，在痛苦中获得了新生。

（二）用爱来洗净全世界的恶

如果说罪犯必须经过炼狱之火的烧炼，那么同时人们必须用爱和宽恕来拯救他们。基督教所有诫命，"都包含在爱人如己这一句话之内了"[2]。佐西马长老临终告诫人们，你们要彼此相爱……爱上帝和人民……那时候你们每个人就会有力量用爱获得世界，用泪洗净全世界的恶。"陀思妥耶夫斯基多次强调，世俗法庭的责罚并不能使罪犯改过自新，而只会把他推向更深的泥潭之中；而爱和宽恕，却可以拯救一个人。在《卡拉马佐夫兄弟》中，律师为米卡辩护道："我敢发誓：你们的控诉能使他感到轻松，使他的良心释去重负，他将诅咒他所犯下的血案，却并不感到遗憾。……如果是这样的话，那么你们用慈悲来降服他吧！……有些心灵由于本性狭窄而怨天尤人，但一旦只要用慈悲降服了它，给予它爱，它就将诅咒他的所作所为，因为它里面有着许多善良的因素。心胸会宽阔起来，会看出上帝是慈悲的，人们是善良的。忏悔和他今后应尽的无数责任将使他震惊，使他感到沉重。"

拉斯柯尔尼科夫犯罪后饱受着良心的煎熬，当他终于向索尼雅坦露了自己的内心，索尼雅紧紧地抱住了他。这一举动，"在他的心坎里浪潮般地涌起一股已经好久没有过的感情，他的心一下子就软下来了……从他的眼眶里滚出来的两滴泪水，挂在睫毛上"，这使我想到了雨果笔下的卡西莫多在受刑后，焦渴难忍之际，因曾被他抢劫过的爱斯美腊达的一碗水而滚出的那两滴泪珠。爱是一种怎样的伟力啊！最后，索尼雅跟着拉斯柯尔尼科夫去流放地，当有一次，他们坐在一起："在这两张痛苦满面、苍白的脸上已经闪烁着新的未来和充满再生和开始新生活的希望的曙光。爱情使他们获得了新生，对那一颗心来说，这一颗心潜藏着无穷尽的生命力的源泉。"正是在索尼雅的

2　《新约·罗马书》第13章第2节。

高尚无私的爱的感召下，拉斯柯尔尼科夫看到了自己新生活的曙光，走上了自新之路。

爱，不仅可以拯救罪人，也可以使自己获得坚定的信仰。佐西马长老教导人们，信仰的获得不是靠理智，而是靠积极的爱的经验。"你应该积极地、不倦地爱你周围的人，你能在爱里做出几分成绩，就能对于上帝的存在和您的灵魂的不死获得几分信仰。如果你对于邻人的爱能达到完全克己的境地，那就一定可以得到坚定的信仰，任何疑虑都不能进入你的灵魂里去。"只要能积极地爱，就能在突然之间清楚地看到冥冥中的上帝的力量，就能成为"圣者"，人人相爱，大家全是上帝的儿子，没有高低贵贱之分，于是，真正基督的天国便降临了。

可以看出，陀思妥耶夫斯基"原罪"说和"救赎"论，其出发点及最后归宿都是人，而不是神。他一生所关心的正是人在现世中的生活，人的道德的完善。他一辈子都在怀疑上帝的存在，但他从来没有放弃通过理想的人——基督解救人类的希望。他的整个创作，在揭露社会的不公平、同情下层人民的不幸的同时，又在着力挖掘普通人的人性美，展示他们对人的价值和尊严的追求，他的神的形象乃是人的形象的理想化，这理想的"人"的形象便成了尘世的人的最后的归宿。从而在宗教的说教中表现出一种深刻的人道主义倾向，形成了基督教（更确切地说应是东正教）与人道主义的一种奇特的交融——人道宗教。

对于人道主义，有人作了这样一个概括："世世代代无数正义的人们一直在思考着这样一些既十分古老又永远崭新的问题：人和人性是什么？人性的价值和目的何在？人类从何处来又向何处去？人怎样才能挣脱现实的苦难以求得幸福？……对这些问题的回答，各个时代、各个阶级的人们虽然其正确和深刻的程度不尽相同，然而凡是采取积极态度的，总是普遍肯定自主和自由这些人类本性要求，强烈谴责和抗争人的异化，热爱向往和追求人性解放，渴望建立一种合乎人性要求的社会制度，把人性的解放程度作为评判社会进步的最终标准。我们认为，上述这样一种贯穿人类阶级社会始终的世代相继的进步社会思潮，就是人道主义。"[3]这里自然强调的是作为一种精神的人道主义，而非作为一种社会思潮的人道主义。

3　胡皓等：《试论人道主义》，见：《人是马克思主义的出发点——人性、人道主义问题论集》，人民出版社，1981年。

陀思妥耶夫斯基即充满了一种深刻的人道主义精神。在人的问题上，他摒弃了正统基督教的那种解答：人是上帝的子民，源于上帝又归于上帝，人生的价值便是体现在对上帝的顺从、依赖之中，而人要解脱苦难则必须彻底地克制自己、弃绝自己，以求上帝的宽恕。陀思妥耶夫斯基把人、人性提到首要地位，把人对基督的皈依看作是人的自我价值的追求，人的自我超越与实现。

前面已经提到，陀思妥耶夫斯基在揭示人的恶的本能的同时，又看到了人的善良天性，人潜在地追求真善美的本能，也就是说，看到了人的伟大。陀思妥耶夫斯基笔下的人物，都存在着强烈的自我意识，都在不断地寻求着自我价值、自我尊严。杰符什金首先喊出了"我毕竟是一个人，我的身心、思想都说明我是一个人"的人道主义的强烈呼声。甚至那些恶魔，在放纵恶的本能时，也往往是为了从屈辱的境地中摆脱出来，以显示自身的优越感、自尊感、价值感，或者哪怕仅仅为了显示自己是作为一个人而存在着。双重人格者戈里亚德金，正是不甘于自我的屈辱地位，才想到要去扮演奸诈者、谄媚者、作恶者。"地下人"感到自己"在整个这个世界面前是苍蝇，一只肮脏、放荡的苍蝇——最聪明、最有修养、最高尚（这是不消说的）的苍蝇，然而总是不停地对一切退让、受尽了一切侮辱与损害的苍蝇"，并且有时想做"苍蝇"居然也不可得，正因为如此，他要在对他人及对自己的折磨中显示其"精神上的优越性"。拉斯柯尔尼科夫，杀人犯罪，在出于金钱考虑的同时，也是感到自身是软弱的、屈辱的，因而他要做拿破仑，在犯罪中证明自己。"当时我要知道，要快些知道，我同大家一样是只虱子呢，还是一个人？我能越过，还是不能越过？我敢于俯身去拾取权力呢，还是不敢？我是只发抖的畜生呢，还是我有权利？"卡拉马佐夫们，他们放纵本能，听任情欲的冲动，痛饮生活之杯，从而获得一种痛快淋漓的自我享受。"我总是愿意活下去，既然趴在了这个酒杯上，在没有完全地把它喝干以前，是不愿意撒手的……的确，这种对生活的渴求，一定程度上是卡拉马佐夫家人的特征……"即使在牢墙内，米卡还是充满了对生活的强烈的渴望："不，生命是无所不在的，生命在地底下也有！……阿辽沙，你想象不出我现在是多么想活下去，就在这剥落的牢墙内，我心中产生了对于生存和感觉的多么强烈的渴望！"正是在这种对生活的渴求中，米卡有了对自我的新的确信。

人的犯罪、情欲的冲动，在某种意义上仍是一种自我的寻求，对自我的一种肯定。但在陀思妥耶夫斯基看来，这种寻求是失败的。人成了情欲、罪恶欲的奴隶，人在寻求自我的同时也就失去了自我，产生了自我的异化。于是陀思妥耶夫斯基给有罪的人们指出了一条新路——皈依基督，实现自我人格的完美与统一，从而产生了他的救赎论。正如《卡拉马佐夫兄弟》中所说："他们希望在长久的修炼之后战胜自己，克制自己，以便通过一辈子的修炼，终于达到完全的自由，那就是自我解悟，避免活了一辈子还不能在自己身上找到真正自我的人的命运。"人，正是在对基督的信仰中找到了真正的自我。而基督，终不过是道德理想的化身。神，从来就是超自然、超人类的具有无限性的存在物。在宗教中，人和神的距离被无限的拉大，人越是卑贱，神便越是崇高，神的崇高正是在人的自我否定、自我贬低中获得的。而陀思妥耶夫斯基，在肯定人、人性的过程中，把基督从高高的天国拉回到了人间，变成了一个"人神"。因此他一方面怀疑基督的存在，一方面又把基督作为道德理想的象征供奉在自己的祭坛上。他在自己的书信中多次提到过作为"人和道德的形象"的基督，把基督当作"如此崇高的人的概念……人类永恒的理想"，[4] 是"一个绝对美好的人物"，[5] "一位非凡的、不平常的、与所有好人和优秀人物相似的人物"[6]。"基督本身和他的言行体现了美的理想"[7]。所以，世上再也没有比基督更完美的了。它成了人的道德追求、人的永恒追求的最高理想。把基督当作"人"的概念，这是对基督教的一种背叛，也正是在这种背叛中，闪现出了人道主义的光辉。

陀思妥耶夫斯基时时要求人们，无论对怎样卑贱或怎样穷凶极恶的人，都要采取人道的态度，赋予他们人的尊严。而这种人道的态度便是爱和宽恕，也就是宗教的态度。陀思妥耶夫斯基一生都在追求人的幸福、完美，那么他的人的最高理想究竟是什么样的呢？他在 1864 年 4 月 16 日的日记中写道："自从基督作为有血有肉的理想的人出现之后，一清二楚的是：个性最高

4　《陀思妥耶夫斯基选集·书信选》，冯增义等译，人民文学出版社，1986 年，第177 页。

5　《陀思妥耶夫斯基选集·书信选》，冯增义等译，人民文学出版社，1986 年，第191 页。

6　《陀思妥耶夫斯基选集·书信选》，冯增义等译，人民文学出版社，1986 年，第418 页。

7　《陀思妥耶夫斯基选集·书信选》，冯增义等译，人民文学出版社，1986 年，第328 页。

和最终的发展……正是要达到使人发现、意识到并且完全相信，在个性和自我充分发展的情况下，人的最大用处似乎就在于消灭这个'我'并全部无偿地贡献给大众，献给他们中的每一个。这就是最大的幸福。这样一来，'我'的法则与人道主义的法则就融合在一起了，在融合中双方，即'我'与'大众'（看来是两个相对立的极端）既是互相消灭，同时又各自都能达到自我个性发展的最高目标。这就是基督的天堂。无论是人类，还是人类的一部分和单独的个人，他们的全部历史就是发展、斗争、追求和达到这一目标。"[8]这是宗教的理想也是人道主义的理想。

需要指出的是，在这种宗教式的人道主义中，陀思妥耶夫斯基并没有否定人的个性。人的个性与个人主义有别，正是因为陀思妥耶夫斯基看到了西欧的"为所欲为"的自由，欧洲人天性中的"个人的原则，超凡脱俗的原则，加强的自我保存、自我追求、自己的我里面的自决的原则，我跟全部天性以及一切其余的人针锋相对的原则……"（《冬天记的夏天印象》），从而产生了竞争、堕落、自私自利、绝对的个人主义……而这一切又大有在俄国蔓延之势，所以陀思妥耶夫斯基才急急忙忙抬出基督作为人的最高理想，而根本上说，其出发点是以人为中心的人道主义。所以，陀思妥耶夫斯基接着上面所引的那段话又说："但是，如果达到目标时一切都要熄灭和消失，就是说如果在达到目标之后人就没有生命力了的话，那么在我看来，达到这样的伟大的目标则是毫无意义的。"[9]可见，只有人，人的个性，人的价值，人的整个生命力，才是陀思妥耶夫斯基思考问题的中心。无论任何思想、理论，哪怕是无限神圣的基督，都是为实现人的理想服务的。正因为如此，陀思妥耶夫斯基才一方面认为每个人无论怎样卑微、屈辱，都要求人们赋予他以人的尊严，另一方面又反对个人主义、自我中心主义；一方面揭示了人心灵中存在的善与恶的矛盾，另一方面又向每个人指出了一个更高的精神境界，以使他得到解脱与超越。这便是基督的最高理想，人的最高理想，个人完全"把整个的我，整个的自己牺牲给社会，不但不要求自己的权利，相反地，却不附任何条件地把自己的权利交给社会……我以为，自愿的、完全自觉的、不被任何力量所强制的为大众利益而献出自己的自我牺牲精神，是最高的个性发展、最高的个性威力、最高的自制力以及最高的意志自由的标志。自愿地为大家

8　[苏]布尔索夫：《陀思妥耶夫斯基的个性》，苏联作家出版社，1974年，第163页。
9　[苏]布尔索夫：《陀思妥耶夫斯基的个性》，苏联作家出版社，1974年，第163页。

把生命牺牲，为大家去背十字架，去受火燎之刑，只有最发达的个性才能够办到"（《冬天记的夏天印象》）。从人道主义出发，以宗教的说教告终，这正是陀思妥耶夫斯基人道宗教的根本所在。

原载《外国文学研究》，1990 年第 4 期

道德需要与情感愉悦
——陀思妥耶夫斯基宗教皈依心理之分析

　　陀思妥耶夫斯基，这位被称为"残酷的天才"的俄罗斯作家，他的个性与创作，都可以说是各种矛盾的结晶体。在他的宗教意识中，同样存在着一个奇特的现象，即他一方面怀疑上帝的存在，一方面又对宗教表现了一种狂热的依恋。究其因，笔者以为，陀思妥耶夫斯基对宗教的皈依，乃是出于一种道德与情感的需要。陀思妥耶夫斯基并不一定相信上帝，但他需要上帝。他需要以俄罗斯的基督来拯救人、拯救世界，他需要通过信仰来实现自身人格的完美与统一，实现自我的超越，他需要在基督的慈祥的抚爱下逃避现世的痛苦，在人对神的忏悔中享受到病态的愉悦。需要，可以说是宗教皈依的原动力。本文通过对陀思妥耶夫斯基宗教皈依心理的分析，为此提供一个实证。

一

　　19世纪以来，基督教逐渐由神学宗教向道德宗教演化。上帝已经死了，上帝造人永远成了一个神话，作为神的宗教越来越失去它在人们心目中的地位，但基督教所蕴含的道德意义却仍旧是人们所需要的。在金钱主义、个人主义主宰一切的社会里，人情冷漠、道德沦丧，这常促使人到传统的宗教道德中去寻求温情，寻求约束自我及他人的道德规范。基督成了道德完美的理想实体。康德的道德宗教，把上帝作为人的道德行为和道德生活圆满实现的理想假设和保证。费尔巴哈在揭示宗教的本质便是人的本质的异化的同时，又宣扬一种爱的宗教，以建立超出于神学意义之上的道德意义上的世界秩序。

孔德的"人道教"，把人道与宗教捏合在一起，以此构建一个人与人、人与世界的理想和谐图景。19世纪的不少作家，都对道德化宗教表现了一种浓厚的兴趣。陀思妥耶夫斯基把人的"原罪"归源于人的恶的本性，其"救赎"便是经过苦难的洗礼、爱的净化，去恶从善，皈依作为道德完美的象征的基督。因而，陀思妥耶夫斯基对于宗教的信仰，首先同样是源于道德的需要。

陀思妥耶夫斯基生长在一个具有浓厚的宗教意识的家庭。虔信基督的母亲给孩子们讲述《圣徒列传》故事，以《新旧全约104个故事》作为他们的识字课本。福音书中所宣扬的慈爱、忍耐、向善，在陀思妥耶夫斯基幼小的心灵里播下了种子。而在以后的生命历程中，一次次的痛苦和劫难，对自身的人格分裂、罪孽的体认，俄国社会的混乱不堪、道德堕落，西方的个人主义、金钱主义、利己主义的种种毒瘤，使他产生了用宗教来拯救自身、世界、他人的强烈愿望，他由此逐渐建构了他的人道宗教的信仰体系。

19世纪的俄罗斯，正是一个大变革、大转折，骚动不宁的时代。随着资本主义的侵入，西方文明与俄罗斯传统文化相互碰撞，金钱主义、个人主义对俄罗斯的渗透，古老的社会基础的急剧崩溃，给俄罗斯传统的宗法式伦理道德以毁灭性的打击。如果说个人主义相对于俄国专制制度下丧失了独立性、自主性的个人毕竟是一种历史的进步的话，那么主宰一切、取代等级的金钱主义也具有它的历史意义。但陀思妥耶夫斯基却为此忧心如焚、痛心疾首。在他看来，这个世界是"沾染了邪念的天上神灵的炼狱"[1]，俄国社会骨子里就有着毛病，存在着病态，因此他要急急忙忙抬出作为俄罗斯传统文化的最高体现的东正教，抬出具有纯洁、高尚的道德美的俄罗斯基督，作为一种道德凝聚力，拯救俄罗斯大众回到古老、纯朴的东正教伦理道德中去，给因天主教的过错而丧失了基督走向堕落的西方带去新的光明，从而使人人都象基督一样具有道德的纯洁性，使世界变成安乐美好的天国乐园。可见，陀思妥耶夫斯基对宗教的皈依，实际上首先是出于一种道德需要。在这个"人类变得过于喧闹，过于追求实利，缺乏精神上的安宁"的时代，正是需要宗教的道德力量"把大家拴在一起"（《白痴》）。在《卡拉玛佐夫兄弟》中，德米特里也正是在牢墙内感到了对宗教的需要，要是没有上帝，人成了地上的主宰，"善"也就会荡然无存了。老卡拉玛佐夫，这个放荡成性的淫鬼，唯一关心

1　《陀思妥耶夫斯基选集·书信选》，冯增义等译，人民文学出版社，1986年，第3页。

的只是阴间里"有没有钩子","假使没有钩子，那就一切都滚它的蛋吧！"可见，代表了"阴间的钩子"的宗教的道德惩罚是唯一能约束这个老淫鬼的力量。陀思妥耶夫斯基看中的恰恰就是宗教对人的道德约束作用。他在一封信中谈到："现在请你设想一下，世界上不存在上帝，灵魂也并非不朽……那么请问，我何必要好好生活、积德行善呢，既然我在世上要彻底死亡，既然不存在灵魂的不朽，那事情很简单，无非就是苟延残喘，别的可以一概不管，哪怕什么洪水猛兽。如果是这样，那我（假如我只靠我的灵魂与机智去逃避法网）为何不可以去杀人、去抢劫、去偷盗，或者不去杀人，而直接靠别人来养活，只管填饱自己的肚皮呢？要知道我一死就万事皆休了！这样一来就会产生下列情况：唯独人类这个机体不受普遍规律的约束，它活着仅仅是为了拯救自己，而并非为了保存并养活自己。假如人与人彼此为敌，那还成什么社会呢？"[2]这段话正道出陀思妥耶夫斯基因道德需要乞灵于宗教的奥秘。如果没有上帝，则人尽可为所欲为，所以需要上帝来约束人，实现人的完美，社会的理想和谐。

如果说以上是出于一种理性认知，使陀思妥耶夫斯基感到了对宗教的强烈需要，而从陀思妥耶夫斯基的人格、气质的角度来说，出于道德原因，他又有一种对宗教的内在依恋。陀思妥耶夫斯基的神经质、好冲动、好走极端、人格分裂，使他常有一种深重的罪孽感。陀思妥耶夫斯基永远是激情的奴隶，连赌博都不过是一种对狂热的嗜好。他的心中永远翻腾着破坏性本能，这从他对读者的严酷、对他人的无端的嫉妒、对自我的折磨中就可以看出。但另一方面，他又是个善良、正直、疾恶如仇，对人、对世界怀着拳拳爱心的人。他永远怀着一颗诚挚的心，孜孜不倦地探索着祖国的道路、人民的命运。他对下层人民的不幸和痛苦永远怀着深切的同情。即使在日常小事上，也经常表现出他的善良和无私。生活的多舛，使他抱怨命运的不公正，但他又从未丧失对生活的希望。在他的神经质的外表下，包容的是一颗对人、对世界的深挚爱心。可以说，正是他内心深处经常翻腾着本能的激情、产生着犯罪的冲动，而同时，他的善良、正直、对美好事物的寻求，使他在道德纯洁感的支配下，保持着一种清醒的自省意识，强烈的自我批评精神，从而深切地感到自身的罪孽。他无数次地严厉地剖析自己，"我太容易冲动，病态地敏感，可

2　《陀思妥耶夫斯基选集·书信选》，冯增义等译，人民文学出版社，1986年，第356页。

以曲解最一般的事物，赋予它们另一种外观和规模"[3]，"我的性格卑劣而十分狂热，我在任何场合和一切方面总是走极端，一辈子都漫无节制。"[4]作为伟大的道德说教者的陀思妥耶夫斯基，他同时又是个"伟大的罪人"，并且因为真诚、道德纯洁感，他又常常夸大了自身的罪孽。正是这种被夸大了的深重的罪孽感，使陀思妥耶夫斯基产生了对于信仰的强烈渴望。请看陀思妥耶夫斯基对自己一次赌博输光之后的情景的描述：

> 将近九点半钟，我发狂似的走了出来，非常痛苦，于是马上向牧师奔去……我在黑暗中，沿着陌生的街道向他奔去，一路上老是在想：他是上帝的牧师，我和他不是进行私人谈话，而是忏悔
>
> 我似乎在道德上获得了新生……在我心上了却了一件大事，折磨我达十年之久的、可悲的幻想消失了。[5]

正是这种道德上的忏悔，使陀思妥耶夫斯基自动地皈依了宗教，在对上帝的忏悔中寻求一种解脱。在这里，宗教代表了超我的道德惩罚机制。如果说人由于本能的冲动而常有一种犯罪感，那么宗教意识内化到人的人格结构中，便成了一种超我的道德理想、道德约束。陀思妥耶夫斯基的自我惩罚应该说是出于认识到自己性格的卑劣而产生的道德需要，这种需要恰恰导致了他对上帝的深切依恋。

二

对于上帝的存在，奥古斯丁的"先验证明"和托马斯的"从经验出发"的证明，在近代都已显出虚妄。宗教在理性面前一步步退缩，但并没有因此丧失它在人心灵中的阵地。这里当然有如前所述的道德因素，但同时恐怕也源于人在情感上对上帝的依赖，源于人在狂热的激情中所体验到的宗教快感。道教迎合了人求长生长乐的心理欲望，佛教的来世解脱，同样变相地满足了人的求乐天性。而就基督教来说，它以其超验神秘的神、虚幻缥缈的彼岸世界，使人超出于现世苦难而获得一种解脱感，使孤独无助的个人在对神

---

3 《陀思妥耶夫斯基选集·书信选》，冯增义等译，人民文学出版社，1986 年，第82 页。

4 《陀思妥耶夫斯基选集·书信选》，冯增义等译，人民文学出版社，1986 年，第174 页。

5 《陀思妥耶夫斯基选集·书信选》，冯增义等译，人民文学出版社，1986 年，第356 页。

的依赖中获得安稳感、愉悦感；同时又以生即罪、罪即须受惩罚的启示使人甘于忍受现世痛苦，获得一种受虐性的满足。陀思妥耶夫斯基，这位历尽磨难、激情翻涌而又有着某种病态天性的作家，他的宗教信仰，同样伴随着强烈的情感体验，有着某种"病态的愉悦"。这种宗教快感，成了他皈依宗教的内在原动力。它具体体现为：

第一，出于负罪意识而产生自我惩罚的需要，在对上帝的忏悔中获得一种受虐快感。

前面我们从道德的角度分析了陀思妥耶夫斯基的负罪感及自我惩罚，这种自我惩罚恐怕还有着情感及个性上的原因。基督教所宣扬的原罪与救赎，都是基于人对自己的屈辱，人无限地贬低自己，感到自己的无能与无权，而后产生对上帝的服从，祈求上帝的宽恕与惠赐。归根结底，这是人的受虐欲望的变相表现。人感到自己有罪，于是祈求神赦罪；人感到孤独，缺乏安全感，于是在对神的依赖中获得假想的满足。基督教中的鞭身派教徒，一群人聚集在一起，互相鞭笞，在歇斯底里的自我折磨的宗教狂热中，体验到上帝的存在，获得疯狂的极乐，这不过是一般宗教徒的心理状态的极端表现罢了。陀思妥耶夫斯基也从来没有摆脱过自身的罪孽感，特别是他的神经症（主要是癫痫症），变态心理更加深了这种罪孽感。罗迦乞夫斯基认为："癫痫病患者呈现达到精神病者的症状渐多忧郁而少新鲜活泼之气。他们往往敌视周围的事物，发生残酷行为，变为杯疑者。他们产生与自己性格矛盾的宗教倾向。纯于道德观念。病者常无缘故地突然变成怯弱者，对一切特别小心周到，极端顺从；每呈现剧烈的绝望失意之态。"[6]与陀思妥耶夫斯基有过密切交往的斯特拉霍夫叙述过陀氏癫痫病发作之后的情状："他的精神状态十分沉重，他吃力地克制着自己的忧郁和敏感。据他说，这种忧郁的特征在于他觉得自己是个罪犯；他感到有一种无名的负罪感，犯下一件大暴行的感觉压抑着他。"[7]这是一种犯罪夸大妄想，但也可以说，他是比常人更清醒地意识到自己的犯罪欲念，从而产生严厉的自虐倾向，在忏悔中乞求上帝惩罚自己的罪孽。这是出于一种道德感，同时，对于有着折磨自己的天性的陀思妥耶夫斯基来说，他又从中获得了某种快感。《地下室手记》中的"地下人"曾经有过

6　罗加乞夫斯基：《杜思退益夫斯基论》，建南译，《小说月报》，1931年第二十二卷第四号。

7　[苏]布尔索夫：《陀思妥耶夫斯基的个性》，苏联作家出版社，1974年，第56页。

一段自白：

> 我感到过羞愧……羞愧到了如此程度，我居然感到了某种神秘的、不正常的、有点儿卑鄙的快感。这种快感就是，有时在彼得堡一些最叫人讨厌的夜里，回到自己的角落，便特别强烈她感：到今天又做了卑鄙的事，而已经做过的事怎么样也无法挽回，因此内心隐隐地咬牙切齿地责备自己，折磨自己，最后折磨得使痛苦变成了某种可耻的、该死的快感，而且最后变成断然的真正的享受！

"地下人"是陀思妥耶夫斯基笔下的否定性形象，但又不能否认，"地下人"对痛苦的独特感受有着陀思妥耶夫斯基自身的体验。"地下人"的基于病态性格的自虐热情的渲泄，与陀思妥耶夫斯基在对上帝的忏悔中享受到的痛苦的快感，"地下人"在折磨自己和他人中获得精神上的优越感，与陀思妥耶夫斯基通过自我批评而实现自我超越，不能不说有某种内在联系。弗洛姆认为现代的许多人"并不相信神"，他们信奉宗教是为了消除"孤立的个人本身，成为外在强权的手中工具。籍着这种办法，来寻求肯定"[8]。陀思妥耶夫斯基也正是在对上帝的屈从、对苦难的赞美中，获得痛皆的满足与对自我的肯定。至此，我们似乎可以揭开陀思妥耶夫斯基"苦难的理想化"的奥秘了。一般都着重从人格心理的角鹿揭示其原因。其实对"苦难的理想化"，恰恰植根于陀思妥耶夫斯基对宗教的信仰。因为宗教所宣扬的正是人须自愿地忍受现世的苦难而后方得拯救。反过来，陀思妥耶夫斯基在上帝的惩罚中又获得一种受虐快感，更进一步加深了他对苦难的嗜好，对上帝的依恋。

通常我们把苦役 10 年看作是陀思妥耶夫斯基思想转变的时期。确实，经过监狱、假死刑、苦役及军营生活的磨炼，青少年时代的狂暴的激情、不安的躁动渐趋于净化，"真想一下子把整个世界碾成齑粉"的激愤开始变为对天上和人间神灵的絮絮低语，一时的改革社会的空想也为基督的永恒理想所取代，一句活，苦役 10 年，是他的宗教意识（他的接近人民、了解人民只不过更坚定了他对基督的信念）彻底形成的重要时期。他因参加彼得拉舍夫斯基小组而被监禁，并在就要死去的一刹那蒙受了沙皇的"无边洪恩"，他深深地悔罪了，把惩罚看作是他罪有应得。在流放生涯中，他不断地反省自己，作严格的自我批判。他甚至感谢命运给了他一个与他隔绝的机会。正是对自我，对过去生活的严格审核，使陀思妥耶夫斯基产生了对于"复活"，对于重新做

---

8 弗洛姆：《逃避自由》，上海文学杂志社，1986 年沪内版，第 44 页。

人、对于新生活的热切的渴望。

从小就浸染了浓厚的宗教气息，而在青年时代想把世界碾成齑粉的同时又无可奈何地叹息"要忍耐就忍耐吧"，在渴望自由地飞翔哪怕做一个疯子的同时又赞美"与现实妥协的时刻"的陀思妥耶夫斯基，在监狱里，一遍遍地读着《圣经》，一次次地听着耶稣的呼唤："天国近了，你们应该悔改"，[9]自然而然地，陀思妥耶夫斯基感到自己有罪，感到惩罚的必要。正是在这样的时刻，他感到了对宗教的深刻需要。正如他自己所说："在这样的时刻，谁都会像'一株枯萎的小草'一样渴求信仰，而且会获得信仰，主要是因为在不幸中能悟出真理。"[10]

"苦难"与"苦难的理想化"，这其中似乎并没有必然的联系。同样的假死刑，同时的监狱、流放，在车尔尼雪夫斯基却更坚定了自己的革命民主主义的信仰，加深了对沙皇专制制度的痛恨。而陀思妥耶夫斯基却视苦役为天赐，从对上帝的依恋中获得一种极大的享受，对苦难的嗜好，正是他皈依代表超我惩罚机制的上帝的重要原因。正如耶稣所宣讲的："若有人要跟从我，就当舍己，背起他的十字架，来跟从我"[11]陀思妥耶夫斯基正是在这种自我舍弃、自我批判中，获得了一种释放罪孽感之后的快感。难怪在读《约伯记》时，对于约伯因上帝与撒旦打赌而经受了家毁人亡，各种疾病的考验，最终得着了上帝的更大的赏赐，陀思妥耶夫斯基为此流下了热泪，感到一种"病态的愉悦"[12]。对于有着受虐天性的陀思妥耶夫斯基来说，正是这"病态的愉悦"，使他陷入宗教的狂热中而不能自拔。

第二，宗教快感还表现为出于逃避现世的苦难而到宗教的虚幻境界中寻求慰籍的解脱感。

陀思妥耶夫斯基的一生就是痛苦的一生、屈辱的一生，受尽折磨的一生。苦役、疾病、贫穷、债务、早年丧父母、中年丧儿女……可以说，生活中没有哪一种苦难没有光顾过他，而幸福，却对他显得过于吝啬。当他向安娜表白爱情时，曾借他构思中的一部作品的主人公谈到自己主人公是个未老先

9　《新约·马太福音》第4章第3节。

10　《陀思妥耶夫斯基选集·书信选》，冯增义等译，人民文学出版社，1986年，第64页。

11　《新约·马太福音》第16章第4节。

12　《陀思妥耶夫斯基选集·书信选》，冯增义等译，人民文学出版社，1986年，第319页。

衰的人，患有不治之症（一只手瘫痪），忧郁、多疑……也许，他具有超人的才华，却始终是个失败者，一生中从未有过施展自己才华和抱负的机会，他为此苦闷，被不公正的命运无情地折磨着"。[13]正是生活的无尽的痛苦，在现实中又无由解脱，而只能逃到宗教的虚幻境界，在上帝所许给的一张虚假的天国的门票中得到一丝慰籍。"人毫无作为，却发明了一个上帝，为的是活下去，不自杀，这是迄今为止的全部世界史"（《群魔》）。因为上帝向人们许诺了："你们暂受苦难之后，必要亲自成全你们，坚固你们，赐力量给你们"[14]。所以，"在我们这个罪恶的时代……对至高无上的神的信仰，是人类在遇到人生的一切不幸和磨难，以及在希望获得上帝许给德性端正的人永恒幸福的唯一避难所（《群魔》"对于俄罗斯普通人的温驯的灵魂，对于被劳累和忧愁所折磨，特别是被永远的不公平和永远的罪孽（自身的和世上的）所折磨的人，见到圣物和圣者，跪在他的面前膜拜，是一种无比强烈的需要和巨大的安慰"（《卡拉马佐夫兄弟》）。宗教，正是以它的慰解作用，使陀思妥耶夫斯基对它感到了"无比强烈的需要。"

梅列日科夫斯基在《托尔斯泰与陀思妥耶夫斯基》一书中引用过陀思妥耶夫斯基本人谈他癫痫病发作前仿佛与上帝这个最高存在融为一体的感觉：

> 在某些瞬间，我感受到一种在平常状态中不可能有的、而且别人一无所知的幸福。我感到自己和整个世界都十分和谐，这种感觉是那样地强烈和甜蜜，为了获得这几分钟的无比幸福，我可以献出十年的生命，甚至是整个生命。[15]

这种体验在《白痴》中还有过更为生动的描述。陀思妥耶夫斯基在这一刻神游天下，一享天堂的快乐。而宗教，也如癫痫病发作前的幻影，使他的精神一下子超越尘世的苦难，刹那间获得了解脱。宗教成了他逃避现世痛苦的理想方式。陀思妥耶夫斯基与安娜的大女儿索菲亚和小儿子列沙都先后早夭。特别是列沙死于癫痫，这使陀思妥耶夫斯基痛苦不堪，开始抱怨那纠缠了他一辈子的不公正的命运。是修道院的长老索罗维耶夫的慰解，使他摆脱了忧郁。这后来被陀思妥耶夫斯基写进了《卡拉马佐夫兄弟》佐西马长老对

---

13 安娜·陀思妥耶夫斯卡娅：《回忆陀思妥耶夫斯基》，路远译，陕西人民出版社，1984年，第31页。

14 《新约·彼得前书》第5章第1节。

15 [苏]布尔索夫：《陀思妥耶夫斯基的个性》，苏联作家出版社，1974年，第55页。

那位绝望的母亲的劝慰中：

> "女人，你应该快乐，不必哭泣。你的儿子现在也成了上天的天使中的一个了。"这就是古时候圣徒对一个哭泣的女人所说的话。……所以你要知道，你的孩子现在也一定站在上帝的宝座面前，快乐、欢喜、为你祈祷。
>
> 所以你也一样不必哭泣，应该欢喜。

正是这类似的一席话，使陀思妥耶夫斯基摆脱了丧子之痛，而陀思妥耶夫斯基对拉斐尔《西斯廷圣母》的偏爱，也正是因为圣母的贞洁，神圣使他能"感受其种欣悦，体验某种崇高的感情境界"，[16] 从而超脱了尘世的烦忧。宗教成为人感情的寄托。

陀思妥耶夫斯基在现实中面临着各种冲突矛盾，他皈依宗教，无论是出于道德需要，还是为了情感的愉悦，其最终目的都是为了通过完美的基督来消除自身的人格分裂，实现自我的完善与超越。詹姆士认为，皈依过程就是信念在理想观念支配下的自我改造、自我统一的过程。陀思妥耶夫斯基正是要通过宗教来消除自身的罪孽感，抑制身心的激情骚动，实现心理平衡、人格统一。

原载《外国文学评论》，1991 年第 3 期

---

16 安娜·陀思妥耶夫斯卡娅：《回忆陀思妥耶夫斯基》，路远译，陕西人民出版社，1984 年，第 154 页。

陀思妥耶夫斯基小说中的《圣经》原型

陀思妥耶夫斯基构建了一个复杂、深邃而独特的艺术世界，而其中散发着浓烈的宗教气息。陀思妥耶夫斯基的人道宗教与民族宗教，不仅左右了他的世界观、历史观、伦理价值观，也深刻地影响了他的艺术思维方式，作品的思想、艺术结构、人物塑造乃至语言、细节描写。这种影响，有时可能是自觉的，有时却是不自觉的，是附着于大脑深层结构中的宗教原型（有时具体表现为圣经原型）在自发情结支配下在作品中的再现，可能连陀思妥耶夫斯基自己也没能意识到。从宗教的角度来透视其艺术世界，将使我们的认识产生一个新的飞跃。

一、魔幻世界与启示世界

果戈理在《死魂灵》第一部中构建了一个人间地狱。同样，陀思妥耶夫斯基直面人生，深入到社会及人的灵魂的深处，挖掘出其中的罪与恶，创造了一个地狱般的魔幻世界。虚幻迷离的彼得堡，资本主义日益冲击下变幻无穷的现实社会，难以理喻的现实人生，人的内心世界的全部邪恶……这一切，构成了这个真实和虚幻相交织的魔幻世界。

> 这是可怕的十一月之夜，潮湿，有雾，有雨，又有雪，孕育着牙龈炎、鼻炎、间歇热、咽喉炎和各式各样的热病，一言以蔽之，彼得堡十一月的各种赏赐（《孪生兄弟》）。

> 街上静悄悄的，纷乱地飘着雪花，雪花几乎是垂直地落下来的，给人行道和冷落的街道都铺上了厚厚的垫子。行人一个也没有，也听不到人声。街灯凄凉地和毫无用处地闪烁（《地下室手记》）。

这便是典型的陀思妥耶夫斯基式的背景。潮雪、迷雾、阴雨，而晴天，街道上便充满了尘灰、恶臭、各种怪味。人们的住处往往是"地下室""死屋""橱柜"样的斗室（《罪与罚》），"畜栏"（《卡拉马佐夫兄弟》）。陀思妥耶夫斯基很少直接描述它们，唯其如此更具有巨大的概括力和象征意义。它们与前面的自然背景有一个共同特点，就是"暗"，灰暗、阴暗、黑暗……这与那些恶魔般的主人公的活动紧紧交融在一起，无时不散发着神秘的气息，使人窒息的威力，它们组成一个巨大的象征体，构成了陀思妥耶夫斯基艺术世界中的"地狱"。在这个"地狱"中滋生出各种"不义、邪恶、贪婪、恶毒、嫉妒、凶恶、竞争、诡诈、毒恨"[1]。阴暗潮湿的"地下室"，使"地下人"变得像"苍蝇"、"虫豸"，成为邪恶的意识的奴隶。也正是在"橱柜"一样的斗室，形成了拉斯柯尔尼科夫的超人理论，并使其梦想成为直接的现实。如果说，陀思妥耶夫斯基在《群魔》中把虚无主义者、无神论者比作"群猪"，那么，《卡拉马佐夫兄弟》中的那个小城"畜栏"，也就既是"群猪"们，也是卡拉马佐夫们的世界了。正是在这样的"畜栏"里，发生着疯狂、渎神、淫欲、杀父……耶稣说："凡见妇女就动淫念的，这人心里已经与他犯奸淫了。"[2]而伊凡、德米特里，动了杀父的念头，自然无可争议地成了杀父者，受到报应。

陀思妥耶夫斯基所描写的这个充满罪恶的世界，恰恰就是基督教中的"地狱"的形象再现。《启示录》中，上帝以瘟疫惩罚有罪的人类。而在风雪迷茫的彼得堡、各类阴暗的"地下室"，恰恰就是滋生各种蜘蛛、老鼠，酿成各类瘟疫的场所。斯维德里加依洛夫在梦幻的昏呓中，"他把被子抖了一下，一只老鼠突然跳到床单上，他扑过去捉老鼠；老鼠没有跳下床来逃走，却东钻西窜，一会儿在他的指头下面溜走了，一会儿又在他手上跑过，突然又钻进枕头下面去了，他扔掉枕头，但一刹那间他觉出，有个什么东西跳进了他的怀里，在衬衫里面他身上乱爬，爬到背上去了。"而整个彼得堡："河水暴涨……到早晨就会淹没低洼的地方，泛滥到街上，淹没地下室和地窖，地下室里的老鼠都会泅出来，人们会在凄风苦雨中咒骂……"（《罪与罚》）就是这些代表阴暗、邪恶的老鼠，直接产生了"鼠疫"。拉斯柯尔尼科夫在服苦役时，有一次"在梦中梦见，仿佛全世界遭了一场可怕的、闻所未闻、见所未见的鼠疫，这是从亚洲内地蔓延到欧洲大陆的。所有的人大概都要死亡。只有几个、很

1　《新约·罗马书》第1章第6节。
2　《新约·马太福音》第4章第3节。

少几个特殊人物才能幸免。发生了一种侵入人体的新的微生物——旋毛虫。但是这些微生物是天生有智慧和意志的精灵。身体上有了这种微生物的人马上就魂不附体、疯疯癫癫的……成批的村庄、成批的城市都传染了、发疯了。大家都惶恐不安，互不了解，……人们怀着一种无法理解的仇恨，互相残杀，……发生了火灾和饥荒，所有的人和一切东西都没了。瘟疫流行起来，蔓延越来越广。"这正是世界的末日，"瘟疫"正是上帝的最后审判，"照各人的行动报应各人"[3]。

陀思妥耶夫斯基画出了一幅俄罗斯的"地狱"全景图，但他从未放弃过对于人和世界的希望。他的人道宗教和民族宗教，其目的即在于拯救人和世界。因而他仿佛是一个真诚而热情的幻想家，在自己的艺术作品中又构筑了一个美好的上帝启示世界、一个"天堂"。正如末日审判之后，出现了"一个新天新地……不再有死亡，也不再有悲哀、哭骂、疼痛，因为以前的一切都过去了"（《新约·启示录》第 21 章第 1 节）。同样，基督的理想也将使"地狱"变成一片光明、澄彻的世界。与基督教的地狱与天堂相对应，陀思妥耶夫斯基的魔幻世界和启示世界乃是"地下"和"地上"的对应。"地下室"、"死屋"、"橱柜"、"畜栏"以其阴暗的特征，都具有"地下"的意义。而陀思妥耶夫斯基的启示世界并不在高高的天国，而就在"地上"，就植根于俄罗斯大地，它以光明、澄彻为其特征。于是，"光"和"水"，成了陀思妥耶夫斯基"地上"的启示世界的基本意象。

（一）光的意象

威尔赖特在《原型性的象征》一文中认为光有三种含义：光所产生的可见性使它变成心灵在最清晰状态时一种标记；光给人热情激昂的感觉；光的传导使人想到人类心灵用它的光和热——智慧和热情去点燃别的心灵。[4]光的一、三种意义，在《圣经》中各有体现。耶稣说："我是世界的光。跟从我的，就不在黑暗里走，必要得着生命的光。"[5]耶稣又叮嘱保罗："我差你到他们那里去，要叫他们的眼睛得开，从黑暗归向光明，从撒旦权下归向上帝"[6]。《圣经》的这种光的意象，常常作为原型出现在陀思妥耶夫斯基的作品中。与魔幻世

3　《新约·罗马书》第 2 章第 1 节。

4　叶舒宪选编：《神话——原型批评》，陕西师范大学出版社，1987 年，第 223 页。

5　《新约·约翰福音》第 8 章第 2 节。

6　《新约·使徒行传》第 26 章第 1 节。

界的阴暗色调相反，光构成了启示世界的明朗色调。《荒唐人的梦》描绘了一个黄金国度，"我"落到另一个地球上，原来是个"晴朗的日子，阳光普照，像天堂一样迷人。……最后，我终于发现和看清了这块乐土的人们……这是太阳的孩子们，他们的那个太阳的儿女"。阳光，成了明朗、美好的象征，与彼得堡常有的雨、雪、雾形成鲜明对照。只有在这里，在阳光照耀的地方，才是"没有被人类所玷污的一片干净土，住在这里的全是清白无罪的人"。因此，从黑暗到光明，便成了从魔幻世界到启示世界，人从罪恶中解脱走向理想境界的飞升。基督在沉沉黑夜中发出光辉，甚至能使临死的人畅然开朗、内心澄明。《白痴》描写过一个死囚在行刑的路上，"不远处有座教堂，它那金色的圆顶在灿烂的阳光下耀耀闪亮，他记得当时十分固执地望着这教堂的屋顶以及上面反射出来的光辉；他无法移开视线不去看那光华，他觉得这光芒是他新的血肉，三分钟以后他就将通过某种方式与之化为一体……光，成了光明、美好、彻悟的代名词，它引导人走向理想之境。

（二）水的意象

水，无色、透明、纯净，使之成为纯洁和新生命的象征。水的这种象征意义，典型地体现在基督教的洗礼仪式中：水一方面洗去原罪的污浊，一方面又使人得到复活、精神上的新生。耶稣对井边汲水的撒玛利亚妇人说："大凡喝这水的，还要再渴，人若喝我所赐的水却永远不渴。我所赐的水，要在他里头成为泉源，直到永生"（《新约·约翰福音》第4章第1节）。正是这"活水"，不仅成了民族产生的原动力，也成了个人向理想的启示世界飞升的契机。《罪与罚》中，当苦役犯们承受着苦役的重荷，梦中的一股"冷泉"，却给了他们极大的震动，唤醒了他们沉睡已久的良知。而拉斯柯尔尼科夫在苦役劳动中，"眺望那条宽阔、荒凉的河流。从高高的岸上望去，周围一大片土地尽收眼底。一阵歌声远远地从对岸飘来，隐约可闻。那儿在一片沐浴在阳光里的一望无际的草原上，牧民的帐篷像一个个隐约可见的黑点。那里是自由的，居住着另一种人，他们同这里的人全不一样，在那儿时间仿佛停滞不前，仿佛亚伯拉罕的时代和他的畜群还没有过去。"

河流、阳光、牧群（耶稣就自称为牧人）、停滞的时间（《圣经》中说，在启示世界里，不再有时日了），这一切，无不是《圣经》的原型性象征。拉斯柯尔尼科夫正是在这种凝望中，也从索尼雅的无限深挚的爱里，获得了无穷尽的生命的源泉。而在《白痴》中，对瑞士一处山村（基督公爵梅诗金即从那里"下凡"来到俄罗斯那个罪恶的世界）的描写，着墨不多，却独独抓住了水的一个意象："一处瀑布……色白如练，水声喧嚷，飞沫四溅。""冷泉"、"河流"、"瀑布"等在陀思妥耶夫斯基作品中的反复出现，使我们想到《圣经·启示录》里对天堂的描写："天使又指示我在城内街道当中一道生命水的河，明亮如水晶，从上帝和羔羊的宝库流出来。在河这边与那边有生命树，结十二样果子，每月都结果子。树上的叶子乃为医治万民"[7]。对于熟读《圣经》，一辈子以《圣经》排忧解难的陀思妥耶夫斯基来说，这恐怕就不是偶然的巧合了。事实上，陀思妥耶夫斯基以"光"和"水"作为自己的理想社会的象征性意象，正是来源于基督教对天堂世界的描绘。因此，可以说，陀思妥耶夫斯基艺术作品中魔幻世界与启示世界的对应，正是基督教所宣扬的"地狱"与"天堂"的对应的艺术化。而从魔幻世界向启示世界的提升，成了陀思妥耶夫斯基小说的一个母题。

二、炼狱——上帝与魔鬼的交战

陀思妥耶夫斯基的民族宗教着力于拯救整个世界，而其人道宗教主要在于对人的灵魂的拯救。陀思妥耶夫斯基笔下的人物，大多具有双重人格，既是情欲和罪恶欲的奴隶，又不乏善良的天性，正如《卡拉马佐夫兄弟》中所说的："魔鬼和上帝在进行斗争，而斗争的战场就是人心。"通常我们在揭示双重人格者出现的原因时，多从陀思妥耶夫斯基对现实中人物的复杂性、矛盾性的认识及作家自身的人格分裂方面寻找其原因，而忽视了宗教对他的影响。在基督教的"人论"中，一方面认为人心中即有一个"地狱"，产生出各种邪恶、不义，一方面又有着善的无限可能性，"因为上帝的国就在你们心里"[8]。人的肉体和精神永远是分裂的，"内心顺从上帝的律，肉体却驯从罪的律了"[9]。因为，在人身上，永远是在"情欲和圣灵相争"[10]。正是基督教对人的这种双重化理解，影响了陀思妥耶夫斯基在自己作品中对人物的双重人格的深刻揭示。

双重人格者常常成了陀思妥耶夫斯基作品的结构主线，"上帝"与"魔鬼"

7　《新约·启示录》第 22 章第 1 节。
8　《新约·路加福音》第 17 章第 4 节。
9　《新约·罗马书》第 7 章第 2 节。
10　《新约·加拉太书》第 5 章第 4 节。

进行交战，经过一番炼狱之火的烧炼，最终走向天国之路。这在《罪与罚》《卡拉马佐夫兄弟》中有典型表现。而其他作品也往往是在"炼狱"般的情景中试验人发展的多种可能，或毁灭或新生……所以，人心中的"魔鬼"与"上帝"——"善"与"恶"便成了陀思妥耶夫斯基作品的一重基本的对应。而另外一些人物，往往是双重人格者的某一重人格的外化，从而组成了独特的"分身人群组"。

《罪与罚》中的拉斯柯尔尼科夫一方面善良，富于同情心，对命运比他更悲惨的往往不惜拿出最后一个戈比；另一方面，他又信奉着某种超人理论，是杀人者，犯了首恶（耶稣登山训众的首诫即不可杀人，连动怒也不可）。而索尼雅、斯维德里加依洛夫，便分别成了拉斯柯尔尼科夫"善"与"恶"两重人格的外化。纯洁、善良、天使般的索尼雅代表了拉斯柯尔尼科夫的"善"，而贪婪成性、干尽坏事的斯维德里加依洛夫，他认为拉斯柯尔尼科夫和他是"一丘之貉"，他说："我总觉得，你有跟我相似的地方。"这"相似的地方"，正是在于拉斯柯尔尼科夫的另一重人格。《罪与罚》的情节结构便是拉斯柯尔尼科夫逐渐远离斯维德里加依洛夫（这体现在拉斯柯尔尼科夫对斯维德里加依洛夫的接近老是采取拒斥态度），归向索尼雅的过程。

《少年》中的少年多尔戈鲁基严格地说还不能列入双重人格者的大家族，这是一个尚未确立生活道路并为此苦恼，试图找到生活的目标的形象，因而他的发展在众多情景"试验"下有多种可能性。他的人格已出现分裂，既崇拜法国银行界巨子罗特希尔德（代表了西方的金钱的诱惑），希望像他一样有钱，出人头地，做一个"超人"；同时又非常幼稚、单纯、善良，严守俄罗斯的道德规范，认识到"超人"必然与犯罪联系在一起。他的发展一方面可能是毫无宗教信仰的维尔西洛夫，也可能是虔信宗教、云游四方的马卡尔·多尔戈鲁基。事实上，这两人都在不断地对他施加影响。这是稍异于《罪与罚》的另一种"人物三角式组合"。

《卡拉马佐夫兄弟》的情节更复杂一些。卡拉马佐夫四兄弟德米特里、伊凡、阿辽沙及私生子斯麦尔佳科夫。德米特里放纵邪恶的情欲，又不乏天良的发现，代表了"地道的俄罗斯"，是一个"善与恶的奇妙的交织体"。德米特里是个行动上的矛盾者，而伊凡则是个思想上的矛盾者，代表了"欧化"倾向，追求真理又不信上帝的真理。这两个双重人格的两端便是代表了"人民的理想"、纯洁、善良又承继了某些卡拉马佐夫气质的阿辽沙及毫无良知的恶徒斯麦尔佳科夫——伊凡和德米特里杀父意识的直接行动体现者。再往上溯，便是佐西马长老与老卡拉马佐夫。一个是圣徒、道德理想的化身，一个是恶魔、情欲罪恶欲的奴隶。这两个人分别代表了卡拉马佐夫兄弟们性格走向的两极，从而形成了人物的多重对位式组合。

"分身人群组"使我们想到基督教的"双重血统"原型。"太初有道……道成肉身"[11]，道即圣灵、精神，是无限的，而肉身却是物质，是可触摸的、有限的。灵与肉的统一，便是耶稣乃上帝的圣灵籍马利亚的肉身而生，这注定了耶稣的双重血统，名义上的父亲是约瑟，实际上的父亲却是上帝。它体现在陀思妥耶夫斯基创作中，便成了"双重血统"母题。拉斯柯尔尼科夫的生身母亲是普里赫里雅·亚历山大罗夫娜，而他的精神母亲却是索尼雅。正是索尼雅给了他第二次生命，难怪在西伯利亚流放他。犯人们都喜欢索尼雅，叫她："妈妈，你是我们的母亲，温柔可爱的母亲！"索尼雅成了所有苦役犯的母亲，促使他们走向新生之路（仿佛梦中的那股"冷泉"）的母亲。《少年》中的阿尔卡其·多尔戈鲁基，他的实际父亲是维尔西洛夫，名义上的父亲是马卡尔·多尔戈鲁基。马卡尔教导"少年"信上帝、爱人、行善，使"少年"感到在马卡尔那里"可以回避一切魔力，在那里我有最后得救的希望"。名义上的父亲成了实际上的精神之父。《卡拉马佐夫兄弟》同样是如此。老卡拉马佐夫放纵情欲的结果便是四个儿子，但他从未想到过做父亲的责任。儿子不过是情欲满足后的附属品，这与圣母玛利亚以处子之身而孕形成鲜明的对照。也正因为如此，陀思妥耶夫斯基要急着给那些儿子们寻找一个精神上的父亲。老卡拉马佐夫把"卡拉马佐夫气质"，那种"原始的、疯狂的、粗野的"力量传给了儿子们。而精神上的父亲佐西马却使阿辽沙走向爱的光明的世界，使德米特里最终也走上忏悔之路。

灵魂中"上帝"与"魔鬼"进行激烈的交战，在精神父（母）亲的影响下，经过炼狱——苦难的洗礼。罪人们复活了，拉斯柯尔尼科夫彻底认清了自身的罪孽，自首、服苦役，开始新生活。《罪与罚》结尾，"一个新的故事，一个人逐渐再生的故事，一个他逐渐洗心革面、逐渐由一个世界进入另一个世界的故事，一个熟悉的、直到如今还没有人知道的现实的故事正在开始。这个故事可作为一部新的小说的题材……"确实，这故事几乎成了陀思妥耶夫斯基以后几乎所有小说的题材。不思悔改的恶魔们在罪恶中毁灭了，存悔

---

11 《新约·约翰福音》第1章第1节。

改之心的人获得了新生。德米特里在牢房里体验到的"一个新人在我身上复活了"，成了陀思妥耶夫斯基作品中许多人物心态的写照。他们唱着赞美上帝的诗篇，走向新的世界。

陀思妥耶夫斯基作品中的复活主题可以说直接来源于他的基督教意识。基督教《圣经》中的"复活"有两层含义：一是耶稣基督被钉十字架后的复活，一是世上的罪人得基督拯救的复活。而陀思妥耶夫斯基整个宗教的要义则在于人的完善，戒除肉体的私欲而走向完美之路。从而形成了与基督教的"复活"的第二层含义相联系，又加进了更多的人性的因素的独特的陀思妥耶夫斯基的复活主题：罪犯在对上帝的赞美声中获得了解脱，实现了人格的完美和统一。

有人发现了陀思妥耶夫斯基小说的对位式结构。但往往只注意了其单向对位，而忽视了多重对位，更没有看到这种对位恰恰来源于他的宗教意识。陀思妥耶夫斯基作品中有三重对位：人自身的"上帝"与"魔鬼"，人物中的天使与撒旦，启示世界与魔幻世界。它们组成了一个倒立型宝塔。天使式形象与撒旦式形象恰恰是双重人格者自身的"上帝"与"魔鬼"的外化，而他们又分别组成了启示世界与魔幻世界。作品的主题便是人心灵中的"魔鬼"向"上帝"的屈服，撒旦向天使的转化（不转化即毁灭），魔幻世界向启示世界的提升。这正构成了作家宗教意识中的地狱、炼狱、天堂、撒旦、上帝的形象体系。

三、耶稣原型的多重变体

陀思妥耶夫斯基的宗教意识直接影响了他艺术的对位世界的形成。而在人物塑造上同样深受其影响。陀思妥耶夫斯基笔下的人物形象，基本上都可以从宗教中寻找到原型。他小说的人物形象体系，基本上可以分为两大类：信神的和不信神的，在陀思妥耶夫斯基看来，信神者都是圣徒，不信神者即为撒旦。撒旦形象包括两重人格者（他们以后可能转化）和彻头彻尾的恶魔，如"地下人"、瓦尔科夫斯基公爵，"群魔"们、老卡拉马佐夫等。这些前文均已涉及，这里不再作详细分析，下面我们着重阐述耶稣原型在陀思妥耶夫斯基作品中的多重变体。

（一）救世者基督

耶稣，在基督教中首先是救世的象征。如《群魔》中的吉洪主教，《少年》

中的马卡尔，《卡拉马佐夫兄弟》的佐西马长老，作为圣徒，他们在世上的使命便是拯救世人，从而使他们成了救世的基督的象征。马卡尔在"少年"幼小的心灵里播下理想的种子。佐西马长老更是一个救世者。小说有过这样一段话："可是，长老是什么呢？长老就是把你们的灵魂吞没在自己的灵魂里，把你的意志吞没在自己的意志里的人。你选定了一位长老，就要放弃自己的意志，自行弃绝一切，完全听从他。对于这种修炼，对于这个可怕的生活的学校，人们是甘愿接受、立志献身的，他希望在长久的修炼之后战胜自己、克制自己，以便通过一辈子的修持，终于达到完全的自由，那就是自我解悟，避免那活了一辈子还不能在自己身上找到真正自我的人的命运。"这是"圣徒，他的心里有使一切人更新的秘诀，有一种力量，足以最后奠定地上的真理，于是一切人都成为圣者，互相友爱，不分贫富，没有高低，大家全是上帝的儿子，真正的基督的天国降临了"。佐西马长老接见"有信仰的村妇们"，一一排解她们内心的烦忧，把阿辽沙引向爱的光明的世界，他临终的训言，告诫教士尊重人民，主与仆相亲相爱，成为兄弟，用温和的爱征服世界。任何人都不能成为别人的裁判官……如此等等，颇似耶稣的登山宝训。可以说，佐西马长老就是降临尘世拯救世人的耶稣基督形象的象征。

（二）历难者基督

耶稣基督，是个救世者，也是个历难者，降临尘世，代世人受苦、遭戏弄、被驱赶、钉十字架，最后才得复活。而陀思妥耶夫斯基笔下的索尼雅、梅诗金公爵、阿辽沙，正是历难者基督的象征。索尼雅是一切受侮辱和为别人牺牲自己的形象的体现。索尼雅生长在一个小官吏家庭。父亲失业、酗酒，十六岁的她即不得不挑起家庭生活的重担，以出卖自己的肉体来换取家中老幼的几块面包。她温驯胆小，孤独无助，受尽恶人欺侮。但她作为一个妓女，却与另一个杀人者——拉斯柯尔尼科夫，共同背起沉甸甸的十字架，去完成上帝的使命，用爱来温暖拉斯柯尔尼科夫的心，使他改过自新。而梅诗金公爵，陀思妥耶夫斯基把他当做一个十全十美的人物，叫他基督公爵。他从瑞士的一个山庄来到风雪迷茫的彼得堡，这颇似基督驾着祥云来到尘世。他怀着一颗童稚之心，真诚待人，试图以爱、宽恕来温暖他人的心，以自身的一切来拯救世人的罪孽。但他实际上并没有能力来解救这个世界。为他所爱的人最终还是被人杀害，爱着他的人最终得到的不过是精神上的痛苦。他自己也不为人所理解，被叫做"白痴"、"可怜的骑士"。他在与阿格拉雅行将订婚之际，在她家的客厅里面对众多贵族男女的审视，被窃笑，被当作一个可笑的幻想家。如此种种，都与耶稣到尘世传福音，不被人理解，被众人驱逐、嘲笑，颇为相似。耶稣"救了别人，但不能救自己"[12]。梅诗金想救别人但救不了，连自己也旧病复发；耶稣复活回到父的身旁，梅诗金重返瑞士山庄，这恐怕不是偶然的巧合。甚至连梅诗金的癫痫病，都似乎显得意味深长了。而阿辽沙，在他临离开修道院时，佐西马叮嘱他："我祝福你到尘世去修伟大的功行……在回到这里来之前，你应该经历一切。还要做好多事情……你会看到极大的痛苦，并且会在这种痛苦中得到幸福"。和梅诗金一样，阿辽沙离开修道院去完成功行，与上帝派遣自己的独子耶稣到尘世赎人类的罪恶，有着惊人的相似。阿辽沙遍阅了尘世的罪恶与痛苦，最后在儿童的纯真中找到了基督的理想。

（三）真纯者基督

在基督教中，儿童以其纯真，往往被当作天国的主人。《圣经》记载当门徒问耶稣谁是天国里最大的，耶稣叫一个小孩来站在他们中间，说："你们若不回转，变成小孩的样式，断不得进天国，所以凡是自己谦卑像小孩子的，他在天国里就是最大的。凡为我的名接待一个像小孩子的，就是接待我。"[13]耶稣给孩子作祷告，说"因为在天国的，正是这样的人"[14]。而"凡要承受上帝国的，若不是小孩子，断不能进去"[15]。在这里，尽管孩子并不等于基督，但基督却常把自己与之比并。陀思妥耶夫斯基也正是把孩子作为基督教的最高理想，作为未来和谐的象征，作为自我回归的目标。陀思妥耶夫斯基认为"孩子使最高意义的生活富有人性——没有他们，就没有生活的目的。"他创造了一大批儿童形象，把他们当作人间的基督。正如《少年》中所说，是"天堂里的光芒，是未来的启示"。因此人的理想就是向孩童的回归。梅诗金和那些可爱的孩子一起而恢复了健康，阿辽沙在儿童的欢笑中找到了纯真的理想。而这些圣徒本身便都充满了童性。梅诗金是个"十足的孩子"，马卡尔老人，"少年"在他那一刹那的笑声里发现了一种"孩子气的，极其动人的东西闪了一下"。《卡拉马佐夫兄弟》以孩子们的欢快的笑声作结，小说虽然没有最

---

12 《新约·马太福音》第 27 章第 5 节。

13 《新约·马太福音》第 18 章第 1 节。

14 《马太福音》第 15 章第 3 节。

15 《马太福音》第 10 章第 2 节。

后完成，但应该说已经有一个很好的尾声。正是在孩子们的欢笑声中，人们仿佛瞥见了天堂里的一线光芒。

如果说基督是人类的最高理想，那么这最高理想又包含在孩童式的真纯之中。人向童年的回归，也就是向基督的靠拢。从这个意义上说，陀思妥耶夫斯基笔下的孩子形象，乃是基督原型的第三种象征变体。

陀思妥耶夫斯基的整个创作，可以说是一部伟大的神圣小说。在这部"神曲"中，无处不渗透了他的宗教意识。世界的罪恶，人心中"善"与"恶"的对立，世界的拯救（从魔幻世界到启示世界），人的复活（从"魔鬼"走向"上帝"），最后在人及人类向自己的童年的回归中找到了最高理想，它构成了陀思妥耶夫斯基艺术世界的整个体系。而这又恰恰是陀思妥耶夫斯基人道宗教与民族宗教的形象体现。有的作品，甚至直接成了足以体现他的宗教观点的《圣经》的某一段话的象征性诠释。如《群魔》篇首引用《路加福音》群鬼被赶入猪群的一段，《卡拉马佐夫兄弟》引用《约翰福音》落在地上的麦子死了便结出许多子粒的话语以阐述"种下慈善的种子"的主题。对基督教的根本问题——罪从何而来、如何拯救——的解答便成了陀思妥耶夫斯基作品的一个普遍主题：罪与罚。而陀思妥耶夫斯基小说所表现出的苦难及其对苦难的承受与超越，又使他的整个小说仿佛成了一部《约伯记》。陀思妥耶夫斯基曾为读《约伯记》而流下眼泪，感到一种"病态的愉悦"。我们在阅读陀思妥耶夫斯基小说时同样感到了一种十字架上的超越的痛苦与彻悟。

原载《外国文学欣赏》，1989 年第 1 期

基督教《圣经》与《日瓦戈医生》

"真正伟大的作品是约翰启示录"。[1]也许,《日瓦戈医生》正是这样一部具有启示录性质的作品。在这部凝聚了帕斯捷尔纳克一生对人类、社会及个体生命的全部体验的作品中,《圣经》在其中占有举足轻重的地位。作者曾宣称,要使《日瓦戈医生》成为表现其"对艺术、对圣经、对历史中的人的生命以及其它等等事物的观点"的作品。[2]小说充满了一种深刻的宗教精神。《圣经》不仅影响了男女主人公人生观的形成、生活之路的选择,而且构成了整个作品的一种神秘氛围。其中所包含的隐喻、象征,不少可从《圣经》中找到其原型性意象。为此,揭示出基督教《圣经》与《日瓦戈医生》的种种同构关系,将有助于我们对《日瓦戈医生》的新的理解。

一、流浪的使徒

也许,任何与现有秩序格格不入、渴求自由、苦苦求道的人,他必定是精神上的流浪者。人子耶稣为传福音,到处奔波,不被人理解,遭人唾弃,受苦受难,最终走上十字架,以死亡来唤起有罪的人类的沉睡的良知。死亡后的复活,终使他在天父的温柔的怀抱中找到了永恒的归宿。

而人类的始祖——亚当和夏娃,当他们被逐出伊甸园,也就开始了漫漫无期的精神漂流。赎罪的历程,就是他们重新回到上帝怀抱的归乡之程。

日瓦戈,这位二十世纪的智者、流浪汉、多余人,他对于现实的苛刻的

---

1 作品引文均出自帕斯捷尔纳克:《日瓦戈医生》,蓝英年、张秉衡译,外国文学出版社,1987年。

2 帕斯捷尔纳克:《人与事》,乌兰汗、桴鸣译,三联书店,1991年,第288页。

审视，对于永恒之"道"的不懈探求，同样使他始终处于风雨飘摇之中。他跟拉拉，"就像最初的两个人，亚当和夏娃，在世界创造的时候没有任何可遮掩的，现在在它的末日同样一丝不挂，无家可归。"在莫斯科，不过是暂住着的"旅客"。在瓦雷金诺短暂的相会又成永别，"很快就被冲击到更远的地方去"了。流浪、流浪，成了他们注定的命运。

在俄罗斯文学中是不乏流浪汉的。那一系列"多余人"，与现存秩序格格不入又找不到新的出路，因此只有流浪。而在二十世纪的暴力革命大潮中，肖洛霍夫的格利高里·麦列霍夫，帕斯捷尔纳克的尤里·日瓦戈，也都成了时代的流浪者。他们都在寻找自己的"家园"、自己的"根"。但日瓦戈与麦列霍夫毕竟不同。哥萨克农民的文化心理结构决定了麦列霍夫的追求脱离不了农民式的生活理想。而日瓦戈，作为一个智者，一个"民间传说中探索真理的人"，福音书中的"伦理箴言和准则"成了他探索的起点与终点。

"他们走着，不停地走，一面唱着《永志不忘》，歌声休止的时候，人们的脚步、马蹄和微风仿佛接替着唱起这支哀悼的歌。……'上帝的土地和主的意志，天地宇宙和芸芸众生'，神甫一边念诵，一边随着画十字的动作往玛丽亚·尼古拉耶夫娜的遗体上撒了一小把土。人们唱起《义人之魂》。接着便忙碌起来。阖上棺盖把它钉牢，然后放入墓穴。四把铁锹飞快地填着墓坑，泥土象雨点似的落下去。坟上堆起了一个小丘。一个十岁的男孩踏了上去"。

小说就这样以主人公的母亲的葬礼揭开了全篇的序幕。这个 10 岁的男孩，"从高处失神地向萧瑟的荒野和修道院的尖顶扫了一眼……迎面飞来的一片乌云洒下阴冷的急雨，仿佛用一条湿漉漉的鞭子抽打他的手和脸"，而后，舅父尼古拉·韦杰尼亚平，一个自愿还俗的神甫，把他领走了。那天晚上，暴风雪挟裹了整个世界，有如"一件件尸衣覆盖在大地"，"夜里，敲窗声惊醒了尤拉。幽暗的单间居室不可思议地被一道晃动的白光照得很亮"，这是雪地所反照出的自然之光，同时又构成一种隐喻。在《圣经》中，"光"还常常代表了神迹之光，以色列人离开埃及时，"日间耶和华在云柱中领他们的路，夜间在火柱中光照他们，使他们日夜都可以行走"（《旧约·出埃及记》第 13 章第 22 节），保罗赴大马色途中，忽然"从天上发大光，四面照着我"（《使徒行传》第 22 章第 6 节），随后基督向他讲话。"光"还代表了上帝之光、基督之光。上帝作为真理、生命、爱的化身，常成了世人的永世的"光"，上帝

"是我的亮光，是我的拯救"（《旧约·诗篇》）第27章第1节），乃是世人灵性的觉悟与启迪，"你的言语一解开，就发出亮光，使愚人通达"（《旧约·诗篇》第119章第130节）。跟从上帝如走出黑暗进入奇妙的光中。正是在那个夜晚，舅父给小尤里·日瓦戈讲起基督的故事，给他的心灵注入一丝灵性之光，直到"天色渐渐发白"。而舅父关于"忠于不朽"、"忠于基督"的训诫，对《圣经》的新的诠释，把福音书的基本精神诠解为"对亲人的爱"及"个性自由和视生命为牺牲"，也深深地影响了日瓦戈，并成为他日后的信念之"道"。日瓦戈以此作为先验的价值体系，置身于暴力革命的汹汹大潮，又始终游离于一切之外，冷眼观看着世事的变迁。战争、流血、恐怖、残杀、死亡……这伴随着革命而来的一切，与他心目中那先验的善、仁爱、道德感是那样格格不入，这使他仿佛成了生活中的"多余人"，成了《圣经》传说中那探索真理、受尽苦难而又不被人理解的使徒，成了在末日到来之时"在世界上所创造的不可胜数的伟大业绩的最后的怀念"。

"直到如今，我们还是又饥又渴、又赤身裸体、又挨打、又没有一定的住处"（《新约·哥林前书》第4章第2节），古代使徒们为传布福音受尽磨难，不被人理解与日瓦戈始终坚守着自己的"道"、茕茕孑立的旷世孤独，是否有某种对应关系呢？耶稣的灵光始终照耀着使徒们，而在日瓦戈的生命历程中，上帝同样不断地成了他的"生命之光"。

当日瓦戈失去了亲爱的母亲。"上层社会从四面八方把尤拉包围起来，这个社会像一座森林，可以感觉到，但无法通过，不容争辩，因此妈妈的去世才使他受到极大震动，仿佛他和她一起在森林里迷了路，而突然间就只剩下他孤身一人"。而此时，上帝就住在树林中，高不可攀的上天低低地垂下来，天上的星辰化作无数的神灯，这时，尤拉"便以自己全部的半开化的信仰崇奉这森林的上帝，像崇奉管理林区的人一样"。有一次，他和舅舅一起到杜普梁卡领地，在园子里，在悦耳的鸟啼和蜂鸣当中，尤拉"似乎听到了妈妈在天上的声音飘扬在草地上空"。他走进一片树丛中，"这里潮湿而晦暗，地面上到处是倒下的树木和吹落的果实。花很少，枝节横生的荆树杈很像他那本插图圣经里画的刻着埃及雕饰的权标和拐杖"，尤拉不禁悲从中来，双膝跪倒在地，祈祷上苍："上帝的天使，我的至圣的守护神，请指引我的智慧走上真理之路"，尤拉仿佛森林中迷途的羔羊，祈望着上苍的指点。

当日瓦戈历尽磨难，像"民间传说中探求真理的人"，徒步走向莫斯科。

那片没有收割的田野，老鼠成群结队地跑来跑去、野狗跟在日瓦戈后面，"奇怪的是它们不进树林，医生接近树林的时候，它们便渐渐落在后面，向后转去，终于消失了"。"树林和田野形成强烈的对比。田野没有人照料变成孤儿，仿佛在无人的时候遭到诅咒。树林摆脱了人自由生长，显得更加繁茂，有如从监狱里放出的'囚犯'。"日瓦戈觉得，"在他眼里的田野患了重病，在发烧说呓语，而树林正处于康复后的光润状态，上帝居住在树林中，而田野上掠过恶魔嘲讽的笑声"。在这里。那田野、那充满了鼠疫、死亡，正无声地呼救的田野，是否就是日瓦戈眼中的充满了凶杀、暴力的人间世界的象征呢？"耶稣被圣灵引到旷野，受魔鬼的试探"（《新约·马太福音》第 4 章第 1 节）。而今，在最后审判之日，上帝正"照各人的行动报应各人"（《新约·罗马节》第 2 章第 1 节）。跟被上帝遗弃的"田野"相反，摆脱了人而自由生长的树林却葱郁繁茂，给日瓦戈枯萎的心中注进了一丝生命的活力。

日瓦戈的生命历程就是一个不断探索生命真谛、苦苦求道的历程。"寻求真理的只能是独自探索的人"，也许这便注定了日瓦戈与时代的不合拍。现实中一切与他心目中那先验的善、仁爱、道德感是那样格格不入。在从"道"还是从"势"，"超越"抑或"介入"的选择中，他选择了前者，这使他在现实面前始终显得无所作为，始终像个流浪的使徒。如果说耶稣基督正是以其救赎、殉难、自我牺牲赢得了大众的敬佩，日瓦戈在"有所不为"的同时，又以其对上帝之道，"永恒的真理"，人的终极价值的苦苦寻求，获得了生命的价值。

二、生命与死亡仪式

但是，日瓦戈作为二十世纪的一个新的"圣徒"，他的探索，毕竟已经大大超出了基督教的原始教义。人，人的个性，成了韦杰尼亚平，也成了日瓦戈思考问题的中心。在韦杰尼亚平看来，历史是从基督开始的，因为恰恰是基督的产生标志着人的觉醒。"这个轻快的、光芒四射的人，突出了人性，故意显出乡土气息，这个加利利人，来到这俗气的大理石和黄金堆中，从此，一切的民族和神不复存在，开始了人的时代……"人的理性自觉、个性自由，成了历史的最高真谛。这是一种突出了人、人性的宗教人本主义。在性格形成过程中深受其舅父影响的日瓦戈，正是凭借这种宗教人本主义来评判历史、看待俄罗斯正经历着的那场巨变。

　　在《日瓦戈医生》对革命风暴的描写中，总使我们隐隐地想起《圣经》。在革命临爆发的前夜，日瓦戈收拾完行装准备离开那个战地医院去莫斯科，那天夜里响起了神秘的敲门声。"是谁？是谁呀？有人吗？"老小姐和医生在黑暗中争先恐后地喊，但是没有回音。突然他们又听到在另一个地方响起了先前那样的敲门声，似乎是在后门那边，可是一下子又觉得像是从花园里敲窗子。尽管最后发现是脱榫的百叶窗在拍打窗框，但他们仍深信一定有某个人在屋子外边。这敲门声，犹如日瓦戈在母亲葬礼的那个晚上听到的神秘的"敲窗声"，总使人想起那耶稣基督的训诫：你们要儆醒，抛开你们的睡眠，去迎接天父的降临，照各人的罪审判各人。那晚的暴风雨，那地上的一片汪洋，是否也就是《旧约》中描绘过的世界毁灭的预兆呢？挪亚得到"神启"，预先准备了一只方舟，才避免了那场劫难，《圣经》提示着人们：你愿不愿按照从未有过的新的方式生活，愿不愿得到精神上的幸福？在那个被称作天国的地方，没有希腊人、没有犹太人，也没有民族，有的只是个人。日瓦戈从《圣经》中得到的这种"神启"，使他曾一度瞩目于俄罗斯大地所爆发的这场旨在实现新的生活方式的变革。"我们的俄罗斯母亲行动起来了，到处行走，坐立不安，而且有说不尽的话。讲话的不单单是人。满天的繁星和树木也娓娓交谈，夜间的花草探讨着哲理，一幢幢的石砌房屋同样参加了集会。完全像是福音书上说的那样。难道不对吗？仿佛又回到了使徒们的时代。还记得保罗的话吗？'要开口讲话，发出神启、要为布道的才能祈祷'"。正是这场旨在实现人的幸福的变革，使人想起耶稣和他的使徒为了"人的觉醒"，开创"人的时代"到处传布福音。而拉拉从街垒战的枪声中所领悟到的"被践踏的人得福了，受侮辱的人得福了"，多么像耶稣基督山上布道的训示："哀恸的人有福了，因为他得必得安慰……为义受逼迫的人有福了，因为天国是他们的"（《新约·马太福音》第 5 章第 1 节）。

　　可是，当随之而来的是流血、恐怖、家庭的道义基础瓦解、人们"一下子从平静的、无辜的、有条不紊的生活跳入流血和哭号中、跳入每日每时的杀戮中，人因发狂而变得野蛮，变得比狼更凶狠可怕。荒芜的田野里老鼠横行，充满了魔鬼的笑声。世界仿佛一下子到了末日。"民要攻打民，国要攻打国，多处必有饥荒、地震。这都是灾难的起头。那时，人要把你陷在患难里，也要杀害你们……那时，必有许多人跌倒，也要彼此陷害，彼此恨恶。且有好多假先知起来，迷惑多人。只因不法的事增多，许多人的爱心才渐渐冷淡了"。(《新约·马太福音》第 24 章第 2 节)。

谁能救我们脱离"凶恶"，脱离这"弯曲的世纪"。"世界到了末日，耶稣第二次降临"，老姑娘西穆尔卡在疯癫状态下所说出的话果真成了某种"神谕"么？人类的方舟何在？世界如何走出末日，迎接一个"新天新地"的到来？在《日瓦戈医生》对革命的无不苛刻偏激的审视中，《圣经·启示录》事实上与作品有了某种内在的契合。

复活、《圣经》中既有耶稣基督被钉十字架后的复活，也包含世人承受审判后得拯救的复活，在《日瓦戈医生》对复活、对人性的复归之路的探索中，实际上包含了对人类整个生命与死亡之谜的求解。

韦杰尼亚平把历史看作是世世代代关于死亡之谜的解释以及如何战胜它的探索。日瓦戈也为此苦苦求索。在他看来，人最重要的是"心灵的纯洁、宁静和对尘世的领悟"，是消除人心中的兽性，使一切趋于完善。因而，福音书中最重要的是伦理箴言和准则。基督，首先代表了一种善的人性。唯有善，能使人有充沛的生命，使人趋于不朽。

以善引导向善，人从疯狂的兽性中摆脱出来，趋于完美，这就是生命的真谛，是人的复活之路。在日瓦戈看来，死亡是不存在的，"同一个千篇一律的生命永远充塞着宇宙，它每时每刻都在不计其数的相互结合和转换之中得到再生"。人在诞生的时候就已经复活了。当你死去的时候，你又在他人身上复活了，因为"在别人心中存在的人，就是这个人的灵魂。这才是您本身，才是您的意识在一生当中赖以呼吸、营养以至陶醉的东西。这也应当是您的灵魂、您的不朽和存在于他人身上的您的生命。……这意味着您存在于他人身上，还要在他们身上存在下去"。

《日瓦戈医生》多次写到死亡及祭献仪式。死亡，作为作品的一个重要意象，对它的描写恰恰又构成了对于生命之谜的探索、求解。在母亲死后，还是孩子的日瓦戈被痛苦和恐惧所压倒，他的心灵受到极大的震动。日瓦戈感到，母亲已经远去，"仿佛他和她一起在森林里迷了路，而突然间就只剩下他孤身一人"。而十二年后日瓦戈的岳母安娜伊万诺夫娜死时，他已"无所畏惧，无论是生是死"，因为他已觅到了开启死亡与生命之谜的钥匙。清晨，伴随着"神圣的主啊，坚强、永恒的上帝，请赐福于我们"的祝祷，起灵了，这是一个庄严的仪式，一个新的生命在天国诞生了。

也是在另一个清晨，(请注意与前面的送葬仪式在时间上的契合，如果说黄昏象征着生命终结，清晨却预示着新生命的诞生），日瓦戈与东尼娅的孩子穿过黑夜之流的那边来到了这个世界。东尼娅"高高地躺在产房中间，仿佛港湾里刚刚下碇就已卸去重载的一艘帆船；它跨过死亡的海洋来到了生命的大地，上面有一些不知来自何方的新的灵魂；它刚刚把这样一个灵魂送到了岸上，如今抛锚停泊，非常轻松地歇息下来"。高高躺在产房中间的东尼娅，使人想起某种生命的仪式。少女隐秘地给婴儿以生命，创造"生命的奇迹"，马利亚的贞洁的母性与犹太人过红海有着同等的意义。在这种生命仪式中，已经包含了永恒、不朽。

　　复活，作为一种象征意象，多次在小说中出现。当日瓦戈走完他尘世的最后历程，"桌上放着一具棺材，它低狭的尾端像一只凿得很粗糙的独木舟"，也许正是这"独木舟"将载着日瓦戈走向世界的彼岸。棺材旁放满了鲜花，"鲜花不仅怒放，散发芳香，仿佛所有的花一起把香气放尽，以此加速自己的枯萎，把芳香的力量赠给所有的人，完成某种壮举。很容易把植物王国想象成死亡王国的近邻。这里，在这绿色的大地中，在墓地和树林之间，在从花畦中破土而出的花卉幼苗当中，也许凝聚着我们竭力探索的巨变的秘密和生命之谜。马利亚起初没有认出从棺材中走出的耶稣，误把他当成了墓地的园丁"。耶稣被钉十字架后曾被葬于一个园子里，《约翰福音》记载，耶稣复活的那天早晨，抹大拉的马利亚站在耶稣的坟墓外边哭，忽然看见耶稣站在那里，却一时认不出来，耶稣问："妇人，你为什么哭？你找谁呢？"马利亚以为他是看园子的，就对他说："先生，若是你把他移了去，请告诉我，你把他放在哪里，我便去取他。"这时耶稣用熟悉的声音喊："马利亚"，马利亚才听出来，知道是耶稣复活了。也许，耶稣本就是园丁，他曾在挂满橄榄枝的山上传道，在客西马尼的林园度过尘世间最后的生命时光，而今，他复活了，成了墓地的"园丁"，掌管着开启死亡与生命之门的钥匙。"太初有道，道与上帝同在"（《新约·哥林前书》第4章第2节），日瓦戈在经过漫长的漂泊、求索之后，终于成了上帝身边的一个新的圣徒。拉拉"走到安放在桌子上的棺材跟前，慢慢地向尸体画了三个大十字，并用嘴唇去吻死者冰冷的前额和两只手"。这是一次庄严的祭献仪式。日瓦戈如那植物王国的花草树木，完成了"某种壮举"，他的精神又复活了，这是自然生命的复活，也是人性力量的复活。日瓦戈的一生是悲剧性的一生，但是，又以其对永恒之"道"的追求，爆发出辉煌的生命之光。"凡要救自己生命的，必丧掉生命。凡为我丧掉生命的，必求了生命"（《新约·路加福音》第9章第4节）。日瓦戈的命运正应验了托尔斯泰老人的那句话：我们的死即是生的开始。《日瓦戈医生》成了一部生命之歌。

结语

《日瓦戈医生》在对暴力革命与道德人性的思考，对生命与死亡、人的绝对价值、永恒存在的探索中，充满了一种深刻的宗教精神。美国天主教修士、作家托马斯默顿在给帕斯捷尔纳克的信中曾谈到："您这部分是一个世界：天堂与地狱，神秘性的人物尤里和拉拉如同亚当和夏娃，他们穿行在只有天主才知道的黑暗之中。他们所踏行的土地因他们而变得圣洁。这是俄罗斯神圣的大地，大地上有令人神往的命运，它是神秘的隐蔽的，藏在神的思维中"，[3]而作者在解释他为什么要大量引进宗教象征时强调，他是要把"基督教的实质分解出来"[4]通过"宗教象征手法——给这部分增加一些温暖"，[5]作者把耶稣基督看作是活生生的"突出了人性"的人，负着救人于沉沦，救历史于凶恶的使命。苦难、圣爱与拯救，基督教的这一基本精神恰恰构成了《日瓦戈医生》的深层意蕴。但这一切又都是以人为出发点及最后归宿的，这是一种宗教人本主义。正像作者所强调的，不能从神学角度来观这部小说。"任何东西也超不过我自己对世界的看法"，[6]作者通过《圣经》，探索的恰恰是历史与现实中的人的命运，俄罗斯民族的命运。小说结尾，"世世代代将走出黑暗，承受我的审判"，仿佛成了某种神谕，某种启示。帕斯捷尔纳克，为我们创造了20世纪的一部新的启示录。

原载《俄罗斯文艺》，1999年第2期

3　帕斯捷尔纳克：《人与事》，乌兰汗、桴鸣译，三联书店，1991年，第330页。
4　帕斯捷尔纳克：《人与事》，乌兰汗、桴鸣译，三联书店，1991年，第291页。
5　帕斯捷尔纳克：《人与事》，乌兰汗、桴鸣译，三联书店，1991年，第358页。
6　帕斯捷尔纳克：《人与事》，乌兰汗、桴鸣译，三联书店，1991年，第359页。

论艾特玛托夫小说的神话模式

艾特玛托夫的小说创作以《白轮船》为分野，可以很明显地分为前后两个阶段。随着艺术思维的拓展，作者在《白轮船》中开始有意识地引入神话和传说。这种倾向贯穿在《花狗崖》《一日长于百年》《断头台》等一系列作品中。《白轮船》中的"长角鹿妈妈"的故事，《花狗崖》中的野鸭鲁弗尔和"鱼女"的故事，都属于神话。《一日长于百年》中关于"阿纳贝特墓地"、歌手赖马雷与白姬梅及成吉思汗远征军中一对情人殉情[1]的故事，则显然都属于民间传说的范畴。《断头台》中的"耶稣殉难"是对宗教传说的改写。[2]这些神话、传说构成了艾特玛托夫小说神话模式的表层结构。而神话作为一种具有原型意义的叙述程式，在现代小说中不断重复出现，如斯坦倍克《愤怒的葡萄》、乔伊斯《尤利西斯》、福克纳《喧哗与骚动》、海明威《老人与海》、帕斯捷尔纳克《日瓦戈医生》，它们或以其在故事上与某一神话的对应，或以某个神话框架作为总体象征，而使这些小说本身演变成了现代神话。同样，艾特玛托夫小说在引入过去的神话和传说时，构成他小说整体的一个个具有神话意味的程式化"故事"，又常使他的整个小说具有神话仪式的特征。如果说《白轮船》尚处于引入神话仪式的初始阶段，而现实世界中的长角鹿再次历难，作为"弃儿"的孩子投入水中的故事，依然带有非常浓厚的神话意味，那么，《花狗崖》中的成年仪式，《一日长于百年》中的悼念仪式，《断头台》中的历难仪式，则更构成了贯穿这些作品始终的一种神话模式，它们与作品中引入

1　新面世的《成吉思汗的白云》作为"增补长篇的中篇"，本文把它放在《一日长于百年》中一起论述。
2　从世俗角度说，宗教中的许多故事同样是神话或传说。

的古代神话、传说原型形成对应、同构或变奏的关系。揭示这些神话模式的原型意义，进而探讨艾特玛托夫对现代人的处境与人类的悲剧性命运的独特思考，正是本文的目的所在。

上篇　"故事"——作为仪式的象征

列维-斯特劳斯在《结构人类学》中指出：

> 神话是翻译便是背叛这个公式达到其最低真实价值的那个语言部分。……不管我们对神话于中产生的那个民族的语言和文化是多么的无知，一个神话仍会被世界上任何地方的任何一个读者认作一个神话。它的实质不在于它的文体、它的原始音乐、或它的句法，而在于它所讲述的故事。[3]

在现代小说中，神话通常只是作为一种隐结构在故事进程中被暗示出来，而艾特玛托夫的小说却直接引入了不少神话传说，它们构成了艾特玛托夫小说的一个独特的神话世界。我们首先从阐述这些"故事"入手。

《白轮船》《花狗崖》中的"长角鹿妈妈"、"鱼女"的故事，都是具有原始社会图腾崇拜特征的神话。作为原始部落的图腾，一方面是自然神（动植物神），一方面又是原始部落的始祖母。因而，反映这种图腾崇拜（从动植物神中寻找人类始祖）的神话，也就往往成了部落起源神话。它基本上可归纳为两大模式：（一）动植物神化身为氏族始祖，（二）动植物神由于与人结合而成为氏族始祖。[4]"长角鹿妈妈"的故事，显然近似于第一种模式。在远古时代，住在艾涅塞河边的吉尔吉斯族在埋葬自己的头人的时候遭到邻近敌对部落的攻击，幸存的两个孩子（一男一女）在即将被抛入水中时，被一只美丽的长角鹿救起，鹿带着他们跋山涉水，到达伊塞克湖滨，两个孩子长大后成亲，共生下七男七女，以后代代繁衍，一个新的民族布古族从此强盛起来，长角鹿妈妈成了他们族的"圣母"。长角鹿是作为一个民族的拯救者出现的，这点与希腊和圣经神话中人类的历难与再生的故事类似，但在古希腊或圣经神话中人类的拯救者是神，而使布古族再生的却是一只鹿，它最终演变成了这个民族的始祖母，这显然带有动物图腾崇拜的色彩。"鱼女"的故事则属于动植物神由于与人结合而成为氏族始祖的图腾神话。世界上不少民族都有过

3　罗伯特·休斯：《文学结构主义》，刘豫译，三联书店，1988年，第95页。
4　参见马焯荣：《中西宗教与文学》，岳麓书社，1991年，第233页。

人与动植物神交配繁殖子孙的神话。在西非黄金海岸的青花鱼部族和阿比部族流传的一个土人捕得一尾鱼，鱼变成美丽少女，二人生儿育女、子孙繁盛的故事[5]，与《花狗崖》中的瘸兄弟与"鱼女"结合生下孩子，"鱼女"的子孙从此繁盛的故事更是如出一辙。而野鸭鲁弗尔的故事则是具有动物崇拜特征的创世神话。远古混沌初始，茫茫洪荒，一片汪洋，野鸭鲁弗尔为寻找落脚之地，从自己的胸脯上啄下一些羽毛，筑了一个窝，从此形成了陆地，以后陆地上逐渐出现各种生物，人成了万物之灵，慢慢繁殖起来。这个"创世神话"，与希腊创世神话混沌开俄斯生下黑夜、太空、白昼，地母盖娅生了天空乌拉诺斯和大海、高山，乌拉诺斯与母亲盖娅结合生下六男六女十二天神不同，也与圣经神话上帝创世造人不同，野鸭创造陆地带有更原始的动物崇拜痕迹。

在《一日长于百年》的三个传说中，"阿纳贝特墓地"的故事显然占据了小说的中心地位。柔然人让俘虏带上希利，使他们成为丧失记忆的曼库特。一个曼库特将前去寻找他的母亲，阿纳贝特从此成了"母亲安息之所"。在《断头台》中，艾特玛托夫引入《圣经·新约》中耶稣历难、上十字架的宗教传说，又对它作了独特的改写。艾特玛托夫截取的是福音书中法利赛人将耶稣交给罗马驻犹太总督本丢·彼拉多，彼拉多审判耶稣的情节。四福音书前三部"马太福音"、"马可福音"、"路加福音"作为"同观福音"，此段情节基本相同，惟《马太福音》多了"夫人打发人来说，这义人的事一点不可管。因为我今天在梦中，为他受了许多的苦"[6]的记载。《约翰福音》不以记述耶稣行迹见长，而是着重阐述宗教教义，开篇即点明"太初有道，道与上帝同在"[7]，将耶稣看作是上帝之道的人形显现，突出耶稣"神性"教义的崇高，因而在耶稣与彼拉多谈话时，耶稣着重申明："我的国不属这世界"，"我是王，我为此而生，也为此来到世间，特为给真理作见证。"[8]艾特玛托夫依据《马太福音》所提供的情节框架，对《约翰福音》中耶稣来到尘世"特为给真理作见证"作了极大的发挥。彼拉多与耶稣的交锋成了追求地上的权势与追求人的精神世界的完善的对立。人存在的意义在于使自己的精神得到自我完善，耶

5　参见马焯荣：《中西宗教与文学》，岳麓书社，1991年，第239页。

6　《新约·马太福音》第27章第3节。

7　《新约·约翰福音》第1章第1节。

8　《新约·约翰福音》第18章第6节。

稣以自己的死来唤起人们去追求真理，在他看来，所谓复活不过是人们"通过受难，通过每天同自身邪念的斗争，通过对恶习、暴力、嗜血的否定来到我身边"[9]，"我在人间通过自己的受难回归到自己，在人间又回归到人们。"而"末日审判"，它早就在我们头上进行着，"自从人类的始祖被逐出伊甸园，邪恶如深渊般张着大口，人们遭受了数不尽的战争、暴行、杀戮、放逐、不义、屈辱！自从开天辟地以来，尘世间反对善、反对本性的全部可怕罪孽，——难道这一切不是比末日审判更可怕的惩罚吗？""世界末日不是由我而来，不是由自然灾祸而来，而是由人们的仇视而来，由你刚才怀着统治者的狂喜心情竭力颂扬的那种仇视和战争而来"，在艾特玛托夫笔下，耶稣成了一种善的化身，道德完美的象征，人间罪孽的殉难者。这便是艾特玛托夫所塑造的"现代基督"的形象，这个完全艾特玛托夫化了的宗教传说，本身便成了一个巨大的隐喻，一个现代神话。

与此相对应，在艾特玛托夫引入神话、传说时，他的整个小说亦带有某种神话仪式的特征。小说中的现实世界常与神话世界形成对应。《白轮船》中"长角鹿妈妈"的历难，已经蕴含了一个现代悲剧。《花狗崖》中的"鱼女"的故事与孩子的成年仪式，《一日长于百年》中的"阿纳贝特墓地"的传说与安葬卡普加赞的悼念仪式，《断头台》中的耶稣殉难与阿夫季的悲剧性故事，亦都有着内在契合。正如罗伯特·休斯所说："现代小说的形式不仅从未完全失去与这些原始形式的联系，而且经常回到自己的源头去汲取它们所拥有的那种近乎魔术般的神奇力量。神话的普遍性是这一传统的一个重要特征。"[10]

在《白轮船》中，"长角鹿妈妈"的历难，已经预示了现实生活中长角鹿再次历难、孩子投入水中的悲剧性故事的发生。"长角鹿妈妈"救了吉尔吉斯族的最后两个人，可当这个族的人重新繁衍增多之后，又开始残暴地杀害"长角鹿妈妈"的后代。这使我们想起《圣经》创世神话，上帝造了人，"当人在世上多起来，又生儿女时候"，"耶和华见人在世上罪恶很大，终日想的尽都是恶事，耶和华就后悔在地上造人，心中忧伤"。[11]在人类繁衍的同时又伴随着罪孽的滋生，人的本性之恶仿佛成了一种"原罪"，亘古如斯。在小说所

9　艾特玛托夫：《断头台》，冯加译，外国文学出版社，1987年，以下不再另注。

10　罗伯特·休斯：《文学结构主义》，刘豫译，三联书店，1988年，第95页。

11　《旧约·创世纪》第6章第1节。

讲述的现实故事中，许久没有出现过的"长角鹿妈妈"的子孙出现时，再一次遭到人的屠戮。怀着美好的神话之梦的孩子"历劫"之后，只好跳入水中，去寻他的白轮船。这是一个现代"弃儿"的历难型神话，也是现代人类的悲剧性命运的一个隐喻。

《花狗崖》的整个故事，是为 12 岁的基里斯克举行的一次成年仪式。"居住在花狗崖的所有'鱼女'的子孙都知道，今天这次出海，是为了基里斯克，为了这个未来的猎手和养家活口的人而举行的"，"对他来说，这次出海是他的猎人生涯的开端"[12]。弗雷泽曾将具有图腾崇拜特点的这一成年仪礼看作是"死亡与复活的仪礼"：

> 在许多尚未开化的野蛮氏族中，尤其是在那些奉行图腾制的氏族中，孩子们到了青春期，按习俗都要举行一定的成年礼，其最常见的做法之一就是假装杀死已到青春期的孩子又使他复活。假如说这样是为了将孩子的灵魂转入其图腾，那么，对这种仪式就可以理解了。因为要想把孩子的灵魂招出体外，很自然地就会想到把孩子杀死，或者至少使孩子昏迷如死（原始人把昏迷不醒看得同死亡一样，不能区别）。孩子极度昏厥后苏醒过来，可以说是身体机体的逐渐恢复，然而原始人则解释为这是从孩子的图腾身上输入新的生命。所以从这些成年礼的本质就是假装死亡和复活的现象来看，可以说是人与其图腾交换生命的仪礼。[13]

小猎手基里斯克经历的正是这样一次"人与其图腾交换生命的仪礼"。作为"鱼女"的子孙，"这里有一条规矩：只要生下来是男的，都必须从小跟大海结成兄弟，好让大海知道他，也让他尊重大海。"基里斯克跟着爷爷奥尔甘、父亲艾姆拉英、叔父梅尔贡，躲过"魔鬼"的跟踪，来到海上。浓雾将他们"吞噬"，在极度的干渴中，爷爷、叔父、父亲为了多留点清水给基里斯克，相继跳入海中，投向"鱼女"的怀抱，基里斯克在"昏厥"中，"奥尔甘风"、"梅尔贡波涛"，"光辉的艾姆拉英星"导引着小船前进，当孩子"苏醒"过来，花狗崖突然出现在他的面前时，他又重新返回陆地，回到自己的家。这正是原始宗教成年仪礼中的"离家——被神灵吞噬——死去或昏厥——被吐

---

12 《白轮船》，《花狗崖》，分别见《艾特玛托夫小说集》（中、下），外国文学出版社，以下不另注。

13 弗雷泽：《金枝》，徐育新等译，中国民间文艺出版社，1987 年，第 987-988 页。

出、苏醒——重新回到家中"这一模式的再现。弗雷泽认为，成年礼中吞吐受礼者的怪物都被视为有威力的鬼怪或祖先的神灵，这些仪式的本质正在于待他回生时则换成为动物的生命，这生命如果不是他的保护神，至少也是同他有着极为亲密关系的动物。[14]基里斯克经过这一"仪礼"后，他的生命中也就注入了作为他们部落图腾的"鱼女"的生命，他从此将作为一个真正的海上猎人为"鱼女"所认识、所接纳，作为真正的男子汉不再害怕魔鬼的伤害。人们将为他举行谢神仪式，"用枫树枝做成的鼓槌，击打着圆木大鼓，跳起舞来"，他们将歌唱大海的慷慨，赞美他们种族的祖先"鱼女"的伟大。作为"智慧老人"的巫师将同地神和海神对话，祈求他们对基里斯克仁慈宽厚，保佑他福星高照，儿女成群。手舞足蹈、如癫似狂的巫师还要把这个新猎手的命运托付给天上的一颗星，在载歌载舞的喧闹中，他们将唱起这样的歌：

> 你在哪里遨游，伟大的"鱼女"？
> 你灼热的肚腹创始了生命，
> 你灼热的肚腹把我们在海边诞生，
> 你灼热的肚腹是世界上最美好的去处。
> 你在哪里遨游，伟大的"鱼女"？
> 你的雪白的乳房好像海豹的头，
> 你的雪白的乳房把我们在海边哺育。
> 你在哪里遨游，伟大的"鱼女"？
> 最坚强的男人将向你游去，
> 愿你的肚腹更加美丽，
> 愿你在陆地上的子孙兴旺昌盛……

在小说《一日长于百年》中，贯穿始终的是为鲍兰雷-布兰内会让站老铁路工人卡赞加普所举行的一次安葬和追荐仪式。为布兰内这个荒凉的小站默默奉献了一生的卡赞加普离开了人世。"现在可没有卡赞加普这样的人了。最后一个也死了"。[15]从城里赶回来的儿子却只想将父亲草草埋葬了事。叶吉盖却坚持要把他的老朋友送到离小站 30 俄里远的乃曼族坟地阿纳贝特——"母亲安息之所"去，"此刻，在去往阿纳贝特的途中，叶吉盖思绪万千。面对着升起在地平线上的太阳，时间逐渐推移，他回忆着往事。"小说正是以此展开叶

---

14 弗雷泽：《金枝》，徐育新等译，中国民间文艺出版社，1987 年，第 987-988 页。
15 艾特玛托夫：《一日长于百年》，张会森等译，新华出版社，1982 年，以下不另注。

吉盖对自己、对卡赞加普、对整个布兰内小站几十年的生活的回忆。这也是作为生者对死者的悼念。列维-斯特劳斯认为："悼念仪式对应着一种相反的生命程序：不是以活人体现远祖，这些仪式的目的在于使不再活着的人复回为祖先。"[16]如果说《花狗崖》中的成年仪式，《一日长于百年》的悼念仪式都带有祖先崇拜的特点，它们在程序上却又恰恰相反：《花狗崖》是在代表未来的孩子身上注入祖先图腾的生命，《一日长于百年》却是将死去的人送到"母亲安息之所"，使他"复回为祖先"，从而让卡赞加普这个充满了纯朴道德感和默默无私的奉献精神的人永远活在后人的"追忆"之中。

艾特玛托夫 1986 年的新作《断头台》由三条线索组成：一对草原狼苦苦求生、不断地失去它们的"家园"的悲剧；牧区先进工作者鲍斯顿在现实邪恶的压迫下走向他个人的"世界末日"；从神学院出来的阿夫季以拯恶劝善为己任的精神探索。这三条线索恰恰都共同对应于一个宗教神话原型：神话乐园的被破坏，人或动物的历难。在遥远的莫云库梅荒原，被追逐的羚羊和追逐的狼"联成一个残酷的生存斗争之环"，构成了"荒原上生死轮回的天赋的合理性"，而人这一"地上的神灵"的出现恰恰改变了这一"万世不移的事物进程"，生存"和谐"被打破。在声势浩大、组织严密的大屠戮中，狼和羚羊一起逃命，死羚羊堆积如山，"荒原给天国作出了血的奉献……简直如同《启示录》中描写的世界末日那么可怖"。母狼阿克巴拉和公狼塔什柴纳尔失去了它们的孩子和"乐园"，远走它乡，从此只能对那"失去的天地"保持一份遥远的追忆。而在伊塞克湖区，它们的"家园"再次遭破坏，孤苦伶仃的母狼到处寻找自己的子女，到处游荡。国营牧场的先进工作者鲍斯顿曾有一个温暖幸福的家，可是当巴扎尔拜掏了狼窝里的狼崽，在母狼和公狼的追逐下逃到他家时，命运的"可怕的惩罚"从此降临到了他们头上。当鲍斯顿无法迫使巴扎尔拜放回狼崽，当母狼和公狼为寻找子女每夜都在他家门外哀嚎时，人间的真理与正义既然无法制伏邪恶，鲍斯顿只好拿起那管枪，打死了巴扎尔拜，打死了叼起自己孩子的母狼，也不幸打死了自己的儿子，自己也走向伊塞克湖的湛蓝的湖水。他由此领悟到一个可怕的真理："这个世界，已经完了。……这是他个人的大悲剧，也是他的世界的末日……"。

在这两条线索之外，作为小说的主线的是阿夫季和他的探索。艾特玛托夫曾对小说的书名作过解释："在这种情况下，书名断头台被赋予某种意义，

---

16 列维-斯特劳斯：《野性的思维》，李幼蒸译，商务印书馆，1987 年，第269-270 页。

走向断头台意味着在人生的道路上去经受十字架的痛苦。"[17]断头台既是行刑的台架，又是人生历难与精神复活的象征。从这个意义上说，小说书名本身便赋予了作品以宗教神话的仪式特征。阿夫季作为"当代上帝"，他的为寻求人的道德完善之路的苦苦求索，他的拯救罪恶的灵魂，给人世带来"真理和善的福音"的热望，他的布道，总使我们想起两千年前的那个圣者的崇高使命。阿夫季不被人理解，反而被人嘲笑，被拷打得遍体鳞伤，他的历难仿佛就是耶稣基督和他的门徒在艰难的传播福音的过程中被驱逐、唾弃、嘲笑的历难的再现，"直到如今，我们还是又饥又渴、又赤身裸体、又挨打、又没有一定的住处。……直到如今，人还是把我们看作世界上的污秽、万物中的渣滓"[18]。同是那个星期五，与那个在临死前自命不凡得不肯说一句求饶的话的"伯利恒的怪人"一样，阿夫季在被推下火车的一刹那，望着可以赦他一命的贩毒团伙头目格里申，也紧闭着嘴唇不肯说一句话……后来，在围捕羚羊的坎达洛夫一伙里，阿夫季因不肯参加这一血腥大屠杀，被捆绑起来，头头拿酒泼在他脸上，又倒上一杯往他喉咙里灌，最后被挂在盐木上，"头歪在一边，嘴角淌着鲜血"；耶稣基督临刑前，人们"戏弄他"，"吐唾沫在他脸上"，"拿苦胆调和的酒"[19]给他喝，他最终被钉在十字架上。连他们"由于对人的本性估计不足"所包含的"难以消除的嘲讽"，都是那样的相似。亘古的邪恶，仿佛冥冥中的一条线，穿过人类的记忆，穿越无限的时空，把创世初期的一个"怪人"和 20 世纪 80 年代的另一个"怪人"的命运联在了一起。《断头台》本身，也便带有了宗教的庄严而悲壮的历难仪式的意味。

下篇　结构与母题——时间循环与原型回归

列维-斯特劳斯在《野性的思维》中认为，神话的历史表现出既与现在分离、又与现在结合的矛盾。二者分离是因为最初的祖先与现代人的禀性各异，前者是创造者，后者是模仿者。二者结合是因为，自从祖先出现以来，除了周期性地消除其特殊性的那些反复出现的事件以外，没有别的东西传递下来，只是神话把一代代的活人和死人联系在一起。为此，他把澳大利亚部落的仪式分为三类：控制仪式，纪念性或历史性仪式，悼念仪式。历史性仪式

---

17 冯加：《断头台·译后记》，第 410 页。

18 《新约·哥林前书》第 4 章第 2 节。

19 《新约·马太福音》第 27 章第 3 节。

把过去带入现在，重新创造了神话时代的梦的气氛，悼念仪式则把现在带入过去，使不再活着的人复回为祖先，如图所示：

生　命
永恒性与周期性
控制仪式（＋－）

共时性

梦　　　　　　　　　　　　　　　　　死亡
过去 ——→ 现在　　　　　　　　　现在 ——→ 过去
历史性仪式　　　　　　历时性　　　悼念仪式
（＋）　　　　　　　　　　　　　　（－）20

　　艾特玛托夫的小说中，将过去与现在、活人与死人联系在一起的，正是这种以梦和死亡作媒介的历史性仪式和悼念仪式，他的小说中神话世界与现实世界对应，在时间结构上往往呈现为一种圆形循环。体现在《白轮船》中，便是"长角鹿妈妈"的历难，怀揣着神话之梦的孩子的历劫与回归。而小说《花狗崖》，一开始就向我们展示了一幅大海与陆地永恒搏斗的画面。自从野鸭鲁弗尔创造了陆地，它们就一直这样搏斗着，也将在以后的"无穷无尽的日日夜夜"，永远搏斗下去，小说结尾，再一次重复这一画面，预示了宇宙存在的永恒循环。在这一背景下，小说通过一次成年仪式，讲述了一个关于生命、死亡与复活的故事。爷爷、父亲、叔父为了基里斯克，都相继投身海中，而他们的生命同时也就在基里斯克身上复活了。"父亲，这就是他自己，就是他的开始，而他是父亲的继续"。小说故意不指明故事发生的时间，于是个人被抽象化，成了人类群体的隐喻符号，人物的表面的行为亦都以神话的方式表现出来，[21]从而引出一个主题：人类正是在死亡与再生的不断循环中，走向永恒。

20　[法]列维-斯特劳斯：《野性的思维》，李幼蒸译，商务印书馆，1987 年，第 269-270 页。
21　《美国学者论艾特玛托夫》，浦立民译，《外国文学动态》，1983 年第 10 期。

《一日长于百年》以一次葬礼作为结构中心。"命运的圆环好像闭合了。讲述有关阿纳贝特墓地的传说的人，自己也要在这墓地里寻找安息之处了"。在这种时间循环中，小说将传说中的过去、最近和现在、设想中的未来三个时间平面组合在一起。赖马雷一百多年前所感受到的爱情而今在叶吉盖身上"像回声一样又重现了"。13世纪成吉思汗大军中那场带有神话色彩的人间悲剧不幸被20世纪的阿布塔利普记载下来，竟又成了另一人间悲剧的起因。传说中丧失记忆的曼库特，现实生活中的萨比特让、唐塞克巴耶夫之流，及其切断与林海人的"新世界"的联系，切断使地球上发现更好的生活方式的"记忆"，同样构成一种时间循环。《断头台》中，阿夫季"为了寻找自我，在回溯往昔生活的同时，他在冥冥中又回到了创世初期——有一条线，贯穿不断流逝的时间，把这个起点同他的命运连在一起"。阿夫季的历劫和回归，同样完成了一次时间循环。

从以上分析中可以发现，连结艾特玛托夫小说神话世界与现实世界、并使现实世界也带有神话意味的是"记忆"。记忆作为一种形式要素，既是作品的结构之链，同时又是"意义"本身。正如麦德维杰夫在采访艾特玛托夫的一篇文章《生活与回忆》中谈到的："神话成了作家的一种思维方式，而且由于其与当代现实交融在一起，它是不能替代的。对艾特玛托夫来说，对往昔的回忆——便是实质、便是内容，有着高度的神话性。"[22]在《白轮船》《花狗崖》《断头台》中，对往昔"神话"的"回忆"是通过仪式性的"梦"体现出来的。"长角鹿妈妈"的故事存在于爷爷和孩子的"梦"中。《花狗崖》中的奥尔甘爷爷，也是无数次地在梦中见到"鱼女"，又不得不与"鱼女"分离，"他永远渴望着再回到梦境中去。他怀着难以忍受的痛苦，永远渴望同她——伟大的'鱼女'见面。"《断头台》中作为先哲的耶稣形象同样是出现在阿夫季被推下火车后的昏迷之"梦"中，"阿夫季急急忙忙往回走，他越过了自己的始祖，突然出现在客西马尼"。这"梦"将作为过去的"神话"带入现在。而《一日长于百年》则以"死亡"为纽带，通过悼念这一回忆性仪式使死去的人回归为祖先，将现在带入过去。记忆，构成了艾特玛托夫小说的独特意味。

艾特玛托夫小说中那些神话之"梦"的持有者，当他们死去时，他们同时也就像悼念仪式中的死亡一样，从现在回归到了过去，回归到了那原始之

---

22 《外国文学动态》，1983年第10期。

"梦"中。这在结构上都对应于古代神话中常见的"历劫——回归"这一模式。《白轮船》中的孩子不堪忍受现实的邪恶，怀揣着爷爷讲的那个故事，跳入水中寻他的白轮船去了。奥尔甘爷爷在浓雾的包围中跳入海里，终于圆了那个活着时永远难圆的梦：与鱼女结合。小男孩基里斯克也是在死亡一般的"昏厥"中注入了"鱼女"的生命，完成了他生命的回归旅程。《断头台》中的阿夫季，在尘世间经历了一番救赎的考验之后，也重新回到了他的所来之处。在这里，死亡不再是直线时间观念下的生命的终结，而成了到达再生的彼岸的过渡。生命，正是通过死亡取得了另一种形式的再生。有的研究者认为，古代许多民族的圆形回归的时间信仰的形成，乃是源于古代人对死与再生的神话信仰以及对自然现象的神话思维。死亡乃是断绝现实时间而回归另一永恒时间所必经的过程，死与再生成了许多神话的主题。这些神话都是通过迷路、试炼、放逐、受难的历劫而到自我完成，这种自我完成也就是由俗到圣、由虚幻到永远、由死亡到再生、由人到神的通过仪礼（Rites of Passage）[23]。在艾特玛托夫小说中，人物由俗到圣，由死亡到再生的"通过仪礼"的中介往往是"水"，"水"成了作品中一个富于神话原型意义的重要意象。《白轮船》中的孩子怀着要变成一条鱼、游向白轮船的梦想，"走到河边。径直跨进水里……"，《花狗崖》中的人物都经历了水中的死亡（对基里斯克来说，便是水中的昏迷）。《断头台》中的阿夫季在被推下火车后（第一次历难）是一场"救命雨"使他"再一次从虚无世界中复活"。当阿夫季第二次历难，被挂在盐木上即将死去时，"他那渐渐失神的目光仿佛看到一片大水，一片无边无际的汪洋大海……蓦地阿夫季听到自己童年时的声音，那银铃般的童音令人感奋地在世界上飘荡：……让那艘海船始终在它原来的航线上行驶，日以继夜、夜以继日。……让这条船驶向遥远的彼岸那光辉的城市，虽说千百年来还无人靠近过它，阿门！"鲍斯顿也在赶路，"那高高隆起的蓝湛湛的伊塞克湖越来越近了。他真想融进这片湖水，化为乌有……"。

有意思的是，在艾特玛托夫小说所引入的神话中，"水"同样是其中的一个重要意象。《白轮船》表现的是吉尔吉斯族的最后两个人在水边的历难与被拯救。《花狗崖》中瘸兄弟与鱼女结合，后来婴儿被弃于海边沙滩上，这个婴儿长大后与其它部族的女性结婚，繁衍了"鱼女"的子孙。《断头台》中，耶稣受审时在总督的大厅里沉思，"他清晰地想象出两岸间一股活水——水流动

23 王孝廉：《中国的神话世界》，作家出版社，1991年，第122页。

着，亲吻着土地和岸边的青草，他似乎听到了哗哗的水声，仿佛有人划动双桨，把小船划到他生活着的地方，仿佛有人想把他弄到船里把他带走，同他一起从这里游开"。他由此想到五岁时有一次与母亲一起漂于尼罗河，小船顺流而下，漂到江心，突然游来一条硕大的鳄鱼，正当他们惊恐万分时，鳄鱼却以自己的脊背推着小船回到了岸边。蒙主恩泽的玛丽亚流着眼泪对男孩说："耶稣……你是他的爱子，耶稣！你会长大，才智过人，耶稣！你会成为先知……"，这与世界各地流传的弃儿型神话类似。《圣经》神话中的摩西，印度的沙恭达罗，中国的岳飞降世，都有一个共同的模式：即婴儿被弃于水中，而后被拯救，获得再生。为此，有的研究者归纳出这一神话原型的一些共同因素：初生儿、母亲、水面、容器、救婴儿者（动物或人）、婴儿被救、长大后发迹（或成为开国君王，或成为民族英雄等）[24]。《白轮船》《花狗崖》中的孩子被救后分别成了部落的始祖，耶稣（当彼拉多问他是否"弃儿"时，他回答："我是弃儿，是我的天父通过圣灵偷偷抛到尘世的。"）长大后成了"先知"，"犹太人的王"。

至此，我们似乎可以揭开艾特玛托夫小说人物的"水中的死亡"之谜了。各民族的创世神话往往以一片原始混沌的大水作为世界万物的最早生命形态。不少原始民族往往有将死者抛入水中以祈祷春天和生命重返大地的仪礼。[25]而在宗教洗礼仪式中，水又象征着洗去原罪的污浊，获得精神上的新生。正如弗莱在《原型批评：神话理论》一文中所说："按照传统，水属于低于人类生命的存在领域，属于正常死亡后的混沌和分解状态，或者属于有机体向无机体还原的过程。因此，人在死亡时，灵魂常常要涉过水域或者沉入水底。在启示的象征中，'生命之水'即伊甸园中的四重河水在上帝之城中再度出现，在宗教仪式上则体现为洗礼。"[26]水，作为生命的象征，主人公死亡时灵魂"涉过水域"，也就是一次从死亡到再生的"通过仪礼"。艾特玛托夫小说中的主人公往往类似于弃儿型神话中的"弃儿"。如在《白轮船》中，他作为一个在罪恶的现实世界无法存身的"弃儿"跳入了水中。艾特玛托夫在谈到《白轮船》的构思时，曾设想过这样一个结局："也许写到阿洛斯古尔砍下母鹿的头便搁笔，孩子不知所措地站在一旁，却毫无办法阻止这件事情。"

---

24 叶舒宪：《水：生命的象征》，《批评家》，1988年第4卷第5期。

25 叶舒宪：《水：生命的象征》，《批评家》，1988年第4卷第5期。

26 叶舒宪选编：《神话—原型批评》，陕西师范大学出版社，1987年，第189页。

前东德文学评论家古奇凯对此评论道："那太可怕了，那真会产生一种毫无出路的感觉。……同那种结局相比，孩子的死却是幸福的结局。"[27]这句话精辟地表明，正是"水中的死亡"使小男孩回到了生命本源。《花狗崖》非常典型地表现了一个水中的死亡与再生的故事，小船驶入大海，"四周都是水，海水吞没了全部大地，从天涯到海角"，大人通过水中的死亡将生命回归到了基里斯克身上，孩子通过水中的昏迷与苏醒，使其身上注入了图腾的生命，从此成为一个"强壮的"，无论什么魔鬼都不怕的男子汉。《断头台》中的阿夫季、鲍斯顿，也正是通过融入水中，返朴归真，回归原始生命状态。

　　回归，成了艾特玛托夫小说的一个原型模式：作为生命的象征的水，以其透明、洁净表现在艾特玛托夫小说中，准确地说，更是原始柔性的象征。这是一种母腹回归。《花狗崖》中的歌谣唱道："你在哪里遨游，伟大的'鱼女'？……你灼热的肚腹把我们在海边诞生……最坚强的男人向你游去……"。在降生前曾经在母腹中飘浮，而今又回归这生命所来之处，其中喻意不言自明。小说中，"长角鹿妈妈"、"鱼女"作为母性动物、作为民族的起源之神，对她们的追忆，也就成了对仁慈、宽厚、母性柔情、人与自然的亲和关系的追忆。在《一日长于百年》中，则表现为回归"母亲安息之所"，在那里找到永久的生命归宿。而《断头台》中的耶稣所代表的仁慈、宽恕、怜悯、舍己，相对于人的征服、占有、流血、暴力，也更代表了人类博爱精神中的一种柔性情怀。它使人的心灵趋于宁静、和谐，使人的精神实现自我完善，也使人与自然更容易取得沟通，达成和谐。

　　艾特玛托夫在《一日长于百年》的前言中说："正如我在以前的作品中所做的那样，这一次我也把传奇、神话和民间传说作为前辈留给我们当作遗产的经验来依靠。同时我第一次在自己的写作实践中采用幻想情节。凡此种种都不是目的本身，而只是一种思维方法，一种认识和解释现实事物的方式。"[28]确实，神话成了作家把握现实世界、透视人类处境和冲突的独特的方式。随着社会的发展、科技文明的进步而来的却是人的欲望的扩张与放纵，是对大自然的毫无节制的掠夺，是人的道德沦丧，精神失落，一句话，曾给人类带来进步与幸福的勇敢、强悍、进取、智慧，在现代社会里，又同时开始成为毁

27　《苏联当代作家谈创作》，北京师范大学出版社，1984 年，第 11 页。
28　艾特玛托夫：《一日长于百年》作者前言，石南征译，《外国文学动态》，1981 年第 2 期。

灭人类自身的力量。人类正日益失去过去的许多美好的"记忆"，"偏见、恐惧和仇恨使得星球变得十分狭窄，小得犹如一个运动场"，而对人类的邪恶不断地战胜"善"的悲剧性处境，艾特玛托夫把神话、传说当作人类的"记忆"，人类赖以依靠的历史经验引入作品中，也使他不由自主地从节制、仁慈、和谐、母性柔情、孩童般的纯真等原始柔性主义中去寻求解决社会问题的答案。归根结底，这是通过神话（也包括宗教神话）寻求一条"通向人的道路"的一种努力。意味深长的是，将神话之"梦"引入现实世界的往往是老人和孩子，莫蒙爷爷讲给小孙子听的"长角鹿妈妈"的故事，在奥罗兹库尔之类的"大人"看来却是"愚昧无知、哄小孩子"的无稽之谈。阿夫季的不谙世事、单纯善良的天性、基督式的殉道热忱，就仿佛是人类进入"末日"时代的一个纯真的孩童，它使我们想起那个世纪初的"婴儿"，而在贩毒团伙和坎达洛夫之流的眼中，他又是个永远长不大的"白痴"。这似乎已经预示了小说中的悲剧的必然性。《白轮船》中的小男孩和阿夫季都被现实中的"邪恶"推向了死亡，《一日长于百年》的通向祖先墓地的道路也被人为地阻绝了。这成了一个现代隐喻，"在人类的无限的记忆中，在无限的时空中，善与恶也一代代传下去……"。神话中的悲剧也一次次地在现实生活中重演，正是在这个意义上，我们可以把艾特玛托夫的后期小说视为现代神话。

艾特玛托夫在与列别捷夫的一次谈话中说："文学应通过神话和传说打破陈旧的线条式的单一性，这样才能使读者对现实的体验更为深刻。"[29]这正是艾特玛托夫小说引入神话传说的根本原因。艺术思维的拓展，对人的精神世界与全人类处境的关注，使他的小说文本与神话传说在更深的层次上实现了对话和共鸣共振，从而使他的艺术探索呈现出独特的品格，呈现出历史与现实在神话传说的延续中达到的水乳交融的境界。

原载《外国文学评论》，1994 年第 4 期

---

29 《美国学者论艾特玛托夫》，浦立民译，《外国文学动态》，1983 年第 10 期。

第四辑　多维视野中的文学

文学与伦理学：对话如何可能？

自美国学派将跨学科研究引入比较文学，比较文学跨学科研究在影响研究与平行研究的框架下，基本上将注意力集中在不同学科的相互影响和其同与异的比较上，而很少进一步的理论思考。笔者曾在《越界与融通——跨文化视野中的文学跨学科研究》一书中提出将跨文化视野引入比较文学跨学科研究中，是基于不同文明知识体系的差异，使"文学"、"艺术"、"哲学"之类都有着各自的内涵。而另一方面，同一知识体系中，不同学科之间，共用一套话语，也可能出现价值取向的歧异。比如文学与伦理，文学中具有无限的审美魅力的描写，未必就是符合现实伦常和伦理学规范的。既然出发点不一样，这就引出一个问题：文学与伦理学：对话如何可能？对此问题的思考，对比较文学跨学科研究的理论建构与创新，应该也不乏启示意义。

一、文学中的婚外情：一个古老的道德难题

文学与伦理学：对话如何可能？这一问题的提出，源于笔者在教授欧美文学的过程中，时常面临的一个困惑：在文学关于爱情、婚姻的描写中，最动人的爱情，往往不是来自婚姻之内，而是婚外之情。比如薄伽丘的《十日谈》，100 个故事中，很多都是描写世俗男女之情的故事。其中不少是婚外情。歌德的《少年维特之烦恼》，是维特爱上有夫之妇的故事，维特因爱情的失意而自杀，曾经感动了许多的读者。托尔斯泰的《安娜·卡列尼娜》，安娜对爱情自由的追求及其最后卧轨自杀的悲剧，也使很多读者为之洒下同情之泪。肖洛霍夫的《静静的顿河》，格里高力在两个女人阿克西妮亚和娜塔莉亚之间的痛苦选择，他的婚外恋情，又被看作是"人的魅力"的展示。帕斯捷尔

纳克的《日瓦戈医生》，日瓦戈与拉拉之间的美好爱情，也是一个关于第三者、婚外情的故事。

面对这种种"婚外情"，不同时代、立场的作家，态度自然不完全一致。托尔斯泰面对安娜的追求，就很是矛盾。不少文学史研究者都注意到这一点："作家对安娜的态度是矛盾的。小说的题辞：'伸冤在我，我必报应'，表明了这种双重态度。从托尔斯泰所赞赏的宗法制的贤妻良母出发，从禁欲主义出发，他谴责安娜破坏了家庭幸福。……但现实主义的创作态度，又使他同情安娜的不幸命运，进而为她辩护，揭露贵族社会的荒淫无耻和极端虚伪，控诉逼死安娜的整个上流社会，有罪的正是那个在精神上奴役妇女的社会制度本身。"[1]

而帕斯捷尔纳克在《日瓦戈医生》中同样向读者讲述了一个古老的婚外恋的故事，但却为这个故事赋予了不同凡俗的意义。日瓦戈年少时，一起与父亲出诊，深夜经过拉拉住的房子下，他注意到窗台里的烛光，"桌上点着蜡烛，点着蜡烛，就这样注定了他的一生"。"蜡烛"的宗教象征意味，无须多加阐释。在战地医院，日瓦戈认识了当护士的拉拉。他们在遥远的西伯利亚重逢，两颗孤独的灵魂相互吸引，碰撞出激情的火花。良心也曾使日瓦戈不安，使他自谴自责，他要向妻子东尼娅坦露一切，忏悔自身的罪孽。但他又千方百计延缓这一时刻的到来。帕斯捷尔纳克赋予了男女主人公的世俗之恋以更深层的含义，注入了一丝神圣的永恒的气息。"当一丝柔情从心中升起，宛如永恒的气息，飘进他们注定灭亡的尘世时，这些短暂的时刻便成为揭示和认识有关自己和生活更多新东西的时刻"，在那个急风暴雨的年代，两个同样孤独、同样需要抚慰的灵魂，在冥冥中向对方发出了永恒的渴求，渴求改变他们自身的命运，渴求在心灵的契合中，共同去认识那陌生的世界，共同度过危难。他们的爱情升华了，被当作世纪初的两个人，在人类末日到来的时候，相厮相守。凡俗的爱情也就具有了永恒的启示录式的意义。

拉拉，这个尘世的同样充满了生命激情的女人，也被升华了。拉拉梦见自己被埋在土里，"左肋、左肩和右脚露出，左乳长出一丛青草"。日瓦戈也梦见："拉拉的左肩被扎开了一点。就象把钥匙插进保险箱的铁锁里一样，利剑转动了一下，劈开她的肩胛骨，从敞开的灵魂深处露出藏在那里的秘密。

---

1 二十四所高等院校《外国文学史》（第三卷），吉林人民出版社，1984年，第365页。

她所到过的陌生的城市、陌生的街道、陌生的住宅、陌生的辽阔地方，象卷
成一团的带子一下子抖开了"。这是一个生命之神，日瓦戈吮吸着生命的乳汁，
感受着一个孩子被母亲抚爱时的那种柔情，从而找到了灵魂与生命的归宿。
此时的拉拉，她身上的世俗的女性的特征慢慢消隐，母亲般的圣洁、慈祥逐
渐凸现，使人感到，这仿佛就是一位圣母。《日瓦戈医生》被认为向我们展示
了俄罗斯文学中常见的圣母崇拜原型。

　　客观地说，上述作品中所涉及的爱情，都是与现实的一夫一妻制的婚姻
道德相冲突的。但文学评论家们常常会为这些情感辩护，为之找到正面的意
义。正像文学史家们一方面承认《十日谈》"描写的爱情故事，大多是婚外情，
即偷情。用今天的观念看，是不符合婚姻道德的。"但同时又认为，薄伽丘作
这样的描写，是"从人性的自然性出发"，而"作者对婚外爱情的描写与肯定，
更主要的原因是对封建婚姻制度、门阀观念的挑战和批判。因为违背当事人
意愿的封建包办婚姻、讲究门第的婚姻，严重摧残了人的身心健康，阻碍了
人性的自由发展"。[2]这在文艺复兴提出人权人性、个性解放的时代，自然被认
为具有进步意义。

　　歌德的《少年维特之烦恼》，维特也被看作是"一个已经觉醒的先进知
识青年的形象"，"向往自由平等，追求爱情幸福和个性解放，反抗等级观
念，憎恶种种陋习"，而有夫之妇绿蒂之遵守妇道、拒绝维特的追求，反而被
看作是"具有'奉公守法'的弱点，屈服于封建的婚姻制度和社会习俗"。[3]

　　在文学家和文学批评家的视野里，"奉公守法"被当作了人的弱点，违背
现实伦常的感情却一次次得到肯定和歌颂。为何会如此？怎么才能给出一个
合理的解释？就是我们首先需要解决的问题。

二、文学伦理学：在文学与伦理之间

　　这里便涉及到文学与伦理及伦理学的关系。我们不妨先来看看中国学界
对此问题的探讨。

　　近年来，国内有学者受西方学界启发，提出"文学伦理学批评"的主张，
认为文学伦理学批评又可以称为伦理学批评或文学伦理学，还可称之为文学
的新道德批评。"实际上，它不是一门新的学科，而只是一种研究方法，即从

2　张世君：《外国文学史》，华中科技大学出版社，2007年，第158页。
3　聂珍钊主编：《外国文学史》（第二卷），华中科技大学出版社，2004年，第126页。

伦理道德的角度研究文学作品以及文学与作家、文学与读者、文学与社会关系等诸多方面的问题，对存在的文学给以伦理和道德阐释。"[4]

事实上，文学作为人学，从一开始就涉及到种种伦理道德问题。当代一些中国学者，对中国文学与伦理道德的关系问题也颇为关注。如赵兴勤的《古代小说与传统伦理》，从伦理的角度探讨中国古代小说。揭示了古代小说与伦理的复杂关系。卜召林等著的《二十世纪中国文学与道德》则是对二十世纪中国文学与道德关系的探讨。当然，这里讨论的仅仅是文学与道德的关系的问题。聂珍钊在《英国文学的伦理学批评》中，则试图通过从伦理的角度对英国文学的阐释，构建一套伦理学批评的理论。他在前言中为文学伦理学批评下了一个定义：

> 文学伦理学批评作为方法论，它强调文学及其批评在肯定艺术性的前提下的社会责任，强调文学的教诲功能，并以此作为批评的基础。就文学家而言，他们创作作品应该对社会负责任；就批评家而言，他们同样也应该对批评文学负社会责任。文学家的责任通过创作作品表现，而批评家的责任则通过对作品的批评表现。因此，作家的创作自由、艺术主张需要服从社会责任，批评家的批评标准和价值观念也需要服从社会责任，而这种责任在创作和批评中具体体现为对一个民族、国家普遍认同和接受的伦理道德价值的尊重。[5]

在作者看来，文学伦理学批评的核心就是从伦理和道德的立场对文学的存在给以阐释，这是文学研究与伦理学研究相互结合的方法。作者由此对伦理学与文学伦理学做了区分：伦理学是以道德作为自己的研究对象的科学，它以善恶的价值判断为表达方式；而文学伦理学批评的领域是虚拟化了的人类社会，它以阅读获得的审美判断为其独特的表达形式。伦理学把处于人类社会和人的关系中的人和事作为研究对象，对现实生活中的伦理关系和道德现象进行研究，并作出价值判断；而文学伦理学研究则把通过语言艺术虚拟化了的社会和人作为研究对象，研究的是虚拟社会中的道德现象。

不过，作者在这里，一方面强调"文学伦理学批评不仅要对文学史上的各种文学描写的道德现象进行历史的辩证的阐释，而且还坚持用现实的道德

---

4 聂珍钊等：《英国文学的伦理学批评》，华中师范大学出版社，2007年，第6页。
5 聂珍钊等：《英国文学的伦理学批评》，华中师范大学出版社，2007年，第2页。

价值观对当前文学描写的道德现象作出价值判断。"另一方面又指出"伦理学运用逻辑判断和理性推理的方法研究社会；而文学伦理学批评运用审美判断和艺术想象的方法研究文学。"[6]在"现实的道德价值观"与"审美判断"之间，有时便难免产生矛盾。就像前面说到文学史上许多作家都描写过婚外恋情，这些恋情与现实的道德价值观可能是背道而驰的，从审美的角度，它们又往往具有巨大的艺术魅力。如何解释这一矛盾，如何调适现实伦常与审美判断之间的冲突，作者并没有给出答案。

《英国文学的伦理学批评》也试图将"文学伦理学批评"与"道德批评"区分开来。书中以柏拉图与亚里士多德为例，认为柏拉图是从现实的道德观念出发批评作家和作品，并按照他当时的道德标准评价作家及作品的好坏，混淆了艺术真实与社会真实的区别；亚里士多德则把艺术世界与现实世界区别开来，不仅用文学解释伦理学问题，也用伦理学解释文学，更接近文学伦理学批评的原则。作者由此指出，文学伦理学批评"坚持从艺术虚构的立场评价文学"，道德批评则"从现实的和主观的立场批评文学"。然而，在对具体的作品的讨论中，作者的观点有时又是游移不定的。如就欧里庇得斯的悲剧《美狄亚》而言，从道德批评的角度，人们会更关心杀子复仇所带来的道德后果；而从文学伦理学的角度，则更倾向于去探讨杀子复仇的原因与理由，对之寄予同情。这固然有道理，但在涉及托尔斯泰的《安娜·卡列尼娜》时，作者又强调，多数批评家从道德批评的立场把安娜看作旧道德的受害者、反叛者，对她寄以同情；而以文学伦理学的眼光来看，"安娜对家庭和丈夫的背叛是有害的，因为她的不忠行为破坏了当时的伦理秩序与道德规则。"[7]这一评判，使人对究竟什么是"道德批评"，什么是"文学伦理学"又疑惑起来。

《英国文学的伦理学批评》前言中强调，文学伦理学批评作为一种原创性的批评方法，还处于理论建构中，可能存在缺陷。该书是集体成果，不同的执笔者也可能存在认识与理解上的差异。其实，整个学界对文学伦理学批评的理解，也是千差万别乃至互相对立的。如当聂珍钊先生强调，伦理批评的核心原则"体现为对一个民族、国家普遍认同和接受的伦理道德价值的尊重"，一种"社会责任感"，这又回到对文学进行道德批评的老路上去了。

---

6 聂珍钊等：《英国文学的伦理学批评》，华中师范大学出版社，2007年，第28页。
7 聂珍钊等：《英国文学的伦理学批评》，华中师范大学出版社，2007年，第38页。

三、伦理的叙事与叙事的伦理

以上对中国学界关于文学与伦理关系的探讨的回顾，还是不足以回答本文开篇所提出的问题。这里有必要先澄清一下文学伦理学中伦理叙事与叙事伦理两个概念。不少讨论此问题的学者，或者是两者混淆使用，或者要区分但语焉不详。其实，我们可以简单地从字面意义把两者区别开来。所谓"伦理叙事"就是叙述作品对与伦理相关的人物与事件的叙述、表达。"叙事伦理"则是作家在叙事中遵循的伦理规范。从这个角度说，古希腊柏拉图强调，"除了颂神的赞美好人的诗歌以外，不准一切诗歌闯入国境。"[8]文艺应该宣示平和中庸的道德和有利于城邦治理的理想，而诗歌在本质上不是模仿心灵的善，而是模仿多变的性格，诗人不能教人认识真理，所以柏拉图拒绝让诗人进入"理想国"。还有中国的孔子，将自己关于"仁"的思想推之于文艺，提出诗的功能在于"兴、观、群、怨"。他以"哀而不伤，乐而不淫"，"思无邪"来概括《诗经》，要求诗歌"发乎情，止乎礼义"，显然都是属于"叙事伦理"的范畴。

从文学批评的角度说，"叙事伦理"必然走向对文学的道德批评。有学者谈到，中西不少文艺作品都存在道德安全问题，比如对杀人犯的美化。文章由此提出了小说叙事"道德底线"的问题，并将"不可杀人、诚信诚实、不可诲淫"规定为叙事伦理的"道德底线"。[9]这涉及对叙事伦理与现实伦理关系的理解的问题。文学是否有自己的叙事逻辑，是否只能完全根据现实伦理对虚构作品中的人与事去做道德的规训。

这便涉及如何理解伦理叙事了。归根到底，艺术的叙事有它自身的逻辑，艺术作品也正是因为揭示了现实的复杂性，而有它独立存在的价值与意义。

刘小枫正是基于这一点，提出了"伦理叙事"这一概念。1999 年在上海人民出版社出版的《沉重的肉身——现代性伦理的叙事纬语》一书，在引子中就专门讨论了"叙事"与"伦理"的关系。他把伦理学分成两种：理性伦理学和叙事伦理学。理性伦理学"探究生命感觉的个体法则和人的生活应遵循的基本道德观念，进而制造出一些理则，让个人随缘而来的性情通过教育培

8　柏拉图：《文艺对话集》，朱光潜译，人民出版社，1963 年，第 87 页。

9　王成军：《论中西小说的叙事伦理》，见：《承接古今汇通中外——中国比较文学学会第八届年后暨国际学术研讨会论文集》，宁夏人民出版社，2008 年。

育符合这些理则。"叙事伦理学则"不探究生命感觉的一般法则和人的生活应遵循的基本道德观念，也不制造关于生活感觉的理则，而是讲述个人经历的生命故事，通过个人经历的叙事提出关于生命感觉的问题，营造具体的道德意识和伦理诉求。"[10]理性伦理学关注道德的普遍状况，叙事伦理学关注道德的特殊状况；理性伦理学的质料是思辨的理则，叙事伦理学的质料是个人的生活际遇；理性伦理学想要搞清楚，人的生活和生命感觉应该怎样，叙事伦理学想搞清楚，一个人的生命感觉曾经怎样和可能怎样。在刘小枫看来，叙事的虚构是更高的生命真实，叙事伦理学是更高的、切合个体人身的伦理学。

刘小枫又将现代的伦理叙事分为两种：人民伦理的大叙事和自由伦理的个体叙事。人民伦理的大叙事让民族、国家、历史目的变得比个人命运更为重要，其教化是动员、是规范个人的生命感觉。自由伦理的个体叙事则只是"个体生命的叹息和想象，某一个人活过的生命痕印或经历的人生变故"。[11]这是一种"陪伴的伦理"，在刘小枫看来，小说存在的唯一理由，"就是个体偶在的喃喃叙事，就是小说的叙事本身：在没有最高道德法官的生存处境，小说围绕某个个人的生命经历的呢喃与人生悖论中的模糊性和相对性厮守在一起，陪伴和支撑每一个在自己身体上撞见悖论的个人捱过被撕裂的人生伤痛时刻。"[12]

显然，刘小枫对"伦理叙事"作了自己独特的诠释，他更钟情的是通过自由伦理的"叙事"所激起的个体生命的"呢喃"。全书通过一系列的"故事"来探讨个人生命面对纷繁人生的那种沉重的复杂的感觉及其所作出的艰难的伦理选择。《丹东与妓女》讲丹东沉溺于个人的享乐，与妓女玛丽昂鬼混，在丹东及其门徒们看来，这是基于人的自然权利，"基于自然权利的感觉偏好也是一种道德"，而在革命领袖罗伯斯庇尔看来，这是对革命、对人民公意的背叛。在"自然性的个体享乐"与"公意道德的恐怖革命"之间，一种是"要求以享乐克服痛苦的消极自由"，一种是"要求以积极自由建立的道德公意的

10　刘小枫：《沉重的肉身——现代性伦理的叙事纬语》，上海人民出版社，1999年，第4页。

11　刘小枫：《沉重的肉身——现代性伦理的叙事纬语》，上海人民出版社，1999年，第7页。

12　刘小枫：《沉重的肉身——现代性伦理的叙事纬语》，上海人民出版社，1999年，第250页。

社会制度克服痛苦"，丹东因为选择了前者最后被革命处死，但丹东的选择所产生的疑问却长久地留给了后人。

四、文学何为

丹东的难题，在李安导演的《色戒》中又一次出现了。王佳芝被组织派去锄奸，却爱上了汉奸。从个体伦理的角度说，爱上谁那是她个人的自由。从人民伦理的角度说，那就是对革命的背叛。

可导演李安并没有一味地去谴责王佳芝，反而予以了充分的理解与同情。至少，他的价值立场是中立的，对话性的。这便涉及叙事作品中所体现的伦理的特殊性。归根结底，理性伦理学和叙事伦理学，其出发点是不一样的。理性伦理学强调的是人人都需遵守的规范，叙事作品中的伦理更重视个体的生命感觉。尊重个体的生命感觉，每个人的选择也就可能都有了他的合理性，而缺少了绝对的道德依据。

现代小说家昆德拉把小说的兴起看作是一个现代性的道德事件，小说精神建立在相对性与暧昧性之上，塞万提斯小说之伟大，就在于他认可了小说的道德相对性与模糊性。昆德拉在《受到诋毁的塞万提斯遗产》一文中说：

"一直统治着宇宙、为其划定各种价值的秩序、区分善与恶、为每件事物赋予意义的上帝，渐渐离开了他的位置。此时，堂吉诃德从家中出来，发现世界已认不出来了。在最高审判官缺席的情况下，世界突然显得具有某种可怕的暧昧性；惟一的神圣的真理被分解为由人类分享的成百上千个相对真理。就这样，现代世界诞生了。作为它的映象和现代模式的小说，也随之诞生。"[13]现代小说的诞生，也就具有了某种伦理的意义。"塞万提斯认为世界是暧昧的，需要面对的不是一个惟一的、绝对的真理，而是一大堆相互矛盾的相对真理（这些真理体现在一些被称为小说人物的想像的自我身上），所以人所拥有的、惟一可以确定的，是一种不确定性的智慧。"[14]面对复杂的人生，宗教与意识形态往往把小说相对性、暧昧性的语言转化为独断的教条的言论。而小说作为建立在人类事件相对性与暧昧性之上的世界的表现模式，与极权世界是不相容的。极权的惟一真理排除相对性、怀疑和探询，而复杂性，不确定性，正体现了小说的精神，它拒绝独白，拒绝"真理"的专断。

---

13 昆德拉：《小说的艺术》，董强译，上海译文出版社，2004年，第7页。
14 昆德拉：《小说的艺术》，董强译，上海译文出版社，2004年，第8页。

可以说，昆德拉提供的是一种自由主义的生存伦理观，一种"晕眩的伦理"。它排斥专制的真理，排斥道德归罪，即排斥依教会的教条或国家意识形态或其它什么预先就有的真理对个人生活作出或善或恶的判断。它需要的是理解这个人的生活，呵护脆弱的个体生命，从这个意义上说：叙事就是一种个体的生存的伦理。

刘小枫把讨论昆德拉小说叙事理论的一章取名叫"永不消散的生存雾霭中的小路"，叙事小说所呈现的人生也许永远就是"行走在生存雾霭之中"，这也恰恰构成了小说叙事伦理的特点。理性的伦理寻求规范、整合、统一、教化，叙事伦理则只呈现人的生存本身，让人在生存的雾霭中去体味、感受人生，至于评判、归罪，那是上帝的事情，与小说家无关。

刘小枫对叙事伦理的讨论，昆德拉对小说精神的强调，得以超越狭窄的对文学作品进行道德评判的"道德批评"，将伦理与叙事置于两端，突出文学与伦理的复杂关系，文学之为文学的独特性。叙事的伦理被看作是一种"倾听"的伦理，"陪伴"的伦理，它更强调相对性、暧昧性、对话性，更愿意去倾听主人公内心的声音，去理解而不是评判他们的选择。即使他们的选择与普遍的伦理是相冲突的。就像肖洛霍夫的《静静的顿河》，有一个情节，写当了叛军师长的格里高力，有一天住在某个村庄，房东的女婿当红军去了，房东为了讨好格里高力，让女儿去陪格里高力。夜晚，当他们一起躺在棚子里的大车上，她一整夜都把他紧紧地搂在怀里，如饥似渴地跟他亲热。早上，她恋恋不舍地贴在格里高力的胳膊上，哆嗦着说：

"我男人可不像你这样……"

"他又怎样呢？"格里高力用两只清醒的眼睛望着灰白色的苍穹，问道。

"他一点也不中用……没有劲儿……"她很信赖地朝格里高力身上贴了贴，声音中露出了哭腔。"我跟她过得一点都不甜……干床上的事儿他不行……"

一颗陌生的、像孩子那样单纯的心在格里高力面前赤裸裸地打了开来，就像一朵花儿吸饱了露水，一下子绽开了。[15]

肖洛霍夫宣称，他要在《静静的顿河》中，既表现伟大的人类真理，又写出人的魅力。但有的时候，人的魅力又可能悄悄取代了革命的真理。正像

---

15 肖洛霍夫《静静的顿河》，力冈译，桂林：漓江出版社，1992年，第690页。

在房东的女儿眼里，当红军的丈夫反而不如格里高力。在这里，人民伦理让位于个体的生命感觉，肖洛霍夫客观地表现了这一点，但拒绝作道德的评判和谴责。

笔者曾在一篇论文中，谈到肖洛霍夫作品的非道德化与非诗化倾向。所谓"非道德化"，其实就是作家更多的是对作品中的人物的选择的理解与同情，而少作道德的评判。由此，回到论文开头提出的问题，文学中所描写的婚外情，可能与现实的伦常相冲突，但从个体的角度说，又可能有它的合理性。作家不一定赞同人物的选择，但愿意去"倾听"，抱以充分的理解与同情。而这，正是叙述作品中的伦理的独特性所在。

由此涉及到文学与伦理、伦理学的关系。跨学科研究不能仅仅限于去讨论两者之间的异同和相互的影响，而需要更进一步去关注，既然它们之间的立场、出发点是不一样的，对话何以成立，如何相互融通，就成为需要我们解决的问题。不然，文学批评很容易流入一种简单的道德批评，一种道德归罪。其实，人类的各知识领域、各学科之间，都面临这一问题。文学与伦理学的跨学科对话是这样，讨论文学与法学、宗教、哲学等等的关系亦然。

原载《湘潭大学学报》，2015 年第 1 期

《卡拉马佐夫兄弟》与
陀思妥耶夫斯基的叙事哲学

陀思妥耶夫斯基经常被人们称作"哲学家",但他又是通过叙事来表达思想的"哲学家"。"叙事的哲学"与哲学家们的"理论哲学",体现的是两种不同的话语言说规则。如果说哲学与文学都是致力于对世界的探询,对人的生存的关注,对生命的意义的追问,它们都以语言为媒介,那么,它们的差别,首先便在其表达方式上的不同。"表达"的差别,便决定了其"思"的独特性。本文主要通过陀思妥耶夫斯基的《卡拉马佐夫兄弟》,讨论其"叙事哲学"的特点,与一般意义上的哲学的差异,同时也为更深入地探讨文学与哲学的关系,提供一个案例。

一、作为"思想家"的陀思妥耶夫斯基

陀思妥耶夫斯基,身为小说家,以其独特的思想和表达方式,在俄国文学史上,创造了一种崭新的"哲学"小说。19 世纪末、20 世纪初俄国的一批宗教哲学家都热衷于谈论陀思妥耶夫斯基,他们大多把陀思妥耶夫斯基当作"哲学家"来看待。正像列夫·舍斯托夫在《悲剧的哲学——陀思妥耶夫斯基与尼采》中将"哲学家"尼采与"文学家"陀思妥耶夫斯基放在一起来讨论,将他们的哲学归结为"悲剧的哲学"。舍斯托夫还在《旷野呼告》"作者序"中将陀思妥耶夫斯基与克尔凯郭尔联系在一起,指出世上存在两种真理:思辨的真理和启示的真理。康德、黑格尔们推崇的是"思辨的哲学",寻求理性之普遍而必然的判断。克尔凯郭尔与陀思妥耶夫斯基的哲学则是"存在"

的哲学，信仰的哲学。他们离开黑格尔而走向特殊的思想家——约伯。"这样一来，信仰就不是对我们所闻、所见、所学的东西的信赖。信仰是思辨哲学无从知晓、也无法具有的思维之新的一维，它敞开了通向拥有尘世间的存在一切的创世主的道路，敞开了通向一切可能性之本源的道路，敞开了通向那个对它来说，在可能与不可能之间不存在界限之人的道路。"[1]

这种"信仰的哲学"也许便更接近于文学的存在之维。正像罗赞诺夫专门选取陀思妥耶夫斯基《卡拉马佐夫兄弟》中的"宗教大法官"一章，进行哲学的解读。他称陀思妥耶夫斯基对于欧洲来说有如一场"精神革命"，必须把陀思妥耶夫斯基的思想作为"体系"来理解。但这里所谓的体系，不是黑格尔意义上的，而是就思想的"尖锐"而言。刘小枫在为《论宗教大法官的传说》写的"中译本前言"中称哲人柏拉图是用诗的形式写哲学，而但丁、陀思妥耶夫斯基等也"很可能是古典意义上的哲人，尽管他们用了诗的叙述方式"。[2]但总的来说，俄国思想家们更关注的是陀思妥耶夫斯基的"思想"的体系，至于这些思想是怎样被叙述出来的，或者说陀思妥耶夫斯基作为"叙事的哲学家"，其思想表达的独特性在哪里，相对来说往往容易被忽视。

中国学者何怀宏写过一本《道德·上帝与人——陀思妥耶夫斯基的问题》。作为哲学博士，何怀宏关注的焦点也是陀思妥耶夫斯基的哲学、伦理"思想"。第一章"作为问题的思想"还专门讨论了陀思妥耶夫斯基笔下"思想者"与"思想"的特点。书中谈到，陀氏笔下"思想者"经常被置于一种极具悲剧性的情节之中，这些"思想者"还有一种"生长性"、"未完成性"、"反省性"，他们往往把思想本身当作"头等重要的事情"，而"不管其成败利害"。[3]而从思想的叙述的角度说，陀思妥耶夫斯基小说中的思想都是作为"问题"出现，思想总是处在紧张的对话与交锋之中，而直到最后也难有一个明确的答案。小说中的所有人物的思想几乎都是被"说"乃至被"转述"出来的，思想在"他人在场"的情况下显露出来，在证明、交代、反驳中使其思想具有一种紧张性和活力。同时，陀思妥耶夫斯基很少直接表达自己的思想，以至使读者很难判断，究竟哪一些是属于作者的思想。"这种思想的问题性和对话性，

---

1 舍斯托夫：《旷野呼告》，方珊、李勤译，华夏出版社，1991年，第22页。
2 刘小枫：《论宗教大法官的传说》"中译本前言"，见：罗赞诺夫《论宗教大法官的传说》，张百春译，华夏出版社，2007年，第5页。
3 何怀宏：《道德·上帝与人——陀思妥耶夫斯基的问题》，新华出版社，1999年，第41页。

使他没有用哲学的方式去直接陈述思想。简言之，陀思妥耶夫斯基的思想正是作为一种问题的思想存在的，其思想的独特和深刻所在正在于其问题性，在于其作为问题的未完成性和开放性，以及问题本身的深刻性和根本性，这种作为问题的思想的确很难被整理成系统的思想，甚至它本身就拒斥被体系化，它甚至很难被概念准确地表达，它必须与人物形象和情境紧密联系在一起才能够和盘托出，才能够保持其生动性和紧张性。"[4]

显然，何怀宏注意到了陀思妥耶夫斯基"叙事的哲学"不同于一般的哲学的特性，但可惜的是，后面的章节并没有将这一思路贯穿下去，而还是致力于对陀思妥耶夫斯基"哲学思想"的一般意义上的探讨。

德国学者赖因哈德·劳特的《陀思妥耶夫斯基哲学——系统论述》对陀思妥耶夫斯基的哲学作了更全面的阐析。在"导言"部分，专门讨论了陀思妥耶夫斯基对哲学的态度和方式。劳特认为，陀思妥耶夫斯基的小说创造了两种新的小说类型：心理类小说和哲学小说。后期从《地下室手记》开始的哲学小说讨论了一些极为重要的哲学问题，诸如关于生活的意义，关于死与不朽，关于理想及其在实践中实行的可能性，关于宗教与道德的意义，关于无神论和虚无主义的道德后果，关于自由、意志、责任问题等等。然而，为什么陀思妥耶夫斯基没有实现他那用纯理论形式阐述自己哲学的打算？为什么他在其小说中将所有哲学理论都与人物的行为联系起来？或者如某些批评家所说，陀思妥耶夫斯基与所有俄国人一样，都没有能力进行哲学思考，不能清楚而系统地表达自己的思想，陀思妥耶夫斯基没有受过任何哲学训练，不拥有独创的世界观，他的理论主张是模糊的、不准确的和自相矛盾的，也没有任何体系，他的思想在方法方面没有经过深思熟虑。为什么会这样？劳特试图做出解答。他认为陀思妥耶夫斯基事实上提出了大量的有独创性的新思想，他的文本充满着各种矛盾，但相互之间又有着紧密的逻辑联系。而就体系而言，仅仅《地下室手记》就表明，陀思妥耶夫斯基有着进行系统思维的杰出才能。

在回答陀思妥耶夫斯基为什么没有撰写纯哲学著作的时候，他总结为：

（1）他需要有感受强烈的内在经验，而要达到普遍真理，他只能在生动的案例中获得这种经验。

4　何怀宏：《道德·上帝与人——陀思妥耶夫斯基的问题》，新华出版社，1999年，第51页。

（2）只有在那种经常能感受到的内在经验中，他才能观察到感觉与表象是从无意识东西中产生的。任何过早的抽象都截断了他的去路。

（3）为了评价思想，他需要一种用事实本身的逻辑作检验的实际演绎。

（4）艺术创作是他用来描绘心灵现象的。只有在表露于外的现象中，他才能表达他内心发出的声音，而哲学体系的逻辑结构则只会妨碍他这么做。

（5）他承认思想逻辑与事实逻辑之间的差别，但他宁愿要这后一种逻辑。基于这些原因，他以小说的形式阐述自己的经验和思想，而哲学——他的各种观察和沉思的概括总结——作为贴近生活的真理与对现实的艺术描绘应有紧密的相互联系。[5]

显然，劳特也注意到了陀思妥耶夫斯基哲学作为一种"叙事"的独特性。但是，他在为陀思妥耶夫斯基辩护时，又竭力把陀思妥耶夫斯基纳入到一般的哲学家的层面，证明他也有成体系的哲学。全书分五篇，分别为心理学、形而上学、伦理学、否定哲学、实定哲学，从而完整地阐述了陀思妥耶夫斯基的哲学体系。但该书局限也就在这里，它把关注的焦点还是放在陀思妥耶夫斯基的哲学"是什么"上，而很少去探讨这些"哲学"是怎么被叙述出来的，怎么体现了作为小说中的哲学的独特性。

二、思想与情境

亚里斯多德把哲学称作是"形而上学"，它是对自然与人生种种问题的抽象的思考，借助于归纳、推理、演绎，通过严密的逻辑思维，建构理论的体系。而小说首先是讲故事，揭示现实生活中的每一个个体的命运，表达人的喜怒哀乐。这也就决定了其"思想"首先是个体的，经验的，充满感性色彩的。昆德拉把小说分为三种，一是叙事的小说，二是描绘的小说，三是思索的小说。思索的小说中的叙事者不光是讲故事，更是提出问题的人，思索的人。而"思索的小说"又不同于哲学。"哲学在一个抽象的空间中发展自己的思想，没有人物，也没有处境。……思考从小说的第一行开始就直接引出了一个人物——托马斯——的基本处境；它陈述了他的问题，即在一个没有永恒轮回的世界中的存在之轻。"[6]昆德拉把小说家称作"存在的探究者"，小说

---

5 [德]赖因哈德·劳特：《陀思妥耶夫斯基哲学——系统论述》，沈真等译，东方出版社，1996年，第31页。

6 昆德拉：《关于小说艺术的谈话》，见《小说的艺术》，董强译，上海译文出版社，

中的"思想"，多是源于对小说中人物的存在境况的关注。也就是说，小说中的"思想"往往需要有一个情境，哲学思考才能落到实处，才会具有"文学性"。"哲学在没有人物没有境况的条件下发展它的思想，而小说中的思想是为了引入人物的基本生存境况。"[7]这正构成了哲学的"思想"与小说的"思想"的区别所在。

陀思妥耶夫斯基被称作"心理学家"、"哲学家"，然而他的身份首先是小说家。他通过小说来拷问人的灵魂，探求人心灵的秘密，表达对人生的思考。因而，他小说中涉及的种种问题，诸如生命、死亡、信仰、道德、自由、意志等等，都是因为它们在困扰着小说中的人物。于是，在陀思妥耶夫斯基的小说里，很多人便都成了哲学家。就像《卡拉马佐夫兄弟》中，老二伊万是大家公认的"思想家"，老三阿辽沙总在寻找着"信仰"，老大德米特里看起来放荡不羁，荒淫无度，为情欲所左右，与父亲为争夺情妇而大打出手，然而，他也时时在为人生的许多问题而苦恼、痛苦乃至绝望。他这样剖析自己及其家族：

> 咱们卡拉马佐夫家的人都是这样，你虽然是天使，可是在你身上也潜伏着这虫子，它会在你的血液中兴风作浪，对，确实会兴风作浪，因为情欲就是狂风恶浪，甚至比这更凶猛！美是很可怕的，怪吓人的！之所以可怕，因为它神秘莫测；之所以神秘莫测，是因为上帝尽出些让人猜不透的谜。……美就在肉欲之中，——这奥秘你知不知道？要命的是：美这个东西不但可怕，而且神秘。围绕着这事儿，上帝与魔鬼在那里搏斗，战场便在人们心中。[8]

在这一刻，德米特里又成了"哲学家"。作为"肉欲的化身"，他也不乏"圣洁的理想"，正是"上帝与魔鬼"在心中的搏斗，才会使他那么痛苦，既为肉欲所驱逐，又时时处在自省、自责之中。而他的这种自省、自责，也包括对整个的"人"的省察。在他看来，连"天使"阿辽沙都潜伏着情欲的"虫子"，这是卡拉马佐夫家族的天性，又何尝不是整个人类的天性。"美是很可怕的"，美是"神秘的"，"美就在肉欲之中"，德米特里对"美"的这种独特的

2004 年，第 37 页。

7　吴晓东：《从卡夫卡到昆德拉——20 世纪的小说和小说家》，三联书店，2003 年，第 320 页。

8　陀思妥耶夫斯基：《卡拉马佐夫兄弟》，荣如德译，上海译文出版社，2006 年，第 116-117 页。

判断，正是基于对自己的灵魂的剖析。这种令人惊颤的美，相对于思想家们对"美"的理性的追索、考辨、定义，也就具有了更丰富的内涵，更大的情感的冲击力。

"上帝与魔鬼在那里搏斗，战场便在人们心中"，这决定了美是可怕的、神秘的，同时也可能是神圣的、崇高的。德米特里的一切思考、矛盾、困惑，都是来自他自身的人生体验，心灵的挣扎。正如劳特所说："既然陀思妥耶夫斯基是以经验为出发点的，他的方法可以称之为归纳法。他的全部注意力都指向心灵和心灵中发生的种种过程"。[9]正是这种凭借个体经验深入描写人的内心生活的方法，决定了他小说中人物的思想永远是与心灵的运动联系在一起的。这些思想可能是极端的、片面的，甚至是"荒唐可笑的"，但又是生动的、鲜活的，有着一种尖锐的睿智、片面的深刻。美国学者斯托尔克耐特在《文学与思想史》中谈到思想家和艺术家表达"思想"的差异时指出："最突出的是思想从思想家转向艺术家时通常所发生的那些变化。诗人和哲学家可以说都抱有"同样的"观念。然而，我们应该牢记，诗歌里或文学里的思想的发展经常是想象的、象征的或比喻的。这和那种因强调定义和精确而带有书卷气的智力的或科学的论述具有明显的不同。思想家关心的是含义，希求的是多少保持严格的一致性。而有想象力的作家则通常更急于表明某种思想如何影响了生活，它又怎样烘托了拥有这种思想的人的情感。他不必花费心思去使他的读者相信，只有他的观点才是真实的或唯一的。"[10]

将人物的思索纳入到小说具体的情境中，凭借对人物命运的关注，借助个体的经验、心灵的运动来表达思想，这正是陀思妥耶夫斯基小说"叙事哲学"的特点之一。

三、悖谬的哲学

在陀思妥耶夫斯基小说中，当每一个个体都处在"思考"之中，都从自己的立场出发，成为某一种"思想"的代表，他们便都成了"哲学家"，不同的思想在那里对话、交锋，便构成了小说的一种对话性。

巴赫金从陀思妥耶夫斯基如何对世界进行艺术观察，如何构筑小说的角

---

9 [德]赖因哈德·劳特：《陀思妥耶夫斯基哲学——系统论述》，沈真等译，东方出版社，1996年，第19页。

10 [美]牛顿·P·斯托尔克耐特：《文学与思想史》，见：《比较文学研究资料》，北京师范大学出版社，第525-526页。

度，发现了陀思妥耶夫斯基小说的复调与对话性。"有着众多的各自独立而不相融合的声音和意识，由具有充分价值的不同声音组成真正的复调——这确实是陀思妥耶夫斯基小说的基本特点。"[11]在巴赫金看来，主人公与作者、人物之间、人物与自我的对话，便构成了陀思妥耶夫斯基小说的复调。从思想表达的角度说，这也正是叙事哲学的特点。正如劳特所说："陀思妥耶夫斯基的那些哲学小说则完全是另外一回事。它们都围绕某些哲学理论展开叙述，这些哲学理论由一个或几个小说人物为代表，并体现在他们之中。哲学思想的代表都力求彻底思考自己的这一思想，照着思考的结果去塑造自己的生活和行为。而他们的生活本身就表明这理论能把生活引到什么地方。各种不同的哲学往往通过它们的代表彼此发生强烈的冲突，艺术家就在这种冲突中研究它们之间的相互作用。这正是艺术家为之入迷的、始终贯穿于他的创作中的那种生活哲学的实质所在。"[12]

在哲学领域，苏格拉底曾经创造了一种"对话"体，让"思想"在相互的辩诘中逐渐凸显。但这种对话的哲学在西方思想史上并没有继承下来，哲学家们都惯于构筑自己的理论体系，追求体系的严密、完整，当然这体系也就成为封闭性的，确定的，完成的。"一般来说，文学家更为关心的是引起我们对思想的注意，而不是他自己对思想进行论证或分析。而在哲学上，对思想的反映则表现为知识、见解或信仰，也就是说，通常都包含某种确定的主张。但在文学里却常是另外一种情况：我们所关心的思想并不要求我们对其进行任何符合逻辑的评价。"[13]

陀思妥耶夫斯基正是这样。他让不同的思想、观点都在小说中以自己的方式展示出来，每一种声音都是独立的存在，价值相等，它们处在相互的争辩、交锋中，但作者并不厚此薄彼，作出自己的权威的评判。正像在《卡拉马佐夫兄弟》中，小说一开始，围绕老卡拉马佐夫与长子德米特里的争端，一家人及相关的人士聚集在修道院，加上那些修士们，"争论"就开始了。一开始，是围绕伊万关于教会与国家的关系的一篇文章，伊万提出，"教会应当把

---

11 巴赫金：《陀思妥耶夫斯基诗学问题》，白春仁、顾亚铃译，三联书店，1988年，第29页。

12 [德]赖因哈德·劳特：《陀思妥耶夫斯基哲学——系统论述》，沈真等译，东方出版社，1996年，第9页。

13 [美]牛顿·P·斯托尔克耐特：《文学与思想史》，见《比较文学研究资料》，北京师范大学出版社，第526页。

整个国家包含在自身之内，而不仅仅在国家中占一席之地；即使由于某种原因目前还做不到这一点，那么从本质上说，无疑必须把这一点作为整个基督社会今后发展的直接目标和首要目标。"（63页）教会最终将成为统治整个大地的王国，它获得了一些修士的赞同，也被另一些人看作是"不折不扣的教皇极权论"，"基督教社会主义者"的"美妙的乌托帮空想"。接着，针对对罪犯的惩罚，是通过流放、苦役、鞭笞之类使其改邪归正，还是借助于"自身的良知"，"争论"又接着发展下去。

《卡拉马佐夫兄弟》从始至终都贯穿着这种"争论"。各色人等都在探索着社会的、人生的种种问题，寻求着出路，他们又始终处在不确定、迷惑之中。有时，连他们自己也不相信自己，自己也在跟自己对话、争辩。就像伊万，他写文章鼓吹教会的王国，但是，正如长老所说，"十之八九您自己既不相信您的灵魂不灭，也不相信您在文章中关于教会和教会法庭问题所写的那些话。"（72页）拉基津也对阿辽沙说："这就是你们卡拉马佐夫家的全部问题所在：好色、贪财、疯癫的一家子！眼下令兄伊万经常发表一些神学方面的游戏文章，也不知出于什么愚不可及的动机，其实他本人是个无神论者，而且自己也承认这是卑鄙的恶作剧——令兄伊万便是这么个人。"（83页）

由于被这些问题折磨着，由于"绝望而在苦中作乐"，伊万既在杂志上发表文章，又在社交场中与人辩论，寻求着问题的解答又永远既得不到肯定或否定的解答，为此痛苦不堪。这也是陀思妥耶夫斯基小说中很多人物的精神状态。矛盾，悖谬，构成了其共同的特征。

不少论者都看到了陀思妥耶夫斯基文本中的这种"悖谬"性，并将之当作是作品的局限。劳特在《陀思妥耶夫斯基的哲学》中为之辩护，说"当然，在他的大量创作中可以发现相当多的矛盾，特别是光看字面意义的话。尤其在一些政论文中，某些句子含糊不清，模棱两可，有的时候会令人生厌。然而，一俟你开始研究陀思妥耶夫斯基的作品，这种矛盾便会很快消失，因为一旦你开始研究，……这时，对他那思想的非凡的逻辑联系，你就会感到惊讶。……他善于在其作品的各个人物之间区分不一致的和矛盾的思想，并相应地通过这些思想表达完整的世界图景。……毫无疑问，陀思妥耶夫斯基应被看作各种世界观大厦的奠基人。"[14]

---

14 [德]赖因哈德·劳特：《陀思妥耶夫斯基哲学——系统论述》，沈真等译，东方出版社，1996年，第12页。

其实，非体系化、矛盾性，恰恰是陀思妥耶夫斯基"叙事哲学"的特点。因为这种矛盾，反而使其小说具有了一种巨大的思想的张力。一般的哲学要求的是非此即彼，陀思妥耶夫斯基的"叙事哲学"却是亦此亦彼，用庄子的话说，就是此亦一是非，彼亦一是非。因为不确定，反而使其具有了多种可能性。模糊性、多义性、复杂性，正构成了叙事的"思想"与一般的哲学中的"思想"的区别所在。

我们可以把陀思妥耶夫斯基的哲学称作一种怀疑的、否定的哲学。而正是这种怀疑，有时又恰恰使思想处在活跃的状态，闪现出智慧的火花。就像在卡拉马佐夫家里，不光几兄弟时时在争论，有时，吃饭时，连厨子、私生子斯乜尔加科夫也会不由自主地参与进来。他与老仆格里果利辩论上帝的问题："没什么。上帝头一日创造了光，第四日才造日月星辰。那么头一日的光又是从哪儿来的呢？"（135）于是乎，大字不识的厨子又成了哲学家、诡辩家、怀疑论者。伊万也始终在"怀疑"中。他与阿辽沙总在探讨着一些永恒的问题："咱们首先必须解决亘古长存的问题，这才是咱们所关心的。"（260）而其首要的问题就是有没有上帝和灵魂不灭。这些问题直到最后也可能没有确切的答案，作家也很少试图给出唯一的答案，这构成了陀思妥耶夫斯基小说思想表达的"未定性"、"未完成性"。

在巴赫金看来，未完成是人和世界的一种积极状态，它意味着变化、新生和发展的可能性。完成则意味着停滞、僵化、一成不变。陀思妥耶夫斯基小说的"未完成"，恰恰给读者提供了阅读需要填充的许多"空白"。哲学家往往最为忌讳的就是自己思考的不彻底，为了自己论点的完整性不惜执于一端。而小说家则尽可"不负责任"地把这种"不彻底"、"悖谬"展示给读者。陀思妥耶夫斯基还常常将他的矛盾、困惑转嫁到他小说的人物身上。于是，一些如佐西马长老一般的理想人物固然体现了作家的"理想"，而像伊万一类被否定的矛盾的人物的"思考"，也许恰恰也是困扰作家自己的问题。甚至有时，陀思妥耶夫斯基的所"思"可以通过否定性人物的口表达出来，而一些正面的理想的人物的堂皇之词，又可能是他所不信的。于是，想要从小说的各色人等身上，归纳出作家的统一的成体系的"思想"，也就只能是徒费工夫了。而这种不确定性、矛盾性，恰恰是叙事的"哲学"的魅力所在。

在陀思妥耶夫斯基小说中，如果说常常存在各种声音"众声喧哗"的情况，当他需要表达理想时，也会出现一种独白的主导性话语。《卡拉马佐夫兄弟》便存在着这样的两套话语：对话性话语和独白性话语。不确定性、矛盾性，使不同的声音始终处在一种对话的状态，任何一种声音都无法凌驾于它种声音之上。而当作家需要为迷途的"罪人"们提供一条理想的出路时，他会偏离自己的"中立"的立场，提供一种代表"真理"的权威的声音。就像小说中的佐西马长老，他的身份是救世者耶稣在人世间的使徒，职责在训导、教化人。"长老就是能把你的灵魂、你的意志纳入他的灵魂和意志的人。一旦选定了长老，你就不再有自己的意志，自愿舍弃一切，完全交与长老，由他做主。"正因为如此，对于尘世间那些不信者、迷途者来说，长老便常常成了他们切实的人生的引导。

"怎样确信？通过什么？"

"通过切实的爱的经验。您要设法脚踏实地、坚持不懈地去爱世人。随着你在爱世人的实践中不断取得成功，您也就会逐步相信上帝确实存在，相信您的灵魂确实永生不灭。"（57-58）

"你们要彼此相爱，神父们，"长老教导说："要爱上帝的臣民。"（180）

类似这样的训诫，在小说中比比皆是。小说中还有一节"佐西马长老的谈话及训示摘要"，甚至成了一种完全的论述文体：略论俄罗斯修士及其可能的涵义；略论主与仆以及主仆能否在精神上成为兄弟；关于祈祷，关于爱，关于和别的世界的接触；能否为同类当法官？关于终生不渝的信仰；关于地狱和地狱之火，神秘论。单看这些小节的标题，就可知其语言表述的方式。

这种论述文本，基本上偏离"叙事"，而接近于理论化的哲学。他们的涵义是确切的，不可置疑的，正因为如此，反而又缺少了一些叙事的生动性、丰富性，而更多的充满了一种枯燥的说教的意味。

别尔嘉耶夫曾经谈到陀思妥耶夫斯基的小说与政论："陀思妥耶夫斯基——首先在他的艺术创作中，在他的小说中是一个伟大的、最伟大的思想家。在他的政论文章中，其思想的力量和尖锐性却削弱和钝化了。……甚至他关于普希金那广受赞誉的谈话也是过于夸大的。这个谈话的思想和作家日记的思想，较之《宗教大法官》和《地下室手记》中的思想，则是薄弱而苍白的。"[15]在陀思妥耶夫斯基小说中，这种"政论性"也往往并没有加强他思想

---

15 转引自王志耕：《宗教文化语境下的陀思妥耶夫斯基诗学》，北京师范大学出版社，2003 年，第 76 页。

的深度，而反而弱化了其艺术的力量。陀思妥耶夫斯基小说真正吸引人之处，不是这种"确信"，而是不同的思想在其交锋中所体现的一种思想的张力。

昆德拉认为小说乃是建立在相对性与暧昧性之上的对人的存在的探究。面对复杂的人生，宗教与意识形态往往把小说相对性、暧昧性的语言转化为独断的教条的言论。而"小说作为建立于人类事件相对性与暧昧性之上的世界的表现模式，跟极权世界是不相容的。……一个建立在惟一真理上的世界，与小说暧昧、相对的世界，各自是由完全不同的物质构成的。极权的惟一真理排除相对性、怀疑和探询，所以它永远无法跟我所说的小说的精神相调和。[16]复杂性，不确定性，正体现了小说的精神，它拒绝独白，拒绝"真理"的专断。陀思妥耶夫斯基小说也是这样，当他像他的主人公们一样处在紧张的探索中，其思想的表达也是尖锐的、充满张力的。而当他试图充当起"导师"的角色，负起教化世道人心的使命，反而有可能背离了小说的精神，其思想变得"平庸"起来。

四、实践哲学

陀思妥耶夫斯基小说中各种人物的"思想"，常常处在激烈的交锋中，见仁见智，难分高下。作者也很少直接站出来作评判，那么，对这些理论的检验，便只能留给生活本身了。

陀思妥耶夫斯基小说的故事，有时仿佛成了为某种理论提供一个背景，一种情景，或者说，一个思想的试验场。就像《罪与罚》，主人公拉斯柯尔尼科夫，相信一种流行的理论，为了正义，为了实现某种理想，某些人有权越过法律，乃至去犯罪、杀人。拉斯柯尔尼科夫也就成了一个"理论杀人者"。《罪与罚》要表现的，就是在拉斯柯尔尼科夫在这种理论的指导下杀了人之后，又如何忍受心灵的折磨，良知的拷问，最终走向悔罪的历程。当拉斯柯尔尼科夫在西伯利亚的流放地里诚心接受对其"罪"的惩罚，一种曾经雄辩的理论也就瓦解了。

《卡拉马佐夫兄弟》也是如此。检察官伊波里特称卡拉马佐夫三兄弟分别代表了"不加藻饰的俄罗斯"、"全盘欧化"和"民粹精神"。这三种"思想"或"精神"聚集在一个家庭里，种种的故事由此展开。老二伊万被人们称作"哲学家"，同时也是一个信奉个人主义的无神论者。小说开始，通过别人的

---

16 昆德拉：《小说的艺术》，董强译，上海译文出版社，2004 年，第 18 页。

转述谈到伊万的思想：

> 世上没有任何力量能迫使人们爱其同类，人爱人类这样的自然法则根本不存在，如果说迄今为止世上有爱或有过爱，那并不是自然法则使然，而纯粹是因为人们相信自己可以永生。……所以，倘若把人类认为自己可以永生的信念加以摧毁，那么，不仅人类身上的爱会枯竭，而且人类赖以维持尘世生活的一切生命力都将枯竭。这且不说。到那时就没有什么是不道德的了，到那时将无所不可，甚至可以吃人肉。但这还没完。最后他断言，对于每一位既不信上帝，也不相信自己能永生的个人来说，如我们现在便是，自然的道德法则必须马上一反过去的宗教法则；人的利己主义，哪怕是罪恶行为，不但应当允许，甚至应当承认处在他的境地那是不可避免的、最合情合理的、简直无比高尚的解决办法。（71页）

佐西马长老总在训导人如何才能相信上帝，相信爱。伊万却总在怀疑上帝的存在。信与不信，也贯穿了小说的始终。阿辽沙是信的，伊万却总在怀疑着，苦恼着。在其后的一次聚会中，兄弟俩又讨论起上帝的问题来。"如果上帝不存在，必须把他造出来……至于我，早已拿定主意不去考虑：是人创造了上帝，还是上帝创造了人？"（261页）上帝的存在问题，归根结底与人性的善恶，与人是否能"信"自己有关。阿辽沙相信人的善性，相信可以用爱来宽恕一切。而伊万说："我一向无法理解，怎么可能爱自己的邻人。"人类充满了种种残暴的"兽行"，在伊万看来，如果世上不存在魔鬼，那么是人按照自己的模样创造了魔鬼。"人的兽行"导致了世上的种种罪孽，包括"孩子的苦难"，父亲虐待女儿，用树条"贴肉"地抽打亲生女儿，将军唆使爱犬将用石子打了他狗的男孩撕成碎片，面对这一切，阿辽沙也不由自主地说出了两个字：枪毙。

伊万对上帝的追问，尖锐而冷酷，连虔信的阿辽沙都被一步步引向矛盾中。"疑"与"信"，在这里构成了两极，阿辽沙处在中央，成为两种思想的试验场。

伊万的思想结局如何，在后面情节的发展过程中，几个人物的命运，便成了这种思想的验证。老大德米特里是这一思想的直接的行动者，生活放荡不羁，总在扬言要杀死自己的父亲，最终被送上法庭。而私生子斯乜尔加科夫，作为实际上的杀父者，他实践的正是伊万的思想。他对伊万坦白，杀人首先是为了钱："原先有过这样的想法，以为有了这些钱可以去莫斯科，甚至去国外开始新的生活，这种想法确实有过，主要是受了'无所不可'的影响。您教我的这个道理完全正确，当时您对我说过许多这样的话：既然没有永恒的上帝，也就没有任何道德可言，那还要道德做什么？我就是这样想的。"而伊万，明知道斯乜尔加科夫有可能杀人，却借故离家外出，给了斯乜尔加科夫动手的机会。所以，斯乜尔加科夫对伊万说："是你谋杀了他！……要说杀人——你自己绝对不可能，也不愿意。可是由别的什么人去干谋杀，这您是愿意的。"

扪心自问，伊万也只好承认，自己是个思想的杀人犯。他为此处在痛苦的自责与焦虑之中，于是，有了那段著名的"伊万·费尧多罗维奇的梦魇"。魔鬼出现在他面前，而这魔鬼实际上是他自我的幽灵，"心造的幻影"。他与"心造的幻影"对话，"心造的幻影"讲了一个关于天堂的传说。

>"当年在你们人间有这样一位思想家和哲学家，他'否定一切，包括法律、良心、信仰，'尤其否定身后生命。他死了，他认为从此进入黑暗和寂灭，不料出现在他面前的却是身后生命。他大为惊讶而又愤慨，说：'这违背我的信念。'为此他被判罚……对不起，我只是转述我听来的内容，这仅仅是传说……他被判罚在黑暗中走一百万的四次方公里，什么时候走完这一百万的四次方公里，什么时候向他敞开天堂之门并宽恕一切……"（707）

事实上，这是伊万的自画像，连伊万自己也难以直面自己了。"动摇、惶惑、信与不信的思想斗争——这一切有时候对于像你这样识羞耻的人来说，实在太痛苦了，简直想上吊。"幻影的出现，就是要让伊万相信这样一个"自我"的存在。伊万无法面对这样的一个"自我"，恨得咬牙切齿，"你愚蠢而且庸俗，你蠢的要命。不，我讨厌你！我该怎么办，我该怎么办？"他骂幻影是"蠢驴"，让他别玩哲学。他说，"跟你在一起实在乏味，我受不了，简直活受罪！要是能把你赶走，我不惜付出很大的代价！"人取代神成为新的上帝，这曾经是伊万的理想。但此刻，这一切通过幻影的嘴说出来，伊万一边听着，一边"双手捂住自己的两只耳朵，眼睛瞧着地上，但开始全身打战"。他把这当作"本性中愚蠢的东西"，早就被克服淘汰了的。他骂幻影"为什么我的灵魂会产生像你这样的奴才？"

这是伊万的自省。他的思想曾经影响了德米特里和斯乜尔加科夫，但他们的行动最终证明了伊万思想的可怕。如今，自我的魔鬼直接将他的思想的灵魂展示出来，他感到自己都无法面对自己了，最后只好走向精神分裂。

陀思妥耶夫斯基的哲学永远不仅仅是停留在理论的层面，而是一种实践的哲学，用实践来检验理论。理论的正确或荒谬，也就不证自明了。劳特说陀思妥耶夫斯基小说所表达的思想是从客体经验出发的"归纳法"，同时，它也是一种"演绎法"，有了一种思想，然后推演到现实生活中，用现实来检验它。思想永远与实际的人生联系在一起，思想的过程也是人生的过程，它影响到人的选择、命运，它同时也就构成了一种生命哲学。

原载《俄罗斯文艺》，2011 年第 3 期

《罪与罚》：文学视野中的法律

《罪与罚》是陀思妥耶夫斯基的代表性作品。这是一个与刑事案件有关的故事：一个大学生杀人及其悔过、受罚的历程。"罪"与"罚"，罪孽与惩罚。《罪与罚》要表现的，正是拉斯柯尔尼科夫在某种思想的指导下杀了人之后，又如何忍受心灵的折磨，良知的拷问，最终走向悔罪的历程。在这里，法律意义上的"罪"与文学意义上的"罪"又是不一样的，文学意义上的"救赎"也有别于法律层面的"惩罚"。《罪与罚》典型地体现了文学透视、再现法律的独特视角。在陀思妥耶夫斯基那里，关于犯罪的问题，不仅是普通的法律问题，而往往成了伦理问题、人性问题、人的精神救赎的问题。

一

《罪与罚》讲的是一个关于杀人的故事。

杀人的故事可以有很多种讲述方式。希腊悲剧《美狄亚》中的杀子是为了报复变心的丈夫；莎士比亚《哈姆莱特》中克劳狄斯弑兄是出于对权力的贪恋与情欲；《奥赛罗》中的杀妻是出于嫉妒；司汤达《红与黑》中的于连枪杀德·瑞那夫人是因为在他眼看就要娶到贵族小姐，人生即将"成功"之际，曾经的情人德·瑞那夫人的一封检举信使他梦想即将破灭。还有很多电影关于"杀人"的叙述，会把焦点集中在主人公为什么会杀人，他的悲惨处境，或者把重心放在法庭审判、辩护上，以此揭示社会的不公，激发观众对杀人者的同情。对"杀人"问题的思考、透视也就有了种种社会学的意义。[1]

---

[1] 参见何云波、李欣仪：《"不可杀人"的现代阐析》，《湘潭大学学报》，2013 年第 1 期。

陀思妥耶夫斯基也在不断地讲述与"杀人"有关的故事。《死屋手记》中就有不少杀人犯。《卡拉马佐夫兄弟》则围绕几兄弟的"弑父"展开心灵的拷问。而《罪与罚》，主人公拉斯柯尔尼科夫是一个思想杀人者，受一种流行的观点的影响，说如果杀死一个有钱却对社会毫无用处的人，将他的钱用于更需要的人，造福社会，那么这杀人便有了正当的理由。小说的叙事重心便在主人公"正当"地杀人之后（特别是还误杀了一个无辜者）心理、良知上所承受的种种负荷。最后终于不堪其"沉重"，忏悔其罪孽，接受"罚"，开始精神重生的历程。

《罪与罚》的核心问题，首先就是"罪"。

法律意义上的"罪"，当然主要是以行为为依据来作出界定。而文学作品中所描写的"罪"，却可能复杂得多。为何犯罪，其背后的社会的、思想的、心理的、人性的原因，犯罪的心理过程，等等，都可能成为作家关注的焦点。

陀思妥耶夫斯基曾把他的《罪与罚》看作是一份"犯罪的心理报告"。[2]

拉斯柯尔尼科夫是个学法律的大学生。小说一开始，写他住在橱柜样的"斗室"里，避不跟人往来，"从某个时候开始，他动不动就发火，情绪紧张，仿佛犯了忧郁症似的。"[3]当他走到街上，"街上热得可怕，又闷又拥挤，到处是石灰、脚手架、砖块、尘土和夏天所特有的恶臭，这是每个没有条件租别墅去避暑的彼得堡人闻惯了的臭味，——这一切一下子就使这个青年本来不健全的神经又受到了令人痛苦的刺激。"[4]小说一开始就揭示出主人公的生存环境与人之间的紧张关系，为其带有神经不健全性质的犯罪做了铺垫。

拉斯柯尔尼科夫每天心神不宁地在街上游荡，因为他心里有了一个不可告人的秘密："我要去干的是一件什么样的事啊，但却害怕一些微不足道的小事！"[5]他经常问自己："我怎么会有这么可怕的念头？我的良心竟能干这种坏事！这到底是卑鄙的、下流的，可恶，可恶！……我足足有一个月……"[6]有时，他又会怀疑，"咳，假如我错了呢"。

2　《陀思妥耶夫斯基选集·书信选》，冯增义、徐振亚译，人民文学出版社，1986年版，第58页。

3　陀思妥耶夫斯基：《罪与罚》，岳麟译，上海译文出版社，1979年，第1页。

4　陀思妥耶夫斯基：《罪与罚》，岳麟译，上海译文出版社，1979年，第2页。

5　陀思妥耶夫斯基：《罪与罚》，岳麟译，上海译文出版社，1979年，第2页。

6　陀思妥耶夫斯基：《罪与罚》，岳麟译，上海译文出版社，1979年，第9页。

小说就这样以主人公的不断的内心独白、追问，开始了"犯罪的心理报告"。

拉斯柯尔尼科夫为什么要杀人，当然首先是因为贫困。同时他又相信了一种流行的理论，为了正义，为了实现某种理想，某些人有权越过法律，乃至去犯罪、杀人。有一次，他在一个小酒馆里，偶然听到一个大学生和一个军官的谈话：一方面是一个愚蠢的、不中用的、卑微的、凶恶的和患病的老太婆，谁也不需要她，相反地，她对大家都有害；另一方面，年轻的新生力量因为得不到帮助而枯萎了，这样的人成千上万，到处都是。"成百成千件好事和创议可以利用老太婆往后捐助修道院的钱来举办和整顿！成千上万的人都可以走上正路，几十个家庭可以免于贫困、离散、死亡、堕落和染上花柳病，——利用她的钱来办这一切事情。把她杀死，拿走他的钱，为的是往后利用他的钱来为人民服务，为大众谋福利。你觉得怎样，一桩轻微的罪行不是办成了几千件好事吗？牺牲一条性命，就可以使几千条性命免于疾病和离散。死一个人，活百条命，这就是算学！"[7]

小酒馆的谈话对拉斯柯尔尼科夫产生了重大影响，"仿佛这里面真的有一种定数与启示"。他也构成了拉斯柯尔尼科夫杀人的理论基础。当时俄国正流行法国哲学家杰里米·边沁的功利主义伦理观："最大多数人的最大的幸福，是边沁的功利主义的最高原则"[8]在边沁看来，"人的任何动机都可以产生善或恶，所以，人只对行为的结果负责任。"[9]这是一种功利主义的效果论的伦理观，为了一个好的结果，为了大多数人的幸福，可以牺牲少数人的利益。

拉斯柯尔尼科夫曾经在报刊上发表过一篇文章《论犯罪》。文章认为，人按照天性法则，大致可以分为两类：一类是低级的人（平凡的人），他们是一种仅为繁殖同类的材料；另一类则是具有天赋和才华的人。第一类人"他们大抵都是天生保守、循规蹈矩、活着必须服从而且乐意听命于人。"第二类人呢，"他们都犯法，都是破坏者……他们绝大多数多要求为着美好的未来破坏现状。但是为着实现自己的理想，他甚至有必要踏过尸体和血泊。"[10]第二类人就是"未来的主人"，是"超人"，也是"侩子手"。"人类社会中绝大多数的

7　陀思妥耶夫斯基：《罪与罚》，岳麟译，上海译文出版社，1979年，第75页。

8　倪愫襄：《伦理学简论》，武汉大学出版社，2007年，第83页。

9　倪愫襄：《伦理学简论》，武汉大学出版社，2007年版，第83页。

10　陀思妥耶夫斯基：《罪与罚》，岳麟译，上海译文出版社，1979年，第303页。

这些恩人和建立者都是非常可怕的侩子手。"[11]对拉斯柯尔尼科夫来说，他之杀人，还是为了要证明自己，他也能作"第二类人"，做"拿破仑式的英雄"。"当时我要知道，要快些知道，我同大家一样是只虱子呢，还是一个人？我能越过，还是不能越过！我敢于俯身去拾去权力呢，还说不敢？我是只发抖的畜生呢，还是我有权利……"[12]拉斯柯尔尼科夫也就成了一个"思想杀人者"。

赵桂莲在《漂泊的灵魂——陀思妥耶夫斯基与俄罗斯传统文化》中谈到，德国存在主义哲学家雅思布斯把人类的犯罪从总体上分为四种：刑事犯罪，政治犯罪，道德犯罪以及形而上的犯罪。陀思妥耶夫斯基的创作涉及到以上所有的犯罪形式，而且这些不同等级的犯罪常常交汇在一个犯罪者身上。"以拉斯柯尔尼科夫为例，他的犯罪首先是刑事犯罪，由于良心的不安和折磨又属于道德犯罪，而就犯罪的初衷之一而言——为最终造福社会——它涉及到了政治犯罪，及至匍匐到大地之上用火热的泪水对大地忏悔也就是对全体人忏悔使他的犯罪达到了形而上犯罪的等级。"[13]

陀思妥耶夫斯基的不少小说，写的都是思想的主人公，连杀人、自杀也可能是出于某种冠冕堂皇的思想。这种带有"形而上"性质的犯罪，也就有别于一般的罪犯，具有了法律之外的思想的意义。

二

杀人者杀人，可以有形而上的理由。问题是，杀人之后，他是否能承受杀人带来的心灵的重负。

作为学法律的大学生，很早以前，拉斯柯尔尼科夫就对一个问题感兴趣并展开研究：为什么几乎一切犯罪行为都那么容易被发觉和败露？为什么几乎一切犯罪者都会留下显著的痕迹？在他看来，最重要的原因就在于犯罪者在犯罪的时候，都丧失了意志和理智。而拉斯柯尔尼科夫自认为，他在进行预谋行动的时候，是绝不会丧失意志和理智的。唯一的理由是，他进行这个预谋的行动"不是犯罪"。但实施了"不是犯罪"的"犯罪"之时与之后，想做"超人"的拉斯柯尔尼科夫也未能避免"丧失意志和理智"的结果。他一回

---

11 陀思妥耶夫斯基：《罪与罚》，岳麟译，上海译文出版社，1979 年，第 302 页。

12 陀思妥耶夫斯基：《罪与罚》，岳麟译，上海译文出版社，1979 年，第 487 页。

13 赵桂莲：《漂泊的灵魂——陀思妥耶夫斯基与俄罗斯传统文化》，北京大学出版社，2002 年，第 242 页。

到住处，就昏睡过去。开头他以为，他要发疯了。由于热病，打着可怕的寒战。昏睡中醒来，想着要消灭罪证，一阵没有意义的忙乱之下，他脑海中出现一个念头："啊，莫非已经开始了，莫非惩罚已经临到我身上了？"[14]

　　确实，法律意义上的惩罚还没有来，来自自我的心灵的惩罚就已经开始了。在病中，他接到警察分局的一张传票，吓了一跳，尽管到警察局之后，发现是虚惊一场，不过是张债据，但他差点忍不住要"把昨天所干的事和盘托出"，以卸下那副重担。他向警察分局的副局长伊里亚·彼得罗维奇解释那张债据的来龙去脉，想用感情去打动他们，却突然发现，从此不光是跟警察，哪怕是亲近的人，也无法推心置腹了。"他的心忽然变得多么空虚啊。他突然意识到心里出现了一种悲观情绪，感到自己是令人痛苦地无限地孤独，而且没有依傍。……他已经再也不能像刚才那样流露感情或者用其他方式去向这些坐在区分局里的人们申诉了。即使这些人是他的同胞手足，而不是警官，甚至不论生活情况如何，他也不会去向他们申诉的；以前，他从来没有过如此奇怪而又可怕的感觉。最令人痛苦的是，这与其说是知觉，倒不如说是意识或者意念；一种直觉，他一生中所有的最痛苦的感觉。"[15]之所以痛苦，是因为当一个人藏着不可告人的秘密，无处诉说，并且生怕被他人察觉了你的秘密，每天担惊受怕，惶惶不可终日，这将注定了你的孤独，你被排除在了正常的生活之外，你的心灵的苦难的历程也就开始了。

　　这种恐惧不光在清醒的状态下，有时还让人在梦中也不得安宁。主人公曾梦见警察局分局长伊里亚殴打女房东，源于他犯罪后对负责侦破此案的伊里亚的畏惧。还有一个梦，重现的是杀人时的情景。拉斯柯尔尼科夫能够杀死一个人，但却无法摆脱杀人后所带来的负罪感、良心的自我惩罚。拉斯柯尔尼科夫曾无力解答一个问题，是"疾病产生犯罪行为呢，还是犯罪行为本身，由于它独特的性质，常常引起一种类似疾病的现象？"[16]但作家在小说的进程中其实已经给出了答案：正是犯罪行为本身引发了拉斯柯尔尼科夫的精神的疾病。

　　拉斯柯尔尼科夫杀人的动机，本来是一方面要拿高利贷老太婆的钱去拯救自我和大众，第二是要做拿破仑，证明自己是不平凡的人。结果两者都告

14　陀思妥耶夫斯基：《罪与罚》，岳麟译，上海译文出版社，1979年，第101页。
15　陀思妥耶夫斯基：《罪与罚》，岳麟译，上海译文出版社，1979年，第115页。
16　陀思妥耶夫斯基：《罪与罚》，岳麟译，上海译文出版社，1979年，第81页。

落空。他杀人后拿走了一个钱袋，却在慌乱、恐惧之下看都没看，就埋在某块石头下面。既然这样，那以前的一切谋划，杀人以后所受的一切的苦，岂不变得毫无意义。这正是让拉斯柯尔尼科夫最痛苦的。陀思妥耶夫斯基在《作家日记》《环境》一文中说："把犯罪称为不幸，把罪人称作不幸的人，就属于俄罗斯人民的这种蕴诸内心的思想——俄罗斯人民的思想"。[17]确实，只要是犯了罪，他就很难放下犯罪带来的心灵的负担，这个人从此就是"不幸的人"了。

<h2 style="text-align:center">三</h2>

那么，救赎之路何在？

拉斯柯尔尼科夫之杀人，从法律的层面说，毫无疑义属于刑事犯罪。但当犯罪的主人公为自己的犯罪找到了思想的理论的基础，也就使犯罪具有了形而上的色彩。那么，从惩罚的角度说，法律意义上的找到罪犯并予以合理的判决也就不够了，关键是犯罪者是否意识到了有罪，是否忏悔，只有在此基础上才谈得上救赎，犯罪者精神上的新生。

陀思妥耶夫斯基在《作家日记》中有一篇《环境》，说当时社会上曾流行一种"环境论"，认为"根本就没有犯罪行为，一切都是'环境的罪过'"，由此犯罪甚至有可能被当做是一种"义务"，一种"反抗'环境'的义举"。[18]既然罪在"环境"，那只要改变"环境"，一切就都好了。由此，每个个体也就不需要为自己的犯罪承担责任了。而在陀思妥耶夫斯基看来，犯罪也与人的天性、人心中的"恶"有关。冯川在《忧郁的先知：陀思妥耶夫斯基》中说："在陀思妥耶夫斯基眼中，导致犯罪的原因，在许多情况下是源于'精神的'原因。在不同的犯罪冲动中，存在着不同的、迄今尚不清楚的精神动机。甚至不防说：犯罪在一定程度上基源于人的天性，它在一定程度上是人的一种精神本性"。[19]

由此，人的救赎之路，也就不光是"环境"的改变，更重要的是人的良知的觉醒，精神的新生。人只有意识到自己有罪，才会诚心悔过，才会有真

---

17 《费·陀思妥耶夫斯基全集》第十九卷《作家日记》（上），张羽译，河北教育出版社，2010年，第24页。

18 《费·陀思妥耶夫斯基全集》第十九卷《作家日记》（上），张羽译，河北教育出版社，2010年，第22页。

19 冯川《忧郁的先知：陀思妥耶夫斯基》，四川人民出版社，1997年，第75页。

正的救赎。"再也没有比那种居然不承认自己是罪人的罪犯更不幸的了：这是畜生，是野兽。他不明白自己是畜生，他扼杀了自己的良心，这说明什么呢？他只是双重的不幸。是双重的不幸，而且是双重的犯罪。"[20]

由此，在法律与道德之间，他们构成了一种外在律与内在律，既相互对立又互相依存。法律所代表的外在律只能规范人的行为，法律对罪犯的惩罚也只能针对行为，所以人很多时候又需要内在的道德律令规范人的行为，提升人的精神。所以救赎也就既需要法律的惩罚，更需要道德的、人性的、精神的提升。就像强者认为有权杀人："然而，他原以为只是违背外界毫无意义的法律，勇敢挑战社会成见的义举，突然成了他良心的重负，成了罪孽，违反了他内心的道德准则。违反外界法律受到来自外界的惩罚：流放和苦役，但内心狂妄的罪孽：把强者和人类分开，导致他最终杀人——这一自称上帝的内心罪孽，只能用自我否定这一内在的道德功勋来救赎。极度的自信应该消失殆尽，因为面对的是信仰上帝（上帝高于自己），自作聪明的辩解应当服从上帝的最高真理，它活在最普通的弱势民众的心中，尽管强者把他们视作微不足道的虱子。"[21]弗·谢·索洛维约夫《纪念陀思妥耶夫斯基的三次演讲》中的这段话，很好地阐析了《罪与罚》之"罪"和"罚"的精髓。

拉斯柯尔尼科夫在杀了人之后，曾在大街上见到醉酒后被马踩死的马尔美拉陀夫，他帮助将马尔美拉陀夫送回他的家，并将身上仅有的 20 卢布给了丧夫的卡捷琳娜。这一善行使他负罪的心灵得到了些许安慰。"现在他心里充满一种从未有过的、突然涌现的具有一股充沛强大的生命力的广大无边的感觉。这种感觉可以和一个被判处死刑，突然获得出乎意料的赦免的囚犯的感觉相似。"[22]

也是因为这一善行，拉斯柯尔尼科夫认识了马尔美拉陀夫的女儿，为了养活全家不得不去当妓女的索尼雅。索尼雅从此成了拉斯柯尔尼科夫的精神支柱。他们——一个杀人犯和一个卖淫妇——曾一起读《圣经》，耶稣基督说："复活在我，生命也在我。信我的人。虽然死了，也必复活。凡活着信我

20　《费·陀思妥耶夫斯基全集》第十九卷《作家日记》（上），张羽译，河北教育出版社，2010 年，第 26 页。

21　[俄]弗·谢·索洛维约夫等：《精神领袖——俄罗斯思想家论陀思妥耶夫斯基》，徐振亚、娄自良等译，上海译文出版社，2009 年，第 14-15 页。

22　陀思妥耶夫斯基：《罪与罚》，岳麟译，上海译文出版社，1979 年，第 215 页。

的人，必永远不死。"[23]

如果说，法的惩罚与神的恩惠，是犯罪之人面临的两种出路。对拉斯柯尔尼科夫来说，他并不相信法律的惩罚可以使他的精神获得救赎，相反，是索尼雅的出现，让上帝在拉斯柯尔尼科夫心中种下了改过自新的种子。在《罪与罚》中，如果说波尔菲里是法律的代表，索尼雅则代表了来自上帝的救赎。法律与"罪人"处在一种紧张的对抗关系中，而索尼雅则成了拉斯柯尔尼科夫的"精神母亲"，这个世界上唯一可与之倾诉之人。当不堪心灵重负的拉斯柯尔尼科夫向索尼雅坦白了杀人的事实：

> "您，您要对自己干什么啊！"她忧伤绝望地说着，站了起来，向他直扑过去，双手钩住了他的脖子，拥抱他，紧紧地搂住了他。
>
> 拉斯柯尔尼科夫赶忙往后一让，脸上浮出了忧郁的微笑，望着她，说：
>
> "索尼雅，你多么奇怪呀，我告诉了你这件事，你就拥抱我，吻我。你自己却不知道在做什么。"
>
> "不，现在世界上再也没有比你更不幸的人了！"她没有听到他的话，发狂似地大声说道，并且像歇斯底里发作一样，突然痛哭起来。[24]

这使我们想起雨果《巴黎圣母院》中卡西莫多在受刑后，焦渴难忍之际，因为曾被他抢劫过的爱斯梅哈尔达的一碗水而滚出的那两滴泪珠；想起《悲惨世界》米里哀主教对从牢里放出的冉阿让的善行。这是一种基督之爱，一种爱亲人，爱所有的人也爱罪人的广大无边的爱。有一次，走在大街上，拉斯柯尔尼科夫想起索尼雅的话："到十字街头去，向人们跪下磕头，吻土地，因为你对它们也犯了罪，大声地告诉所有的人：'我是凶手'"。

> 他一下子浑身瘫软了，泪如泉涌。他立即在地上伏倒了……
>
> 他跪在广场中央，在地上磕头，怀着快乐和幸福的心情吻了这片肮脏的土地。[25]

就是在这一刻，拉斯柯尔尼科夫在向大地的俯伏、忏悔中，蒙受了神恩。小说最后，索尼雅跟着拉斯柯尔尼科夫去流放地，当有一次，他们坐在

---

23 陀思妥耶夫斯基：《罪与罚》，岳麟译，上海译文出版社，1979年，第383页。
24 陀思妥耶夫斯基：《罪与罚》，岳麟译，上海译文出版社，1979年，第477-478页。
25 陀思妥耶夫斯基：《罪与罚》，岳麟译，上海译文出版社，1979年，第613页。

一起："在这两张病容满面、苍白的脸上已经闪烁着新的未来和充满再生和开始新生活的希望的曙光。爱情使他们获得了新生，对那一颗心来说，这一颗心潜藏着无穷尽的生命的源泉。"[26]正是在索尼雅的高尚无私的爱的感召下，拉斯柯尔尼科夫看到了自己新生活的曙光，走上了自新之路。

在法律的惩罚与爱的救赎，俗世的"正义"与上帝的"最高真理"之间，陀思妥耶夫斯基选择了后者。正如有学者所说："如果说恩惠精神是以人的灵魂为最高意义上的现实的具体'静观'的结果，则与之对立的法就是无视人性的抽象推理，是人对人执行的审判，在陀思妥耶夫斯基看来，人对人的审判是永远也靠不住的，一个人永远都不可能洞悉另一个人内心世界里瞬息万变的微妙之处，或者用圣经的术语来表达，这些瞬息万变的微妙之处就是'人心和肺腑'，用不变的法来判决拥有变化着的灵魂的人是荒谬的。"[27]法律通过对人的自由的强制性剥夺的惩罚，其效果是有限的。相反，只有罪犯主动认罪，主动去承受苦难，诚心接受来自上帝的惩罚，才能真正地获得精神的新生。陀思妥耶夫斯基以他独特的关于"罪"与"罚"的叙事，很好地诠释了什么是文学视野中的"法律"。

四

陀思妥耶夫斯基的《罪与罚》，写一个关于"罪"与"罚"的故事，这看起来是个典型的法律问题。但陀思妥耶夫斯基关注的更多的不是法律意义上的"罪"，而是思想之"罪"、人性之"罪"，因而"惩罚"也就不仅限于法庭中的"判决"。作为作家而非法官的陀思妥耶夫斯基，最关心的不是程序是否合法，判决正确与否，而是罪人是否意识到了自己有罪。因为如果没有悔罪之心，即使法律正确地判了他有罪，他也不肯服罪，反而可能认为自己是在为某种正当、正义的事业遭受苦难，甚至会因此生出一种使徒般的崇高感，服完刑之后，他依旧会去从事他认为"正当"、"正义"的事业。而这是法律管不了的问题。法律的空白地带常常就是文学的用武之地，陀思妥耶夫斯基写的便是一个杀人者如何悔罪、如何在精神上获得救赎的故事。

刘小枫说，叙事伦理是一种倾听的伦理、陪伴的伦理，文学艺术在现实

26　陀思妥耶夫斯基：《罪与罚》，岳麟译，上海译文出版社，1979 年，第 637 页。

27　赵桂莲：《漂泊的灵魂——陀思妥耶夫斯基与俄罗斯传统文化》，北京大学出版社，2002 年，第 231-232 页。

生活中更多地充当的就是陪伴、倾听、理解、同情的角色。就像《罪与罚》中的拉斯柯尔尼科夫，因为一张借据被警察局传讯。借据是九个月前拉斯柯尔尼科夫出立给他的房东、寡妇扎尔尼采娜，扎尔尼采娜又把他转给了七等文官契巴洛夫的。拉斯柯尔尼科夫想说说借据之来源：三年前，他从外省来到彼得堡，租了扎尔尼采娜的房子，答应娶房东的女儿……伊里亚·彼得罗维奇粗鲁地插嘴说："先生，根本没有人叫你谈男女间的暧昧关系，而且我们也没有功夫听。"拉斯柯尔尼科夫解释说一年前，房东的女儿死了，女房东让他立一张一百五十卢布的借据，然后许诺又会借钱给他，并保证绝不拿这种借据去控告他，除非他自愿还钱："现在，我丢了教书工作，没有饭吃的时候，她却来控告了。"伊里亚·彼得罗维奇粗暴无礼地打断他："您应该提出保证，设法还债，至于您的恋爱故事和这悲剧跟我们风马牛不相及。"[28]

拉斯柯尔尼科夫非常沮丧，感到奇怪，"他怎么会在一分钟前跟他们谈这样的话，甚至用自己的感情去打动他们？"当代表法律的"正义之士"人不肯花一点点时间倾听涉案者的"解释"，他的内心的声音，另一方在无限的"痛苦"与"孤独"中也就把心门关上了。涉及一个杀人案的拉斯柯尔尼科夫，也就把自己裹得越来越紧了。

拉斯柯尔尼科夫出自自救的本能，曾竭力想逃避法律的惩罚。由此，他与代表法律寻找罪犯的警局之间，也就形成了一种紧张的对抗性的关系。正像拉斯柯尔尼科夫与警察局负责刑侦的侦查科长波尔菲里·彼得罗维奇，有过三次交锋。第一次，拉斯柯尔尼科夫的同学拉祖米兴拉他去波尔菲里住处拜访（后者托话说早就想认识一下拉斯柯尔尼科夫了），请求把抵押在高利贷老太婆的物品要回来。波尔菲里以拉斯柯尔尼科夫的那篇文章《论犯罪》来诱导拉斯柯尔尼科夫袒露心声。波尔菲里又问可曾看见两个油漆匠，因为在在谋杀案发生那一天有两油漆匠在油漆。这是一个圈套，只不过被拉斯柯尔尼科夫识破了。拉斯柯尔尼科夫一开始与波尔菲里接触，就对波尔菲里猫玩老鼠似的勾当大为恼火。结果自然是不欢而散。

波尔菲里一次次以他的"独特的艺术"，他的"犯罪心理学"，把拉斯柯尔尼科夫置于在他的控制之下，让拉斯柯尔尼科夫受到刺激，不能忍受，自己露出马脚。应该说，波尔菲里很好地扮演了一个法律人的角色。他最后也信守诺言，没有揭发拉斯柯尔尼科夫，而等着拉斯柯尔尼科夫去自首，使其

---

28 陀思妥耶夫斯基：《罪与罚》，岳麟译，上海译文出版社，1979年，第115页。

获得了减刑的机会。但实际上，促使拉斯柯尔尼科夫去自首的，并不是波尔菲里。他与拉斯柯尔尼科夫一直以来的紧张关系，拉斯柯尔尼科夫对他的不信任、愤恨，在一定意义上，也宣告了法律的惩诫的失败。

当拉斯柯尔尼科夫与警察形成一种紧张的对抗关系，反而是卖淫妇索尼雅充当了拉斯柯尔尼科夫内心的唯一的倾听者。很多时候，罪人们的忏悔与新生其实就是从一方的"倾诉"与另一方的"倾听"开始的。而在《死屋手记》中，严苛的惩罚并不能使那些囚徒改过，反而是偶尔的温情与尊重，把他们当人看，激发了他们心中的"善性"。

当法律以正义之剑试图铲除社会的罪恶时，文学更多地为犯罪者洒下了慈悲的眼泪，救赎也就充满了人性的温情。它与法律意义上的惩罚，扮演的是不同的角色。文学与法律，各有自己的立场与方式，但两者也许并不矛盾，而可以相互补充，各自发挥其不可替代的作用。

原载《湘潭大学学报》，2020 年第 1 期

基耶斯洛夫斯基《杀人短片》：
不可杀人的现代阐释

　　1989 年，波兰导演基耶斯洛夫斯基拍摄了一部电视系列短片《十诫》。《十诫》的灵感来自基督教的"十诫"，但讲述的是现代人的故事。其中"《十诫》之五"题为"杀人短片"，借用宗教戒律的"不可杀人"，但作了全新的阐析。王成军在《论中西小说的叙事伦理》一文中谈到，中西不少文艺作品都存在道德安全问题，比如对杀人犯的美化。其中就提到基耶斯洛夫斯基的电影"《十诫》之五"，说在该片的叙事里，叙事者把更多的同情放在了杀人犯雅泽克身上，"叙述者有意不写雅泽克杀人本身的残忍，反而过多叙述雅泽克杀人的困难。最为关键的是，叙述者对雅泽克被行刑的时间过程却进行了放大，有意令读者（观众）对杀人犯雅泽克产生同情，以至于怀疑到司法制度的'以法杀人'的合理性。"[1]文章由此提出了小说叙事"道德底线"的问题，并将"不可杀人、诚信诚实、不可诲淫"规定为叙事伦理的"道德底线"。这里既有对现实的"道德标准"的理解的问题，也涉及叙事伦理与现实伦理的关系。从现实的角度说，司法制度的'以法杀人'是不是就都是合理的，杀人犯是否就都不可同情，这本身就是一个问题。退一步说，即使司法制度正确地判定了某人有罪，文学是否就只能亦步亦趋去做道德的谴责。这便为我们提出了一个文艺与法律的立场与话语通约的问题。法律有它自身的立场，而

1　郁龙余主编：《承接古今汇通中外——中国比较文学学会第八届年后暨国际学术研讨会论文集》，宁夏人民出版社，2008 年，第 51 页。

艺术的叙事也有它特有的逻辑。它们的牴牾何在，能否融通，便是本文需要探讨的问题。

一、杀人故事的多种讲法

《杀人短片》讲的是一个关于杀人的故事。

杀人的故事可以有很多种讲述方式。比如陀思妥耶夫斯基的《罪与罚》，主人公拉斯柯尔尼科夫是一个思想杀人者，受一种流行的观点的影响，说如果杀死一个有钱却对社会毫无用处的人，将他的钱用于更需要的人，造福社会，那么这杀人便有了正当的理由。杀死一条虫子却可以有益于社会，何乐而不为呢！小说的叙事重心便在主人公"正当"地杀人之后（特别是还误杀了一个无辜者）心理、良知上所承受的种种负荷。最后终于不堪其"沉重"，忏悔其罪孽，接受"罚"，开始精神重生的历程。

陀思妥耶夫斯基的另一部小说《卡拉马佐夫兄弟》则围绕几兄弟的"弑父"展开心灵的拷问。实际的"弑父者"——老卡拉马佐夫的私生子斯乜尔佳科夫自杀了；思想上的"弑父者"伊凡·卡拉马佐夫不堪心灵的折磨导致精神分裂；不断扬言要杀死父亲的长子德米特里·卡拉马佐夫被法庭误判为杀人者，德米特里没有杀人，但认为自己确实有"罪"，也就在心理上接受了对他的"惩罚"。小说花了大量的篇幅再现"侦训"、"审判"的过程，各色人等在这里表演、表达自己的社会主张，或受精神的折磨、历经灵魂的考验。

很多电影关于"杀人"的叙述，会把焦点集中在主人公为什么会杀人，他的悲惨处境，或者把重心放在法庭审判、辩护上，以此揭示社会的不公，激发观众对杀人者的同情。对"杀人"问题的思考、透视也就有了种种社会学的意义。

基耶斯洛夫斯基要讲的这个"杀人"故事，似乎跟这一切都不相干。主人公雅克那天在街上游荡，表情阴郁、冷漠，似乎就是想杀一个人，至于杀谁，不重要。这种"无故杀人者"，使一切都变得无序、随机，充满了偶然性。生命的存在与消失，也就成了一种"偶在"。

雅克为什么想要杀人，影片中偶尔也会透露点蛛丝马迹。比如他在临刑前跟年轻的辩护律师谈到他的妹妹，5 年前被拖拉机碾死了，开车的是他的一个朋友，他们一起喝酒来着，酒后……故事要这样演变下来，很容易写成一个跟"报复"有关的故事，然而影片只是点到为止。

雅克还谈到，这是他唯一的也是最喜欢的妹妹，因为妹妹的死，伤心之下，他离开了家，到了城里来。如果当初不走，也许一切都会是另一个样子。影片如果顺着这个思路，一个纯洁的乡村少年，到了城里，被乌烟瘴气、人欲横流的城市所腐蚀……这就成了《红与黑》《高老头》《俊友》之类故事的翻版。但是，基耶斯洛夫斯基无意以此来表达一个控诉万恶的城市及其法律的主题。就像托尔斯泰，在《复活》里，通过一个妓女在法庭上被错判的案件，"淋漓尽致地暴露了草菅人命的整个沙俄法律制度的罪恶本质"。[2]

还有，被杀死的出租汽车司机，片中写到他故意戏弄《十诫之二》的那对夫妇。丈夫要带怀孕的妻子去医院，出租汽车司机在洗车，洗完后，就一溜烟开走了，还得意地从后视镜里看着追赶的失望的丈夫。他还拒载受伤的乘客。但这一切并不成为他该死的理由。他与住同楼的女子贝亚塔调情。后来，雅克杀了出租汽车司机后，开着那辆出租车，来找贝亚塔，说要带她去她想去的地方……这难免让人联想是否有情杀的因素。很多故事就是通过这样的情节来吸引观众或读者的，但基耶斯洛夫斯基不想写一个流行的通俗故事。

于是，在雅克、出租汽车司机、辩护律师彼得之间，他们的联系也就是偶然的了。片子一开始，彼得正接受律师协会的考核，出租汽车司机在楼下捡起一块湿抹布，寻找乱扔杂物的主人，雅克在新市区广场闲逛……"这三个男人，差别那么大，又离得那么远，却有某种东西把他们连在一起。准确地说，他们之间将会发生某种联系。"对雅克来说，他需要的就是要杀一个人。他心里充满了一种破坏、作恶的欲念，所以当放鸽子的老太太让他走开点时，他故意一顿脚把鸽子赶跑；他站在人行天桥上，把石头往下面一推，听到砸碎车窗的声音，他心里很受用；在卫生间，把一个年轻人推倒在便池里，然后阴郁地笑着，走了；在咖啡厅里，走时，他还往自己没喝完的咖啡里吐上一口唾沫……如果在这一系列"捣乱"中，谁稍稍惹了他，他可能就会失去控制，顺便了结了在这一天要杀一个人的意愿。

雅克很像加缪的小说《局外人》中的主人公莫尔索。"母亲今天死了。也许是昨天死的，我不清楚。我收到养老院一封电报，电文是：'母死，明日葬。专此通知。'从电报上看不出什么来。很可能昨天已经死了。"小说就这样开

---

2 曹靖华主编：《俄国文学史》（上卷），北京大学出版社，2007年，第352页。

始了故事的叙述。莫尔索像个局外人一般参加完母亲的葬礼，跟朋友在海滨玩，碰到朋友的对头，手里拿着刀子，天很热，太阳直晃眼，汗珠流到眼睛里，模糊中，他扣动了扳机……在法庭上被判死刑，"我被控杀人，而死却是为了在母亲下葬的时候没有哭"。"为了作一个好的结束，为了避免感觉自己太孤单，我只要想我受刑的那一天，一定有很多人来看，对我发出咒骂的呼声，就行了。"[3]

雅克也跟莫尔索一样，游离于生活之外，冷漠地对待一切。他最终杀死出租汽车司机，也不过是因为正好坐了这一辆车。雅克用事先准备好的绳索勒紧了司机的脖子，没死，又用钢钳朝司机的头部打去，之后用毯子包了司机的头，往河边拖去。司机还在动弹，发出微弱的求救声，他举起一块大石头，砸下去，毯子下面渗出血浆来……雅克回到出租车上，发现报纸上包着的夹着香肠的面包，津津有味地吃了起来。他又注意到窗玻璃上贴着的标签：请小心关门。他笑了，按照标签的要求，轻轻把门关上。"现在，在车里，很暖和，他感觉很好。他打开收音机，把声音放低。里面传来儿童合唱团女孩明亮、清晰的童声……"

杀人的场面持续了有五分多钟。电影加长版更长，有七分钟。[4]雅克杀人的残忍与后面的冷漠、若无其事对照起来，更令人惊悚。

接下来，是雅克被法庭判处死刑，处决。雅克被几个威武的穿制服的大汉扭着，送上绞架。处决像是一个仪式。大幕拉开，行刑者、检察官、监狱长、神父和医生鱼贯而入，检察官例行公事地问雅克姓名、年龄、父母……神父上前行临终礼，行刑者把绳索套上犯人的脖子，按动按钮，人被吊了起来，医生拿出听诊器，宣布犯人的心脏已停止跳动，死亡以科学的名义被确认。而浓浓的褐色液体，从死者的裤腿里流下，一滴滴掉落在事先准备好的塑料盆里……

行刑场面持续了很长时间，跟雅克杀人的过程一样长。套在雅克脖子上的绳套，使我们想起雅克套向司机脖子的绳索，还有故事开始时被吊死的猫。它给我们一个共同的联想，这就是杀戮与恶。

---

3 加缪：《局外人》，孟安译，见：《外国现代派作品选》（第二册·下），上海文艺出版社，1981年。

4 《十诫之五》有两个版本，电视系列版和电影加长版。电影加长版单独发行，在影院上映。

二、法律何为

《杀人短片》的叙事始终是一种冷静、不动声色的风格。用画面说话，不加任何的夸饰。在电影版中，一开头就是一组画面：死甲虫，绿水中浸着的老鼠，吊死在木架上的猫。这些与孩子们奔跑的身影、笑闹声组合在一起，在死与生之间构成了一种巨大的张力。

在拍摄这一诫时，摄像机镜头作了特殊的处理，造成一种阴郁的压抑的效果。正如该集的摄影师斯瓦沃米尔·伊齐亚克所说："我感到周围的世界变得越来越丑陋……我也想把它变脏……我们用了绿色的滤镜，制造出这种奇怪的效果，把对画面来说不重要的所有东西都遮蔽掉了。"[5]

安内特·因斯多夫在《双重生命，第二次机会》中把雅克比作存在主义式的主人公。而影片的叙事也颇有存在主义风格，将社会批判蕴含于不动声色的叙事中。营造一种氛围，但不像现实主义指向具体的"日常生活"中的人与事。基耶斯洛夫斯基曾说：

> 80 年代中期的波兰到处充满了混乱与无政府状态——到处都是，每件事情都是这样，几乎每个人的生活都是这样。紧张、幻灭感以及对更糟的事情的恐惧都非常明显。这个时候我已经开始到国外去旅行了一些地方，注意到了整个世界普遍局势不稳。即使这时候我想到的也不是政治，而是日常的普通生活。我能感觉到在政治微笑后面的那种相互之间的冷漠，并且强烈地意识到我越来越经常地在观察那些不知道为何而活着的人们。因此我想皮尔斯威兹是对的，可是要拍"十诫"则是一项十分艰巨的任务。[6]

我们从这个关于杀人的故事里面可以时时感到这种"紧张、幻灭感"及人与人之间的冷漠、疏离。它们构成了雅克所作所为的社会存在背景，但也仅仅是背景而已。雅克为什么要杀人？没有具体的缘由，这种"杀人"便显得更加地可怕。就像莫尔索以一个"局外人"的身份面对自己的杀人、受审，更令人感到现代社会的阴郁与幻灭。

那么，法律在这个社会中究竟可以扮演一个什么样的角色？《杀人短片》

5　转引自[美]安内特·因斯多夫：《双重生命，第二次机会》，广西师范大学出版社，2008 年，第 111-112 页。

6　达纽西亚·斯多克编：《基耶斯洛夫斯基谈基耶斯洛夫斯基》，文汇出版社，2003 年，第 147 页。

开头就是一段关于法律的议论：

> 法律不应该效仿天性，而是要改良它。法律是人类的理念，用于规范私人间的关系。时下人们的生活方式都是法律运作的结果，不管我们是遵守还是违反它。人类是自由的，他的自由是以不妨害另一人的自由为前提。惩罚是一种报复，尤其是当他意在伤害罪犯，而不是预防犯罪时。现在法律带有报复意味，它真的是为无辜的人着想吗？立法之人真的很无辜吗？

下一个镜头就是彼得参加律师资格面试。我们也就可以把这段话看作是彼得对法律的思考。为什么要当律师？彼得说，在他参加大学入学考试时，答案很简单。四年之后，却不那么肯定了。也许是为了试图纠正一架叫司法系统的机器的错误，还有，想要接触了解其它社会的人……

后一愿望，他很快就实现了。他被律师协会接纳，并很快担负了一宗杀人案的辩护律师，雅克成了他的当事人。片中没有表现审判、辩护的过程，只是再现了一个结果：雅克被判死刑。

事后，彼得去问主审法官，如果换一个资历更老更有声望的辩护律师，结果会不会不一样。法官告诉它，没有差别。法官还告诉他："您的辩护……是我听到过的针对死刑的最好的辩词。可判决必须是这样。"

基耶斯洛夫斯基说："我对审判没有兴趣，我们知道律师会说些什么，然后判决又会是怎么样。我最感兴趣的是存在于人物灵魂背后的东西，存在于谋杀戏背后的东西"。[7]

既然律师说什么与判决的结果都没有关系，那法律就成了一架机器，一架行使惩罚机制的机器。当雅克被押上囚车，彼得在窗口呼唤他的名字，雅克后来说：当你叫我时，我的泪快流出来了。

机器是没有情感的，只有当人的灵魂被触动时，才会有笑，有泪。雅克一直是一副冷漠的面孔，只有当他两次面对孩子时，他才露出了一点笑。雅克很冷酷地杀了一个人，而当临刑前彼得去看他，他谈起自己的过去，自己的母亲和妹妹，他一下子显得温情起来，有了对生命的眷念。但会见只给了半小时，监狱长派人来催问谈话完了没有，彼得说没有完的时候。于是，当雅克谈起他妹妹喜欢绿色、喜欢树，所以他们为妹妹找了块有树的墓地，他

---

7 转引自[美]安内特·因斯多夫：《双重生命，第二次机会》，广西师范大学出版社，2008年，第111页。

也想去那儿长眠的时候，谈话被强行打断，因为执行死刑的时间到了。

旧约《十诫》中讲"不可杀人"，被认为实际上是讲"不可没有理由地杀人"。雅克的杀人就是属于这种类型。而对雅克的审判、处决，是以国家、以法律、以正义的名义惩罚邪恶，这"杀人"便具有了正当性、合理性。而基耶斯洛夫斯基的质疑也就是从这里开始的：以神圣的人民民主专政的名义杀人，果真就是正当的么？

彼得参加律师考试时，与考官们有一段对话：

> 根据您对立法史、法律理论和最高法庭的判决意见的解释和评论，我们已经可以形成一致意见了。但我还是想问——您怎样理解"一般预防"？
>
> 它有一种惩罚的作用，不是针对当事人，而是其他人。这是一种威慑。依据刑法法典第五十条，惩罚起警告的示范作用。
>
> 如果我没有理解错，我注意到这里的讽刺意味……您对"一般预防"的概念是有保留的？
>
> 是的。
>
> 为什么？
>
> 把"一般预防"作为惩罚尺度的理由通常是靠不住的。在我看来，它常常不公正。
>
> 您不相信惩罚的威慑作用？这是一个法律上的学说……
>
> 我相信，更重要的是，惩罚在所难免，这比其他一切都更重要。[8]

有人说："从该隐杀弟以来，惩罚既不能使这个世界变得更好，也不能防止犯罪。"惩罚不能达到警示的目的，反而可能因为以暴制暴，导致更大的邪恶。福柯在《规训与惩罚》一书中，一开始就以一个试图谋杀国王的犯人遭受酷刑为例，讨论古典时期的惩罚机制如何以国王的名义惩治犯上者，通过示众性的肉体惩罚威慑普通民众，结果却导致对犯人的同情、行刑过程的骚乱和更大程度的反抗。现代人道主义的"惩罚"开始更多地致力于如何规训人的身体，感化人的灵魂。特别是面对每一个独立的个体，司法制度永远只能在一般的意义上维持社会的正义，而无法顾及个人的性情。有时，制度性的"杀人"与个体的"杀人"，其冷漠的本质并无差别。正如刘小枫所说：

8　基斯洛夫斯基，皮斯维茨：《十诫》，陈希米译，南海出版社，2003年，第130页。

司法暴力维护最低限度的社会公义，但它面对的经常是生活中人的性情的随机因素导致的意外事件。司法制度能惩罚不正当的故意行为，却不能填补生活中因个人性情而产生的偶然性裂缝。司法制度惩罚随机且偶然的生存事件的恶是合法的，但不一定是正当的。如果自然而偶然的性情因素是每一个人都可能遇到的，人的自然性情都是有欠缺的，那么，谁可以决定惩罚的正当性？[9]

曾经，全能的上帝拥有着惩罚的正当性。《旧约》中的上帝便经常操纵着人的生死，不敬神者，作恶者，异教徒，都在被杀之列。而《新约》中的耶稣，却慈祥也软弱得多。基耶斯洛夫斯基把他称作一个"蓄着白髯，宽容而善良的老头子，任何事都得到他的原谅"。他深知世上罪人太多，"常行善而不犯罪的义人，世上实在是没有"，"我们若说自己无罪，便是自欺……"于是，耶稣只好以自己的血肉之躯，通过上十字架，来替人类赎罪。至于惩罚，既然每个人都是有罪之身，谁又能具有绝对的"仲裁"、"惩罚"的权利呢？

三、法律与文艺：如何通约

陀思妥耶夫斯基的《罪与罚》，写一个关于"罪"与"罚"的故事，这看起来是个典型的法律问题。但陀思妥耶夫斯基关注的更多的不是法律意义上的"罪"，而是思想之"罪"、人性之"罪"，因而"惩罚"也就不仅限于法庭中的"判决"。作为作家而非法官的陀思妥耶夫斯基，最关心的不是判决的正确与否，而是罪人是否意识到了自己有罪。因为如果没有悔罪之心，即使法律正确地判了他有罪，他也不肯服罪，反而可能认为自己是在为某种正当、正义的事业遭受苦难，甚至会因此生出一种使徒般的崇高感，服完刑之后，他依旧会去从事他认为"正当"、"正义"的事业。而这是法律管不了的问题。法律的空白地带常常就是文学的用武之地，陀思妥耶夫斯基写的便是一个杀人者如何悔罪、如何在精神上获得救赎的故事。

在《杀人短片》中，关于杀人者的故事，也不再仅仅是一个普通的法律的问题，而成了一个伦理问题，一个关于个体的生命感受的问题。雅克被处死了，在辩护律师彼得家里，一个孩子却来到了这个世界。《十诫》中的每一诫似都把生命与死亡糅在了一起。电视版的结尾，是律师面对雅克的死，说：

---

9 刘小枫：《沉重的肉身——现代性伦理的叙事纬语》，上海人民出版社，1999年，第263页。

我恨你们。电影版里，年轻的律师来到雅克和他父亲、妹妹长眠的绿色的墓地，流下了眼泪。而在剧本中，是"天使"的离去：

　　那个衣服被滴上了油漆的年轻男人离开了那扇门，朝走廊深处走去。

　　走道里一片漆黑，不一会儿，黑暗就把那个男人淹没了。

"天使"曾在雅克坐在出租车的路上，在他准备杀人时，向他摇头。在雅克被处死时，他又出现了，穿着有油漆斑点的衣服，紧贴着门，目光专注地注视着一切。"天使"只是看着，摇头或点头，赞成或叹息，但也仅此而已，他无法改变什么。甚至，他自己也在迷惑中。就像基耶斯洛夫斯基对制度性的"杀人"提出了质疑，但什么样的"惩罚"才是正当的，法律究竟该如何惩戒犯罪，影片并没有给出一个回答。

也许，这就是叙事文本的特点，它无须像法律文本那样准确无误、一丝不苟，也无须像作为宗教文本的《十诫》那样规定：只能这样，不能那样。很多时候，不同的学科，其价值取向和话语评判原则其实是不一样的。美国学者理查德·波斯纳在《法律与文学》一书中，通过"作为法律文本的文学文本"和"作为文学文本的法律文本"两种不同形态的"文本"来讨论文学与法律的关系。文学对法律的表现，有着自己的叙事逻辑与价值评判尺度。正像关于《威尼斯商人》写到的"一磅肉"的契约与审判，波斯纳谈到："《威尼斯商人》的法律层面从一定角度来讲是荒谬的，而且那场审判，因为其中的（鲍西娅进行的）冒名顶替以及技术细节，几乎可以作为对法律和律师的讽刺，尽管它并没有给人以讽刺的感觉。……该剧对法律的处理缺乏现实主义，这不但表现于实体法，而且也表现于程序法。鲍西娅不仅是冒名顶替者，而且对审判的结果有着未披露的利益。"[10]在波斯纳看来，莎士比亚是牺牲了可信性以唤取戏剧效果。而在文学批评者看来，剧本的意义正在于它所表现的人文主义主题："讴歌真挚的友谊、爱情和仁慈，谴责卑劣的贪婪、冷酷和凶残。"[11]这正是文学视角的独特之处。法律更关注程序的合法性，文学则更关注人的精神；法律倚重理性，而文学诉诸感情；法律的立场常常体现为对主流意识形态的维护，文学则常常充满了批判的反思；法律追求一般意义上的社会"公

---

10 [美]理查德·波斯纳：《法律与文学》，李国庆译，中国政法大学出版社，2002 年，第 141-142 页。

11 聂珍钊主编：《外国文学史·第一卷》，华中科技大学出版社，2004 年，第 226 页。

理"、"正义"，文学则更关注普遍的人性；法律设置的是普遍的准绳，文学更注重一己的生命感觉，注重揭示人性的深度与复杂性。

文学致力于对人性的探究、对人类精神的揭示，也就是说，文学更多的关注的是人性的、伦理性的问题，他往往与法律法条、法律意识形态相抵触。正像法律上规定，无论在任何情况下，杀人都是触犯法律的，而在很多文学艺术作品中，杀人犯却都被寄予了很多的同情，乃至赞美。就像武侠小说中，杀人往往被赋予行侠仗义、除暴安良的意义，世俗官府的法律被江湖道义所取代。还有一些作品，如加缪的《局外人》、基耶斯洛夫斯基的电影"《十诫》之五"，都是关于"冷漠"杀人的故事，法庭对他们的判罪，其实是没有问题的。但《局外人》写法庭对主人公莫尔索的审判，莫尔索在母亲的葬礼上没落一滴泪，足见其冷酷，也被当做了最后被判死罪的依据之一。于是，小说在表现法律的荒谬的同时，作家又让主人公在读者心中赢得了巨大的同情。波斯纳在《法律与文学》中称《局外人》"卖弄了让罪犯变成英雄的新浪漫主义"。当法律的"正义"不断地被文学质疑，当法庭上的"罪犯"经常摇身一变又成了对不公正的社会的控诉者，当"执法者"与"罪犯"的身份经常被悄悄地置换，"法律上有罪的人和法律上无罪的人都是无辜的，而法律和执法者是有罪的"，[12]这种文学上的"浪漫主义"在正统法律的视野中可能是"荒谬"的，不"道德"的，而正是这种充满批判与反思意识的文学，在一定程度上又可能发挥法律所起不了的作用。如果说法律常常是以维护现行制度为己任，文学则往往是批判的。

如此，当在不同学科互释的过程中，无论是文学与法律，还是文学与其它学科，他们有不同的立场、视角，属于不同的知识系统，这里便有一个话语的通约性的问题。一方面，任何部门、社会系统都有它特有的领域，上帝的事归上帝，恺撒的事归恺撒，不可越俎代庖。就像《局外人》中的法官以道德家的身份指责受审者在母亲的葬礼上不流泪，因此判决其有罪是可笑的，而武侠小说，将个人的生命（是否是坏人，是否该杀）系于侠客的一己判断、主观好恶中，则尤其可怕。这是问题的一个方面。另一方面，任何一种学科、部门都有其局限性，都需要以它者为参照的互证互补。就像作为文学家的陀思妥耶夫斯基要关注思想、心灵之"罪"与"救赎"，基耶斯洛夫斯基说

---

12 [美]理查德·波斯纳：《法律与文学》，李国庆译，中国政法大学出版社，2002 年，第 216 页。

他对"存在于谋杀戏背后"的人物灵魂的东西更感兴趣，这些都是属于宗教家和文艺家们的事，但它们又是对法律的有益补充。因为无论是政治、经济、法律，还是宗教、文艺、伦理等，它们的终极目标其实是一致的，都是为了社会的公平、正义，为了人类社会变得更美好、和谐、幸福，只不过各有其实现的途经、方式、手段而已。终极目标的一致，也就决定了各学科间话语通约、互补的可能。在《杀人短片》中，作为辩护律师的彼得，影片并没有表现他辩护的过程，而让他更多地充当了一个陪伴者、倾听者的角色。当雅克向他倾诉其过去的生活、家人，坚硬的心柔软了，曾经冷漠的杀人者有了对生命的眷恋、有了眼泪，同时也就让我们感受到了人世间的一份脉脉温情。当基耶斯洛夫斯基痛感到现实社会的"冷漠"成了滋生"罪恶"的温床，他以艺术家的方式对代表正义的"冷漠"的法律提出了质疑。法律关乎世道人心，有时，代表正义的正确的判决，如果缺乏人性关怀，对人的起码的尊重，它也可能成为一种杀戮与恶。基耶斯洛夫斯基要表现的就是这种因冷漠带来的法律之"恶"。刘小枫说，叙事伦理是一种倾听的伦理、陪伴的伦理，文学艺术在现实生活中更多地充当的就是陪伴、倾听、理解、同情的角色，陪着世上的许许多多的不幸者流下一掬眼泪。而法律，在正义判决的同时，有时也不妨如律师彼得一样，对罪犯抱有一分关爱与同情。"法律"与文学，"正义之剑"与"慈悲之泪"有时并不矛盾，罪犯也是人，也可以成为悲伤与怜爱的对象。法律的"眼泪"，或者说，它所代表的"法律浪漫主义"，在现实生活中，也并不一定都是多余的吧！

原载《湘潭大学学报》，2013 年第 1 期

顾彼得的中国书写

顾彼得，1901 年出生于俄国，1919 年，在布尔什维克革命期间，他与母亲一起来到中国。在上海，给商号当专家，鉴别中国文物、玉器和名茶，以此维持生计。1931 年，加入美国捷运公司，充当旅游服务员，走遍中国、日本、印度许多地方。1939 年到 1940 年间，受中国工业合作社之托，曾到当时新成立的西康省任职，并有了深入凉山彝区的机会。1941 年，又由工业合作社委派到云南丽江，1949 年离开中国大陆，先后移居香港、新加坡。之后受国际劳工组织任命去巴基斯坦，又作为国际劳工组织顾问居马来西亚沙劳越地区，1975 年病逝于新加坡。顾彼得精通俄语、英语、法语、汉语。复杂的经历成就了他的四本书：《被遗忘的王国》《彝人首领》《神秘之光》（一译《玉皇山的道观》）、《在马来西亚沙捞越地区的经历》等。前三本都是写的中国。值得注意的是，这些著作又都是用英文写的，由伦敦约翰·默里出版有限公司出版。顾彼得是俄国人，但到中国后又把自己当作了中国人、甚至丽江纳西人，他的写作首先面对的又是英语世界的读者。这多重身份如何影响到他的中国书写，也就给我们留下了不少值得讨论的话题。

一、时间

注意了一下顾彼得写中国的几本书的日期，《被遗忘的王国》，1955 年；《彝人首领》，1959 年；《神秘之光》，1961 年。而这几本书的内容，《神秘之光》副标题为"百年中国道观生活亲历记"，叙述的是 20 世纪二、三十年代，在作者的精神苦闷时期，游历中国道观，与中国道人交往，并最后皈信"道"

的历程。《彝人首领》是 1939 年到 1940 年间，在西康的一段经历。《被遗忘的王国》是 1941-1949 年，在丽江生活九年的记录。而写作的时间，却是从最近的丽江生活开始写起，而后再一一回溯"之前"。莫非，这里面便包含了某种玄机。

当顾彼得呆在马来西亚沙捞越地区，他日思夜想的"故乡"，不是俄罗斯，而是丽江。《被遗忘的王国》的结尾写道：

> 我一直梦想找到一个被重重大山隔绝了外部世界的美丽地方，并生活在那里，也就是詹姆斯·希尔顿在他的小说《消失的地平线》中所想象的地方。小说中的主人公偶然间发现了他的"香格里拉"，凭着我的设想和不屈不挠的精神，在丽江我也找到了自己的"香格里拉"。[1]

当作者终于找到了自己的"香格里拉"，时间也就在那一刻停滞了。六年后，顾彼得在一个遥远的地方，回眸、怀想曾经的时光，首先涌上心头的自然也是那个"香格里拉"。于是才有《被遗忘的王国》对"丽江"的书写。

《被遗忘的王国》开头，顾彼得细述他从昆明坐车到下关，再随马帮到丽江的经历。而这里的叙事，在时间上，却把"第一次"和"后来"混到了一起。比如，讲到他经过白族的一个村庄九河村，住在一户人家，"我们看见阿姑雅的父亲和他的一个儿子在一起。他是我的老相识了。他们家待我就像家里人一样。他们是我到达丽江后交的第一家白族朋友。"而翻过一座大山，碰到一伙强盗，那首领居然也是"相识"，强盗首领对他说："不过你是个好人，我们了解你的工作。我过去没有见过你。可是有一次你救了我和我朋友的命。你记得去年有个老妇人来到你家，求你给被火药爆炸烧伤的人一点药吗？"既然如此，与凶恶的劫匪相遇，也就有惊无险，权当旅途花絮了。也许事实本身是真的，但时间是在"后来"的某一次。

而"初识丽江"：

> 翻过山口向下走，啊，美丽的丽江坝，使我为之倾倒。每当春季里我走这条路来到丽江时，我都赞叹不止。我得下马凝视这天堂的景色。气候温和，空气芳香，带着一股从耸立在坝子上的大雪山传来的清新气息。扇子陡峰在夕阳中闪烁，仿佛耀眼的白色羽毛在顶上挥舞。……小溪急流淙淙，百灵鸟和其他鸟类的叫声如同神灵

---

1 顾彼得：《被遗忘的王国》，李茂春译，云南人民出版社，2007 年，第 322 页。

的音乐。[2]

　　显然，"每当"意味着，这不是第一次面对。而对丽江风景如此细致入微地体察，如此动情的描绘，显然也不是一个初来者能够完成的。作为"他者"，面对"异邦"，"异"文化，从"初识"到"相知"，"陌生"到"熟悉"，总是有个过程。顾彼得却省略了这一步。"谈笑风生的男女牵着马匹，在老远处我们就停到了他们的说话声和歌声。他们当中许多人都认识我。"这只能说，顾彼得来到了他日思夜梦的地方，仿佛前世的知己，没见就钟情了。

　　当然，顾彼得能够很快地融入丽江，成为丽江居民中的一员，也与丽江本身的包容性有关。战时，这里是连结昆明、西藏、南亚的中介，各种由马帮驮来的商品的集散地。这里，除了本地的纳西族，汉族、藏族、白族、彝族、苗族、普米族、羌族、傈僳族……都会到丽江来赶集，或者各族的人就杂居在一起。纳西人习惯与各部族的人相处，对洋人也一视同仁。洋人在这里"不会被当作白鬼子或西方蛮子"，而顾彼得，而当他来到丽江，他把自己当作一个普通人，一个需要在这里长期居住的"居民"，所以他一方面尽心尽职于自己的工作和副业，开办工业合作社，为当地人谋福利，副业就是用美国红十字会提供的药品，免费为穷人看病，以此赢得信任与尊重，另一方面，在日常生活中，与邻居、与当地人打成一片，与通过各种途经结识的各部族的人成为朋友，然后有机会去散居在各地的他们的家中做客，参加他们的节日、婚庆丧礼。久而久之，一个洋人、外来者也就慢慢成了地地道道的丽江人。他分享丽江人的喜怒哀乐，当危机来临的时候，又与它们共患难。当丽江人抗击匪帮的入侵，他便充当了医者的角色，"如果丽江失守，我想分担他们的耻辱与不幸，正像我在过去许多年中分享了他们的生活与幸福一样"[3]。

　　可以说，顾彼得对丽江的"观看"与"叙述"，在很大程度上已经超越了普通的旅游者、探险家，乃至那种为了研究而深入到土著部落中生活的人类文化学者。对顾彼得来说，丽江就是他的梦想，就是他想要一辈子在这里生活的地方。这决定了他的文字，不再是普通的"游记"，叙述者也不再仅仅是个"旁观者"，而能真正地入乎其内，体察到许多"旁观者"无法看到的东西。在顾彼得看来："只有长期生活在他们当中，密切地与他们的思维方式相联系，了解他们的喜怒哀乐，遵循他们的风俗，人们最终才可能瞥见事实的

2　顾彼得：《被遗忘的王国》，李茂春译，云南人民出版社，2007年，第30页。
3　顾彼得：《被遗忘的王国》，李茂春译，云南人民出版社，2007年，第302页。

真谛"。

顾彼得在丽江呆了整整九年，但在《被遗忘的王国》中，其叙事基本上是空间性的，而非时间性的。除了"随马帮到丽江"、"初识丽江"，"与纳西人的深入交往"、"开办合作社"、"工业合作社的进展"、"在丽江的最后时光"，依稀能让我们感觉到时光的流逝。作者写丽江的集市、酒店、喇嘛寺院，在丽江的医务工作，与纳西族、藏族、彝族、白族人的交往，丽江人的婚俗、节日、青年男女的殉情、东巴仪式，纳西族的音乐、美术和悠闲时光……一点一滴地写下来，把我们带入到一个朴实而奇妙的世界。在这里，人们自由地、快乐地生活，他们不需要基督教，他们追求的幸福是："有大量的田地果园，牛马成群，房屋宽敞，妻子迷人，儿孙满堂，粮食酥油和其它食品堆满仓，酒坛满地，性欲强旺，身体健康，在鲜花遍野的草地上，与情投意合的伙伴们接二连三举行野餐和舞会。"[4]禁酒禁烟禁娱乐，让人活着受死罪的基督教，自然激不起纳西人的任何兴趣。他们有自己的人神、人鬼交往的方式。他们相信鬼神世界的存在，死者不是生活在蓝天白云之外的地方，而就生活在附近，就在帷幕那边。他们对此既不惊讶，更不恐慌，而是把阴间的来访者当作人，以礼相待，与之谈话。因而，在祭祖的仪式上，没有悲痛，他们把祭祖看作是与死者的欢乐而安详的团聚，而离开这个世界，就是另一种意义的相聚。

这是一个几乎被外界遗忘的王国，也是一个内部充满和谐的静谧的世界。在这里，时间仿佛停止了。战争曾经使这个"王国"引人注目，但随着战争的结束，这个城市失去了作为贸易中心的重要性，它又回到原来的状态，"一个被已往的部落王国的小都城，找不到世界大事的踪迹。""遗忘"，意味着它的遗世独立，自成一体，与另外的那个世界的疏离、不合拍。当纳西族人离开丽江坝，他们对到过的大城市总是充满了厌恶与恐惧。而在丽江，尽管供人享乐的东西很少，没有旅馆、电影院，没有本地人为赚取旅游者的小费而作的"表演"，但这又是一个安宁祥和的世界。两个世界存在于两个不同的"时间"与"空间"中。顾彼得谈到，丽江人时间的观念与西方的完全不同。在欧洲，尤其是在美国，大部分时间花在赚钱上，剩余的时间用一种成为惯例和刻板的方式消磨掉。而在丽江，时间"具有不同的价值"，时间是"良师益友"、是"客观存在"、是"神奇的财产"。在那里，人们有着充分的时间享受美好的

---

4 顾彼得：《被遗忘的王国》，李茂春译，云南人民出版社，2007年，第136页。

事物，街上的生意人会停下买卖欣赏一丛玫瑰花，或凝视一会清澈的溪流水底。田里的农夫会暂停手头活计，远望雪山千变万化的容颜。集市上的人群屏住气观看一行高飞的大雁。

浮士德说：你真美啊，请停留一下。中国诗人孟郊咏《烂柯石》："仙界一日内，人间千岁穷"。丽江的美好生活，正是在舒缓乃至停止的"时间"中被彰显出来。作者自称，他在那里度过的十年好像才过了一年。可惜，美好的时光永远是短暂的。1949 年，当顾彼得不得不离开丽江，他为此充满了茫然与惆怅。对于他来说，离开丽江的念头简直是无法忍受的，丽江那充满宁静、幸福的生活，在他看来，就是天堂。这是人工的天堂，是通过智慧、爱、工作所获得的"天堂"。但是，这一切马上就是成为过去，当她不得不乘坐那"寓言中的神鸟"奔向一个未知的世界，"已经实现的梦想就这样结束了。经过互相了解得到的幸福生活了结了"。顾彼得没有交代他去了哪里，他只是说，他一直在旅行，直到写这本书时，这种旅行也尚未结束。而丽江，便成了他一个永远的梦。

二、身份

顾彼得曾经说，他要像一个纳西人一样地写丽江。既然是"纳西人"，丽江便成了他的"故乡"，这也影响到他关于丽江、关于中国乃至关于俄罗斯的书写。

顾彼得当然首先是俄国人。但他认同的是"战前的俄国"，和西方没有任何区别的"俄国"。而革命后的"俄罗斯"，因为上层阶级和中产阶级的被驱赶，却变成了一个"陌生的地方"，"既不属于欧洲，也不属于亚洲"。顾彼得真正认同的其实是作为欧洲的一员的"俄国"，当他在中国住了很多年后回到欧洲，"我感觉我又回到了童年时代，一样类型的人，一样的老咖啡馆和人们一样的谦和礼貌的交谈往来。除了街道上有了霓虹灯和更多的各式各样的车，在我眼里欧洲一点也没变。"[5]

这种"欧洲的俄国人"的身份，使他在观察、书写中国时，"欧洲"往往成了一个可供对比的参照。比如在《彝人首领》中，当他进了彝区，作为一个"外来者"、"旅行者"，一个难得来一趟的"稀客"，原有的生活背景、文化，作为一种"接受屏幕"，也就影响到他对另一种文化的"观看"与"接受"。

5　顾彼得：《彝人首领》，和锣宇译，云南人民出版社，2004 年，第 14 页。

作者走过彝区，从彝族歌手的歌声里，联想起的是"卡鲁索"、俄罗斯的"鲍罗庭"、匈牙利的音乐，当他碰到那些彝人首领、贵妇，陶醉在大自然的美景中，他想到的是："这片土地、这些人民以及他们的风俗习惯和穿着完全是欧洲中世纪城堡、骑士、夫人、小姐、男爵、强盗、骑士制度、欢乐舞蹈、吟游诗人、流氓无赖和农奴制度的翻版。"顾彼得由此发现的是"两个很遥远的文明彼此间的共通之处。"另一方面，这也是一种文化惯性使然。人们面对"异"文化，总是很容易以自己熟悉的东西为出发点，进行比照。正因为如此，顾彼得从彝族那里，也就发现了一个古老的已经消逝了的"欧洲"。

顾彼得的身份，一方面是个俄国人、欧洲人，而当他来到中国，大部分时间生活在汉人中，学会了说一口流利的汉语，也慢慢熟悉了中国人（这里主要指汉族人）的思维与行为处世方式，中国人的礼节，这也包括中国官场的那一套规则。顾彼得对中国社会的了解，甚至让他读懂了文化背后的许多暗含的意义。"在中国，生活和人际关系并不像所呈现出来的样子。一个外国人只有懂得这种生活和人际关系中暗含的意义，才能成功地呆在这个地方。"[6]

可以说，顾彼得在某种意义上已经是一个"汉化"了的西方人。这就引出一个问题，所谓"中国"，在顾彼得那里，其实是有"汉族"与"他族"之分的，与很多西方人眼中的笼统的"中国"概念不同，顾彼得在关于"中国"的书写中，会时时提到"他们（外国人）都会讲很好的汉语，可是对汉人的性格和智力认识不足，不能使汉人适应他们的工作方法，""在与汉族各阶层相处时……"等等之类的表述。很多时候，顾彼得把自己也当作了汉人中的一员，精通汉人思维与生活习性，所以，除了"神秘"的道教，顾彼得对汉族人的生活与思想，慢慢地，已经没有太大的兴趣。他以平常人的眼光打量汉人，平实地写出交往中的不同的汉人形象，这使他笔下的汉人与汉族生活，呈现出一种日常性、平淡化的特点，而少了些洋人面对"中国"，通常的猎奇心态。

正因为如此，面对"中国"，顾彼得寻"异"的目光，往往会投向中国汉族之外的少数民族区域，那些边鄙之地。作者将中国的西部统称之为"西域"，一片神秘而迷人的土地。作者对"西域"的一切都充满了好奇心。如顾彼得之类的"外国人"，当他们来到中国，面对那些西化、现代化了或者正走在现

---

6 顾彼得：《彝人首领》，和铴宇译，云南人民出版社，2004年，第11页。

代化的路上的内地城市，传说、想象中的东方的"神秘"已经微乎其微，于是，他们便把目光转向了更古老、蛮荒的"西部"，那些汉族之外的"化外之民"，如纳西族、藏族、彝族等等。

纳西族、藏族、彝族与汉人之间，就像那个时代的中国与西方，常常构成了"他者"与"自我"的二元对立关系。其中充满了种种的隔膜和偏见，或者神秘的想象。正像《被遗忘的王国》写到汉族人对丽江的想象与认知，在许多汉族人的想象中，那个时候的丽江，实在是太遥远了、太可怕了。"可以说那个地方在中国之外，是'边远蒙昧之地'，是沉没在甚至不通汉语的野蛮民族中的无人之地。根据各种传闻，那里的食物，对于一个有教养的汉族人来说，是无法吃的。……更糟糕的是，一切食品都用牦牛奶油来烹调。那里有许多汉人被刺杀或被除掉。穿过街道是危险的，因为街上，尽是凶猛如野兽的蛮子，腰间佩带大刀和短剑，随时准备使用"[7]。

这种汉族人对少数民族的想象与认知，使我们联想到，很长时间里，西方对中国的观看。顾彼得也难免受其影响。在《彝人首领》中，作者写他一直寻找着深入彝人居住区的机会。而穿过彝区，在汉人看来，简直就是危机四伏的冒险，如果没有彝人首领的允许，甚至是根本不可能的事情。那怕顾彼得很愿意去理解彝人，更多地看到彝人友善、纯朴的一面，有时也难免感染那种恐惧。正像顾彼得写在从西昌回来的路上，与李志高同行，走另一条路，有天晚上在一个彝人家借宿。"我想他们对滚了一身泥、像落汤鸡一样的我们并不感兴趣，我只是注意到他们贪婪地盯着我们带来的马匹在看。……我们在屋角的一堆枯叶上时睡时醒，生怕什么时候这些彝人的脑袋一旦开窍，我们的喉咙上就会挨上一刀。"[8]从眼神中引发的"想象"，恐怕还是与根深蒂固的潜意识有关。

显然，顾彼得作为西方人，作为"汉人"，他对彝人的观看、想象，还是属于"他者"的旁观。这其中既有恐惧，而"神秘"的彝族又总激发他的种种想象。"这个彝人社会的繁荣、富足与自足燃起了我的想象，我的心里产生了一种永远呆在这里的欲望，与外面那个不友爱的世界所有的麻烦和争斗隔绝开来。"[9]但是，当顾彼得说出想要永远呆在那里的愿望时，在彝人眼里，这又

7　顾彼得：《被遗忘的王国》，李茂春译，云南人民出版社，2007年，第9页。
8　顾彼得：《彝人首领》，和铹宇译，云南人民出版社，2004年，第191页。
9　顾彼得：《彝人首领》，和铹宇译，云南人民出版社，2004年，第171页。

成了他们听过的"最逗的笑话"之一。如果说，顾彼得在丽江呆了九年，使纳西人接纳了他，他也自认是以一个"纳西人"身份写出纳西族的一切。而对彝人来说，他不过是个匆匆的过客。顾彼得在行走中看到的彝人，不过是彝人上层很小的一部分，并且大多是旅途中的惊鸿一瞥。那些作为白彝的彝族家奴、农奴，基本上在他的视线之外，因而，他的彝族想象与书写，就难免带有了臆想的成分。

三、视角

在《彝人首领》中，当顾彼得去曲木藏尧的姨妈，一个黑彝贵族大家庭中做客，一个西方人，一个彝族贵妇人，便有了一个有趣的两种文化对话的机会。顾彼得为了表示对这次会见的郑重，穿着西装，打着领带，年老的夫人却问为什么要在脖子上系这么一根小布条？"小布条"与"领带"，构成了两个不同的视点。服饰作为一种装饰，具有着符号象征的意义。另一方面，在顾彼得对彝族的观看中，他自己也常常成为被观看的对象。

对彝人的观看、想象、塑造，有几个不同的视角。一个是汉人的视角，因为两个民族之间，为了争夺生存空间，导致长期的征战、对立。同情彝人的羊司令对此也有透彻的理解："他们并不像人们所诬蔑的那样，是一伙土匪或是野蛮人。这是因为几百年来我们之间关系很差，所以，才落得个这样的名声，如果我们这些人不是企图去征服他们，不去掠夺他们的土地和财富，并学会与他们和平共处，尊重他们特殊的地位和习俗，那么人们生活在这里会幸福得多。"[10]作为"个体"的羊司令，对彝人可以有一定的理解与同情，而一旦"个人"成了"我们"，作为汉人的一分子，对彝人的妖魔化，又可能成了整个汉族的一种集体无意识。其原因正在于汉人想把他们的官员与文明强加给彝人，把彝人肥沃的土地开放给汉族农民。而顾彼得其实想要摆脱的，就是汉人对彝人的普遍的偏见，而力求相对客观地写出彝人的"真实"。

顾彼得一生似乎都在寻"异"，在对"异"的偏好中，就包含了精神追求的意义。顾彼得与中国的结缘，与道家思想的契合，与丽江的一见钟情，最终找到自己心目中的"香格里拉"，应该说与他在俄罗斯的生活经历有着一定的关系。顾彼得在《神秘之光》中回忆自己的童年，两岁不到，父亲就去世了。母亲不喜欢莫斯科和别的大城市，迁到莫斯科南边的一个小城，过着乡

---

10 顾彼得：《彝人首领》，和锣宇译，云南人民出版社，2004年，第196页。

村式的生活，有自己养的牛、猪和鸡，还有一个菜园，小城周围几英里外环绕着树木繁茂的森林和小山。在顾彼得看来，他母亲并不是虔诚的教徒，却是一个简单自然生活的拥护者，一个完全被大自然的情绪和美丽深深吸引的人，在大自然中，充满了种种的神秘和奇迹："人们相信，在正午和下午 1 点这个时间，当太阳高挂天顶之时，森林就变成《仲夏之梦》中那个顽皮的小妖精，林中之神仙嬉戏玩耍的地方。对我母亲而言，在这个神秘的时刻和这个最少被男人打扰的地方，大自然神秘莫测的力量会全部显现"[11]。

母亲的这种回归自然、简单的生活，对大自然的神秘化，在顾彼得幼小的心灵中留下种种的印记。以至当他来到中国，很快就在道家的无为自然，在中国的美丽神秘的山川中，找到了精神的共鸣。而他对中国的向往，最初的机缘，又与他的外祖母有关。顾彼得在《被遗忘的王国》《神秘之光》中都曾谈到，他从小就对东方充满兴趣，有着血统上的关系，母亲的父亲和祖父都是大商人，他们的马队到过蒙古、西藏、杭州，而他的外祖母，活到 97 高龄，便成了那段成为过去的历史的见证人和讲述者。她四周是旧茶叶盒子，上面有中国仕女画，画中美女端着精致的茶杯，给蓄有胡须、手摇扇子、戴有头巾的中国达官贵人献茶。盒子上印有文字。正是外祖母的故事和物品，激发了顾彼得对东方的兴趣，还有到中国内地、西藏和蒙古旅行的渴望。而当他因为时势的变化来到中国，"我立刻喜欢上了中国并且想着这正是培丽吉外祖母曾经向我描述的一切"。这正所谓机缘。

而顾彼得之接受道家思想（在顾彼得那里，道教与道家思想，常常是混为一体的），在他看来，并没有必然性。只是因为在他人生面临困境的时候，正好碰到了杭州玉皇观的道人，"春干的不平常的友谊和李主持的温暖的关怀"，给处于痛苦与孤独中的顾彼得以很大的精神安慰。而"如果我从基督教的教堂或者佛教的寺庙中得到这般的善遇和慷慨的热情，肯定迟早也会使我归依于他们的信仰"[12]。对"生命的仁慈、尊重、理解和同情"，其实是所有宗教所共同的。

这里便涉及对不同宗教的"道"的理解。玉皇观的李林山住持告诉顾彼

---

11 顾彼得：《神秘之光——百年中国道观生活亲历记》，和晓丹译，云南人民出版社，2002 年，第 6 页。

12 顾彼得：《神秘之光——百年中国道观生活亲历记》，和晓丹译，云南人民出版社，2002 年，第 189 页。

得，理解《道德经》，需要的是"心灵的直觉"。不朽的"道"是"无限的智慧、无限的爱和无限的简单"。顾彼得来自一个基督的世界，而在中国的思想与宗教中，他又找到了与基督的"真理"共通的许多东西。"真理与智慧是惟一的，相同的"，所以的宗教亦然。正如紫竹寺的佛教高僧明静住持所说："当我们比较不同宗教的时候并不去寻找悬殊和鸿沟，而是尽力发现相似与一致。这是中国与西方的观点上最本质的不同。我们坚信所有的宗教信仰都是指引通向终极真实的途径，就跟车轮的轮辐都集中向着轴心一样。"

中国式的"道"，更多地体现的是包容。当然，顾彼得在接受道家思想的同时，他又有自己的视角。就像他描述李林山住持做法的场面，李住持握着白玉节杖，向主神深深地敬礼膜拜，他用响亮清澈的声音祈祷：

噢，主神！一切神圣之王的君主！

你耸立在西方天国的玉殿，

你远离凡尘俗世却依然在我们身边，

你喜爱天国那超凡的和谐，却依然俯首倾听我们卑微刺耳的

祈求，

噢，万能的圣灵！你带着威严荣耀的光环，却依然屈尊帮助你

可怜的子民，

我们恳求你，请你倾听我们卑微的祈求。[13]

乍一看，还以为是礼拜天主的仪式。尽管顾彼得未必是一个虔诚的基督徒，但当他观看他者的仪式时，原有的接受屏幕、思维惯性，会使他把"异"纳入到自己熟悉的轨道。也许，这就是我们所谓的文化误读。正如乐黛云《文化差异与文化误读》一文中所说："所谓误读就是按照自身的文化传统、思维方式、自己所熟悉的一切去解读另一种文化。一般来说，人们只能按照自己的思维模式去认识世界！他原有的'视域'决定了他的'不见'和'洞见'，决定了他将对另一种文化如何选择、如何切割，然后又决定了他如何对其认知和解释。"[14]尽管顾彼得在很多时候都是尽力去理解中国的思想与文化，在某种意义上，甚至已经成了深谙中国式处世之道的"中国人"，但他看"中国"

---

13 顾彼得：《神秘之光——百年中国道观生活亲历记》，和晓丹译，云南人民出版社，2002年，第116页。

14 乐黛云、勒·比松：《独角兽与龙——在寻找中西文化普遍性中的误读》，北京大学出版社，1995年，第110页。

的视角，有时难免还是会带有"他者"的色彩。就像前面我们谈到，他在写彝
人世界时，时时联想到的是古老的欧洲。"俄罗斯的欧洲"成了他的一种立场、
思维定势。

　　就像顾彼得对丽江的书写，当他把丽江比作"香格里拉"，看作他精神的
最后归宿。"香格里拉"，最先出自詹姆斯·希尔顿的《消失的地平线》，它是
西方世界所构建的一个东方"乐园"。而顾彼得关于丽江、关于中国的想象，
其实也是整个欧洲关于东方、关于中国的一个永远的"梦"。

原载《俄罗斯文艺》，2014 年第 2 期

后 记

做比较文学跨学科研究，跟我的两个导师——硕士导师张铁夫老师和博士导师曹顺庆老师有关。

1985 年在湘潭大学读研，师从普希金研究专家张铁夫先生，攻读世界文学专业俄苏文学方向。硕士论文选择《论陀思妥耶夫斯基的宗教意识》，讨论陀思妥耶夫斯基宗教意识的特质、作家皈依宗教之因、作品中的《圣经》原型，算是进入到文学与宗教的领域，在这方面入了门。

之后在硕士论文的基础上，做一个国家社科基金项目"陀思妥耶夫斯基及其小说的文化阐析"，然后有了第一本书《陀思妥耶夫斯基与俄罗斯文化精神》。同时还写了《基督教〈圣经〉与〈日瓦戈医生〉》《论艾特玛托夫小说的神话模式》等文章，讨论文学与宗教、神话的种种关联。从俄苏文学研究起步，介入文学跨学科研究。但那时，仅仅是作家作品个案研究，对跨学科研究的理论并无自觉的思考，甚至这些研究算不算"跨学科"，也无深究。但凭这些研究，1996 年，33 岁时，破格评上教授，也算是"学以致用"了。

2001 年，去四川大学，追随曹顺庆老师，攻读比较文学博士学位，首先面临的就是学位论文选题的问题。之前主要做俄罗斯文学，也算小有成绩。在这个领域继续选择一个与"比较"相关的话题，也不是难事。但那时兴趣转移，对作为中国传统文化的围棋念兹在兹。正好 2001 年，出版了自己棋文化研究的处女作《围棋与中国文化》，正在兴头上，问曹老师是否可以以围棋做博士论文。老师开明，说：可以啊。

一句话，心便踏实下来。那么具体做什么呢？如何与比较文学挂钩？先想到一个题目：中国古代文论与棋论比较研究。但这种纯粹平行研究的题目很不好做，那就变通一下：围棋与中国文艺精神。

围棋是中国古代四艺之一，在现今又被列为体育竞技项目。把围棋纳入到中国传统的知识体系中，讨论围棋作为一种形而下的游戏，何以成为"艺"、成为"道"，20世纪又何以回归为竞技？这其中与中国传统的知识生成机制、思维方式、话语言说方式有何关联？围棋所代表的游戏精神与艺术精神有何相通之处？这正是我的博士论文想要解决的问题。

博士论文讨论中国传统之"艺"，自然也涉及到作为参照的西方之"艺"，他们在各种的知识体系下，有着各自的历史与内涵。所以，博士论文首先讨论"弈之为艺""弈艺与中国古代知识谱系"，比较中国之"艺"与西方之"艺"，以为围棋与中国文艺精神的深研，打下一个基础。

博士论文虽然仅是一个跨学科研究的个案，但由此引发了我对比较文学跨学科研究理论问题的思考：此"艺"非彼"艺"，正像文学，此"文"非彼"文"。那么，做跨学科研究，讨论"文学"与"艺术""哲学"等的关系，首先就面临一个问题：这是谁的"文学"，谁的"艺术"？正像比较苏轼与莱辛的"诗画之辨"，此"诗"非彼"诗"，此"画"非彼"画"，那么，把诗、画、艺、文先放到各种的知识传统中去，也就是必然的了。

然后，有了2005年的一个国家社科基金的选题《跨文化视野中的文学跨学科研究》，提出把跨文化视野引入到跨学科研究中，以建构比较文学跨学科研究的一个新的理论框架。

如果说，文学与艺术、哲学等，在中西方不同的知识体系中有着各自的内涵。而在同一知识系统中，不同的学科，共用一套话语，言说不同的对象。正像中国传统知识体系，有自己通行的一套概念系统，如道、象、理、数、气、阴阳、虚实等等。而同一概念，在不同的学科领域中，其意义既有联系，又有区别。正像文论、画论、棋论中的"气"，文论讲"文以气为主"，绘画讲"气韵生动"，对围棋而言，"气"更是棋子的生存之本，所谓"棋以气生，气尽棋亡"。而这些"气"，又通通与中国传统哲学的"气"相关。像《棋以气为本：围棋之"气"与中国传统文论、艺论中的"气"比较》之类的论文，就是这方面研究的一个尝试。

不同的学科，其出发点、价值立场有时也是不一样的。正像文学中美好的爱情未必都是符合现实的伦常规范的，普遍的"伦理"与"叙事伦理"有着各自的价值取向。而文学视野中的"法律"也有着自己视角和独特的内涵。这就带来一个"比较文学跨学科对话的途径与话语的通约性"的问题。在差异中寻求对话的"平台"、实现话语的"通约"，也就成了比较文学跨学科研究需要解决的问题。

2015 年，我又申请了一个新的国家社科基金课题《跨学科视野中的陀思妥耶夫斯基小说研究》，就是希望将跨学科研究的理论思考用于作家作品研究的实践的一次尝试。"思想如何表达""上帝如何叙述""小说与伦理叙事""文学视野中的法律""小说中的诗学"，从这些章节的标题，就可以发现，最初做"陀思妥耶夫斯基及其小说的文化阐析"，更多地还是致力于发掘作品的文化内涵与意义。严格说来，还是属于文学的文化研究，而非跨学科研究。而"跨学科视野中的陀思妥耶夫斯基小说研究"，则更关注不是作家"说"了什么，而是怎么"说"的，小说中关于上帝的"叙述"与神学文本的"叙述"，哲学的"言说"与小说中的"哲学言说"，叙事的个体的自由的伦理与现实的伦理、伦理学意义上的普遍的伦理等等有什么不一样。就像陀思妥耶夫斯基，人们往往把他称作是"哲学家"，但他是叙事的"哲学家"，叙事哲学自然有自己的言说方式：通过故事体现思想，其思想存在的方式是对话式的、矛盾的、悖谬的、未完成的，"叙事哲学"同时也是一种"实践哲学"，"理论"需要通过"实践"去检验其真伪，正像《罪与罚》中拉斯科尔尼科夫信奉的"超人哲学"。

回想起来，从最初做硕士论文"论陀思妥耶夫斯基的宗教意识"，到博士论文"围棋与中国文艺精神"，到做"跨文化视野中的文学跨学科研究"，再回到"跨学科视野中的陀思妥耶夫斯基小说研究"，几十年的学术生涯，竟大都跟"跨学科"有关。首先要感谢硕士和博士导师张铁夫、曹顺庆老师一直以来的支持与引导。张铁夫老师已经作古，但他殷切的目光一直是我前行的动力。曹顺庆老师学识渊博、思想敏锐，始终是我追赶的目标。老实说，比较文学各个领域的理论风起云涌，但跨学科研究则较为沉寂。虽然文学跨学科研究实践的成果颇丰，但理论建构相对薄弱。如果通过个人的努力，能对此有所推进，则幸甚矣。

本书各章节，大多曾作为论文在各种出版物上发表过，现结集成书，竟也相互勾连，自成体系。但也有先天不足，就是不同章节之间可能出现观点、引证上的重合之处，虽尽量做了删削，却也难以完全避免，还请读者见谅！

何云波

2021 年 4 月 25 日